HEYNE <

Das Buch

London, Mitte des 19. Jahrhunderts: Auf Vampire ist die bezaubernde Charlie nicht gerade gut zu sprechen. Schließlich ist ihr geliebter Bruder Theo zum Vampir geworden und seitdem irrt Charlie durch die Londoner Unterwelt, um den unerfahrenen Theo zu finden und vor dem Schlimmsten zu bewahren. Es gibt nur einen, der ihr dabei helfen kann: der düstere, charismatische Lord Veilbrook, den sogar die finstersten Mächte zu fürchten scheinen. Charlie, die selbst über magische Fähigkeiten verfügt, hat keine Angst vor ihm – noch nicht. Denn der Preis, den Veilbrook fordert, ist hoch: Sie muss sich von ihm verführen lassen, und der Lord verlangt völlige Hingabe ...

Die Autorin

Mona Vara, geboren 1959 in Wien, hat an der Universität Wien eine Ausbildung als Übersetzerin absolviert. Sie ist eine der bekanntesten deutschen Autorinnen erotischer und (über)sinnlicher Literatur. Mona Vara lebt, arbeitet und schreibt in Wien.

MONA VARA

Hexentöchter

Roman

WILHELM HEYNE VERLAG
MÜNCHEN

Verlagsgruppe Random House FSC-DEU-0100
Das für dieses Buch verwendete FSC®-zertifizierte Papier
Holmen Book Cream liefert Holmen Paper, Hallstavik, Schweden.

2. Auflage
Vollständige Taschenbuchausgabe 06/2011
Copyright © 2009 Hexentöchter. Erotischer Vampirroman
by Plaisir d'Amour Verlag, Lautertal
Copyright © 2011 dieser Ausgabe
by Wilhelm Heyne Verlag, München,
in der Verlagsgruppe Random House GmbH
Printed in Germany 2011
Umschlaggestaltung: Nele Schütz Design, München,
unter Verwendung eines Foto von © thinkstock/iStockphoto
Satz: IBV Satz- und Datentechnik GmbH, Berlin
Druck und Bindung: GGP Media GmbH, Pößneck
ISBN: 978-3-453-77264-9

www.heyne.de

Sämtliche Personen in diesem Roman
sind frei erfunden.

Durch Blut wird ein Wesen geschaffen, das uns an Macht gleicht, das Blut von unserem Blut in sich trägt. Und das die Welt beherrschen kann.

(Aus den Göttergesängen aus dem zweiten Buch von Herastos, geschrieben im Jahr der dunklen Sonne.)

Prolog

Selbst als sie schon längst verstummt waren, konnte er sie noch schreien hören. Ihre Stimmen dröhnten unaufhörlich in seinem Kopf, übertönten das Lachen des Mannes, der neben ihm stand, und sogar sein eigenes Stöhnen, seine Stimme, die zu schwach war, um noch ein Wort hervorzubringen.

Aus halb geschlossenen Augen sah er, wie sich der Mann über ihn beugte.

»Nun, erhabener Prinz? Womit soll ich dich jetzt zum Wimmern bringen? Unser Herr möchte deine Stimme hören. Er langweilt sich.«

Ein beißender Schmerz wühlte in ihm. Er wusste nicht, wo und mit welcher Waffe der andere ihn marterte, aber er schrie nicht. Er hatte aufgehört zu schreien, als sie gestorben waren. Sein Körper wand sich unter Qualen, aber sein Inneres war taub und tot.

Der Mann beugte sich tiefer, als wolle er an seinem Mund lauschen. »Was ist denn? Höre ich …« Die Worte gingen in einem Gurgeln unter.

Seine Arme und Beine waren gefesselt, aber sein Kopf war frei. Es musste der Hass sein, die Verzweiflung, die ihn hochfahren und seine Zähne tief in den Hals des anderen schlagen ließ, sodass dessen Schrei von seinem eigenen Blut erstickt wurde. Die warme Flüssigkeit rann ihm in den Mund, die Kehle, floss über sein Gesicht.

Er verspürte keinen Ekel, keinen Widerwillen, als er trank. Es erfrischte ihn. Gierig saugte er den Lebenssaft aus den Adern des anderen. Und mit jedem Schluck wuchs eine neue, fremde Kraft in ihm. Er wurde stärker. Sein getrübter Blick wurde scharf. Er streckte sich, spannte die Muskeln an. Die Fesseln zerrissen.

Er setzte sich auf und schob den leblosen Körper verächtlich von sich. Sein Blick fand die Toten auf der anderen Seite des Zeltes. Er erhob sich, trat zu ihnen und blickte mit unerträglichem Schmerz auf sie herab. Er war dankbar gewesen, als sie vor zwei Tagen für immer verstummt waren und ihre Qual ein Ende hatte.

Ein Mann betrat das Zelt, sah ihn vor sich stehen, erblickte das blutverschmierte Gesicht, den Hass in seinen Augen, die Mordlust. Es dauerte kaum einen Herzschlag lang, da hatte er auch ihn gefasst.

Er ließ ihn mit zerrissener Kehle liegen, als er aus dem Zelt ins Freie trat und sich auf die anderen stürzte. Er wusste kaum noch, was er tat.

Er war nicht mehr er selbst. Er war wie ein tödlicher Schatten, der seinen Feinden den Lebenssaft aussaugte.

Er war schneller als ein Gedanke.

Und tödlicher als jedes Schwert und jeder Pfeil.

Erstes Kapitel

London, Mitte des 19. Jahrhunderts

Die junge Frau, die soeben mit raschen, anmutigen Schritten die Straße überquerte und geschickt einer mit Unrat gefüllten Lache auswich, in der eine tote Ratte lag, hatte keine Ahnung, dass sie beobachtet wurde. Ein kaltes Augenpaar verfolgte im Schatten des Londoner Nebels bereits seit längerer Zeit ihren Weg – im Grunde schon, seit sie die besseren Gegenden verlassen und sich immer tiefer in die schmutzigen Armutsviertel begeben hatte. Sie bog in eine düstere, enge Straße ein, die schon am hellen Tag kaum beleuchtet wurde, geschweige denn jetzt, nachdem die Dämmerung hereingebrochen war und der Nebel sich verdichtet hatte. Eine Schwade von kaltem Dunst kam auf sie zu und legte sich auf ihre Lunge, bis die junge Frau nach Luft rang. Sekundenlang blieb sie stehen und blickte zweifelnd in die Straße. Dann schloss sie ihre Hand fester um ihren Regenschirm und marschierte energisch los.

Sie war kaum einige Meter gekommen, als plötzlich ein Mann aus einem der dunklen Hauseingänge auf sie zusprang und nach ihr griff, um sie zu packen. Sie sah gerötete Augen, blitzende Zähne. Ein kleiner Schrei entrang sich ihr, aber dann fasste sie auch schon ihren Regenschirm fester und schlug damit so kräftig auf den Angreifer ein, dass dieser auf der Stelle von ihr abließ, sich schützend die Arme über den Kopf hielt und zurückwich.

Charlie, deren Schreck durch heiligen Zorn ersetzt worden war, verfolgte den Mann, ihn dabei mit Ausdrücken bedenkend, die eine Dame von ihrem Stand und Aussehen niemals kennen sollte. Sie ließ erst von ihm ab, als er anfing, loszuschreien.

»Hör auf, Charlie! Bist du verrückt geworden?!«

Sie hielt inne. Dann senkte sie schwer atmend den Schirm und starrte den Angreifer wütend an. »Ich? Du bist verrückt geworden! Wie kannst du mich nur so erschrecken!«

»Geschieht dir ganz recht! Was machst du überhaupt hier? Du hast hier nichts verloren!«

»Was glaubst du wohl, was ich hier tue? Ich bin auf der Suche nach dir!«

Er sah sie einige Momente lang stumm an. »Aber ich wäre zu dir gekommen. Bestimmt.«

»Ach, und wann?! Du bist seit Monaten verschwunden! Keiner weiß, wohin! Kannst du dir nicht vorstellen, dass ich mir Sorgen um dich mache? Noch dazu, wo Tante Hagas Diener so komische Bemerkungen über dich gemacht hat und sie selbst nicht mit der Sprache rausrücken wollte!«

»Charlie ...«, seine Stimme klang jetzt weich und besänftigend. Und sehr jung. Jung war er tatsächlich, vier Jahre jünger als sie. Als er mit ausgestreckten Armen auf sie zutrat, warf sie den Regenschirm fort und flog ihm entgegen.

»Theo. Mein lieber Theo. Ich hatte ja solche Angst um dich. Tante Haga wollte mir einreden, du ... du wärst nicht mehr ganz du selbst, und ich sollte dich deiner eigenen Wege gehen lassen. Aber wie könnte ich das denn?« Sie löste sich von ihm, trat einen halben Schritt zurück und legte die Hände um sein Gesicht. Die Dämmerung beleuchtete es nur schwach, aber sie betrachtete prüfend jeden seiner Züge, bis sie an seinen Augen hängen blieb. Sie waren dunkler als früher, ernster. Er wirkte insgesamt erwachsener, als hätte er Dinge gesehen, die ihm vor wenigen Monaten noch völlig fremd gewesen waren. Als wäre aus dem liebenswerten Jungen ein Mann geworden.

Oder vielmehr ein Vampir.

»Ach, Theo ... Wie konntest du nur einfach so verschwinden?«

»Ich wollte ja nicht verschwinden, aber es schien mir als das Beste. Das heißt, vorläufig ... bis ...« Er unterbrach sich und sah aufmerksam die Straße hinab. »Hier können wir nicht bleiben. Die Gegend ist ziemlich verrufen. Es treibt sich hier mehr Gesindel herum als im restlichen England.« Er nahm ihren Arm, hob den Regenschirm auf und zog sie fort, die enge Straße entlang, vorbei an sich nebeneinanderkauernden Bettlern und einem Betrunkenen, der halb bewusstlos vom Gin im Rinnsal lag, dann um die Ecke und schließlich einige Stufen hinab zu einem Kellereingang.

Charlie tastete nach ihm, als er im Dunkeln stehen blieb. Sie konnte kaum seine Umrisse, geschweige denn ihre Umgebung wahrnehmen. Sie hörte das Knarren einer Tür, ein kühler Luftzug drang heraus und ließ sie schaudern. Der Nebel war bis auf die Haut gedrungen, und Charlie fühlte sich durch und durch kalt und klamm.

»Warte, ich mache Licht.« Seine Kleidung raschelte, und endlich flackerte ein Licht auf, das schnell heller wurde, als er das brennende Holzstück an einen Kerzendocht hielt.

Charlie sah sich um. Sie befanden sich in einem kleinen Raum, in dem gerade nur ein Bett stand, ein Tisch, zwei Stühle und ein grob gezimmerter Schrank. In der Ecke, durch einen halb zurückgezogenen Vorhang abgetrennt, sah sie eine Waschschüssel. Da auf beiden Stühlen Bücher und anderes Zeug lagen, setzte sich Charlie zögernd auf das Bett. Es war ungewöhnlich groß, wie für ein Ehepaar geeignet. Früher, als ihr Bruder noch daheim gelebt hatte und ein normaler junger Mann gewesen war, hatte sie niemals Scheu gehabt, es sich auf seinem Bett bequem zu machen und bis in die frühen Morgenstunden mit ihm zu lachen und zu plaudern, aber jetzt war sie fremd. Ein fremdes Zimmer, ein fremdes Bett, das er mit jemandem teilte, den sie nicht einmal kannte. Sie unterdrückte das Zittern, das von ihren Knien aufwärts wanderte und ihren Körper erfasste.

Theo ließ sich neben ihr nieder. »Ich habe leider nichts daheim, was ich dir anbieten kann. Bestenfalls eine Tasse Tee.«

Tee wäre schön gewesen, er hätte vielleicht die innere Kälte vertrieben, aber ein Blick auf den staubigen Teekessel und die kalte Feuerstelle ließ sie verneinen. »Ist dir nicht kalt hier drinnen?«

»Nein, gar nicht. Dir schon? Frierst du? Warte, ich mache Feuer.« Er sprang auf, sichtlich erleichtert, dass er eine Beschäftigung gefunden hatte, die ihn von ihrer Seite fortbrachte. Es war das erste Mal, stellte Charlie traurig fest, dass er sich in ihrer Nähe nicht wohlfühlte. Früher hatten sie alles miteinander geteilt: heimlich gestohlene Plätzchen und Marmelade, das Wissen um die zwielichtigen Geschäfte des Nachbarn und vor allem das Geheimnis ihrer eigenen Familie.

Sie sah ihm zu, wie er sich vor den Kamin kniete und sich daran zu schaffen machte. Das Holz war feucht und wollte nicht richtig anbrennen. »Ich dachte, ihr Vampire könnt alles, was ihr wollt? Weshalb sagst du dem Feuer nicht einfach, dass es brennen soll?«

»Feuer ist für uns nicht besonders gesund«, erwiderte er mit einem grinsenden Blick über die Schulter, ohne ihr den Sarkasmus übel zu nehmen. »Daher legen wir keinen besonderen Wert auf die Fähigkeit, es zu entfachen. Eher darauf, wie wir es wieder löschen können.«

»Dann lass mich das machen.« Charlie stand auf, wurde sich wieder ihrer wackeligen Knie bewusst, ging aber tapfer zu Theo und kniete sich neben ihn hin. Fast unmittelbar darauf flackerte ein munteres Feuer im Kamin. Theo hatte sich respektvoll zurückgezogen, aber sie selbst blieb davor hocken und hielt ihre eiskalten Hände in die Wärme. Das Feuer war freundlich hell in diesem düsteren Raum.

»Warum, Theo?« Sie sah ihn bei dieser Frage nicht an, sondern blickte in die züngelnden Flammen.

Sie hörte ihn tief durchatmen. »Es war keine leichtfertige Entscheidung, Charlie. Das darfst du mir glauben.«

»Es war eine dumme Entscheidung.«

Er legte seine Hand auf ihren Arm, und sie wurde gewahr, wie kühl er war. Ein Frösteln ging trotz der Wärme des Feuers durch ihren Körper. »Aber ich werde ewig leben ... Charlie, stell dir das doch vor.«

»Bei Nacht! Am Tag verkriechst du dich in dieser Gruft!«

»Doch nur anfangs! Und ich kann auch bei Dämmerung hinaus, solange mich nicht die Sonne erwischt.« Seine Stimme wurde eindringlich, als er ihre Zweifel an ihrem Gesicht ablas. »Das ist alles ganz anders, glaub mir. Und der Mann, dem ich das verdanke ...«

»Mit diesem Mann werde ich noch ein Wörtchen zu reden haben!«

Er schüttelte mit einem nachsichtigen Lächeln den Kopf. »Das ist kein Mann, mit dem man *ein Wörtchen redet*. Er ist älter als ich und du zusammen. Sehr gebildet und distinguiert. Er stammt aus einer guten, alten Familie.«

»Das tun wir auch!«

»Aber Charlie, du weißt doch selbst, was unsere Familie ist. Alt ja, aber kein französischer Adel. Du müsstest ihn kennenlernen. Er ist so selbstsicher, so beeindruckend, erfahren«, fuhr er eifrig fort. »Ich bin sicher, du würdest ihn mögen.«

»Mögen? Einen Vampir mögen?« *Französischer Adel*. Charlie unterdrückte ein abfälliges Schnaufen.

»Solche Vorurteile passen doch gar nicht zu dir«, stellte Theo vorwurfsvoll fest. »Und nicht zu unserer Familie. Gerade wir sollten doch ...«

»Wir mögen viel sein, aber bestimmt keine Vampire, die andere Leute aussaugen und töten!«

»Unseresgleichen – oder wohl eher – deinesgleichen hat auch schon viel Unrecht getan.« Theo sah sie seufzend an, dann glitt sein Blick zur Tür. »Wir müssen uns beeilen, es wird schon Nacht. Du bist in dieser Gegend nicht mehr sicher.« Er erhob sich und zog sie mit sich. »Ich begleite dich heim.«

»Du wirst hierbleiben«, fuhr Charlie ihren kleinen Bruder unsanft an. »Ich komme morgen Abend wieder und dann können wir weiterreden.«

»Ich mag es gar nicht, wenn du alleine hier herumläufst.«

»Warum? Ich sage einfach, ich bin deine Schwester. Da werden bestimmt keine Vampire über mich herfallen.« Ihre Stimme klang abfällig, aber das war ihr gleichgültig, er sollte spüren, wie sie sich fühlte.

»Vampire vielleicht, aber ich sagte ja schon, es treibt sich da ...«

»Vor denen habe ich genauso wenig Angst.« Sie wollte sich abwenden, überlegte es sich dann jedoch anders, beugte sich vor und küsste Theos kühle Wange. Sie fühlte sich weich an, wie die einer Frau.

Er hielt sie am Arm fest, als sie aus der Tür schlüpfen wollte. »Es wäre mir lieber, du würdest heimfahren, zu Großmutter. Das hier ist nichts für dich! Es könnte dir etwas zustoßen, und ich kann nicht immer auf dich aufpassen.«

»Du auf mich?« Charlie lachte spöttisch. »Du bist ja nicht einmal imstande, auf dich selbst aufzupassen!« Damit packte sie ihren Regenschirm, war aus der Tür und schon auf der Straße.

Sie würde ihn bestimmt nicht lange alleine lassen, oder dulden, was aus ihm geworden war. Sie war fest entschlossen, ihn aus den Fängen dieses Vampirs zu befreien und zurück zu Großmutter zu bringen. Großmutter war so alt und klug, dass sie gegen alles ein Heilmittel wusste.

Cyrill Veilbrook hatte seinen Kutscher heimgeschickt, um zu Fuß durch London zu laufen. Er war vor zwei Tagen von einer längeren Reise auf den Kontinent zurückgekehrt, und es drängte ihn danach, wieder in die Tiefen dieser Stadt einzutauchen. Zudem hatte London bei Nacht ein völlig anderes Flair als tagsüber. Es war dann von Kreaturen bevölkert, die das Licht des Tages scheuten und sich erst in der Dunkelheit hervorwagten. Sie strahlten so viele unterschiedliche intensive Gefühle aus, wie Lust, Hass, Wut, Gefahr, Liebe, Trauer. Cyrill mochte dieses nächtliche Konglomerat an Gedanken und Emotionen, es war leidenschaftlich und gefährlich.

Er kannte London seit sehr vielen Jahren. Es gab weder in den dreckigen Elendsvierteln noch in den Stadtteilen, wo die Reichen und Adeligen wohnten, eine Straße, ein Haus, eine Ecke, die er nicht schon einmal gesehen hatte. Er hatte ausreichend Zeit gehabt, London kennenzulernen, sein Wachsen, seine Veränderungen zu erleben, und er war gewohnt, es als seine Stadt anzusehen. Die Bewohner – besonders in den Armutsvierteln – waren damit vertraut, ihn durchschlendern zu sehen, wenn er in der Dämmerung oder des Nachts unterwegs war, und legten zum Teil großen Wert darauf, ihm so weit wie möglich auszuweichen.

Auch an diesem Abend war es nicht anders. Dunkle Schatten kreuzten seinen Weg, wichen vor ihm zurück, drängten sich halb verfallene Steinmauern entlang, verschmolzen mit morschen Planken. Der Geruch von Elend, Leidenschaft und Tod lag wie eine dichte Decke über allem. Cyrill verabscheute diese Atmosphäre, und zugleich suchte er sie. Sie war wahrhaftiger als die gekünstelten Leben der Reichen, die ihre Fassaden der Biederkeit kultivierten, saubere Kleidung und ganze Flakons von Parfüm trugen, um das schmutzige Darunter zu übertünchen. Hier war alles echt. In der Gosse gab es keinen Schein mehr.

Er hatte die Straße zur Hälfte durchwandert, als vor ihm eine unvermutete und ungewohnte Bewegung entstand. Etwas Lichtes durchbrach die Dunkelheit. Leuchtendes Haar, eine helle Stimme, die den Nebel teilte. Eine sehr zornige Stimme, die zu einer Frau gehörte. Schatten umschwärmten sie, kamen näher, wichen zurück. Zischende Laute, ein leises Fauchen, höhnisches Gelächter füllte die Straße, als sie den Regenschirm hob, um nach den Angreifern zu schlagen. Die Szene war nur von einem mickrigen Feuer erhellt, um das sich einige Gestalten geschart hatten, die ängstlich zusahen.

»Verschwindet! Sonst könnt ihr etwas erleben! Macht euch davon! Widerwärtiges Gesindel!«

Ihre Stimme schwankte nicht. Sie war wütend, und sie hatte Mut. Cyrill hatte schon Frauen in ähnlichen Situationen gesehen; heruntergekommene Prostituierte, Bettlerinnen, Diebinnen, Mörderinnen, Geschöpfe dieser Welt und der Gosse, die es mit Leben und Tod nicht genau nahmen und bei den Angriffen der Schatten doch wimmernd und laut schreiend versucht hatten, zu entkommen. Diese hier war sogar furchtlos – oder wohl eher dumm genug – einen der Angreifer, der ein paar Schritte zurückwich, zu verfolgen und mit ihrem Schirm auf ihn einzudreschen.

Cyrill schlenderte näher. Er war sich noch nicht sicher, was er tun wollte. Einerseits hatten die Schatten der Slums das Recht dazu, jedes Wild, das sich des Nachts hierher verlief, für sich zu beanspruchen – es war ihre Nahrungsquelle. Aber andererseits rührte ihn etwas an diesem Mädchen. Sie gehörte auch ganz offenbar nicht hierher, dafür sprach ihr ganzes Auftreten, ihre Kleidung, ihre Sprache. Wenn auch nur einer außerhalb dieser Viertel wusste, dass sie in diese Gegend gekommen und hier spurlos verschwunden war, wimmelte es in den nächsten Tagen in diesen Gassen von Büttel. Außerdem – so gänzlich spurlos verschwanden sie nie. Die Lebewesen, Menschen und Schatten, konnten zwar viel brauchen – und was nicht, landete diskret in der zähen Masse des Abwasserkanals, der dieses Viertel durchzog und jede Art von Abfall mit sich führte – aber irgendetwas blieb immer zurück, und wäre es nur der Geruch nach unschuldigem Blut.

Cyrill trat in den Schein des kleinen Feuers. Sofort veränderte sich die Szenerie. Die Schatten zogen sich zurück und verharrten außerhalb des schwachen Lichtkreises. Sie warteten. Cyrills Blick schweifte über die kleine Gruppe um das Feuer. Menschen. Sie regten sich nicht. Er sah eine zahnlose Frau, deren Gesicht von Pusteln überzogen war, eine etwas jüngere, die ihr Gesicht hinter einem Tuch verborgen hatte, und einen verkrüppelten Alten mit tiefen Pockennarben, der so gekrümmt dahockte, dass man sein Gesicht kaum sehen konnte. Menschlicher Auswurf, Sklaven der Dämonen.

Das Mädchen war mitten auf der Straße stehen geblieben. Das Feuer beleuchtete ihr Gesicht; sie war noch sehr jung und nicht gerade reizlos. Sie warf einen abschätzenden Blick auf Cyrill, dann drehte sie sich langsam mit dem Schirm im Kreis. Wann immer die Schirmspitze auf einen der Schemen zeigte, zog sich dieser weiter in die Dunkelheit zurück.

Cyrill kam näher. Sie bückte sich und hob eine Pelerine vom Boden auf, schüttelte sie seelenruhig aus und warf sie sich um die Schultern. Ihr fragender und zugleich misstrauischer Blick erfasste ihn. »Sir?«

Er hatte noch kein Wort gesprochen, konnte aber förmlich die Spannung in den Schatten fühlen. Sie würden es nicht wagen, ihn anzugreifen. Es hatte sich in den letzten Monaten zwar einiges geändert, neue Vampire und Dämonen waren in London eingetroffen, aber noch respektierten sie ihn. Und wenn nicht, konnte er ihnen sehr schnell wieder die nötige Achtung beibringen.

»Sie scheinen sich verlaufen zu haben, Miss.« Cyrill hatte seine Entscheidung getroffen. Er würde das Mädchen heimbringen. Dieses Mal würde es überleben, und wenn es nicht dumm genug war, wieder hierherzukommen, hatte es vielleicht sogar Chancen, noch ein paar Jahre älter zu werden.

Sie sah sich stirnrunzelnd um. Fühlte sie, wie die Schatten sich zurückzogen? Deren Zorn? Er spürte ihre Gefühle, aber er achtete nicht darauf. Sie mussten sich eben andere Nahrung suchen.

»Nicht so ganz verlaufen«, sagte sie endlich. »Ich dachte, dass ich nach zwei, drei Straßen in ein Viertel käme, wo ich mich zurechtfände, aber dann wurde ich belästigt.«

Cyrill gab sich keine Mühe, sein ironisches Lächeln zu verbergen. Belästigt nannte sie das also, wenn sie von hungrigen Dämonen und Vampiren angegriffen wurde. Die junge Dame war entweder wirklich sehr einfältig oder völlig unwissend, was diese Gegenden betraf. Eher unwissend, entschied Cyrill, als er in ihre hellen Augen sah. Er versuchte, ihre Gefühle zu erfassen, aber das war schwierig unter den Leidenschaften der anderen Geschöpfe. Sie hatte einen wachen Blick, als sie ihn abermals eindringlich musterte, so, als wäre sie nicht sicher, wie sie ihn einzuschätzen hatte. *Harmlos*, hätte er ihr sagen können. Jedenfalls für sie und die meisten Menschen.

»Wenn Sie mir erlauben, werde ich Sie heimbegleiten.«

Sie nickte hoheitsvoll. »Das wäre sehr freundlich von Ihnen.«

»Dann bitte hier entlang.« Cyrill trat dicht neben sie und berührte ihren Arm. Er fühlte, wie die dunklen Kreaturen sich weiter zurückzogen. Er wollte das Mädchen die Straße weiterführen, aber sie blieb stehen und wandte sich an die beim Feuer sitzenden Dämonensklaven.

»Würden Sie mir wohl gestatten, einen Span mitzunehmen?« Sie deutete auf ihre Füße. »Ich sehe kaum, wohin ich steige. Hier, bitte sehr«, sie kramte in ihrer

Kleidertasche und zog eine Münze hervor, Cyrill hob die Augenbrauen, als er sah, dass es eine halbe Guinee war.

Der pockennarbige Alte fasste so schnell nach der Münze, dass man die Bewegung kaum sah. Er biss hinein, dann steckte er sie zufrieden unter sein Hemd, wies nur mit dem Kopf auf das Feuer und das Mädchen griff nach einiger Überlegung nach einem Span. Cyrill wartete halb ungeduldig, halb amüsiert, als er beobachtete, wie sorgfältig sie wählte. Das jämmerliche Licht war zu klein, um den Weg zu beleuchten und gar die in Bodennähe dichten Nebel zu durchbrechen. Sie hatte damit keine Chance zu sehen, wohin sie ihren Fuß setzte, und würde mit ihren feinen Stiefeln bald knöcheltief im Kot waten.

Sie wandte sich ihm zu. »So. Damit muss ich Sie nun nicht länger belästigen. Jetzt finde ich meinen Weg auch alleine.«

Cyrill war nahe daran zu grinsen. Was glaubte sie, wie lange dieser Span die anderen davon abhielt, sich wieder auf sie zu stürzen? Sobald er ihr auch nur den Rücken zukehrte, kam sie damit nicht einmal die halbe Straße entlang!

»Ich bringe Sie heim.«

Sie hob das Kinn. »Das ist nicht nötig.«

»Ich glaube doch.« Cyrill wusste selbst nicht, weshalb er dieser Meinung war. Interesse an diesen großen Augen? Ein letzter Rest Ritterlichkeit oder Anständigkeit? Er dachte nicht länger darüber nach. Vielleicht war ihm auch nur langweilig.

»Nun, wie Sie meinen.« Sie klang höflich, aber gleichgültig, als sie sich energisch in Bewegung setzte. Cyrill holte sie mit zwei langen Schritten ein, und die sie umschwärmenden Schatten wichen wieder zurück.

»Sie müssen weit vom Weg abgekommen sein.«

»Nicht so schlimm, das sagte ich Ihnen ja bereits.« Sie sah beim Gehen kurz hoch. »Der Nebel ist zu dicht, sonst könnte man den Mond sehen, das würde es angenehmer machen, hier zu gehen.«

»Der Mond würde Ihnen nicht helfen«, meinte Cyrill ironisch.

»Der Mond nicht, aber Sie haben es getan.« Ihre Stimme klang freundlich. »Es überrascht mich, Sie hier zu sehen. Sie wirken nicht auf mich, als gehörten Sie hierher.«

»Dasselbe könnte ich auch von Ihnen behaupten«, erwiderte Cyrill trocken. Etwas in ihm drängte ihn dazu, hinzuzufügen: »Sie sollten sich des Nächtens mit einer Kutsche oder Sänfte heimbringen lassen und diesen Vierteln gar nicht erst nahe kommen.«

»Ach«, erwiderte sie leichthin. »Ich wäre schon mit diesen Leuten fertiggeworden!«

»Ja, bestimmt, wenn diese nämlich von Ihnen genug gehabt und Sie in der Gosse hätten liegen lassen.« Ausgesaugt, ausgeblutet. Nackt, weil der menschliche Abschaum nicht lange zögern würde, ihre Kleidung an sich zu reißen.

Sie gab keine Antwort, aber um ihre Lippen trat ein entschlossener, eigensinniger Zug.

»Wo wohnen Sie?«, setzte Cyrill nach einigen Schritten die Unterhaltung fort.

»Weshalb wollen Sie das wissen?« Ihr prüfender Blick wanderte einmal mehr über ihn. Cyrill hielt ihm gleichmütig stand; er wusste, dass er wie ein Gentleman gekleidet war und auch in seinem Benehmen wie einer wirkte. Anständige junge Damen hatten üblicherweise keine Angst vor ihm. Und auch keinen Grund dazu.

»Ich dachte, Sie wollten heim. Wir können natürlich auch gerne stundenlang im Kreis durch den Unrat in diesen Straßen waten.« Langsam ging sie ihm auf die Nerven, und er bereute bereits seinen Anflug von Ritterlichkeit. Er mochte Frauen wie sie nicht. Frauen, die sich hierher verliefen und dann mit dem Regenschirm auf Vampire losgingen, litten entweder an unangebrachtem Selbstbewusstsein oder an übermäßiger Dummheit. Er hatte lieber die sanften, anschmiegsamen Frauen, die sich belehren ließen und genügend Verstand besaßen, Gegenden wie diesen auszuweichen. Er kannte natürlich auch andere, solche, die nicht einmal einen Regenschirm brauchten, um mit den Schatten fertigzuwerden. Denen diese Geschöpfe ohnehin aus dem Weg gingen, weil sie ihnen zu gefährlich und zu mächtig waren. Diese Frauen trugen ihr Selbstbewusstsein aber nicht zur Schau. Allerdings waren es auch keine von der Sorte, bei denen er jemals überlegt hatte, wie sie ohne Kleidung aussahen. Bei dieser hier hatte er das anfangs getan. Was ein Fehler war, denn andernfalls wäre er weitergegangen und hätte sie jetzt schon los.

»Ich wohne in der Loman Street«, sagte sie endlich.

Das war nicht die beste Gegend, aber sie befanden sich tatsächlich nicht so weit von ihrem Wohnort entfernt, wie er ihrem Aussehen und ihrem Auftreten nach geschlossen hätte.

Londons Stadtteil Southwark hatte die verschiedensten Anreize zu bieten. Hier befanden sich nicht nur Gefängnisse und das Irrenhaus, sondern auch Vergnügungsstätten, Wirtshäuser, Theater, das düstere Gebiet an der Themse und natürlich jede Menge Bordelle. Er selbst war, bis er London für einige Monate verlassen hatte, häufig Besucher eines ganz gewissen, in der Loman Street ansässigen Etablissements gewesen. Er warf dem Mädchen einen kurzen Blick zu. Ob sie wohl wusste, dass diese Straße eines der außergewöhnlichsten Bordelle beherbergte, das nicht nur London, sondern ganz England zu bieten hatte? Vielleicht war es sogar ein Wink des Schicksals, dass seine Hilfsbereitschaft ihn gerade heute dorthin führte. Er konnte, bevor er heimging, dem *Chez Haga* noch einen kurzen Besuch abstatten, anstatt weiterhin durch die nebligen Straßen zu schlendern und sich dann in die Einsamkeit seines Hauses zurückzuziehen.

Sie schien endlich begriffen zu haben, dass er gewillt war, sie zu begleiten. Sie sah zwar nur geradeaus, gönnte ihm keinen Blick, machte aber auch keine Anstalten, seine Seite zu verlassen. In der rechten Hand hielt sie entschlossen den Regenschirm, als wäre sie bereit, jederzeit wieder zuzuschlagen, in der linken den brennenden Span. Die Flamme brannte überraschend hell, und Cyrill wunderte sich, dass das Feuer nicht schon mehr von dem Holz gefressen hatte.

Vor einer besonders zwielichtigen Straße blieb seine Begleiterin stehen und blickte zweifelnd hinein.

»Das ist der kürzeste Weg«, sagte er ruhig.

»Sie scheinen die Gegend hier gut zu kennen.«

»Jedenfalls besser als Sie.« Er nahm leicht ihren Arm. »Und jetzt kommen Sie.« Er sah aus dem Augenwinkel, wie dunkle Schemen die schmale Straße querten, sich in schiefe Haustore drückten. Einer sprang mit katzenhafter Geschicklichkeit aus dem Stand auf eines der niedrigen Dächer. Das Mädchen sah ebenfalls hin, beobachtete. Ihre Augen waren etwas schmäler geworden, und ihr Ausdruck war angespannt. Hier lebten die Ausgestoßenen aller Welten. Sekundenlang lauschte er mit allen Sinnen in die Straße hinein. Sie hatten ihn und das Mädchen verfolgt, sie waren zornig. Offensichtlich waren sie dieses Mal nicht so leicht einzuschüchtern wie sonst. Für ihn wäre es kein Problem gewesen, aber er wollte nicht, dass sie zu viel von dem begriff, was hier vor sich ging. Er überlegte, dann nahm er ihren Arm, drehte mit ihr um und ging den Weg zurück, den sie gekommen waren.

»Was ist jetzt?«, fragte sie verblüfft.

»Wir nehmen eine andere Straße.«

Sie ging widerstandslos mit ihm, blickte aber über die Schulter zurück. Sie würde nichts sehen außer undurchdringlicher Dunkelheit. Die Wesen, die sich dort verbargen, waren nicht für menschliche Augen sichtbar.

Das Mädchen schwieg für den Rest des Weges. Sie hatte den Kopf gesenkt und duldete es, dass Cyrill leicht die Hand unter ihren Ellbogen legte. Auf diese Weise war sie mit ihm verbunden und etwaige Rivalen wussten, dass er Anspruch auf sie erhob. Er grinste innerlich bei dem Gedanken, dass sie tatsächlich völlig sicher bei ihm war. Ihre äußerlichen Reize waren bei näherem Hinsehen bei Weitem nicht so ausgeprägt, dass er in Versuchung gekommen wäre, ihr näherzukommen, und Blut – selbst wenn es so frisch und süß war wie bei diesem Mädchen – interessierte ihn schon lange nicht mehr. Die Zeiten, wo er Kraft daraus geschöpft hatte, waren viele Menschenleben vorbei.

Als sie die besseren Gegenden Southwarks erreichten, warf das Mädchen den brennenden Span ins Rinnsal. Die Gasbeleuchtung war ausreichend, und zudem war die Gegend belebt. Hier eilten Sänftenträger durch die Straßen, Diener, Boten, käufliche Damen schritten hüftschwingend auf und ab, und einige angetrunkene junge Herrchen auf Abenteuersuche gafften seine Begleiterin an, wichen jedoch weit aus, als sein Blick sie fixierte.

Endlich bogen sie in die Loman Street ein. Das Mädchen ging zielstrebig weiter und blieb vor genau dem Haus stehen, das Cyrill an diesem Abend als lohnendes Ziel erachtet hatte.

»Hier wohnen Sie?« Cyrill konnte seine Verblüffung kaum verbergen.

Sie wandte ihm ein erstauntes Gesicht zu. »Sollte Ihnen dieses Haus nicht behagen?«

Erstaunt über den Spott in ihrer Stimme wandte er sich ihr zu. Das Haus hatte ihm sogar schon so manches Mal behagt, vor allem die jungen Damen darin, die genau jenes Maß an Unterwürfigkeit besaßen, das ihm gefiel, aber dass auch seine Begleiterin hier wohnte, verwunderte ihn. »Es ist kein Haus für eine junge Dame.«

»Dann bin ich vermutlich auch keine«, kam es ungeduldig zurück.

»Nein, vermutlich nicht.« Sein Blick glitt mit neu erwachtem Interesse über sie. Ein anständiges Mädchen, das sich irrtümlich in die Slums verirrt hatte, war langweilig, aber als kleine Hure hatte sie einen gewissen Reiz. Sie hatte Haltung, das war einmal etwas Neues. Haga schien während seiner Abwesenheit ihr Angebot an Liebeshexen vergrößert zu haben. Nicht uninteressant. Jetzt begriff er auch, weshalb sie den Eindruck gemacht hatte, die Schatten wahrzunehmen. Diese kleinen Hexen waren zwar zu nicht viel mehr gut, als einem Mann unvergessliche Liebesstunden zu bereiten – und verstanden sich auf die absonderlichsten Mittel dazu – aber er zweifelte nicht daran, dass sie andere übersinnliche Wesen fühlen und erkennen konnten.

Trotzdem war ihr Selbstbewusstsein nicht angebracht. Diese Geschöpfe hätten sie ebenso schnell getötet und zerrissen wie eine normale Frau. Was, im Namen der höllischen Wesen, hatte sie in dieser gottverdammten Gegend getan? Hatte sie sich wirklich nur verlaufen? Oder war sie auf dem Heimweg von einem Freier?

»Ich bin Charlotta ... Baker.« Sie hatte kaum merklich gezögert. »Lady Hagas Nichte.«

Er kräuselte die Lippen zu einem ironischen Lächeln. »Ja. Natürlich. Ich kenne Lady Haga. Und ihre *Nichten*«, fügte er bedeutsam hinzu.

Ihre Wangen färbten sich ein wenig. Sie hatte also gedacht, ihm das biedere Mädchen vorspielen zu können. Das wäre ihr bei vielen anderen gelungen, die niemals Zugang zu Hagas *Veranstaltungen* hatten, aber er wusste es bei Weitem besser. Das Spiel mit der kleinen Hure gefiel ihm mit einem Mal. Es war unterhaltsam.

Er verbeugte sich leicht. »Cyrill Veilbrook.«

Sie neigte den Kopf. »Vielen Dank, für Ihre Begleitung, Mr. Veilbrook. Sie waren sehr freundlich. Gute Nacht.«

Cyrill wollte sie nicht so gehen lassen. Eine interessante Idee war ihm gekommen: Er hatte sich noch nie eine Succuba unterworfen, die eine Dame spielte. Sie war gut in ihrer Rolle, und vielleicht doch reizender, als er gedacht hatte. Sein Blick glitt über ihr hochmütiges Gesicht und blieb an diesen vollen Lippen hängen. Mit einem Mal war es ihm ein Bedürfnis zu probieren, wie diese Hexe schmeckte. »Ist das alles?«, fragte er sie mit leichtem Spott in der Stimme, während er einen Schritt näher trat.

Ihre Augenbrauen hoben sich erstaunt. »Wie darf ich das verstehen?«

»Einfach nur ein ›Vielen Dank‹?« Er sah auf sie hinab. Sieh an, in diesen hellgrauen Augen blitzte es auf, sie hatte zweifellos Temperament. Der Sache musste er näher nachgehen. Wenn sie so schmeckte und küsste, wie sie ihren Regenschirm gegen Dämonen führte, war es durchaus lohnend, die Bekanntschaft zu vertiefen. Er sah tiefer in diese Augen, in deren Untergrund es funkelte. Was war das? Lebhaftigkeit? Leidenschaft? Zufrieden merkte er, wie sie unter seinem zwingenden Blick ruhiger wurde. So war es gut. Die hochmütige Dame konnte sie ihm ein anderes Mal vorspielen, jetzt wollte er nur kosten und sehen, ob er überhaupt Interesse an einer Fortsetzung dieser Bekanntschaft hatte.

Sie blinzelte, hielt aber immer noch ruhig, als er sich hinabbeugte. Seine Hand lag sanft unter ihrem Kinn und hob es in eine angenehme Position. Sie zuckte, als wollte sie sich losreißen, aber ein eindringlicherer Blick genügte, und sie schloss die Augen. Ihr Atem ging ganz ruhig. Sie wusste nicht mehr, was er mit ihr tat, aber darum ging es ihm jetzt nicht. Seine Lippen berührten ihren Mund. Weich. Voll. Er hatte sie völlig in seiner Gewalt, und sobald er sie losließ, hatte sie keine Erinnerung mehr an diesen Moment. Das war besser so, Cyrill nutzte seine Überlegenheit sonst nicht auf diese Art aus, er liebte die Verführung oder das Spiel mit Dominanz und Unterwerfung.

Er fuhr langsam und bedächtig über diesen hübschen Mund, das angenehme Gefühl auskostend, dann erhöhte er den Druck. Sie gab ohne zu zögern nach. Er schob sachte seine Zunge zwischen ihre Lippen. Ein bisschen mehr Nachdruck und schon öffnete sie ihren Mund weiter, und er konnte sie tiefer kosten. Es war angenehm, sie zu probieren, sie schmeckte süß und frisch; weit besser als die meisten Frauen, die er in den letzten Jahren gekannt und geküsst hatte.

Cyrill legte fast unbewusst den Arm um sie und zog sie ein wenig an sich – sie gab abermals nach. Sie war völlig willenlos, als hätte er eine Puppe im Arm; aber es war eine sehr lebendige, warme Puppe. Cyrill wusste nun schon genug, er hätte sie loslassen und ins Haus schicken können, aber er wollte noch nicht aufhören. Er vertiefte den Kuss noch weiter, zog sie enger. Eine unerwartete Begierde stieg in ihm hoch. Sie war so biegsam, so schlank und doch an den richtigen Stellen voll genug. Und ihr Mund war so …

Ein Geräusch brachte Cyrill wieder in die Gegenwart zurück. Eine Katze sprang fauchend zwischen den Sträuchern des Vorgartens hervor und rannte mit peitschendem Schwanz davon. Er ließ das Mädchen los und trat genau in dem Moment einen Schritt von ihr zurück, als die Haustür geöffnet wurde. Ein Dienstmädchen streckte den Kopf heraus.

Cyrill wandte seine Aufmerksamkeit wieder seiner Begleiterin zu, die sich jetzt mit einem irritierten Blinzeln umsah.

Sie strich sich über die Stirn. »Was ...«

Er verneigte sich, als wäre nichts geschehen. »Ich wünsche einen schönen Abend, Miss Charlotta.« Ob dieser Name stimmte? Baker war sicherlich falsch, sonst hätte sie nicht so gezögert.

Sie sah ihn verwirrt und zugleich misstrauisch an. »Ja. Hm. Danke.« Sie schüttelte leicht den Kopf, als wollte sie einen unangenehmen Gedanken loswerden. Dann ein anmutiges Kopfnicken vor Cyrill und schon drehte sie sich um und lief leichtfüßig die Treppe hinauf. Die Tür schloss sich hinter ihr, und Cyrill machte sich ungewöhnlich gut gelaunt auf den Heimweg.

Im Haus ließ sich Charlie von Peggy die verschmutzte Pelerine abnehmen und legte den hilfreichen Regenschirm auf eine Truhe.

»Ein sehr gut aussehender Herr, Miss Charlotta«, stellte Peggy fest. »Ein Bekannter von Ihnen?«

»Nein, ich kenne ihn nicht. Er war nur so liebenswürdig, mich heimzubegleiten.«

Peggy grinste versteckt. Sie hatte die beiden durch das Fenster beobachtet, und der Kuss hatte nicht so ausgesehen, als wäre der Gentleman nur auf eine höfliche Begleitung aus gewesen. Aber das ging ja immer schnell bei den Mädchen hier im Haus. Und die Nichte der Herrin war da anscheinend keine Ausnahme.

Charlie streifte die verdreckten Schuhe von den Füßen und warf sie in eine Ecke der Eingangshalle. »Wo ist meine Tante?«

Von der Halle gingen mehrere Türen weg. Eine davon führte in das Empfangszimmer, wohin die Gäste geführt wurden, die entweder mit Lady Haga sprechen wollten oder darauf warteten, dass die jeweilige Dame oder der junge Mann, den sie besuchten, frei war. Eine weitere führte in Hagas Arbeitszimmer, dann eine in das Souterrain mit der Küche und den Wirtschaftsräumen und die letzte in den Salon. In diesem von Gold, Samt und Plüsch, weichen Lehnsesseln und Chaiselongues dominierten Raum, der eine Ahnung der einstigen Pracht von Hagas Bordell vermittelte, fanden sich die Neffen und Nichten zwanglos entweder allein oder mit den Gästen zusammen.

»In der Küche, Miss. Braut wieder was zusammen.«
»So.« Charlie fuhr sich abermals mit der Hand über die Stirn. Sie hatte das Gefühl, dass ihr etwas entgangen war. Als ob sie etwas vergessen hätte. Aber was konnte das schon sein? Sie hatte sich von diesem Veilbrook verabschiedet und war danach gleich ins Haus gegangen, oder? War sie nicht ungewöhnlich lange dort draußen gestanden? Aber was hätte sie da gemacht? Alles, woran sie sich deutlich erinnern konnte, war sein eindringlicher Blick. War er dann nicht einen Schritt auf sie zugekommen? Unwillkürlich strich sie mit dem Finger über ihre Lippen und fuhr

mit der Zunge darüber. Es war ihr, als ob ... Nein, unmöglich. Sie schüttelte sich wie ein nasser Hund und lief auf Strümpfen in die Küche, um ihre Tante zu suchen. Sie hatte Wichtigeres zu tun, als über diesen seltsamen Fremden nachzudenken, sie musste mit Tante Haga über Theo sprechen.

Lady Hagazussa stand in einem leichten, fließenden Gewand vor dem Herd, hatte ihr dichtes Haar mit einem bunten Schal hochgebunden und rührte mit geröteten Wangen in einem Topf, dessen Dimensionen für eine Kasernenküche angemessen gewesen wären. Sie strahlte Charlie an, als sie ihrer ansichtig wurde. »Komm herein, mein Kind. Ich will dir ein Rezept zeigen, das für dich sehr wichtig werden kann.«

Charlie lehnte sich daneben hin und sah neugierig zu, wie Lady Haga Zutaten aus verschiedenen Dosen, Flakons, Körben nahm, sie – Zaubersprüche murmelnd – in den Topf warf und zwischendurch kräftig umrührte. Dampf und Rauch stiegen auf und erfüllten die geräumige Küche. Haga schloss die Augen, hob beschwörend die Hände über den Topf und begann zu singen. Die Töne klangen rein und klar durch den Raum, perlten durch den Dampf und lockten zwei der Mädchen an, die neugierig an der Küchentür stehen blieben.

Endlich ließ Tante Haga die Hände sinken und öffnete die Augen. Dann atmete sie tief durch, wandte sich ihrer Nichte zu und blinzelte. »Nicht, dass der Gesang nötig wäre, aber es macht einfach Spaß.«

Charlie lachte. Sie hatte ihre Großmutter oft dabei beobachtete, wie sie Heiltränke und weitaus geheimnisvollere Mixturen braute, und hatte sich selbst schon öfters darin versucht, aber sie hatten nur gelegentlich etwas Beschwörendes gemurmelt, um die natürlichen Kräfte der Kräuter zu erhalten oder zu verstärken. Großmutter hätte wohl indigniert den Kopf geschüttelt, hätte sie ihre Tochter so gesehen. Aber, fand Charlie, es hatte wirklich etwas Magisches an sich, beim Kochen zu singen; vor allem, wenn man eine so schöne Stimme hatte wie Tante Haga.

Sie trat neugierig näher, als ihre Tante sie heranwinkte, und lugte in den Topf. Das roch recht aromatisch. Haga nahm einen Löffel, hielt auch ihr einen hin und nickte ihr dann aufmunternd zu. Sie tauchte ihren Löffel ein und Charlie tat es ihr nach. Sie schlürfte ein wenig von der heißen Brühe und kostete nach. Es schmeckte nicht schlecht.

»Und wofür ist es?«

»*Wogegen*.« Hagas Gesicht wurde ernst. »Gegen Vampire. Wenn du nämlich darauf bestehst, mit Theo Kontakt zu haben, dann wird dir dieses Mittel sehr hilfreich sein. Ich habe es früher immer regelmäßig an die Mädchen verteilt, als wir noch öfter Vampirgäste hatten.«

Charlies Wangen wurden zuerst blass, dann rot. Haga legte rasch den Löffel weg, trat auf sie zu und nahm sie in die Arme.

»Ach, Kindchen, nicht dass ich Theo verdächtigte, dir jemals etwas anzutun. Seinen Freunden dagegen würde ich nicht über den Weg trauen, sie sind oft sehr unberechenbar. Dein Bruder würde dir niemals auch nur ein Haar krümmen, dazu hat er einen viel zu guten Charakter, der sich auch durch seine Veränderung nicht wandeln wird. Aber alle sind nicht wie er, Charlie.« Sie nannte sie absichtlich bei diesem Kosenamen, um ihr zu zeigen, wie sehr sie mit ihr fühlte. »Andere sind durch Lust und Leidenschaft so weit gekommen, durch den Wunsch, unsterblich zu werden, gleichgültig um welchen Preis. Um ihre Leidenschaften ausleben zu können, um Macht zu haben. Und darauf werden sie niemals verzichten.«

Charlie spürte, wie es hinter ihren Augen prickelte, und ihre Kehle sich zusammenschnürte. Sie drückte sich kurz an den wohlgeformten, weichen Leib ihrer Tante, sog ihren wunderbaren Duft nach Rosen ein und löste sich dann rasch wieder von ihr. Der Trost tat ihr gut, aber sie durfte nicht nachgeben. Wenn sie sich jetzt gehen ließ, vielleicht sogar zu weinen begann, war sie Theo keine Hilfe. Sie wandte sich entschlossen wieder der Brühe zu, tauchte den Löffel abermals ein und schmeckte, die Augen konzentriert geschlossen, nach.

»Ist da Knoblauch drin?«

»Nein«, Haga schüttelte den Kopf. »Der wirkt doch nicht wirklich. Es sei denn natürlich, er wäre mit einem starken Zauber versetzt. Ich habe sogar einmal von so einem Fall gehört, wo eine alte Frau magische Knoblauchketten verteilt hat. Aber sonst gibt es nur ganz wenige Vampire, die sich davon abhalten lassen, weil sie den Geruch nicht mögen und lieber Menschen beißen, die weniger stinken. Und wie groß ist schon die Chance, frage ich dich, an einen Vampir zu geraten, der lieber hungert, als einen Menschen mit Knoblauch im Atem und im Blut zu beißen. Sehr gering«, beantwortete sich Haga die Frage lebhaft selbst. »Aber noch lächerlicher sind die anderen Mittelchen. Wie Senfkörner auswerfen, damit der Vampir sie zählt und dabei vergisst, sein Opfer zu verfolgen! Ich habe schon Vampire gekannt, die konnten nicht einmal zählen!« Haga lachte, und Charlie musste ebenfalls schmunzeln. »Ach weh, was sich die Menschen da alles über diese Blutsauger zusammengereimt haben!«

»Aber auch über uns«, meinte Charlie nüchtern.

»Nein.« Ihre Tante schüttelte vehement den Kopf. »Nicht über *uns*. Vielmehr über die armen Geschöpfe, die sie an unserer statt erwischt und gequält haben.« Sie schnaubte in ihrer anmutigen Art, wie nur Lady Hagazussa das konnte, ohne dabei vulgär zu wirken. Charlie hatte als Kind einmal versucht es nachzuahmen und war von Großmutter dafür gescholten worden. »Keine von uns – ich meine keine von uns Wahrhaftigen – wäre jemals diesen kranken Menschen in die Hände gefallen.«

»War das nicht Unrecht von uns?« Charlie hatte schon oft darüber nachgedacht und den Gedanken jedes Mal sehr belastend gefunden.

»Von uns?!«

»Nun, immerhin waren wir es doch, die mit unseren Zauberkünsten die Menschen überhaupt darauf brachten, dass es so etwas wie Hexen gibt.«

»Hexen?!« Lady Haga riss die Augen auf. »Lass dir nicht einfallen, noch einmal vor mir so einen Ausdruck zu gebrauchen! Wir sind die Wahrhaftigen! Die Echten! Nicht so arme, bemitleidenswerte Kräuterweiblein, die im Mondlicht durch die Wälder kriechen, um Pflanzen zu sammeln. Und schon gar keine dieser missgeleiteten Kreaturen, die Hühnern den

Hals umdrehen, um Blutopfer darzubringen, und sich an Schwarzer Magie versuchen, um Macht und Einfluss zu gewinnen.« Sie schüttelte sich. »Wir sind Trägerinnen der alten Traditionen und großer, wahrhaftiger Macht. Auch wenn«, fügte sie ein wenig verstimmt hinzu, »sich diese Macht nicht in allen von uns gleichermaßen manifestiert.« Sie musterte ihre Nichte mit einer Mischung aus Bewunderung, Liebe und Neid. »Nicht jeder ist so begabt wie deine Mutter es war. Oder wie deine Großmutter. Ich bin neugierig, wie du dich noch entwickeln wirst.«

»Ich glaube, ich bin nicht sehr begabt«, murmelte Charlie. Sie wandte verlegen den Blick ab. Das Thema begann ihr unangenehm zu werden, noch dazu, weil Tante Hagas *Nichten* sich vor der Tür versammelten und aufmerksam zuhörten. Sie alle waren Hexen – Charlie hatte kein Problem, diesen Ausdruck zu gebrauchen, ebenso wenig wie Großmutter, die dafür bekannt war, die Dinge beim Namen zu nennen. Allerdings waren sie tatsächlich Hexen verschiedener Stufen, verschiedener Ausbildung und Begabung. Die meisten von ihnen waren reine Succubi, die sich hervorragend auf Liebeszauber und sexuelle Erregung verstanden – und auch darin, zeitgerecht das Weite zu suchen, wenn es brenzlig wurde.

Charlie dagegen hatte die magischen Fähigkeiten ihrer Mutter geerbt, auch wenn sie noch nicht völlig ausgeprägt waren. Es dauerte oft bis zum vierzigsten und gar fünfzigsten Lebensjahr, bis die Magie einer Hexe vollkommen ausgereift war.

Theo wiederum hatte gar nichts mitbekommen. Das war nicht ungewöhnlich, denn meistens übertrugen sich die übersinnlichen Fähigkeiten nur auf die weiblichen Nachkommen, und lediglich in ganz seltenen Fällen kam es dazu, dass ein Sohn sie erbte. Möglicherweise hatte Theo sich benachteiligt gefühlt, und daraus war der Wunsch entstanden, mehr als nur ein Mensch, ja sogar unsterblich zu sein, Fähigkeiten zu erhalten, die ihm sonst verschlossen geblieben wären – ein Vampir zu werden. Charlie konnte ihn bis zu einem gewissen Grad verstehen, aber es bedeutete auch, dass sie ihm gegenüber versagt und nicht genügend auf ihn achtgegeben hatte. Der Gedanke, ihn an diese Vampire zu verlieren, wurde mit jedem Tag, mit jeder Stunde unerträglicher. Nein, sie konnte es nicht dulden. Sie würde um ihn kämpfen.

Tante Haga zog Charlies Aufmerksamkeit wieder auf sich. »Diese Suppe, ja wie wirkt sie nun? Sie wehrt die Vampire nicht ab, falls du das geglaubt hast, macht aber gegen den Biss immun. Und«, fügte sie triumphierend hinzu, »der Kräuterzauber darin verhindert, dass sich die Vampire an unserer Magie bereichern. Kommt nur her, Kinderchen«, Haga winkte ihren Mädchen zu, die sich an der Küchentür versammelt hatten, »es schadet nicht, wenn ihr zuhört. Die Gerüchte, dass sich Londons Vampirgemeinde um einige sehr unangenehme Exemplare vergrößert hat, stimmen leider. Wir können nicht vorsichtig genug sein.«

»Unangenehme Exemplare – ist das Charlottas Bruder?«, kicherte eines der Mädchen. Es war ein süßes Ding mit blonden Locken.

Charlie fuhr so wild herum, dass das Mädchen drei Schritte zurückwich. »Mache noch einmal eine dumme Bemerkung über meinen Bruder und du wirst es sehr lange Zeit bereuen!« Sie hatte die Hand erhoben, zwei Finger ausgestreckt, und das Mädchen starrte darauf wie auf eine giftige Schlange. Tante Haga fing Charlies Hand ein, hielt sie in ihrer fest und streichelte darüber.

»Sofort aufhören, meine Lieben. Venetia, wenn ich dich noch einmal solch einen Unsinn reden höre, sei es auch im Scherz, werde ich böse. Viel zorniger, als Charlotta das jemals sein könnte. Haben wir uns verstanden?« Haga wütend zu stimmen war kein guter Gedanke. Sie war, wie die Mädchen Charlie zugeflüstert hatten, in dem vergangenen Jahr zwar viel sanftmütiger geworden, aber es hatte Zeiten gegeben, da hatte sie sehr üppigen Gebrauch von der Gerte gemacht.

Venetia nickte, murmelte eine Entschuldigung und fasste nach Charlies Arm. »Es war wirklich nicht so gemeint. Wir alle mögen doch Theo.« Sie kannten ihn von früheren Besuchen, als Theo noch ein lebhafter junger Mensch gewesen war, der fröhlich hinter Tante Hagas Nichten herlief, um die eine oder die andere auf sich aufmerksam zu machen. Sie hatten ihn geneckt und – wie Charlie vermutete – auch in die ersten Geheimnisse der Liebe eingeweiht.

Charlie nickte nur und befreite ihren Arm aus Venetias Griff. Es war nur eine gedankenlose Bemerkung, aber dieses Thema tat im Moment zu weh, um es überhaupt anzuschneiden, noch dazu vor allen anderen. Sie war immer noch entsetzt, wenn sie daran dachte, wie verändert sie Theo vorgefunden hatte. Bleich, ein Schatten seiner selbst und ein Schatten der

Welt, auch wenn er sich einbildete, sehr bald sogar bei Tag seine düstere Unterkunft verlassen zu können, solange er jedem Sonnenstrahl auswich. Sie atmete tief durch, schob den schmerzlichen Gedanken an ihren Bruder so weit wie möglich zurück und setzte ein gleichmütiges Gesicht auf, während sie Tante Haga zuhörte, die sich über die Londoner Vampire ausließ.

»... diese Vampire sich nicht anpassen und in Frieden leben wie die meisten anderen, die schon Hunderte von Jahren hier wohnen. Sie wollen Macht ausüben.«

Sebastian, ein junger Mensch, der als Tante Hagas »Neffe« im Haus lebte, nickte wissend. Er zählte einige Vampire – männliche und weibliche – zu seinen Stammkunden und erfuhr daher so einiges aus diesen Kreisen. »Der Kopf dieser Gemeinde kommt angeblich aus dem Osten. Bisher gab es nur kleinere Vampirgruppen, aber dieser Mann will die Herrschaft über alle Clans haben.«

»Und wie nehmen das die Clanführer auf?«, fragte eine mollige Brünette, deren Stupsnase ihrem Gesicht einen kecken Ausdruck verlieh.

Er zuckte mit den Schultern. »Noch ignorieren ihn die meisten, tun seine Reden als Geschwätz ab, aber viele der jüngeren, noch unsicheren Vampire schenken ihm ihre Aufmerksamkeit und lassen sich beeinflussen.«

»Nun, wie dem auch sei«, ergriff Haga wieder das Wort, »wir müssen uns vorsehen. Ihr wisst genau, wie kostbar manche Vampire unser Blut finden. Es erfüllt sie – zumindest für kurze Zeit – mit alter Erdmagie.« Sie schüttelte sich unwillkürlich. »Ich mag mir gar nicht vorstellen, wie es wäre, hätte eines dieser machthungrigen Nachtgespenster die Gabe der Erde, des Wassers oder gar des Feuers. Es gäbe nichts, was sie aufhalten könnte.«

»Nichts außer Agatha Baker«, ließ sich eine männliche Stimme vernehmen. Charlie drehte sich um und sah einen mittelgroßen Mann mit hellen Augen und einem gepflegten braunen Bart in der Tür stehen. Frederick war außer Charlie und dem Dienstmädchen Peggy der Einzige im Haus, der nicht zu Tante Hagas *Nichten* und *Neffen* gehörte. Er war so etwas wie ein Aufpasser, Haushofmeister, Butler und Mann für alle Fälle. Jemand, der die Mädchen vor allzu heftigen Kunden beschützte, und schon so manchen, der nicht Vernunft hatte annehmen wollen, vor die Tür gesetzt hatte. Darüber hinaus war Frederick auch einer jener wenigen Männer mit Hexenkräften, auch wenn Charlie noch nicht herausgefunden hatte, wie stark sie wirklich waren.

Die Mädchen kicherten. Charlies Großmutter hatte in der gesamten Gemeinde der übernatürlichen Wesen einen teils guten, teils sehr schlechten Ruf – das hing ganz davon ab, auf welcher Seite man stand. Haga warf einen schnellen Blick auf Charlie, aber die schien nicht zuzuhören. Sie starrte wie abwesend über den dampfenden Kochkessel hinweg in die Ferne. Haga wollte es vor ihrer Nichte, die zusammen mit Theo von Agatha aufgezogen worden war, nicht zugeben, aber ihr war es lieber, die mächtige alte Hexe weit weg zu wissen. Ihre Mutter hatte immer eine so unangenehme Art, auf sie herabzusehen und ihr Vorschriften zu machen, als wäre sie noch eine blutjunge

Hexe von fünfzig Jahren und nicht schon knapp über zweihundert. Bei dem Gedanken löste sie den Schal und strich sich über ihr bis auf die Hüften fallendes, rotes Haar. Wäre sie eine Menschenfrau gewesen, hätte man sie auf kaum neunundzwanzig geschätzt.

Charlie dagegen war wirklich erst sechsundzwanzig. Lady Haga ließ ihren Blick voller Zuneigung über ihre junge Nichte schweifen. Charlie war die Tochter ihrer älteren Schwester, die vor vielen Jahren so tragisch ums Leben gekommen war. Sie hatte in den vergangenen Jahren kaum Kontakt zu Charlotta gehabt, sie aber gerne hier aufgenommen, als sie auf der Suche nach Theo vor der Tür gestanden hatte. Sie war schließlich ihre Familie, und diese Bande waren dauerhafter als jede andere Art von Magie, stärker noch als die Blutbunde, die unter den Vampir-Clans so verbreitet waren.

»Seltsam, dass sie gerade jetzt kommen, wo hier strengere Sitten eingeführt wurden«, sagte Rosanda, die kecke Mollige. Etliche nickten. Seit Königin Victoria auf dem Thron saß, hatte sich hier viel geändert. Die Frivolität und Leichtlebigkeit, die der Prinzregent und nachmalige König George IV ins Land gebracht hatte, waren passé. Die traditionelleren Engländer – und das war die Mehrheit des Menschenvolkes – waren recht zufrieden damit, wie die Dinge jetzt liefen. Zucht und Ordnung sollten wieder herrschen. Oder *Langeweile* und *Spießigkeit*, wie Haga und ihre Freunde es ausdrückten.

Auch für das *Chez Haga* hatte sich einiges geändert. Sie hatten das vornehme Haus in Cheyne Walk, im Bezirk Chelsea, verlassen müssen, weil sich dort immer wohlhabendere Leute angesiedelt hatten, die das Bordell mit Argwohn betrachteten. Nun hatte sie ihr Etablissement in dieses weitaus weniger schöne Viertel verlegt, wo der Lärm und Gestank der Eisenbahn zu spüren waren, wo sich Gefängnisse befanden und sogar das Irrenhaus nicht weit war. Sie hatte auch viele ihrer Kunden verloren, die nach Frankreich ausgewandert waren. Nur noch übersinnliche Geschöpfe durften ihre Türschwelle überschreiten und ganz wenige Menschen, die vertrauenswürdig waren. Oder die – wie ihre Mutter in ihrer groben, trockenen Art behauptete – so viel Dreck am Stecken hatten, dass sie gar nicht auf die Idee kamen, Lady Hagas außergewöhnliches Haus zu verraten.

»Eine Versammlung? Versäume ich etwas?« Die laszive, dunkle Stimme ließ alle zur Tür sehen. Darin stand Angelo, Tante Hagas ebenso engelhafter wie dämonisch schöner Gespiele. Wobei dämonisch hier wahrhaft zutreffend war, denn Angelo war weder der Zunft der Hexen zuzurechnen, noch gehörte er zu den Vampiren oder anderen körperlichen Wesen. Er war ein Dämon und in seiner menschlichen Gestalt ungeheuer attraktiv. Die Mädchen seufzten, und Tante Hagas Blick wurde begehrlich.

Charlie hatte sich beim Klang dieser Stimme ebenfalls herumgedreht. Angelos Wirkung auf Wesen jeder Art – wirklich *jeder* Art – war verheerend. Wenn er es darauf anlegte, verfielen ihm Männer und Frauen schon mit einem einzigen Blick.

Wie Charlie von Sebastian gehört hatte, war früher Venetia Hagazussas Favoritin gewesen und hatte Bett und Zimmer mit ihr geteilt, aber seit Angelo vor einem halben Jahr in das Leben ihrer Tante getreten war, hatte sie sich ihm fast vollständig zugewandt. Sie teilte Angelo zwar manchmal mit anderen, aber immer nur in ihrem Beisein und mit ihrem Einverständnis.

Seltsamerweise erweckte er in Charlie nie mehr als nur ein gewisses vages Interesse, was möglicherweise an ihrem profunden Misstrauen gegen Dämonen lag. Von allen übersinnlichen Wesen erschienen sie ihr am bedrohlichsten, am wenigsten erfassbar. Die meisten waren nicht mehr als Schatten, körperlose Kreaturen, wie sie ihr an diesem Abend in den Slums begegnet waren. Andere, wie Angelo, konnten jede ihnen beliebige Gestalt annehmen. Grund genug für Charlie, ihn mit Argwohn zu betrachten. Aber auch sonst wäre sie kaum in Versuchung gekommen, sich ihm, wie vor zwei Tagen Rosanda, in den Weg zu werfen, seine Knie zu umklammern, und ihn anzuflehen, sie auf der Stelle zu nehmen. Angelo hatte jedoch nur gelacht, und eine sehr empörte Lady Haga hatte Rosanda auf ihr Zimmer geschickt.

»Wir sprechen gerade über Vampire«, sagte Haga, deren Wangen sich bei Angelos Anblick gerötet hatten.

»Vampire?«, Angelo lächelte, und Venetia und Rosanda seufzten im Duett.

Er glitt mit seinem geschmeidigen Gang auf Haga zu und legte den Arm um ihre Taille, wobei er gleichzeitig einen Kuss auf ihren Hals hauchte. Sie erschauerte.

Charlie wandte sich von Angelo ab – was ihr offenbar als Einziger im Raum gelang – und betrachtete Frederick. Dessen Blick wanderte von ihrer Tante zu Angelo, und seine Lippen pressten sich zu einem Strich zusammen, dann drehte er sich abrupt um und ging. Charlie folgte ihm. Er blieb mitten in der Halle stehen, die Hände in den Hosentaschen vergraben, und starrte auf seine Schuhspitzen. Sie trat zu ihm hin, legte ihm die Hand auf den Arm und lächelte, als er sich umdrehte. Sein ernstes Gesicht erhellte sich. Frederick war nur knapp mittelgroß und sein breites Gesicht mit den weit auseinanderstehenden Augen wirkte im Vergleich zu Angelos Zügen nichtssagend, aber Charlie fand seine zurückhaltende Art weit angenehmer als Angelos spöttische, erotische Ausstrahlung. Sie hätte ihm das gerne gesagt, schon um ihn zu trösten, da es so offensichtlich war, wie sehr er Tante Haga verehrte, aber dann wandte sie den Blick ab. Mitleid war etwas, das ein Mann in seiner Situation am wenigstens wollte.

Er interpretierte ihre Miene zum Glück falsch, denn er legte seine Hand über ihre und drückte sie leicht. »Machen Sie sich keine Sorgen um Theo. Der kann schon auf sich aufpassen. Außerdem habe ich mich umgehört: Sein Mentor ist Merlot.«

»Dieser geheimnisvolle altfranzösische Adelige?«, fragte Charlie naserümpfend.

Frederick grinste. »Er stammt tatsächlich aus einer alten Familie. Aber er ist kein schlechter Mann. Er wird auf Theo aufpassen.«

»Danke.« Charlie gab ihm einen Kuss auf die Wange und lief die Treppe hinauf in ihr Zimmer.

Charlie war im Nachthemd, hatte ein Tuch um die Schultern gelegt und saß mit überkreuzten Beinen auf ihrem Bett, auf den Knien eines der alten Hexenbücher ihrer Tante. Neben ihr lag ein kleineres Buch, in dem sie von Zeit zu Zeit mit Bleistift Notizen machte. Dies war ihre Abendbeschäftigung, seit sie in London angekommen war und erfahren hatte, dass ihr Bruder neuerdings die Gegend als Vampir unsicher machte. Zum Glück war die Bibliothek ihrer Tante relativ groß, wenn auch bei Weitem nicht so umfangreich wie jene ihrer Großmutter, und so war sie jeden Abend damit beschäftigt, die alten, magischen Schriften nach Informationen über Vampire und andere Untote zu durchforsten. Da die anderen Hausbewohner ohnehin meist am Abend und während der Nacht mit Kunden beschäftigt waren, fiel es auch nicht weiter auf, wenn Charlie sich zeitig zurückzog.

Die konzentrierte kleine Falte zwischen ihren Augenbrauen verschwand, als es an der Tür klopfte, und Hagazussa eintrat. Entgegen ihrer sonstigen Gewohnheit setzte sich ihre Tante jedoch nicht zu ihr aufs Bett, sondern blieb mit einem für sie ungewöhnlich verlegenen Ausdruck mitten im Zimmer stehen.

»Peggy hat Venetia erzählt, dass du von einem Gentleman heimbegleitet wurdest. Stimmt das?«

Charlie hob erstaunt die Augenbrauen. »Ja. Ein gewisser Cyrill Veilbrook. Weshalb?«

»Veilbrook? Also doch!«

Charlie schlug bei dem alarmierten Ton ihrer Tante das Buch zu. »Kennst du ihn etwa?«

Tante Haga lief unruhig im Zimmer umher. »Sei vorsichtig mit Veilbrook, Charlie. Er ist kein Mann, mit dem man spielen sollte.«

»Das habe ich auch nicht vor«, erwiderte Charlie

amüsiert. Sie hatte ihm keine übermäßige Beachtung geschenkt, weil sie andere Probleme hatte, als abenteuerlustige Gentlemen, die sich in verrufenen Gegenden herumtrieben. Aber wenn sie jetzt zurückdachte, dann hatte er keinen so schlechten Eindruck gemacht – sofern man von seiner Arroganz absah. Jedenfalls war ihr nichts an ihm aufgefallen, was Hagas Warnung rechtfertigen würde. Außer vielleicht ... Charlie leckte sich über die Unterlippe. Ihr fehlten immer noch einige Minuten vor dem Haus. Oder bildete sie sich das nur ein?

Tante Haga setzte sich neben sie auf das Bett und nahm ihre Hand. »Was ich damit sagen wollte, meine Liebe: Geh ihm aus dem Weg. Er ist gelegentlich Kunde, auch wenn er längere Zeit nicht in London war.«

Das machte einiges klarer. Jetzt brauchte sie sich nicht mehr darüber zu wundern, dass er in diesem verrufenen Viertel herumspaziert war. Tante Hagas Kunden waren für ihren äußerst ausgefallenen Geschmack bekannt.

»Sollte er im Haus sein«, fuhr Tante Haga fort, »bleibe auf deinem Zimmer. Und sollte er dir doch über den Weg laufen, dann sei höflich, aber kurz angebunden.«

»Etwas anderes wäre mir auch nicht eingefallen.« Charlie legte das schwere, handgeschriebene Buch zur Seite und sah ihre Tante fragend an. »Was ist los mit diesem Veilbrook? Was stimmt nicht mit ihm?«

»Gar nichts stimmt mit ihm, würde ich sagen«, entgegnete Haga trocken. »Von seinem Vermögen und seiner Großzügigkeit in pekuniären Dingen einmal abgesehen. Niemand weiß, woher er kommt, was er tut oder wer oder was er überhaupt ist. Ich weiß nur, dass er den Ruf hat, sehr gefährlich zu sein. Sogar die Vampire machen einen großen Bogen um ihn.«

Charlie stützte die Ellbogen auf ihre Knie und klopfte sich mit dem Zeigefinger auf die Unterlippe, wie sie das immer tat, wenn sie etwas irritierte oder nachdenklich stimmte. »Nicht nur Vampire, auch Dämonen.«

»Woher weißt du das?«

»Ich hatte Theo besucht und mich dann ein wenig verlaufen. Dabei kam ich in … nun weniger angenehme Viertel in der Nähe der Themse. Und dort treiben sich wirklich unheimliche Gestalten herum – womit ich jetzt nicht die menschlichen Halsabschneider meine. Aber kaum tauchte Veilbrook auf, haben sie sich verzogen.«

Hagazussa fuhr vor Schreck in die Höhe. »Du warst in den Slums?! Wie konntest du nur? Das ist doch viel zu gefährlich! Selbst ich würde mich da nur tagsüber hinwagen. Die Einzigen, die ich kenne, die nach Einbruch der Dunkelheit dort durchgehen und unbeschadet wieder rauskommen können, sind Mutter und Veilbrook!«

Charlie wischte die Gefahr mit einer eleganten Handbewegung weg, ihr erschien Veilbrook plötzlich interessanter als ein paar heruntergekommene Dämonen. Der Abschied vor dem Haus … Da war immer noch diese mysteriöse Leere in ihrem Kopf, die ihr mit jedem Augenblick verdächtiger erschien. Wieder tastete sie über ihre Lippen, als würde sie dort etwas Fremdes, aber nicht Unangenehmes fühlen. Nein, bestimmt nicht unangenehm. »Veilbrook weiß also Bescheid über deine Art von Diensten?«

Tante Haga bemühte sich um einen würdevollen Ausdruck. »Wenn du damit meinst, dass wir hochgestellten und auserwählten Besuchern vergnügliche Stunden bereiten, so ...«

»Er weiß, dass es Hexen sind, nicht?«, wurde sie ungeduldig unterbrochen.

Dieses Mal protestierte Tante Haga nicht über diesen Ausdruck. »Sonst würde er nicht zu unseren Kunden zählen.«

»Ich frage mich nur, was er dann ist ...«, überlegte Charlie laut.

»Was auch immer, es geht uns nichts an«, sagte Haga energisch. »Und dir würde ich raten, es niemals herausfinden zu wollen. Wir haben auch so Probleme genug.«

Charlie strich gedankenverloren über ihr Notizbuch, dann seufzte sie. »Du hast recht.«

Hagazussa stand vor ihrem Bett und blickte mit einem grausamen Lächeln auf den Mann, der mit gespreizten Armen und Beinen vor ihr lag. Sie hatte seine Hand- und Fußgelenke an die Bettpfosten gefesselt und verbrachte nun schon geraume Zeit damit, seine muskulöse Brust zu streicheln und seinen Bauch, seine Schenkel und – vor allem – sein Glied zu kneten, bis Angelo sich in den Fesseln wand und keuchte. Neben ihr auf dem Bett lag allerlei Spielzeug, angefangen von einer weichen Samtpeitsche bis zu Klammern, Ringen und einer Gerte.

Es klopfte an der Tür. Haga schenkte Angelo einen anzüglichen Blick, ehe sie zur Tür ging, sie weit öffnete und ihn und seine Lage damit preisgab. Frederick stand davor. Sein Blick wurde düster, als er an ihr vorbei zu dem Bett und auf Angelo sah, die leichten Striemen auf dem geschmeidigen, glatten Körper erfasste, das erregt aufragende Glied, die geschwollene Spitze. Für Sekunden trafen sich die Blicke der beiden Männer, jener von Frederick feindselig und voll unterdrücktem Zorn, der von Angelo spöttisch. Dann wandte Frederick sich mit einer heftigen Bewegung ab.

»Weshalb lädst du ihn nicht ein, zu bleiben?« Angelos Lächeln, mit dem er Frederick bedachte, war kalt. »Du könntest ihn an meiner Stelle hier anbinden, und ich helfe dir dann, ihn zu quälen.«

Haga musterte zweifelnd Fredericks versteinertes Gesicht. »Willst du?« Frederick war der Einzige, der niemals bei den Spielen mitmachte. Er hatte einen kräftigen, wohlproportionierten Körper, und es hätte sie durchaus gereizt, wenn er gelegentlich dazustieße. Allerdings fragte sie jetzt nur aus Höflichkeit, Angelo mit Frederick zu teilen behagte ihr nicht sonderlich. Bei Sebastian oder den Mädchen war das etwas anderes.

»Nein«, seine Stimme klang heiser. »Ich bin nur gekommen, weil Sie wollten, dass ich Ihnen Bescheid gebe, sobald der letzte Kunde das Haus verlassen hat.«

»Gut, dann schließe jetzt unten ab. Ihr könnt alle zu Bett gehen.« Sie lächelte ihn freundlich an, sich durchaus bewusst, dass Fredericks Zorn auf Eifersucht beruhte. »Gute Nacht.«

Er nickte ihr nur zu, drehte auf den Hacken um und ging mit wütenden Schritten den Gang hinunter. Sie schloss hinter ihm die Tür und kehrte zu Angelo zurück, der mit halb geschlossenen Augen auf sie wartete.

»Tut es dir leid, dass er so prüde ist?«, fragte er.

Haga dachte über diese Frage nach, während sie den gefesselten Körper ihres Liebhabers betrachtete. »Nein. Ich finde dich durchaus ausreichend.«

»Er ist in dich verliebt.«

»Ich weiß, aber er ist mir zu ernsthaft.« Sie nahm nach kurzer Überlegung die Samtpeitsche in die Hand, kroch zu Angelo aufs Bett und kniete sich zwischen seine gespreizten Beine, um sein aufragendes Glied zu betrachten. Sie merkte, wie er seine Muskeln anspannte, als sie die Peitsche hob. Sie lächelte boshaft. Er hatte Angst, sie würde zuschlagen. Nun, seine Furcht war auch begründet, aber jetzt schwebte ihr ein anderes Spiel vor. Sie strich mit den weichen Samtbändern über seinen Bauch, neckte damit sein Glied.

Angelo zuckte zusammen, wollte ausweichen und sich ihr zugleich entgegenbiegen. »Machst du dir keine Sorgen um diesen Vampir, diesen Theo?«, fragte er gepresst.

»Willst du jetzt wirklich mit mir über Theo sprechen? Mir scheint, ich bin nicht streng genug zu dir gewesen.«

Er lachte keuchend auf, als sie mit der Hand nach seinen Hoden griff. »Du warst streng genug. Du quälst mich jetzt schon seit fast zwei Stunden damit, mich abwechselnd zu erregen und dann zu beruhigen.

Ich bin vielleicht ein Dämon, aber meine körperlichen Gefühle sind verdammt echt und anstrengend.«

»So?« Mit einer raschen Bewegung wand sie die Bänder um seinen Schaft herum und zog sie fest an. Angelo presste die Lippen zusammen und versuchte vergeblich, sein Stöhnen zu unterdrücken. »Du gehörst mir«, sagte Haga mit einer samtigen Stimme, die kleine Schauer über seinen Körper laufen ließ. »Und ich kann mit dir machen, was ich will. Ich könnte sogar Frederick oder, falls dieser zu spröde ist, Sebastian hereinbitten und mich von ihm in Besitz nehmen lassen, während du zusiehst. Eigentlich«, sagte sie nachdenklich, »sollte ich das tun. Zur Strafe für deine Ungeduld.«

Ihre Hände zitterten schon längst vor Verlangen, obwohl sie Angelo gegenüber diese Schwäche verbarg. Sie konnte immer noch nicht fassen, wie sehr sich ihr Leben seit dem Moment, als er vor einigen Monaten selbstbewusst und mit diesem verführerischen Lächeln unten durch die Haustür getreten war, verändert hatte. Er hatte nicht lange gebraucht, um sie davon zu überzeugen, dass das *Chez Haga* und sie nicht ohne ihn auskommen konnten; genau genommen nur eine Stunde, und die war die aufregendste seit sehr langer Zeit. Haga testete alle Bewerber persönlich und sehr gründlich, da sie ihren Kunden nur das Beste vorsetzen wollte, aber bei Angelo hatte sie entschieden, dass er vorerst ihr selbst zur Verfügung stehen musste. Sie hatte sich das auch verdient, denn davor war es ihr nicht besonders gut gegangen.

Zuerst diese peinliche Affäre mit Gharmond. Er war der einzige Mann, dem sie sich jemals bei ihren

Liebesspielen unterworfen hatte. Bis dann eben dieses Weib aufgetaucht war und ihm so völlig den Kopf verdreht hatte, dass er dieser Menschenfrau zuliebe sein dämonisches Wesen aufgegeben hatte. Haga hatte sich wochenlang zurückgezogen, und alle hatten geglaubt, es wäre aus Liebeskummer, dabei war sie vor Zorn und gekränktem Stolz fast zersprungen! Nichts hätte ihre Liebe gründlicher heilen können, als zusehen zu müssen, wie ihr ehemaliger, feuriger Geliebter vor ihren entsetzen Augen zu einem Menschen wurde!

Und gleichzeitig hatte sich die Londoner Gesellschaft verändert, fast so, als wäre Gharmonds neue Spießigkeit auf sie alle übergegangen. Sie schüttelte sich, wenn sie nur daran dachte. Die Kunden waren weggeblieben, die Nachbarn hatten sie scheel angesehen, zweimal hatten sogar die Büttel vor der Tür gestanden! Und schließlich war ihr nichts anderes übrig geblieben, als das *Chez Haga* umzusiedeln. Es hatte trüb ausgesehen, ein freudloses, langweiliges Leben, weit von dem entfernt, was sie bisher gewohnt war.

Bis dann eben Angelo gekommen war. Nicht, dass das *Chez Haga* jetzt besser lief, aber ihr Leben sah rosiger aus.

Sie beugte sich über ihn. Er wand sich unter ihren Händen, als sie ihre Zungenspitze mehrmals hart auf seine Eichel schnellen ließ. Sie umschloss die heiße Spitze mit ihren Lippen, ohne ihn aus den Augen zu lassen, saugte, ließ die Zunge auf der leicht salzigen Öffnung tanzen. Als sie von ihm abließ, zitterten seine Beine vor Anstrengung, sich zurückzuhalten. Er hatte keine Angst davor, die Peitsche oder die Gerte zu kosten, oder mit den Klammern Bekanntschaft zu schließen, die sie drohend daneben hingelegt hatte. Schmerzen reizten, erregten ihn. Aber er wusste, dass sie – sollte er ohne ihre Erlaubnis kommen – sofort den Raum verlassen und ihn allein lassen würde, um sich einen anderen Spielgefährten zu suchen. Und das wollte er unter allen Umständen vermeiden.

Sie sah ihn an wie eine Katze, die das Spiel mit einer gefangenen Maus genoss. Wie das Schnurren einer Katze klang auch ihre Stimme, als sie fragte: »Gehörst du mir?«

»Ja.« Es machte Angelo Mühe, diese Worte hervorzubringen. »Ich bin dein Sklave.«

»Du wirst mir dienen?« Sie kroch über ihn. Sein Blick wanderte von ihrer nach Erregung duftenden Scham zu ihrem Gesicht.

»Ja.« Seine Stimme war kaum zu hören.

»Und alles tun, was ich dir befehle?« Ihre Hand fasste nach seinem blonden Haar und zog seinen Kopf hoch, ihr entgegen. Ihr Gesicht war nun dicht vor seinem, und ihre Lippen glitten hauchzart über seine.

»Habe ich eine andere Wahl?«, fragte er heiser.

»Nein.« Ihre Zunge fuhr die Form seiner Lippen nach. »Sag *bitte*, Angelo.«

»Bitte«, stieß er hervor.

Hagazussa ließ sich unendlich langsam auf ihm nieder. Er sah nicht hin, als sich ihre Scham auf sein hartes Glied senkte, sondern ließ keinen Blick von ihrem Gesicht. Ihre smaragdgrünen Augen hielten ihn fest, als ihre Öffnung ihn heiß und eng umschlang, ihn presste, massierte, als sie auf ihn glitt und sich auf ihm bewegte. Ihre vollen Brüste schwangen rhythmisch mit. Sie beugte sich weit vor, ließ sie über sein Gesicht gleiten, erlaubte ihm, mit den Lippen nach den harten Warzen zu schnappen, während ihre Hüften in einem immer schnelleren Rhythmus auf seinem Unterleib kreisten.

Als sein Körper sich während seines Höhepunkts aufbäumte, sodass er Haga mit seinen Hüften emporhob, vor Lust und Erleichterung zugleich stöhnte, fand Haga, dass es nichts Schöneres gab, als den Anblick ihres Geliebten, der sich auf dem Gipfel seiner Leidenschaft in sie ergoss.

Zweites Kapitel

Es war vollkommen still, als er durch das Lager ging. Wo vor Kurzem noch geschäftiges Treiben und derbes Lachen geherrscht hatten, war nun völlige Ruhe. Nur das Schreien der Aasvögel kam immer näher. Bald würden viele von ihnen über den Zeltreihen kreisen. Die Pferde hatte er fortgetrieben, sie interessierten ihn nicht.

Er stieg über unzählige Leichen hinweg. Alle lagen mit zerfetzten Kehlen da, die Augen im Todeskampf voller Entsetzen aufgerissen. Ihn kümmerte das nicht. Er war stark, so voller Kraft wie noch nie.

Und noch immer erfüllt von Hass.

Er betrat das Zelt, in dem man ihn gefoltert hatte, wie magisch angezogen von jenen, die einmal sein Leben gewesen waren.

Still lagen sie hier. Zerstört. Vor seinen Augen zu Tode gequält.

Er beugte sich nieder und hob sie in seine Arme, die Frau und die beiden Kinder, alle drei im Tode eng umschlungen. Wie leicht sie waren. Tränen liefen über seine Wangen, als er sie hinaustrug, durch die Reihen der Toten hindurch bis zu den nahen Bergen.

Das Grab war bald fertig. Die schweren Felsbrocken, die er darübergehäuft hatte, wehrten die Aassucher ab. Lange stand er und sah auf das Grab. Er hatte sie gemeinsam begraben, sie sollten im Tod vereint und niemals einsam sein.

Der Abend dämmerte bereits, als er sich umwandte und sein Gesicht in den Wind hielt. Er trug ihm den Geruch seines letzten Feindes entgegen.

Drittes Kapitel

Cyrill Veilbrook war überrascht über das heftige Verlangen, ja sogar die Gier nach dieser Succuba, die ihm eine schlaflose Nacht bereitet hatte.

Das war ungewöhnlich, wenn nicht sogar befremdlich. Derart hatte er schon lange nicht mehr empfunden, nicht einmal beim Anblick einer nackten Schönheit, die sich lasziv und für ihn bereit auf einem Bett rekelte. Geschweige denn bei einer nur mittelmäßig hübschen jungen Hexe, an der ihn außer ihrer Zurückhaltung und ihrem unangemessenen Selbstbewusstsein nichts reizen konnte.

Möglicherweise hatte sie anfangs ein wenig seinen Jagdinstinkt geweckt, aber die richtige Gier nach ihr war in dem Moment erwacht, in dem er sie berührt und ihren Körper eng an seinem gefühlt hatte. Es war ein Gefühl, das er in dieser Heftigkeit nicht erwartet hatte, und es war ihm schwergefallen, sie loszulassen. Unter anderen Umständen hätte er sich keine Beschränkungen auferlegt, sondern sie unverzüglich ins Bordell begleitet, den Preis bezahlt und sich an ihr abreagiert, um sich danach wieder anderen Dingen zuzuwenden. Nur erschien ihm das in diesem Fall nicht ausreichend. Sie nur kurz zu besitzen, war seltsamerweise nicht genug. Er wollte mehr, wollte wissen, wie weit diese Zurückhaltung ging. Der Wunsch, diese hochmütige, selbstbewusste Charlotta spielerisch zu einer demütigen Gespielin zu erziehen und ihr dabei jeden Gedanken an andere Männer auszutreiben, hatte ihn im Laufe dieser Nacht so sehr gepackt, dass er entschlossen war, jedes Mittel anzuwenden, um sein Ziel zu erreichen.

Als er am nächsten Nachmittag vor dem Bordell in der Loman Street aus seiner Kutsche stieg, war er entschlossen, zu bekommen, was er so begehrte, dass er keine Ruhe fand. Allerdings konnte er nicht dulden, dass eine Hure, die er besessen hatte, vielleicht geradewegs von ihm in die Arme eines neuen Freiers eilte. Solange diese Charlotta sein Interesse und seine Aufmerksamkeit erweckte, war sie von den Spielen mit anderen Kunden ausgeschlossen. Ein Cyrill Veilbrook teilte nicht.

Charlie war verblüfft, als Peggy aufgeregt an ihre Tür klopfte und ihr meldete, dass ein Gentleman gekommen sei, um sie zu sprechen. Zuerst dachte sie schon, es wäre Theo, der verrückt genug war, trotz Nebel und trübem Wetter mitten am Nachmittag durch die Stadt zu laufen, aber da sagte Peggy: »Es ist der Gentleman von gestern.«

Charlie zuckte zusammen. »Mr. Veilbrook?«

»Ja, genau der!« Peggys Augen strahlten.

Charlies Freude über diesen Besuch hielt sich dagegen in Grenzen. Sie zog unbehaglich die Schultern etwas zusammen. Sie hatte die halbe Nacht wach gelegen und über ihren Bruder und dessen mysteriösen Freund nachgedacht. Und als sie im Morgengrauen endlich eingeschlafen war, hatte sie von den Slums geträumt, von den dämonischen Wesen, die sie bevölkerten, von Theo, der Menschen das Blut aussaugte, und sogar von Veilbrook, dessen eindringliche, schwarze Augen sie auf Schritt und Tritt verfolgt hatten. Nach dem Aufwachen hatte sie abermals gegrübelt, was vor dem Haus geschehen war. Hatte er sich wirklich nur höflich vor ihr verbeugt, sich umgedreht und war gegangen?

Sie straffte energisch die Schultern. Es hatte keinen Sinn, darüber nachzudenken oder Veilbrook tatsächlich zu meiden, wie Tante Haga ihr das jetzt sicherlich geraten hätte. Großmutter hatte sie nicht zu einem Feigling erzogen, der sich versteckte, sobald irgendwo ein Problem – oder ein Dämon oder was immer – auftauchte. »Sag ihm bitte, dass ich komme.«

Peggy blieb stehen und grinste. »Die Mädchen sind ganz aus dem Häuschen. Sogar Sebastian lungert vor dem Empfangszimmer herum. Muss wirklich was dran sein an dem, was man so über den Lord hört.«

Charlie hob die Augenbrauen. »Danke«, sagte sie nachdrücklich. »Du kannst ihm Bescheid sagen.«

Peggy verschwand und Charlie eilte vor den Spiegel. Schnell eine widerspenstige Strähne gebändigt, das Kleid zurechtgezupft, über die Augenbrauen gefahren. Sie hatte sich niemals viele Gedanken über ihr Aussehen gemacht; in der Abgeschiedenheit ihrer Waliser Heimat war es gleichgültig, ob sie mit einem alten Rock oder einem geflickten Kleid herumlief. Hier hatte sie sich aber auf Tante Hagas sehr dringliches Anraten hin neue Kleider schneidern lassen – mehr zweckmäßig und auf Haltbarkeit ausgerichtet als auf Eleganz. Mit Tante Hagas Pariser Kleidern, deren Röcke am Saum einen Umfang von zehn

Metern hatten und über unzähligen Unterröcken sowie einem Reifrock getragen wurden, konnten sie sich natürlich nicht messen, aber sie waren bestimmt gut genug für diesen Veilbrook. Charlie nickte ihrem Spiegelbild zu. Ja, sie sah akzeptabel aus. Seriös und gefasst. So konnte sie ihm gegenübertreten.

Als sie ihr Zimmer verließ, traf sie am Fuß der Treppe auf Sebastian. Er blinzelte ihr zu. »Das ging ja schnell. Ich wusste gar nicht, dass Madame Haga dich überredet hat, hier mitzumachen.«

»Wie bitte?«

Er deutete mit dem Kopf zum Empfangssalon. »Ein Freier.«

»Unsinn.« Charlie eilte weiter. Hinter sich hörte sie Sebastians leises Lachen. »Lord Veilbrook klopft nicht aus reiner Höflichkeit bei uns an.«

Vor der Tür zum Empfangszimmer stieß sie mit Rosanda zusammen, die mit geröteten Wangen heraushuschte. Sie wirkte halb verlegen, halb animiert und hielt Charlie am Arm fest, als diese an ihr vorbei wollte. »Hast du aber ein Glück«, flüsterte sie ihr ins Ohr. »Er ist oft ein wenig unheimlich, weil man aus ihm nicht schlau wird, aber lass dich nicht davon abschrecken. Er ist sehr großzügig und ein hervorragender Liebhaber.« Damit war sie auch schon davon und ließ Charlie verblüfft zurück.

Sie hob den Kopf und atmete tief durch, bevor sie eintrat. Drinnen fand sie nicht nur Veilbrook vor, sondern auch Venetia.

»Sind Sie sicher, dass wir Ihnen nichts *anbieten* können, Mylord?« Venetia kniete auf einem Lehnsessel, hatte beide Ellbogen auf die Lehne gestützt und sah

Veilbrook verlangend an. Charlie fragte sich, wie es einen Mann geben konnte, der diesem Anblick zu widerstehen vermochte. Venetia war in ein hauchzartes Negligé gehüllt, ihre blonden Löckchen waren teils hochgesteckt, teils fielen sie auf ihre Schultern, und eine Strähne ringelte sich an ihrem Hals entlang und zog den Blick auf das weiße, äußerst freizügige Dekolleté. Charlie versteifte sich. Sie war es schon gewöhnt, dass die Mädchen den ganzen Tag über so leicht bekleidet herumliefen, aber zum ersten Mal war es ihr peinlich.

Veilbrook wirkte eher gelangweilt. »Vielen Dank. Ich sagte ja schon, dass ich Charlotta besuchen wollte.« Er erhob sich, als Charlie näher kam.

»Woher kennen Sie denn Cha…« Venetia unterbrach sich, sprang anmutig auf und lief Charlie entgegen. »Ich wollte Lord Veilbrook etwas anbieten …«

»Ja, das war offensichtlich«, gab Charlie schärfer zur Antwort, als sie beabsichtigte.

Venetia war nicht im Entferntesten gekränkt. Sie küsste Charlie mit einem übermütigen Lächeln auf die Wange und flüsterte vernehmlich: »Lass etwas für mich übrig. Und falls er spezielle Wünsche hat, darfst du mich gerne rufen.« Damit war sie auch schon hinaus und ließ Charlie hochrot vor Verlegenheit zurück.

Sie hob, um Fassung bemüht, das Kinn, als sie sich dem Besucher zuwandte, der offenbar keine Zeit damit verschwendete, der weitaus reizvolleren Venetia nachzusehen, sondern seinen Blick unverrückbar auf Charlie heftete. Als sie auf ihn zukam, musterte sie ihn schnell und unauffällig. Er war größer, als sie ihn in Erinnerung hatte, und trug die Tageskleidung eines

Gentleman der gehobenen Gesellschaft: helle Hosen, ein mittelbrauner Gehrock und eine Weste in derselben Farbe der Jacke. Bei jedem anderen Mann hätte diese Zusammenstellung langweilig gewirkt, aber Veilbrooks dunkles Haar und etwas dunklerer Teint passten hervorragend dazu. Sein Hemdkragen war hochgeschlagen, und statt der jetzt üblichen Seidenmasche trug er ein weißes, sehr schlicht gebundenes Halstuch. Er war, sofern Charlie dies überhaupt beurteilen konnte, nicht übermäßig modern angezogen, sonst hätten seine Hosen kariert oder zumindest gestreift sein müssen, aber er war unzweifelhaft elegant, und seiner Erscheinung haftete ein rätselhaftes Flair von Zeitlosigkeit an.

Seine Züge waren nicht schlecht geschnitten, aber hart, mit hohen Wangenknochen und scharfen Linien, was ihm ein strenges Aussehen gab. Es war das Gesicht eines Mannes, der kein Fünkchen Humor besaß, sondern von seiner eigenen Wichtigkeit überzeugt war. Und der gelangweilte Blick war auch nicht dazu angetan, ihn Charlie sympathischer zu machen. Am Vorabend waren Charlie seine Augen schwarz vorgekommen, und sie hatte angenommen, dass dies an den Schatten seines Zylinders und der schlechten Beleuchtung lag, jetzt bemerkte sie jedoch, dass sie tatsächlich so dunkel waren, dass sie fast schwarz wirkten. Er hatte insgesamt etwas Fremdländisches an sich, aber darüber durfte sie sich wohl nicht wundern. Alle Übersinnlichen ihres Bekanntenkreises wirkten ein wenig *exotisch*.

Cyrill musterte die Succuba ebenfalls eingehend, als sie hocherhobenen Hauptes auf ihn zukam, und eine leise Enttäuschung machte sich breit. Er hätte am Vorabend schwören mögen, dass sie blond war. Ihr Haar hatte im Schein der Lampen und des mickrigen Feuers in dieser Straße sogar weißblond geleuchtet. Bei Tageslicht besehen war es jedoch braun. Haselnussbraun, um genau zu sein, und ihre Augen waren hellgrau. Keine sehr spektakuläre Mischung. Entweder hatte sie am Vortag eine Perücke getragen oder irgendeines dieser Kräutermittelchen angewandt, mit denen Hexen ihre Haarfarbe so schnell ändern konnten wie andere ihre Kleidungsstücke.

Sie blieb vier Schritte vor ihm stehen, den Rücken durchgestreckt, die Schultern straff. Fast wie ein Soldat auf dem Exerzierplatz. Oder wie eine Gouvernante. Allerdings eine mit rosigen Wangen und sehr weichen, jungen Zügen, die den strengen Ausdruck in ihrem Gesicht Lügen straften.

»Ich freue mich, Sie zu sehen, Lord Veilbrook. Ich fürchte, ich habe mich gestern nicht angemessen für Ihre Hilfe und Begleitung bedankt.«

Cyrill verzog den Mund zu einem schmalen, nichtssagenden Lächeln. Er hatte sich seinen Dank schon geholt, auch wenn sie sich nicht an den Kuss erinnern konnte. Und sehr bald würde er ihr noch ausreichend Gelegenheit geben, ihre Dankbarkeit zu beweisen.

Sie reichte ihm ihre Hand. An ihrer Haltung war nichts auszusetzen, und wäre er am Vortag nicht Zeuge geworden, wie sie in einer der übelsten Gegenden Londons mit dem Regenschirm auf Dämonen einprügelte, hätte er sie jetzt zweifellos für eine junge Dame gehalten. Ihre Haltung war nicht geziert, sondern sehr freimütig, von natürlicher Anmut, ihr Händedruck fest, aber unverbindlich. Sie ließ seine Hand sofort wieder los und deutete mit einer eleganten Geste auf den Lehnsessel, in dem er zuvor gesessen hatte.

»Nehmen Sie doch bitte wieder Platz, Mylord. Sind Sie sicher, dass wir Ihnen keine Erfrischung anbieten können? Vielleicht eine Tasse Tee? Oder Portwein? Sherry?«

»Nein, vielen Dank.« Er wartete, bis sie sich gesetzt hatte, und ließ sich dann ihr gegenüber nieder, um sie weiter zu betrachten. Ihre Frisur war schlicht, in der Mitte gescheitelt, glatt zurückgekämmt und am Hinterkopf hochgesteckt. Sie hatte im Gegensatz zu Venetia und Rosanda ein sehr dezentes Tageskleid an.

Sie sah wirklich nicht außergewöhnlich aus, deshalb war es irritierend, dass sich Cyrills Puls seit ihrem Eintritt beschleunigt hatte. Er begriff immer noch nicht, was diese Reaktion bei ihm auslöste. Möglicherweise erinnerte sie ihn – von der Haarfarbe und der Augenfarbe abgesehen – ein wenig an eine seiner früheren Geliebten, die Marquise d'Orlans. Eine wirkliche Dame, die nach dem Tod ihres Mannes in pekuniäre Schwierigkeiten gekommen war. Cyrill hatte ihr ausgeholfen, und sie hatte sich auf sehr intime Art dankbar gezeigt. Nun war sie auch schon gut fünfzig Jahre tot. Sie war fast achtzig gewesen, als sie gestorben war, und Cyrill und sie hatte in späteren Jahren eine sehr schöne platonische Freundschaft verbunden. Er dachte gerne und mit Wärme an sie. Sie war eine der wenigen Menschen gewesen, die – zumindest teilweise – über ihn Bescheid wussten.

Charlotta hatte bisher ruhig abgewartet, aber als er nichts sagte, sondern sie nur nachdenklich von oben bis unten betrachtete, räusperte sie sich. »Was kann ich also für Sie tun, Mylord?«

Er schlug die Beine übereinander und überdachte diese Frage. War es reine Höflichkeit? Oder bereits die erste Anspielung auf ihre Tätigkeit? Der Tonfall passte zu ihrem Gesichtsausdruck. Unverbindlich, aber höflich. Sie spielte ihre Rolle hervorragend. In einem anderen Bordell hätte sie eine in Not geratene junge Dame sein können, aber Hagazussa hatte keine »normalen« Frauen in ihrem Fundus, sondern ausschließlich Hexen.

Wie alt sie wohl sein mochte? Nach menschlichen Maßstäben vermutlich nicht einmal zwanzig, wenn man allerdings die höhere, teils sogar sehr hohe Lebenserwartung einer Hexe in Betracht zog, täuschte das Aussehen zweifellos. Venetia, so wusste er, war schon Mitte des vorigen Jahrhunderts zur Welt gekommen und sah immer noch aus, als hätte sie gerade erst die zwanzig überschritten. Und wenn man ihn selbst als Vergleich nahm, konnte das Mädchen vor ihm auch schon weit über hundert und noch viel mehr sein.

Nein. Das wohl auf gar keinen Fall. Dazu passte ihr Blick nicht. Er war selbstbewusst, aber es fehlte diese gewisse Müdigkeit, die auch in Hagazussas Augen stand, wenn sie sich unbeobachtet fühlte. Den Ausdruck, der allen Wesen innewohnte, die schon mehr als ein Menschenleben hinter sich hatten. Bei den Menschen nannte man das im höheren Alter Abgeklärtheit, für ihn und seinesgleichen war es Illusionslosigkeit und Langeweile. Und zum großen Teil Zynismus.

»Mylord?« Charlie hob gereizt die Augenbrauen, als sie längere Zeit keine Antwort auf ihre Frage erhielt, der Mann ihr gegenüber sie jedoch so prüfend musterte, dass sie ihn am liebsten für diese Ungehörigkeit zurechtgewiesen hätte. Sein Gesichtsausdruck hatte etwas von der Art eines Pferdehändlers, der einen Neuerwerb in Erwägung zog.

Er verzog die Lippen zu einem schmalen Lächeln, das seine Augen nicht einmal annähernd erreichte. »Ob Sie etwas für mich tun können, weiß ich noch nicht«, erwiderte er mit kühler Stimme. »Ich bin gerade dabei, darüber nachzudenken.«

Charlie fühlte, dass ihre Wangen wieder warm wurden. Sie war froh gewesen, sich von Venetias peinlicher Bemerkung erholt zu haben, um Veilbrook einen Eindruck von Gefasstheit zu vermitteln, aber nun war es klar, wofür er sie hielt: für eine von Tante Hagas Liebeshexen. Deshalb also diese anzüglichen, nein, schon unverschämten Bemerkungen!

Sie überlegte, ob sie so tun sollte, als hätte sie nicht verstanden, höflich aufstehen und gehen, aber dann sagte sie sich, dass es keinen Sinn hatte, um den heißen Brei herumzureden. Männer waren da anders als Frauen. Wenn sie sich etwas in den Kopf gesetzt hatten, verstanden sie höfliche Andeutungen nicht, da bedurfte es schon deutlicher Worte, um den eigenen Standpunkt klarzumachen – das hatte schon Großmutter immer gesagt. Sie erhob sich. »Ich fürchte, Sie haben eine falsche Vorstellung, Lord Veilbrook. Meine Dienste stehen Ihnen nicht zur Verfügung.

Ich werde mir jedoch erlauben, Lady Haga zu rufen, sie wird Sie bestimmt gut bei der Wahl einer entsprechenden Dame beraten.«

Sie wartete Veilbrooks Reaktion erst gar nicht mehr ab, sondern wandte sich zum Gehen, als sich im selben Moment die Tür öffnete und Tante Haga in ihrem Rahmen erschien. Hinter ihr stand Frederick und versuchte hereinzusehen. Hagas Blick flog besorgt von Veilbrook zu Charlie, dann eilte sie auch schon herein.

»Lord Veilbrook. Welch eine angenehme Überraschung. Es ist geraume Zeit her, seit wir Sie das letzte Mal bei uns begrüßen durften.« Sie lächelte ihn strahlend an. »Ich werde Peggy rügen, weil sie mir nicht sofort über Ihre Ankunft Bescheid gesagt hat.«

Veilbrook hatte sich höflich erhoben. »Mein Besuch galt auch Miss Charlotta Baker.« Er sprach das *Baker* mit einem leicht ironischen Unterton aus.

Hagas Blick ging zu Charlie. Sie hob leicht eine Augenbraue, aber Charlie erwiderte ihren Blick mit Gelassenheit.

»Ich hatte dir ja erzählt, dass Lord Veilbrook gestern so liebenswürdig war, mich heimzubegleiten.« Sie neigte den Kopf. »Jetzt entschuldigen Sie mich bitte.«

Sie drehte sich um, schritt zur Tür, öffnete sie und trat hinaus, ohne der Versuchung zu erliegen, noch einen Blick auf Veilbrook zu werfen, um festzustellen, ob sie mit der Abfuhr genügend Eindruck gemacht hatte.

Sie wäre zufrieden gewesen. Der gereizte Blick, den Cyrill ihr nachwarf, brachte Tante Haga dazu, sich mit ihrem kostbaren Spitzentaschentuch Luft zuzufächeln. Was sollte das heißen, ihre Dienste stünden für ihn nicht zur Verfügung? Hatte sie etwa einen anderen Liebhaber, der sie gemietet hatte? Oder war sie so wählerisch? War er ihr etwa nicht gut genug? Lachhaft! Das war alles nur Pose. Welch ein aufreizendes, fast ärgerliches Geschöpf. Sie übertrieb es mit ihrer Zurückhaltung, aber das würde er ihr schon austreiben. Und zwar gründlich. Seine Stimmung hob sich bei diesem Gedanken.

Er wandte sich Hagazussa zu. »Es trifft sich gut, dass Sie kommen. Wir haben etwas zu besprechen.«

»Ja?« Haga blinzelte, und Cyrill war über die Besorgnis in ihren Augen und ihrer Stimme verwundert. Sie setzte sich ihm gegenüber und Veilbrook nahm ebenfalls wieder Platz.

»Die Succuba interessiert mich.«

Wäre in diesem Moment das Dach eingestürzt, hätte Hagazussa nicht entsetzter aussehen können. »W… Wie freundlich von Ihnen.«

»Ich möchte sie mieten.« Er sagte das so beiläufig, als wäre es die selbstverständlichste Sache der Welt.

»Mieten …?« Ihre Stimme versagte, und sie zuckte bei dieser undelikaten Ausdrucksweise sichtlich zusammen, aber Cyrill war nicht der Mann, der um eine Sache herumredete.

»Ich werde dafür bezahlen, dass sie keine anderen Freier …«

»Charlotta ist meine Nichte«, unterbrach ihn Hagas Stimme. Sie setzte sich sehr gerade auf und sah ihn vorwurfsvoll an.

»Aber gewiss doch.« Er lächelte ironisch. »Eine von

zahlreichen. Dafür ist Ihr Haus schließlich bekannt, Hagazussa.«

Eine leichte Röte stieg in ihre Wangen. »Ich fürchte, Lord Veilbrook, Sie verkennen die Situation.«

»Den Eindruck hatte ich bisher allerdings nicht.«

»Charlotta ist tatsächlich meine Nichte!«

»Eine Nichte, die wie die anderen Nichten in einem Freudenhaus lebt«, entgegnete er höflich.

Haga fuhr empört hoch. »Ich muss doch sehr bitten. Dies ist kein Freudenhaus, sondern ein exquisites Etabli…«

Cyrill winkte ab. Langsam wurde er ungeduldig. »Machen Sie sich nicht lächerlich, indem Sie ausgerechnet mir gegenüber vorgeben, die Schar Ihrer angeblichen Nichten mache den ganzen Tag nichts anderes als Deckchen zu sticken und das Klavier zu malträtieren, wie Sie es nach außen hin behaupten. Und falls Charlotta wirklich Ihre Nichte ist, sollten Sie umso glücklicher über mein Interesse sein. Ich könnte mir vorstellen, dass Sie es vorziehen, sie – zumindest für gewisse Zeit – unter meinem Schutz zu wissen, anstatt sie jeden Morgen oder Abend unter einem anderen Mann hervorkriechen zu sehen.«

»Wie können Sie mir unterstellen, meine Nichte anzubieten! Charlotta ist nicht zu haben!« Haga wollte aufbegehren, krümmte sich jedoch innerlich, als seine Augen schlagartig schmal wurden.

»Soll das heißen, sie hat bereits einen *Gönner*, der sie aushält?«

Die gefährlich ruhige Stimme, die im krassen Gegensatz zu dem gefährlichen Aufblitzen in Veilbrooks Augen stand, ließ Haga frösteln. Musste dieses unselige Kind denn ausgerechnet Veilbrooks Interesse wecken? Von allen Männern Londons und Englands, ausgerechnet er?! Mit jedem anderen wäre sie fertiggeworden, aber dieser Mann war gefährlich, und wenn er es sich in den Kopf gesetzt hatte, eine Frau zu bekommen, dann gab es herzlich wenig, was ihn davon abhalten konnte. Mutter vielleicht, aber die war meist auf Reisen. Und bis man sie gefunden hatte ...

»Nein«, sagte sie rasch. »Und ich bin auch nicht sicher, ob sie einen haben will, sie ist sehr ...«

»... eigenwillig, ich weiß«, unterbrach er sie gelassen. »Das gefällt mir. Das ist unter Ihren Mädchen einmal etwas anderes, es wird ganz reizvoll sein.« Er schlug lässig die Beine übereinander. »Kommen wir also zum geschäftlichen Teil: Charlotta erhält von mir eine Apanage von zweihundert Pfund in der Woche. Und Sie, Haga, erhalten noch einmal zweihundert – für Ihren etwaigen Verdienstentgang. Das sollte ausreichend sein, um Sie zu entschädigen.«

Haga, die schon den Mund zum Widerspruch aufgemacht hatte, schloss ihn wieder. Zweihundert Pfund in der Woche! Und noch einmal so viel für Charlie! Früher wäre das wenig gewesen, gerade ein Tageseinkommen, aber jetzt, wo das Geld niemals reichte, stellte dieser Betrag ein Vermögen dar. Ihr Widerstand geriet ins Wanken. Schließlich war Charlotta selbst schuld. Weshalb lief dieses Mädchen auch alleine herum und dazu noch in Gegenden, die ein Mann wie Cyrill Veilbrook aufsuchte! Und offenbar hatte sie ihm vorgeschwindelt, hier zu arbeiten – vielleicht hatte sie ja sogar Interesse an ihm und wollte es nur nicht zugeben?

Haga hatte niemals am eigenen Leib diese Erfahrung gemacht, aber Rosanda war einmal ausgiebig mit Veilbrooks Gunst beglückt worden. Er hatte sie auf das für solche Fälle bereitstehende Extrazimmer mitgenommen, und man hatte zwei Tage nichts von ihr gesehen und gehört ... Nun, gehört schon. Die Mädchen waren kaum von der Tür wegzubekommen gewesen, um sich nur ja nichts entgehen zu lassen. Und dann war er am Morgen darauf einfach mit einem kühlen Gruß gegangen. Rosanda war mit einem verklärten Lächeln aus dem Zimmer herausgekrochen und hatte gestützt werden müssen, als sie die Treppe hinaufwankte. Danach war sie ins Bett gesunken, um vierundzwanzig Stunden durchzuschlafen. Und was sie danach erzählt hatte, hatte den bittersten Neid in ihren Freundinnen und selbst ihrer Arbeitgeberin geweckt.

Sie räusperte sich. »Nun, Lord Veilbrook, darauf kann ich Ihnen nur antworten, dass die Entscheidung darüber alleine bei Charlotta liegt.« Und sie konnte nur hoffen, dass das Mädchen nicht zu dumm war, das viele Geld auszuschlagen und zugleich Veilbrooks Zorn auf sich zu ziehen.

»Gewiss.« Das war in einem Tonfall gesagt, der keinen Zweifel darüber ließ, welche Antwort er erwartete. Er wirkte weder überrascht noch erfreut, als hätte er ohnehin nicht mit einer Absage gerechnet. »Mein Notar, Mr. Mankins, wird sich morgen mit Ihnen in Verbindung setzen, um den finanziellen Teil der Sache zu regeln und Ihnen das Geld zukommen zu lassen. Sorgen Sie bitte dafür, dass Charlotta ab morgen bereit ist, falls ich sie besuchen will. Das schließt auch ein, dass sie ab sofort keinen anderen Kunden mehr empfängt.«

»Wollen ... ja wollen Sie denn nicht vorher mit ihr sprechen?«

»Das wird nicht nötig sein«, winkte er gelangweilt ab. »Morgen früh wird meine Kutsche zur Verfügung stehen, um sie abzuholen und zu allen Schneidern, Hutmachern und wohin immer es ihr gefällt zu bringen. Es bleibt Ihnen überlassen, ob Sie oder eines der Mädchen sie begleiten. Sie wird selbstverständlich von mir völlig neu eingekleidet, alle Rechnungen werden von meinem Notar beglichen. Kleidung, Schmuck, was immer sie an Geschenken von mir erhält, kann sie nach Beendigung der Beziehung behalten. Und sollte ich nach einigen Tagen davon Abstand nehmen, diese Affäre fortzusetzen, so stehen Ihnen und ihr die zweihundert Pfund für die laufende Woche dennoch zu.«

Er erhob sich und wandte sich zum Gehen. »Ach ja, da wäre noch eine Kleinigkeit.« Er blieb stehen und wandte sich nach Haga um. Ein kaltes Lächeln umspielte seine Lippen. »Ich erwarte, die Succuba als Jungfrau vorzufinden, wenn ich das erste Mal Besitz von ihr nehme. Das wird für den Bader, oder wen immer Sie für diese Zwecke einsetzen, wohl kein Problem sein. Soviel ich weiß, wird die Unschuld Ihrer Nichten mehrmals im Jahr verkauft und wiederhergestellt. Und sonst«, sagte er bevor er den Raum verließ, »haben Sie doch bitte die Güte, dafür zu sorgen, dass sie nicht mehr in London herumstreunt. Ich mag es nicht, wenn meine Mätressen in schlechte Gesellschaft oder in Gefahr kommen.«

Haga sank erschöpft im Stuhl zusammen und legte die Hand über die Augen, als sich die Tür hinter ihm schloss. Sie erzitterte bei der Vorstellung, was Charlotta sagen würde, wenn man sie mit der Idee konfrontierte, Veilbrooks Gespielin zu werden!

Der Drang, auf der Stelle ihre Sachen zu packen, nicht nur das Haus, sondern London und am besten England zu verlassen, wurde übermächtig. Wie einfach und angenehm war ihr Leben noch vor drei Wochen gewesen, ehe dieses unselige Mädchen hier aufgetaucht war! Und jetzt? Jetzt hatte sie Veilbrook am Hals, der es für selbstverständlich nahm, dass ihre Nichte seine Mätresse wurde, Charlotta selbst, die zweifellos aufgebracht war, wenn man so über ihren Kopf hinweg bestimmte, und dann – das Schlimmste von allen – Mutter, die mehr als zornig werden würde, wenn sie das alles erfuhr.

Bei diesem letzten Gedanken sprang sie auf und eilte Veilbrook in die Halle nach.

Zur selben Zeit, als Cyrill Tante Haga in tiefste Verwirrung und Schrecken stürzte, saß Charlie nichts ahnend mit Venetia im Salon und hörte staunend den Erzählungen der blond gelockten Hexe zu. Tante Haga hatte angeblich lange Zeit unter Liebeskummer gelitten, und zwar eines Dämons willen, der sich in eine Frau verliebt hatte und durch seine Liebe zum Menschen geworden war. Venetias Nasenflügel bebten vor Sensationslust. »Dieser Lord Gharmond war ja so was von gut aussehend! Ein echter, reiner Feuerdämon! Und was tut er? Geht hin und verliebt sich in eine Menschenfrau.« Sie zuckte mit den Schultern.

»Na ja, ich fand das Mädchen nicht so übel, aber Lady Haga hat geschäumt vor Wut! Diese Schande! Von einer Sterblichen ausgestochen zu werden!« Bis zu diesem Moment hatte Venetia zu Hagazussas Favoritinnen gezählt, aber dann war sie heilfroh gewesen, als ihre Herrin sie aus ihrem Bett und ihrem Schlafzimmer geworfen hatte. Die gesamte Belegschaft war der Bordellbesitzerin für mehrere Wochen so gut wie möglich aus dem Weg gegangen.

Ein dunkles, spöttisches Lachen ertönte rechts hinter ihnen. Es war Angelo, Tante Hagas dämonischer Gespiele, der sich in einem Lehnsessel rekelte. Charlie betrachtete ihn. Er war ein wirklich schöner junger Mann mit einer Haut wie Pfirsich, dessen Bart nur ganz weich nachwuchs, und dessen Körper kein einziges Härchen aufwies. Zumindest behauptete Letzteres Venetia – Charlie hatte keinen Ehrgeiz, es selbst herauszufinden.

Venetia seufzte. »Ach, wir alle waren ganz verrückt nach ihm, bevor er so grässlich menschlich und ehrbar wurde. Ich selbst hatte leider niemals das Vergnügen, aber angeblich war es fabelhaft, was er alles mit der Peitsche anstellte.«

Charlie schluckte. Ihr Zimmer befand sich zwar im entlegensten Bereich des Hauses, und Tante Haga sorgte immer dafür, dass alle Türen geschlossen waren, wenn Besucher die einschlägigen Räumlichkeiten beehrten, aber sie war einmal im Keller gewesen, um sich umzusehen. Besser gesagt, Angelo hatte sie neugierig gemacht und hinuntergelockt. Und dann stand er mit einem lasziven Lächeln dabei, beobachtete sie, während sie im Raum umherschlenderte und die Einrichtung mit scheinbarer Kühle betrachtete. Er erläuterte ihr die verschiedenen Gegenstände und deren Anwendung. Charlie hörte äußerlich ungerührt zu und ging anschließend mit höflichem Dank für die Belehrung wieder. Aber weder die Erinnerung an diesen Raum noch die fantasievollen Bilder, die Angelo damals heraufbeschworen hatte, waren ihr wieder aus dem Kopf gegangen. Sie fragte sich, welche Art von Kunden diese luxuriös ausgestatteten Kellerräume wohl besuchten. Ob Veilbrook einer davon war? Sein hartes Gesicht, die kalte Stimme, seine herrische Wesensart ließen darauf schließen.

Eine Bewegung von der Seite, wo Angelo saß, ließ sie aufsehen. Der Dämon erhob sich und kam mit seinen fließenden Schritten auf sie zu. »Sag so etwas doch nicht, Venetia. Du bringst unser jungfräuliches Hexlein ja in Verlegenheit.«

Charlie warf ihm einen abweisenden Blick zu, aber sie fühlte, wie ihre Wangen wärmer wurden. Wie seltsam, dass ihr die Erwähnung ihrer Unberührtheit peinlich war. Für jede *normale* junge Dame der gehobenen Klasse waren Züchtigkeit und Keuschheit oberstes Gebot und eine Selbstverständlichkeit. Hier jedoch war eine Jungfrau wie Charlie eine Kuriosität. Ein weißer Rabe, um nicht zu sagen: ein schwarzes Schaf.

Angelo setzte sich auf die gepolsterte Lehne des Stuhls neben sie und sah auf sie herab. Er war wirklich ein anziehender Mann, mit ebenmäßigen Zügen und langem blonden Haar, das ihm bis auf die Schultern fiel und ihm das Aussehen eines ein wenig verdorbenen Erzengels gab.

Unwillkürlich verglich sie ihn mit Veilbrook. Sie hatte sich bei Venetia – der üppigsten Quelle jedweden Klatsches – unauffällig über Cyrill Veilbrook informiert. Venetias Bemerkungen waren jedoch etwas verwirrend gewesen. Während sie einerseits glühend über seine Fähigkeiten als Liebhaber sprach – sie war schon mehrmals in deren Genuss gekommen – so wich sie sonst scheu jeder Frage aus, machte nur Andeutungen und sah sich dabei immer um, als würde sie fürchten, Veilbrook könnte aus einer Ecke stürzen und sie packen. Viel war bei Venetias Erzählungen nicht herausgekommen, aber Charlie hatte immerhin gehört, dass Veilbrook kein *normaler Mensch* war. Das hatte sie schon vorher gewusst, aber was nun genau hinter oder in ihm steckte, hatte sie auch von Venetia nicht erfahren können. Ein Vampir vielleicht? Oder eher ein Dämon? Auf jeden Fall schienen sich die Damen des Etablissements einig darin zu sein, dass es einerseits lohnenswert war, in seinem Bett zu landen, und andererseits sehr klug, so viel Abstand wie möglich von ihm zu halten.

Charlie überlegte, was Veilbrooks Anziehungskraft auf Venetia und die anderen ausmachte. Dass er auch eine gewisse – wenn auch weitaus schwächere! – auf sie ausübte, war klar. Sie rief sich sein Gesicht in Erinnerung: dunkles Haar, harte, kantige Züge, ein schmallippiges, spöttisches Lächeln, die schwarzen, durchdringenden Augen. Er war auf jeden Fall größer als Theo oder Frederick und überragte vermutlich sogar Angelo.

Sie schreckte hoch, als eine Hand sie hauchzart unter ihrem Kinn berührte. Angelo hatte sich vorgebeugt und sah sie eindringlich an. »Habe ich dich in Verlegenheit gebracht, süße Charlie?«

Sie wischte seine Hand fort. »Nenne mich nicht so.« Es war nur drei Leuten erlaubt, sie so zu nennen, ihrer Großmutter, Tante Haga und natürlich Theo.

Angelo ließ die Hand fallen, aber er wich nicht zurück. »Bist du schon einmal geküsst worden, *Charlotta*?« Er betonte den Namen mit leisem Spott.

»Hör auf damit«, klang Fredericks Stimme von der Tür her.

»Warum?«, fragte Venetia, die erregt und mit leicht geöffneten Lippen dabeisaß.

»Ich will nicht, dass er das tut«, sagte Frederick.

»Und weshalb nicht?« Angelos Stimme war so geschmeidig wie sein Körper und seine Hände.

»Lass dich nicht von ihm küssen, Charlotta«, wandte sich Frederick an Charlie. »Er möchte, dass du ihm verfällst.«

»Oh nein«, widersprach Angelo. »Ich will diesem Mädchen hier nur einen Geschmack auf das geben, was es alles versäumt.« Sein laszives Lächeln war verwirrend schön. »Ein kleiner Kuss. Das macht einer Succuba doch nichts aus, nicht wahr?«

»Charlotta ist keine Succuba«, kam es drohend von Frederick.

»Umso weniger wird sie durch einen kleinen Kuss in Gefahr kommen.«

Charlie antwortete nicht darauf, sondern sah ihn nur kühl an. Bisher bestand ihr gesamtes Wissen, was Liebeskunst und Liebe betraf, aus reiner Theorie. Großmutter hatte zwar nichts dagegen gehabt, dass sie sich gewisser, sehr lehrreicher Literatur zuwandte und die oftmals sehr ausführlichen Zeichnungen über Liebesspiele betrachtete, aber sie hatte sie auch nicht gerade dazu ermuntert, sich einen jungen Mann zu suchen, mit dem sie das in der Theorie Erlernte auch praktizieren konnte. Sie war bisher noch nicht einmal geküsst worden! Früher hatte es ihr auch nicht gefehlt, aber das hatte sich in der letzten Zeit geändert – was bei dem Leben in Tante Hagas Haus kein Wunder war.

Mit Angelo hatte sie jetzt die Gelegenheit dazu. Dass Frederick danebenstand und ihn argwöhnisch beäugte, war ihr einerseits peinlich, aber andererseits gab es ihr auch Sicherheit. Frederick würde sie beschützen, falls Angelo zu aufdringlich wurde.

»Lass dich von ihm küssen«, fiel Venetia eifrig ein. »Du wirst es nicht bereuen. Er macht das wirklich gut.«

Charlie wandte sich Angelo zu. »Meinst du wirklich, dass ich etwas versäume?«

Angelos Lächeln wurde noch sinnlicher. »Aber ganz gewiss sogar.«

Charlie hob mokant die Augenbrauen und hoffte dabei, dass Angelo nicht merkte, wie sehr sie der Gedanke an einen Kuss bestürzte und zugleich erregte. Wie begierig sie war, wie bereit, es auszuprobieren. »Jetzt hast du mich wirklich neugierig gemacht.«

Sie sah ihm ruhig entgegen, wartete ab und wich auch nicht aus, als Angelo von dem anderen Sessel auf ihre Stuhllehne rutschte und sich zu ihr beugte. »Die Kunst darin«, flüsterte er dicht vor ihren Lippen, »liegt an der Verführung, am Spiel. Nicht zu viel geben, sondern nur versprechen. Necken und sich entziehen.«

»Das klingt interessant«, erwiderte Charlie sachlich.

»Oh ja, das ist es auch.« Angelos Gesicht, seine Lippen waren ganz knapp vor ihr. Sie fühlte seinen Atem. Er roch frisch und süß, ein wenig nach Apfel. Sie musste bei dem Gedanken innerlich lächeln. Es war nicht abwegig, sich vorzustellen, wie Angelo als verführerische Schlange Eva einen Apfel reichte. Seine Hand lag auf Charlies Schulter, glitt aufwärts über ihren Hals, während sein Blick sie nicht losließ. Angelo trug seinen Namen zu Recht, dachte Charlie in diesem Moment. Er sah tatsächlich aus wie ein Engel, in dessen Augen sich das Blau des Himmels spiegelte.

Jetzt lag seine Hand mit leichtem Druck in ihrem Nacken, fixierte ihren Kopf, ohne sie zu bedrängen. Seine andere Hand hob ihr Kinn in die Höhe.

»Necken und sich zurückziehen«, hauchte er an ihrem Mund.

Charlie nickte. Sie war ein wenig atemlos und aufgeregt. Ihr erster Kuss! Und der von einem unverschämt gut aussehenden Dämon.

Seine Lippen senkten sich leicht auf ihre. Sie spürte kaum die Berührung, als er hauchzart darüberstrich. Es fühlte sich angenehm an, dieses Streicheln mit diesen vollen, weichen Lippen, während er sich mit kleinen Küssen von einem Mundwinkel zum anderen arbeitete, bis er dann ruhig liegen blieb. Ihr gefiel, was er mit ihr tat. Sie hielt den Atem an, als er den Druck seiner Lippen verstärkte, ihre damit leicht öffnete. Ganz wenig nur, aber genug, um seiner Zunge zu erlauben, sie zu berühren und die Spitze zwischen ihre Lippen zu schieben. Er drang nicht tiefer, wie Charlie das erwartet hatte, sondern zog sich wieder zurück.

Abermals schob sich die Zunge zwischen ihre Lippen. Dieses Mal ein bisschen tiefer. Sie verstand. Necken und zurückziehen. Das war interessant und sogar ganz nett.

Dann zog er sich zurück, löste sich von ihr und sah sie auffordernd an. »Und jetzt du.«

Charlie blinzelte, aber sie gab nach, als Angelo sich auf einen Stuhl setzte und sie zu sich auf seinen Schoß zog. »So geht es einfacher«, sagte er ernsthaft.

Sie warf einen raschen Blick in die Runde. Venetia saß etwas vorgebeugt da, hatte die Arme um die Knie geschlungen und fixierte Angelo mit einem hungrigen Ausdruck, und Frederick stand mit missbilligendem Ausdruck und vor der Brust verschränkten Armen einige Schritte daneben.

Charlie brachte ihre Lippen an Angelos, als seine Hand in ihrem Nacken sie leicht näher zog. Er lächelte. »Du hast schöne Lippen, weißt du das?« Sie fühlte seinen Atem, als er sprach, beobachtete die Bewegung seiner Lippen. »Weich und süß.«

Sie legte ihre Lippen an seine, streichelte darüber, wie er das zuvor getan hatte. Es machte wirklich Spaß. Sie kostete eine Weile, dann beschloss sie, den Teil mit der Zunge auszuprobieren. Sie öffnete leicht den Mund, bemerkte, dass auch seiner nicht fest verschlossen war, und schob ihre Zungenspitze …

»Das reicht jetzt.«

Charlie dachte im ersten Moment, dass Frederick Einhalt gebot, aber die Stimme war, obwohl nicht laut, so doch wesentlich eisiger und schneidender. Sie fühlte, wie sich Angelos Hände verkrampften. Sein ganzer Körper erstarrte, und als er sie hastig losließ, hatte sie den Eindruck, dass er sie am liebsten auch gleich von seinen Knien gestoßen hätte, um aufzuspringen und zu flüchten. Sie drehte sich nach dem Sprecher um, und ihre Augen weiteten sich vor Überraschung. In der Tür stand niemand anderer als Cyrill Veilbrook. Und hinter ihm war Tante Haga, bleich wie die Wand.

Veilbrooks Blick war kalt, aber als sie zu lange in seine Augen sah, glaubte sie, ein gefährliches Glühen darin zu entdecken. Sie senkte verwirrt den Blick. Ausgerechnet Veilbrook ertappte sie bei dieser Lektion. Und dann auch noch gemeinsam mit Tante Haga, die ihr sicher übel nahm, dass sie auf den Knien ihres Liebhabers saß und ihn küsste. Frederick hatte recht gehabt, sie hätte Angelo sofort abweisen müssen. *Das kommt davon, wenn man zu neugierig ist*, dachte sie beschämt. Sie erhob sich, strich sich die Röcke glatt und wandte sich an ihre Tante.

»Es tut mir leid.« Sie würde ihr später erklären, warum das passiert war, wenn sie alleine waren, und vor allem Veilbrook nicht dort stand wie ein Rachegott und sie anstarrte, bis ihr kalte Schauer über den Rücken liefen.

Veilbrook wandte den Blick nicht von Charlie, als er zu Haga sagte: »So etwas wird in Zukunft nicht mehr passieren. Ist das klar?«

Tante Haga nickte heftig, schwieg jedoch.

Charlie verstand kein Wort.

Venetia fand es an der Zeit, den Mund aufzumachen. »Angelo und Charlotta haben nur probiert, wie man neckisch küsst.«

Von Angelos Seite kam ein nervöses Lachen. Er hatte sich ebenfalls erhoben und war unauffällig hinter den schweren Lehnsessel geglitten. Als Veilbrooks Blick ihn traf, sah er weg.

Veilbrook wandte sich wieder Charlie zu, die versuchte, diese Situation zu begreifen. Da stimmte etwas nicht. Das lag nicht an Tante Haga, die weder böse noch eifersüchtig war, sondern an Veilbrook. War etwas geschehen? Hatte einer von ihnen seinen Zorn erregt? Als er auf sie zukam, war ihr erster Drang, zurückzuweichen, aber dann straffte sie die Schultern und sah ihm ruhig entgegen. Sie hatte keinen Grund, Angst oder Scheu vor ihm zu empfinden.

»Welch eine Überraschung, Lord Veilbrook«, sagte sie mit einem kühlen Lächeln. »Sie sind ja immer noch im Haus. Ich dachte, Sie wären schon längst gegangen.«

Er ging weiter, bis er dicht vor ihr stehen blieb. So knapp, dass es nicht nur unangenehm, sondern vor allem unhöflich und ungehörig war. Charlie musste den Kopf zurücklegen, wenn sie ihn ansehen wollte. Sie hatte plötzlich das Gefühl, dass sich der Raum erwärmt hatte; die Atmosphäre war drückend.

»Neckisch küssen?« Seine Stimme klang ironisch, aber es war auch etwas Eindringliches darin. Noch eindringlicher war sein Blick. Durchdringend und so intensiv, dass Charlie nach Atem rang. Sie bekam plötzlich Angst. Dieser Mann war wirklich gefährlich. Sie wollte einen Schritt zurückweichen, aber etwas hielt sie an die Stelle gebannt.

»Jetzt bin ich neugierig«, sprach Veilbrook weiter. »Zeige mir, wie du neckisch küsst.«

Der Bann war gebrochen. Zorn über diese Unverschämtheit flammte in Charlie auf. Sie machte den Mund auf, um Veilbrook eine Abfuhr zu erteilen, aber da hatten sie seine Hände schon gepackt und hielten sie fest. Sie war so erschrocken, dass sie sich im ersten Augenblick nicht wehrte. Und dann lagen seine Arme um sie, pressten sie an ihn. Sein Gesicht war dicht vor ihrem. Eine vage Erinnerung stieg in ihr hoch. Etwas, das mit einem Kuss vor dem Haus ihrer Tante zu tun hatte. Sie runzelte die Stirn.

»Entweder du zeigst es mir, oder ich zeige dir, wie ich küsse«, sagte Veilbrook mit einer Stimme, die samtig und drohend zugleich war. »Noch hast du die Wahl.«

Eine Mischung aus Zorn, Panik und Verwirrung stieg in Charlie hoch. Sie versuchte, sich freizumachen, wand sich in Veilbrooks Armen, wollte ihn wegstoßen und trat ihm sogar herzhaft auf den Fuß. Er hielt sie eisern fest. Weshalb half ihr denn niemand? Nicht einmal Frederick oder Tante Haga?

»Lassen Sie mich sofort los.« Sie sprach langsam, mit kalter Stimme und hielt seinem Blick unerschrocken stand. Sie mochte vielleicht ängstlich sein, aber sie würde den Teufel tun, Veilbrook das zu zeigen.

»Gut«, erwiderte er. »Dann also nicht neckisch. Anders gefällt es mir ohnehin besser.«

Veilbrooks linke Hand vergrub sich in ihrem Haar und zog ihren Kopf in den Nacken, sodass es ihr unmöglich war, sich wegzudrehen. Im nächsten Moment waren seine Lippen auf ihren. Nicht so zart und verspielt wie jene von Angelo, sondern sehr bestimmt. Er drängte ohne jede Behutsamkeit ihre Lippen auseinander, stieß tief mit seiner Zunge hinein und nahm Charlies Mund in Besitz. Sie wollte zuerst die Lippen zusammenpressen, aber es war unmöglich. Dann probierte sie, die Zähne aufeinanderzubeißen – es ging ebenfalls nicht. Sie wusste nicht, wie Veilbrook sie daran hinderte, aber er schaffte es spielend leicht, und sie musste seine harten Lippen dulden, die fordernde Zunge, die nach ihrer suchte, nicht ruhte, bis er sie gefunden hatte. Er erfüllte sie mit seinem Geschmack. Sein Geruch umgab sie. Fremd, herb, sehr männlich. Ganz anders als Angelos süßer, paradiesischer Apfelduft.

Der Kuss dauerte an. Ihre Verwirrung steigerte sich zu Tumult. Unerträgliche Hitze stieg hoch, als würde sie brennen. Sie versuchte, sich aus dem Griff zu winden, zerrte an Veilbrooks Jacke, wollte ihn wegstoßen, und gleichzeitig fühlte sie eine beängstigende, fremde Schwäche in sich. Charlie stöhnte auf. Das war zu viel. Sie machte einen neuerlichen, wilden Versuch, sich zu befreien, mit dem Ergebnis, dass sein Griff noch fester wurde.

Sein Körper war hart, als er sie enger an sich zog, bis ihr Leib sich vollkommen an ihn schmiegte, sodass ihre Brüste schmerzhaft gegen seine Brust gepresst wurden. Seine in ihrem Haar vergrabenen Finger bogen ihren Kopf weiter zurück, sodass Charlie sich hilflos und ihm völlig ausgeliefert fühlte, ohne Möglichkeit, sich zu wehren. Seine andere Hand lag schon längst auf ihrem Gesäß und drückte ihren Unterleib gegen die wachsende Schwellung an seinem Schritt.

Da begriff Charlie. Er würde sie sicher nicht loslassen, solange sie sich gegen ihn wehrte. Er wollte sie besiegen, sie beherrschen. Alles in ihr rebellierte gegen diese Behandlung, diesen Kuss, dagegen, sich ihm zu unterwerfen. Minutenlang kämpfte sie gegen ihn weiter, gegen sich selbst, gegen die Versuchung, diesem überwältigenden Kuss nachzugeben, aber dann wurde sie in seinen Armen schlaff. Im selben Moment, in dem sie aufhörte, sich zu winden, sich aus seiner Umarmung befreien zu wollen, ließ auch er nach.

Seine Stimme war rau, als er flüsterte. »So ist es gut. Ich denke, du hast das Spiel verstanden.«

Er gab sie nicht völlig frei, aber sein Griff hatte sich so weit gelockert, dass sie wieder Luft holen konnte. Sein Arm lag jetzt mehr stützend als beherrschend um ihre Taille, und die Finger seiner linken Hand zerrten nicht mehr an ihrem Haar, sondern streichelten sanft über ihre Kopfhaut. Über Veilbrooks Schulter hinweg sah sie, dass Tante Haga mit beiden Händen Fredericks Arm hielt, und dabei leise und beschwörend auf ihn einsprach. Fredericks Gesicht war vor Zorn verzerrt.

Dann hob sie den Blick zu Veilbrook. Dessen Augen waren wie eine schwarze Tiefe, die sie anzog. Das Licht der Kerzen spiegelte sich darin, als wären am Grund der Tiefe Flammen, die nur darauf warteten, sie zu verzehren. Sein Blick war durchdringend und triumphierend zugleich. Er schien zufrieden zu sein, mit dem, was er in ihren Augen las, denn er ließ sie los.

Charlie atmete tief durch, streifte ihr Kleid glatt,

dann hob sie beide Hände und stieß Veilbrook mit aller Kraft von sich fort. Als er nicht einmal wankte, stieß sie noch einmal zu. Dieses Mal benützte sie ihre Fäuste. Ein für sie selbst unfassbarer Zorn hatte sie erfasst. Sie wusste in dem Taumel aus Gefühlen nicht genau, was sie am meisten in Rage brachte – dass Veilbrook sie einfach so überfallen und sie es trotz allen Widerstands genossen hatte, oder dass er sie so herablassend behandelte, so kühl blieb, so überlegen und sie damit demütigte.

Als sie abermals zuschlagen wollte, fasste er sie so fest bei den Handgelenken, dass sie sich nicht losreißen konnte, ohne zu strampeln, zu beißen und zu treten, und dieses unwürdige Schauspiel würde sie ihm nicht bieten. Außerdem hatte sie inzwischen schon begriffen, dass sie in dieser Hinsicht den Kürzeren zog. Halb war sie erstaunt, dass er nicht zurückschlug. Ein Mann, der eine Frau derart unterwarf, war sicherlich zu allem fähig.

»Gut so«, sagte Veilbrook mit einem kalten Lächeln, das von seinem verlangenden Blick Lügen gestraft wurde, während er ihre Handgelenke wie mit Eisenklammern hielt. »Spiele deine Rolle. Mir gefällt das. Alles andere fände ich langweilig.« Sein Blick tauchte herrisch in ihren, dann ließ er sie so abrupt los, dass sie taumelte, wandte sich auf dem Absatz um und ging hinaus. Hinter ihm fiel die Tür von selbst zu.

Minutenlang war es still im Raum, man hörte nur das Knistern des Feuers.

Angelo war mit wenigen Schritten bei Charlie. Er fasste sie an den Schultern und sah sie besorgt an. »Ist alles in Ordnung, Mädchen?«

Sie nickte nur. Sie konnte nicht sprechen. Ihre Lippen schmerzten, und als sie ihren Finger darauf legte, spürte sie, dass sie geschwollen waren. Angelo führte sie zu einem Stuhl und drückte sie vorsichtig darauf nieder.

»Bei allen Mächten ...« Das war Venetia. Sie klang so atemlos wie Charlie sich fühlte. Fast ein wenig ehrfürchtig. »So möchte ich auch einmal geküsst werden. Und ich habe wirklich schon viel erlebt.«

»Angelo, ich glaube, du hältst dich in Zukunft besser von Charlotta fern.«

»Aber das war doch nur ein Spiel, Haga. Kein Grund zur Eifersucht. Das muss dich nicht stören.«

»Lord Veilbrook würde es stören«, erwiderte Haga tonlos.

Alle hielten den Atem an. Ehe jemand noch fragen konnte, was sie meinte, fuhr sie auch schon fort: »Er hat vierhundert Pfund pro Woche dafür geboten, dass Charlie nur ihm gehört. Zweihundert für Charlie und zweihundert für uns.«

In der darauffolgenden Stille hätte man nicht nur eine Stecknadel, sondern sogar eine Feder zu Boden fallen gehört. Haga wandte vorsichtig den Kopf, als der erwartete Aufschrei ihrer Nichte ausblieb.

Charlie saß wie versteinert auf ihrem Stuhl und starrte zur Tür, hinter der Veilbrook verschwunden war.

Frederick war der Erste, der wieder Worte fand. Er wirbelte herum und sah Haga mit einem flammenden Blick an. »Hagazussa, das kann nicht Ihr Ernst sein! Sie haben dieses Mädchen an Veilbrook verkauft? Die eigene Nichte?!«

Angelo lachte nervös.

»Aber nein«, log Haga schwach, »natürlich nicht. Wo kämen wir denn da hin? Er hat für sie geboten, aber ich habe ihm gesagt, er müsse zuerst mit Charlotta sprechen.« Und er hatte es als unnötig angesehen. Das war inzwischen klar.

»Sie haben ihn nicht sofort hinausgeworfen?«

»Er hätte sich doch nicht hinauswerfen lassen! Was hätte ich denn tun sollen? Gegen ihn kommen wir doch nicht an.« Sie wandte sich Charlie zu. »Mein Liebling, es tut mir ja so leid. Ich weiß auch nicht, was du getan hast, um ihm derart ins Auge zu stechen, aber ...«

»Gar nichts«, erwiderte Charlie. Ihre Stimme klang in ihren eigenen Ohren fremd. Sie erhob sich. »Wir werden uns überlegen, was zu tun ist.«

»Da gibt es nichts zu überlegen«, erwiderte Frederick scharf.

»Ich werde jetzt auf mein Zimmer gehen«, sagte Charlie. Sie fühlte sich erschöpft und musste ihre Gedanken und – noch viel mehr – ihre Gefühle sammeln und sortieren.

»Liebes ...« Tante Haga wollte sie aufhalten, aber Charlie wich ihr aus.

»Gute Nacht.«

Frederick öffnete für sie die Tür und begleitete sie zur Treppe. Er legte leicht die Hand auf ihre Schulter. »Charlotta, wenn Sie etwas brauchen ...«

»Nein, danke.« Sie lächelte ihn dankbar an. »Sie waren der Einzige, der mir helfen wollte.«

Fredericks sympathisches Gesicht wurde dunkel. »Aber ich habe es nicht getan.«

Charlie sah ihn nachdenklich an, dann sagte sie: »Das war auch besser, glaube ich. Ich muss überlegen. Aber zuerst will ich schlafen. Ich bin so unendlich müde.«

Frederick nickte ihr ernst zu und blieb am Fuß der Treppe stehen, um ihr nachzusehen, bis sie oben verschwunden war.

Cyrills Augen wurden schmal, als sein Notar am nächsten Tag leicht gekrümmt vor seinem Schreibtisch stand und sichtlich zerknirscht erzählte, was vor zwei Stunden in Lady Hagas Haus geschehen war.

»Sie hat Ihnen das Geld also zurückgeworfen«, fasste er Mankins stotternd hervorgebrachte Worte zusammen.

»Nun ...« Der Notar krümmte sich noch mehr. Miss Charlotta Baker hatte außerdem noch sehr pointierte Sätze auf ihn losgelassen, die sowohl für ihn selbst als auch für seinen Auftraggeber wenig schmeichelhaft gewesen waren. Und dann hatte sie ihn durch den Diener hinausbringen lassen.

»Nun gut.« Cyrill erhob sich verärgert. »Dann werde ich das also selbst erledigen müssen. Es ist bedauerlich, dass ein Mann wie Sie nicht über den nötigen Verstand und ein ausreichendes Maß an Überredungskunst verfügt, um dieser Frau die Vorteile einer solchen Beziehung klarzumachen.«

Als er Lady Hagas Haus erreichte, musste sein Diener Samuel mehrmals energisch den Türklopfer betätigen, bevor ihm endlich geöffnet wurde.

Peggy wirkte blass, aber gefasst, als sie ihm mitteilte, dass Lady Haga unpässlich sei. Aber Miss Charlotta wäre bereit, mit seiner Lordschaft ein paar Worte zu wechseln.

Bereit? Langsam wurde er tatsächlich ärgerlich. Niemand, absolut niemand, der Cyrill Veilbrook besser kannte, würde das Spiel so weit treiben. Als er das Arbeitszimmer betrat, fand er dort tatsächlich Charlotta vor. Sie bot ihm Platz an und setzte sich ihm gegenüber.

»Ich denke, wir kommen am besten gleich zu dieser leidigen Angelegenheit.« Ihre Stimme klang kühl und kultiviert, das war ihm schon früher aufgefallen, aber jetzt wurde es besonders deutlich. Er hatte schon Damen der Gesellschaft als seine Geliebten ausgehalten. Wirklich gebildete Frauen, die ihm nicht nur im Bett anregende Gesellschafterinnen gewesen waren, sondern auch im Gespräch. Es war angenehm, dass Charlotta offenbar eine gute Kinderstube hatte. Das war in diesen Kreisen nicht selbstverständlich.

Er hob leicht die Augenbrauen. »Leidige Angelegenheit?«

»Gewiss. Sie können doch nicht ernsthaft annehmen, dass ich mich von Ihnen bezahlen – oder um Ihr weitaus vulgäreres Wort zu verwenden – *mieten* lasse.«

»Ich sehe da kein Problem«, entgegnete Cyrill höflich. Er konnte kaum den Blick von dem Mädchen lassen. Ihre Zurückhaltung schien nicht nur Pose oder Strategie zu sein. Diese Erkenntnis erheiterte ihn bis zu einem gewissen Grad, die ständige Widerrede war allerdings ein wenig lästig. Er hatte ihren Widerstand brechen wollen, aber erst später, in seinem Haus, in seinen Armen, und nicht schon jetzt

Zeit damit verschwenden, sie zu dieser Vereinbarung zu überreden. Der Gedanke, dass ausgerechnet diese hochnäsige Hexe sich ihm verwehrte, während er vermutlich jede andere Frau zwischen Cornwall, Dover und den Shetland Inseln haben konnte, war ärgerlich. Nein, mehr als ärgerlich, es war irritierend.

Ihr Blick lag auf ihm, durchdringend, als wolle sie durch ihn hindurchsehen. »Cyrill Veilbrook«, sagte sie plötzlich. »Ein seltener Name *Cyrill*.«

Cyrill steckte den Themenwechsel mit einem fast unmerklichen Blinzeln weg. »Er hat seinen Ursprung im …«

»… im Griechischen«, setzte sie seinen Satz fort. »Er bedeutete in seiner ursprünglichen Version »Herr«. Ihre Eltern müssen Griechenland gemocht haben, um Ihnen diesen Namen zu geben.«

»Du sprichst Griechisch?«

»Ja, meine Großmutter hat darauf bestanden, dass ich es lerne. Auch Latein und andere Sprachen.«

Cyrill war zuerst überrascht, aber dann begriff er, worauf alles hinauslief: ihre Weigerung, ihre Zurückhaltung, Mankins Hinauswurf. So ein durchtriebenes Biest. Er lehnte sich amüsiert zurück und schlug die Beine übereinander. »Solltest du etwa versuchen, deinen Preis hochzutreiben?«

Für Sekunden war sie sprachlos, dann fragte sie heftig: »Meinen Sie nicht, dass Sie Ihren eigenen Wert überschätzen, Lord Veilbrook?«

Cyrill betrachtete sie einige Augenblicke lang um herauszufinden, ob ihre Empörung echt war, und beschloss, sie als Teil des Spiels anzusehen. »Nein.« Er hob die Augenbrauen. »Hast du sonst noch Fragen, die ich beantworten kann, bevor wir – um deine Worte zu gebrauchen – zur Sache kommen?«

»Eine Frage beschäftigt mich tatsächlich«, erwiderte sie kühl.

»Weshalb meine Wahl ausgerechnet auf dich gefallen ist?« Die Frage war berechtigt, aber er konnte sie nicht einmal für sich selbst ausreichend beantworten.

»Weshalb Sie nicht zurückgeschlagen haben, als ich Sie gestoßen habe. Nicht, dass ich Sie dazu auffordern wollte, das Versäumte nachzuholen«, fügte sie mit Härte hinzu, »aber ich habe mich darüber gewundert.«

Nun war Cyrill sprachlos. »Du glaubst, ich würde dich schlagen?!«, fuhr er sie an, als er wieder Worte fand. »Ich habe noch nie eine Frau geschlagen! Was …« Er hielt, über sich selbst erstaunt, inne. Er war wütend. Sie hatte ihn tatsächlich wütend gemacht! Er hatte sogar seine Stimme erhoben. Das war ihm schon seit sehr langer Zeit nicht mehr passiert. Es war auch niemals nötig gewesen, kaum jemand war einfältig genug, seinen Zorn zu erregen. »Das ist nicht meine Art«, fügte er scharf, aber gemäßigter hinzu.

»Aber Sie haben mich geküsst«, stellte sie fest.

Er war ein zweites Mal an diesem Tag verblüfft. »Das ist doch etwas völlig anderes.«

Sie schüttelte entschieden den Kopf. »Bei *Angelo* war es etwas anderes.«

»Neckischer?«, fragte er ironisch.

»Mit meinem Einverständnis.« Als er nur die Augenbrauen hob und sie musterte, meinte sie: »Es war Zwang. Es war grausam. Es hat mir wehgetan, und es war demütigend. Wenn man davon absieht, dass ich ohne blaues Auge oder aufgeplatzte Lippe daraus hervorgegangen bin, war sonst kein Unterschied zu einem Schlag.«

Er fixierte sie eine Weile wortlos, dann sagte er grob: »Ich sehe zwar noch immer keinen Zusammenhang zwischen Schlägen ins Gesicht und einem Kuss, aber wenn du dieser Ansicht bist, dann sollten wir jetzt quitt sein.« Er beugte sich ein wenig vor. »Ich habe dich geküsst, aber du hast mich nicht zurückgeküsst, um mich in derselben grausamen Weise zu demütigen, sondern hast mich stattdessen mit Fäusten geschlagen.«

Sie wurde rot, und die grauen Augen begannen zornig zu funkeln. »Sie verstehen es hervorragend, alles zu Ihrem Nutzen zu verdrehen.«

Er ging mit einem Achselzucken über diesen Vorwurf hinweg. »Außerdem haben wir ein Geschäft abgeschlossen«, sprach er weiter. »Ich habe dich gemietet, Geld für dich geboten – und das nicht wenig – und damit auch das Recht erworben, dich zu küssen. Und«, fügte er mit einem langsamen, bösen Lächeln hinzu, »noch mehr als das. Immerhin gibt es noch andere Stellen des Körpers, die für Küsse durchaus geeignet sind. Wie hast du vor, diesbezüglich zu reagieren? Mir es dieses Mal mit gleicher Münze heimzuzahlen?«

Er sah mit Interesse, wie sie sich gerader aufsetzte und den Rücken durchbog. Sie war wirklich ein außergewöhnliches Geschöpf. Noch nie hatte er eine Mätresse gehabt, die mit ihm über Schläge und Küsse diskutierte und beides gleichsetzte. Es war in vielerlei Hinsicht durchaus anregend.

Charlie dagegen fand diesen Mann mit jedem Moment abstoßender. Welch ein eingebildeter, unverschämter Kerl! Er dachte wohl, sie mit seinen Anzüglichkeiten einzuschüchtern oder zu verwirren! Sie verschränkte die Arme über der Brust und musterte Veilbrook eingehend. Der quittierte ihre prüfenden Blicke mit einem arroganten Hochziehen der Augenbrauen, aber sie ließ sich davon nicht einschüchtern.

Dieser Mann war eigensinnig, bis zum Erbrechen von sich überzeugt und fest entschlossen, sie in sein Bett zu bekommen. Charlie hatte gründlich über Veilbrooks seltsames Verhalten und sein befremdliches Faible für sie nachgedacht. Sie glaubte keinen Moment daran, dass er ernsthaftes Interesse an ihr haben könnte. In Tante Hagas Etablissement standen ihm die hübschesten Frauen zur Verfügung, jede davon reizvoller und erfahrener als sie, weshalb sollte seine Wahl dann ausgerechnet auf sie fallen? Das war einfach absurd. Der einzige Grund konnte nur darin liegen, dass sie eben *nicht* zur Verfügung stand. Er ertrug es einfach nicht, dass ihm eine Frau nicht sofort in die Arme fiel, sobald er auch nur mit einem Finger oder ein paar Hundert Pfund winkte. Sie hatte Männer wie ihn schon kennengelernt. Alles, was ihnen Widerstand entgegenbrachte, gewann für sie an Reiz. Als hätte sie nicht schon genug Sorgen mit Theo, musste sie sich auch noch mit diesem arroganten Kerl herumschlagen!

Der Gedanke, dass sie es nicht uninteressant finden könnte, nachzugeben und sich nach Strich und Faden von ihm verführen zu lassen, trat wieder in den Vordergrund. Sie schob ihn zwar schnell wieder fort, ganz nach hinten, wo er ihrer Meinung nach hingehörte, aber ganz konnte sie nicht leugnen, dass sie auf Veilbrook neugierig war. Die Vorstellung, wie es sein müsste, seine Hände auf ihrem Körper zu fühlen – auf ihrem nackten Körper wohlgemerkt! – seine Lippen auf ihrer Haut und sein ... Nein, so kam sie nicht weiter.

Sie legte den Finger an die Unterlippe und klopfte nachdenklich darauf, bevor sie zum nächsten – wenn auch nur verbalen – Schlag ausholte. »Haben Sie einen Butler, Lord Veilbrook?«

Für den Bruchteil einer Sekunde flackerte es überrascht in seinen Augen. »Ja. Einen sehr guten. Hast du Angst, zu wenig Personal bei mir vorzufinden?«

»Bezahlen Sie ihn für seine Dienste?«

»Gewiss doch.«

Charlie hob herausfordernd den Kopf. »Und gibt Ihnen diese Tatsache das Recht, ihn zu küssen?«

Zunächst passierte gar nichts, außer dass Veilbrooks Gesicht völlig ausdruckslos wurde. Plötzlich zuckten seine Mundwinkel. Zuerst nur wenig, schließlich stärker. Und dann verzog sich sein Mund zu einem Lächeln, das sich vertiefte, bis ein Grinsen daraus wurde. Ein echtes, wahres, das sogar die Augen einbezog. Ohne Häme, ohne Spott, aus reinem Amüsement.

Charlie starrte ihn erschrocken an, versuchte äußerlich ungerührt zu wirken, während sie sich innerlich vor Entsetzen krümmte. Dieser Mann hatte das charmanteste, anziehendste Grinsen, das ihr jemals untergekommen war! Dagegen war selbst Angelos sinnliches Lächeln nichts. Es veränderte sein hartes

Gesicht dermaßen, dass es ihr fast den Atem nahm. Sie zog indigniert die Augenbrauen hoch und sah weg, unfähig, diesen Charme noch länger mit kühler Gleichmut zu ertragen, ohne zurückzugrinsen. Hätte Veilbrook sie am Vorabend mit diesem Lächeln in die Arme genommen, hätte er keine Gewalt anwenden müssen, um sie stundenlang darin zu halten. Tante Haga hatte schon recht: Veilbrook war verdammt gefährlich.

Und offenbar war er nicht ganz zurechnungsfähig. Aber das waren mächtige Männer niemals. Man musste nur an Napoleon und Nero denken. Und Veilbrook strotzte förmlich vor Selbstsicherheit und dem Bewusstsein seiner Macht. Als wäre er daran gewöhnt, dass ihm niemand widersprach oder sich ihm widersetzte. War er wirklich ein Vampir, wie Haga und die anderen annahmen, dann musste er in dieser Gesellschaft einen hohen Rang einnehmen.

Als sie sich etwas gefasst hatte, wandte sie sich ihm wieder zu, bereit, sein Lächeln dieses Mal stoisch zu ertragen. Es war nun etwas abgeschwächt und hatte jene Qualität angenommen, die ihn sinnlich und verführerisch aussehen ließ. Noch schlimmer. Charlie verkrampfte die Finger in ihrem Schoß und beschloss, durch ihn hindurchzusehen.

»Ich glaube, Lord Veilbrook, wir sollten wieder auf das Missverständnis zurückkommen.«

»Nenne mich Cyrill«, sagte er kurz. Sein Blick umfasste sie als Ganzes, schien sie auszuziehen, ließ kleine Flammen über ihre Haut tanzen.

»Wie Ihnen nicht klar sein dürfte, *Lord Veilbrook*, bin ich tatsächlich Lady Hagas Nichte. Um es *für Sie* noch klarer auszudrücken«, fügte sie liebenswürdig hinzu, wobei sie jede Silbe sehr deutlich betonte, »ich bin die Tochter ihrer Schwester. Und ich bin weder käuflich, noch zu mieten. Ich arbeite auch nicht im Bordell, sondern bin hier lediglich zu Gast, weil ich private Angelegenheiten in London zu regeln habe.« Private Angelegenheiten, die wesentlich wichtiger waren, als die perverse Lust eines Mannes, der die schönsten Frauen haben konnte und sich auf eine durchschnittlich hübsche junge Hexe kaprizierte, nur weil diese es gewagt hatte, »Nein« zu ihm zu sagen. Je eher sie einen Weg fand, Theo aus London wegzubringen und nach Wales zurückzukehren, desto besser. Tante Haga machte seit Kurzem auch den Eindruck, über Charlies schnellstmögliche Abreise nicht gerade böse zu sein.

Sie erhob sich entschlossen. »Nun entschuldigen Sie mich bitte, Lord Veilbrook. Es war sehr … lehrreich, Ihre Bekanntschaft gemacht zu haben. Und wenn ich hinzufügen darf, falls dies noch nicht genügend zum Ausdruck gekommen ist, ich fühle mich trotz meiner Ablehnung auf das Tiefste von Ihrem Angebot geschmeichelt.« Charlie wandte sich zum Gehen, sehr zufrieden mit sich selbst. Dieser Satz war ihr hervorragend gelungen, mit genau dem richtigen Maß an Spott und Verachtung.

Kurz bevor sie den Raum verließ, fiel ihr noch etwas ein, das unbedingt zu klären war. »Um noch weitere Missverständnisse auszuräumen, Lord Veilbrook, Sie haben sich noch einmal geirrt: Meine Jungfräulichkeit bedarf keiner wie auch immer gearteten Dienste eines Baders.«

Die Tür fiel hinter ihr zu.

Cyrill blieb erstarrt sitzen und sah ihr nach. Nicht nur, dass die Gier nach ihrem Körper unerträglicher wurde, je länger er sich in ihrer Nähe aufhielt, so hatten ihre Worte eine so schnelle und heftige, schmerzende Hitze in alle relevanten Körperteile getrieben, dass er mehrmals langsam tief durchatmen musste, um sich wieder zu fassen.

Er konnte schwören, dass sie die Wahrheit sagte! Wäre nicht dieses brennende Verlangen gewesen, sie sofort zu besitzen, hätte er erleichtert aufgelacht. Das musste es sein, was ihn so an ihr anzog, er hatte es von Anfang an gespürt! Und jetzt war alles klar. Sie wollte tatsächlich den Preis hochtreiben! Diese letzte Bemerkung war ein sehr kluger Schachzug gewesen. Was für ein durchtriebenes, kleines Biest.

Er selbst hatte noch keine jungfräuliche Succuba unter sich liegen gehabt, aber wenn es stimmte, was man erzählte, war diese Charlotta fast unbezahlbar. Etwas Seltenes, Reizvolles und Kostbares, das einem Mann in der ersten Nacht höchsten Genuss versprach und alles übertraf, was jede erfahrene Liebeskunst zu ersinnen vermochte. Er grinste. Charlotta war also eine echte Succuba-Jungfrau. Eine Rarität! Und er wollte verdammt sein, wenn er nicht dafür sorgte, dass es auch so blieb, bis er sie besessen hatte.

Viertes Kapitel

Cyrill hatte in den vergangenen Tagen Mankins zweimal ins *Chez Haga* geschickt, um das Angebot zu verdoppeln und sogar zu verdreifachen, aber sein Notar war jedes Mal unverrichteter Dinge zurückgekehrt.

Unter anderen Umständen hätte er Charlotta keine Wahl gelassen, aber in diesem Fall lag die Sache ein wenig komplizierter. Er musste ihrer habhaft werden, ohne Gewalt anzuwenden oder sie zu verängstigen. Beides wäre seiner Sache wenig dienlich gewesen. Die Jungfräulichkeit einer Succuba musste – so die Legende korrekt war – mit Lust genommen und mit Lust gegeben werden, sonst war es nicht anders als mit einer gewöhnlichen Frau.

Wenn man etliche Hundert Jahre zählte, bot das Leben, gleichgültig wo und wie man es führte, kaum noch Anreiz. Aber Charlotta stellte für Cyrill eine Novität dar. Da war es gleichgültig, ob sie tatsächlich Hagas Nichte war. Hagazussa nahm zwar eine höhere Stellung ein als eine gewöhnliche Hexe, aber sie verfügte nicht über außergewöhnliche Kräfte und bewegte sich eher am Rande jener elitären Hexengesellschaft, die man für gewöhnlich nicht in Bordellen fand. Charlotta gehörte wohl ebenfalls kaum zu diesen Auserwählten.

Er hatte seinen verlässlichen Diener Samuel losgeschickt, damit dieser ein wachsames Auge auf sie und ihre Jungfernschaft hatte, und um herauszufinden, ob es etwa noch weitere Bieter für ihre erste Nacht gab.

Sie war, wie er festgestellt hatte, erstaunlich umtriebig. Zweimal war sie wieder in diesem Elendsviertel gewesen, wo die Menschen im Dreck und in Verschlägen hausten, und hatte dort ein bestimmtes Haus aufgesucht. Allerdings tagsüber, wenn die nächtlichen Wesen sich nicht aus ihren Löchern wagten. Samuel hatte auch das Haus überprüft und herausgefunden, dass dort seit einigen Monaten ein wohlhabender Vampir lebte.

Als sein Diener an diesem Abend Bericht erstattete, fand er Cyrill mit einer guten Flasche Wein und einer kostbaren, aus Alexandria stammenden Schriftrolle in der Bibliothek.

»Nicht viel Neues, Mylord. Miss Baker hat wieder das betreffende Haus betreten und sich zwei Stunden dort aufgehalten. Und als sie dann gegangen ist, habe ich kurz nachgesehen. Es war niemand im Raum. Offenbar hat sie nur auf den Vampir gewartet, und als er nicht kam, ist sie heimgegangen. Ich habe sie dann bis zum *Chez Haga* verfolgt. Es gab aber keine Zwischenfälle.«

Cyrill lehnte sich zurück, schlug die Beine übereinander und griff nach seinem Weinglas. Er nahm einen Schluck und ließ den Geschmack auf der Zunge zergehen, während er überlegte. Was, zum Teufel, wollte sie ausgerechnet mit einem Vampir? Der Gedanke, dieser Untote könnte in letzter Minute noch zwischen ihn und Charlotta kommen, ließ rote Kreise vor seinen Augen tanzen.

»Finde den Clanführer der Gemeinde, in der dieser

Vampir lebt, und lege ihm nahe, dass der Blutsauger verschwinden soll.«

»Soll ich Nachdruck machen, wenn er sich weigert?«

Cyrill sah nachdenklich in sein Weinglas, bewunderte die kristallene Spiegelung, die Farbe, sog den herben, erdigen Duft ein. »Nein«, erwiderte er schließlich. »In diesem Fall nehme ich die Sache selbst in die Hand.« Im Moment wollte er keine unnötige Unruhe provozieren. Unter den Vampirclans gärte es zurzeit ohnehin, seit neue Kräfte hinzugekommen waren und die Machtverhältnisse sich verschoben hatten.

Samuel nickte. »Sehr wohl, Herr.« Er ging aus dem Raum und schloss leise die Tür hinter sich.

Cyrill streckte die Beine aus und sah ins Kaminfeuer. Er lächelte leicht, als er feststellte, dass, seit Charlotta ihm über den Weg gelaufen war, er sich kein einziges Mal gelangweilt hatte.

Fünftes Kapitel

Tante Haga hatte Charlie eindringlich davor gewarnt, noch einmal die Gegend aufzusuchen, in der Theo lebte – oder eher hauste. Sie hatte ihr vorgeschlagen, einen der Bettlerjungen, die sich dort herumtrieben, mit einer Botschaft an Theo zu schicken. Charlie jedoch war in der Zwischenzeit noch mehrmals dort gewesen, weil sie endlich Theos Freund, diesen geheimnisvollen Merlot, kennenlernen wollte. Sie musste sich ein Bild von ihm machen, um dann den besten Weg zu finden, Theo aus seinen Fängen zu lösen und ihn heim nach Wales zu bringen. Allerdings hatte er sich bisher nicht blicken lassen.

Sie wusste, dass zwischen einem Vampir und seinem Schöpfer bestimmte, sehr enge Bande bestanden, und wenn Theos Mentor nicht gewillt war, sein Geschöpf ohne Weiteres gehen zu lassen, dann blieb ihr nichts anderes übrig, als ihn zu vernichten. Der Gedanke machte ihr solche Angst, dass sie Herzklopfen und Schweißausbrüche bekam, aber sie hatte keine andere Wahl. Keine Hexe aus der langen Reihe ihrer Vorfahren würde feige wieder abziehen und ihren kleinen Bruder der Dunkelheit und dem Blutdurst preisgeben!

Eine gebeugte alte Frau kam die Kellertreppe heruntergehumpelt, als Charlie an Theos Tür klopfte. Sie war spät dran, draußen wurde es schon bald dunkel.

Aber sie hatte einen großen Umweg gemacht, weil sie das Gefühl gehabt hatte, verfolgt zu werden.

»Da ist keiner mehr«, krächzte die Alte giftig. »Alle fort, dieses Lumpenpack.«

Ihr Bruder war doch kein Lumpenpack! Charlie schluckte eine böse Antwort hinunter, schließlich brauchte sie Auskunft von dieser Frau. »Seit wann?«

»Seit zwei Tagen. Sind endlich von hier verschwunden.« Die Frau musterte Charlie aus zusammengekniffenen, tränenden Augen. »Siehst gar nicht so aus, als würdest du dazugehören, Mädchen. Sieh zu, dass du verschwindest. Hat dir wohl schöne Augen gemacht, der *feine* Herr, was?«

Charlie hörte schon nicht mehr zu. Theo war fort? Wie konnte sie ihn dann wiederfinden? Es war beim ersten Mal schon schwierig genug gewesen, seine Spur zu entdecken. »Wissen Sie, wohin sie gegangen sind?«

Die Alte stieß ein höhnisches Lachen aus. »Wahrscheinlich in die ehemalige Kirche, die jetzt als Lagerhaus verwendet wird. Da treffen sie sich regelmäßig. Ich weiß das, weil sie manchmal eine von den Huren einladen, die mit meiner Sally befreundet sind.«

»Können Sie mir sagen, wo sich diese Kirche befindet?«

»Bist eine richtige Lady, nach der Art wie du redest, was? Tja, schade um dich.« Die Alte wollte an ihr vorbei, aber Charlie zog eine Münze hervor.

»Bitte, ich muss den Mann, der hier wohnte, finden.«

»Na schön.« Die Alte griff nach der Münze und kam Charlie dabei so nahe, dass diese die Luft anhielt, als ihr die Ausdünstung nach schmutzigem Gewand, Zwiebeln und ungewaschenem Körper in die Nase stieg. »Da gehst du nach Süden, Richtung Bedlam, dort wo«, sie tippte sich kichernd an die Stirn, »sie die Verrückten festhalten. Aber halte dich weg von den Straßen, in denen sich die Dunklen herumtreiben. Es dämmert schon, da kriechen sie aus ihren Löchern. Mach lieber einen Umweg. Es ist nicht so weit, nur knapp zwei Meilen. Da steht die alte Kirche. In der Krypta«, sie sah sich vorsichtig um, und senkte ihre Stimme, »halten sie ihre gotteslästerlichen Messen ab. Das hat mir die Dancing Fanny gesagt. Die Hure, die immer so Anfälle hat und dann verrückt spielt. Die war schon mal dort. Ist dann mit einem blutigen Hals hier aufgetaucht. Hatte Glück, dass sie überhaupt noch rausgekommen ist.« Sie richtete sich auf und betrachtete Charlie mitleidig. »Und dir wünsch ich das auch. Aber eine wie dich werden sie nicht wieder laufen lassen.«

Sie wandte sich ab und humpelte kopfschüttelnd den Gang weiter, bis sie eine Tür aufmachte.

Charlie stieß hörbar die Luft aus, dann drehte sie sich um und rannte die Stufen hinauf, ins Freie. Dort blieb sie stehen und sah sich kurz um. Sie wusste, wo das Bethlem Hospital, das Irrenhaus, von vielen Bedlam genannt, lag. Und sie ahnte auch, wo sich diese Kirche befand. Es war nicht sehr klug, dorthin zu gehen, aber Theo würde ihr bestimmt nichts tun, und sie musste ihn finden, durfte nicht zulassen, dass er einfach aus ihrem Leben verschwand. Sie hatte die Verantwortung für ihn. Und sie liebte ihn.

Sie zog sich die Kapuze ihres Capes tief ins Gesicht und lief los.

Cyrill Veilbrook hatte schon seit langer Zeit keine Schwarze Messe mehr aufgesucht. Er war an diesem Abend auch nicht in die Krypta gekommen, um teilzunehmen, sondern um sich umzusehen. Die Rivalitäten zwischen den einzelnen Gruppen spitzten sich zu, seit einige neu hinzugekommene, sehr mächtige Wesen die Herrschaft übernehmen wollten. So wenig sich Cyrill sonst um die Aktivitäten und Streitigkeiten dieser Geschöpfe kümmerte, war es nun klüger, Bescheid zu wissen, falls sich das Kräfteverhältnis änderte.

Er hatte, wie die meisten anderen, einen Kapuzenumhang übergeworfen – bei solchen Zusammenkünften schätzte man Anonymität, zumindest anfangs, bevor Blutgier und Leidenschaften durchgingen –, hielt sich aber eher im Hintergrund, mit dem Rücken zur Wand, von wo aus er alles beobachten konnte.

Die Szene war nur zu vertraut, auch wenn sie sich im Laufe der Jahrhunderte geändert hatte. Der größte Unterschied zu früher bestand darin, dass Schwarze Messen jetzt in der Verborgenheit stattfinden mussten, während sie früher öffentlich abgehalten worden waren. Unter freiem Himmel, sodass die Schreie der Opfer durch die Nacht hallten und alles in der Umgebung vor Angst hatten verstummen lassen.

Nun standen anstelle der früheren Öllampen fast nur Kerzen um den Opfertisch herum, und in Wandhaltern steckten rauchende Fackeln. Wo vor sehr langer Zeit Priester ihre Messen abgehalten hatten, wurden jetzt Opfer festgebunden, bis man ihnen entweder mit dem Messer die Kehle durchschnitt, um das Blut in Schalen aufzufangen, oder sie von den Vampiren als lebendige Nahrung ausgesaugt wurden.

Cyrill ließ seine Blicke über die Anwesenden schweifen. Es waren nicht nur Vampire zugegen, sondern alle Arten von Geschöpfen, welche die Dunkelheit dem Licht vorzogen. Heruntergekommene Hexen, Dämonen, die sich zum Teil gar nicht die Mühe gemacht hatten, menschliche Züge anzunehmen, sondern ihre Fratzen nur halbherzig unter den Kapuzen verbargen. Es waren erstaunlich viele Besucher da, und er spürte bei allen eine leichte Unruhe.

Fast genau ihm gegenüber, auf der anderen Seite der Krypta, stand eine verhüllte Gestalt, von der die anderen Abstand hielten, weil sie Gefahr ausstrahlte. Arsakes. Samuel hatte Cyrill erzählt, dass er sich in London aufhielt, aber es wäre nicht nötig gewesen. Er hatte seine Anwesenheit im selben Moment gefühlt, in dem Arsakes seinen Fuß auf englischen Boden gesetzt hatte. Um ihn herum war gut eine Armlänge Platz; die anderen spürten seine Aura und wichen ihm aus. Sie taten gut daran – er wirkte nicht nur bedrohlich, er war auch gefährlicher als jedes andere Wesen in diesem Raum. Cyrill überlegte, ob er etwa hinter dieser neu hinzugekommenen Vampirgruppe stand. Bisher hatte er nichts Konkretes darüber gehört, aber es sähe Arsakes ähnlich, sich dieser Wesen zu bedienen, um seine eigene, tödliche Macht zu stärken. Cyrill blickte scharf hinüber. Der andere nickte leicht. Fast vermeinte Cyrill, das leicht spöttische Lächeln auf seinen Lippen zu sehen. Cyrill erwiderte den fast unmerklichen Gruß nicht, sondern wandte sich ab. Er würde auf der Hut sein.

Diese Kirche war damals dem Bruch von Heinrich VIII. mit dem Papst zum Opfer gefallen. Sie war in ein Lager umgewandelt worden und hatte seitdem vielen Geschöpfen, die das Tageslicht scheuten, Unterschlupf geboten. Cyrill hatte ebenfalls zu ihnen gehört. Er war etwa zu dieser Zeit nach London gezogen und hatte hier seinesgleichen – falls es so etwas im weitesten Sinn überhaupt gab – gesucht und getroffen. Und er hatte damals nicht gezögert, sich in dieser Art von Gemeinde einen Namen zu machen, Grenzen zu setzen, um dann ungestört leben zu können.

Sein Blick glitt wieder zum Altar. An der Wand dahinter standen einige Särge, aber Cyrill wusste, dass keine Toten darin lagen, sondern die noch sehr lebendigen, vor Angst fast verrückten Opfer dieser Messe. Er konnte ihre Furcht, ihre Panik bis hierher spüren, auch wenn das leise Gemurmel der anderen die Schreie und das Klopfen, das erschöpfte Kratzen an den Sargdeckeln etwas dämpfte. An den umgebenden Säulen waren Fesseln angebracht, Eisenringe hingen an rostigen Ketten, und dunkle, rötlichbraune Flecken an den Säulen und dem Altar selbst zeugten von dem, was hier vor sich ging. Getrocknetes Blut – die einzige Spur, die von den meisten Opfern übrig blieb. Was die Vampire an blutleeren Körpern übrig ließen, nahmen sich Dämonen zum Fraß.

Soeben zerrten sie ein neues, sich windendes und schreiendes Opfer heran. Ein Mann, dessen Augen vor Angst weit aufgerissen waren. Cyrill spürte die neue Anspannung in der Krypta, die faszinierte Aufmerksamkeit, den wachsenden Hunger. Er presste die

Lippen aufeinander und bereute schon, hergekommen zu sein.

Jemand berührte ihn am Arm. Es war eine Vampirin, Malefica. Neben ihr stand ihr Gefährte Goranov.
»Ziemlich exquisite Gesellschaft heute Abend.«
»Nicht sonderlich exquisit«, entgegnete Cyrill kalt. »Aber soweit ich das beurteilen kann, fast vollständig.«
»Es müssen mindestens zweihundert sein«, sprach Malefica weiter. »Und die sind einander nicht unbedingt freundlich gesinnt. Es wird interessant sein, zu beobachten, wie sich das Kräfteverhältnis weiter entwickelt.«

Cyrill antwortete nicht. Das einzig wirklich gefährliche Wesen in diesem Raum war Arsakes, der dunkle Fremde. Wie sich das Kräfteverhältnis entwickelte, hing ganz von dessen Plänen ab. Wenn er sich an die Spitze einer Gruppe stellte, und das befürchtete Cyrill, dann war die Gefahr in der sich die anderen, ja ganz London oder England, befanden, kaum abzuschätzen.

Cyrills Aufmerksamkeit glitt weiter, erfasste auch die Wesen etwas weiter weg, bis ihm, seitlich hinter dem Altar, eine an die Wand gepresste Gestalt ins Auge stach. Es war aber nicht der blaugraue Mantel, der so gar nicht hierher passte, wo jeder nur dunkelbraun oder schwarz trug, sondern etwas anderes. Die Haltung? Die hellbraune Haarsträhne, die unter der Kapuze hervorlugte? Die schlanke Frauenhand, die den Mantel krampfhaft vor dem Körper zusammenhielt?

Das konnte doch wohl nicht sein! Nein, es war unmöglich. So verrückt wäre sie doch … Jetzt hob die Frau den Kopf und Cyrill erhaschte unter der Kapuze einen Blick auf ein bleiches, schmales Gesicht und hellgraue, entsetzte Augen.

Oh verflucht. Cyrill sprach diese Worte nicht aus, aber in seinem Kopf hallten sie unendlich oft wider, als er sich, ohne lange nachzudenken, den Weg zu Charlotta Baker bahnte.

Charlie hatte sich in eine kleine Nische schräg hinter dem Altar gepresst und wagte kaum sich zu rühren, um die Wesen, die sich hier in der Krypta drängten, nicht auf sich aufmerksam zu machen. Die Fackeln und Kerzen verbreiteten einen beißenden Geruch, der ihr in den Augen und im Hals brannte, aber sie erleuchteten diese unterirdischen Gewölbe immerhin genug, um sie alles erkennen zu lassen. Dabei wollte sie gar nichts mehr sehen. Sie wollte nur fort von hier. Sie wollte nicht mehr die blutigen Fesseln an den Säulen anstarren, nicht mehr die dunklen Flecken auf dem Altar. Und sie wollte nicht mehr die dumpfen Schreie aus den Särgen hören, nicht mehr das verzweifelte Hämmern der Opfer, die darin eingeschlossen waren, bis die Vampire und ihre Helfer sie herausließen, um endlich ein Ende zu machen. Sie hatte von Schwarzen Messen gehört, hatte Schreckliches vermutet, aber nichts hatte sie auf die Wirklichkeit vorbereitet. Das Grauen hatte in ihren Knien begonnen, war weiter in ihren Magen gestiegen, bis er sich zusammenkrampfte, hatte ihr Herz erreicht, das hart und schwer schlug, und saß jetzt schon in ihrer Kehle. Sie bekam kaum noch Luft. Sie atmete viel zu schnell.

Zu hastig. Schon warfen ihr einige Umstehende aufmerksame Blicke zu. Sie zog sich tiefer in den Schatten zurück. Sie musste hier heraus, aber wie?

Sie war völlig problemlos hereingekommen, niemand hatte sie aufgehalten oder gefragt, was sie hier suchte. Aber das schien hier allgemein der Fall zu sein, die Besucher ignorierten einander. Sie berührten sich nicht einmal, als sie sich näher drängten. Nur dann, wenn eines der Opfer freigegeben wurde, dann stürzten sie sich in Gruppen darauf, zerrissen es mit Zähnen, Klauen, Händen. Nicht jeder machte mit. Viele hielten sich im Hintergrund, warteten, beobachteten. Entweder gab es hier Rangordnungen oder sie waren ähnlich wie Charlie nur als Zuschauer gekommen.

Sie hatte schon längst versucht, wieder die Krypta zu verlassen, aber der Weg war versperrt. Man hatte das Tor geschlossen, einige mächtige Gestalten hielten davor Wache, und Charlie hatte es nicht gewagt, sich an ihnen vorbeizudrängen. Offenbar war das Problem nicht, Zutritt zu einer Schwarzen Messe zu bekommen, sondern vielmehr, sie wieder unbeschadet zu verlassen.

Eine Bewegung neben dem Altar zog ihre Aufmerksamkeit an. Ein junger Mann hatte sich aus einer Gruppe gelöst und trat vor. Sie erstarrte, als sie ihren Bruder erkannte. Wie zart er wirkte. Wie jung. Wie blass. Sie unterdrückte ein trockenes Aufschluchzen. Er war doch ihr kleiner Bruder! Wie hatte sie es nur zulassen können, dass er in diese Gesellschaft geriet? Weshalb hatte sie nicht besser auf ihn geachtet? Ein anderer Mann stand neben ihm und nickte ihm aufmunternd zu, als einer der Särge geöffnet wurde und man eine junge Frau herauszerrte, die nur mit einem Unterkleid bedeckt war. Charlies Kehle wurde eng, als das Mädchen zu Theo geschleppt und auf den Altar gebunden wurde. Sie wimmerte, weinte, flehte um Gnade, wand sich in den Fesseln. Charlie sah, wie Riemen tief in ihre Handgelenke schnitten. Blut quoll hervor.

Sie wollte wegsehen, konnte jedoch nicht den Blick abwenden, sondern starrte wie hypnotisiert auf Theo, als er zu der Gefangenen trat. Der zweite Mann hielt sich dicht neben ihm, seine Augen glühten rötlich, als er leise auf Theo einsprach. Theo hob nur zögernd die Hand, strich über die Stirn der jungen Frau, ihren Hals. Dann griff er mit einer plötzlichen Bewegung mit beiden Händen nach ihrem Unterkleid und riss es vorne auseinander, sodass ihr Busen frei lag. Das Mädchen schrie auf. Durch Charlies Körper lief ein kalter Schauer, als sie ihren Bruder dabei beobachtete, wie er die vollen Brüste der jungen Frau streichelte. Sie wurde schließlich ruhiger, wehrte sich nicht mehr gegen die Fesseln, aber von Zeit zu Zeit ging ein heftiges Zittern durch ihren Leib. Sie hatte begriffen, dass sie ihrem Schicksal nicht mehr entkam.

Theo sprach beruhigend auf sie ein. Sie sagte etwas. Es war wie ein leises Flehen. Theo zögerte, aber der Mann neben ihm schüttelte den Kopf. Und dann riss Theo das Unterkleid völlig weg und die Frau lag nackt vor ihm. Er stieg auf den Altar, kniete sich zwischen ihre gespreizten Beine und öffnete seine Hose. Charlie sah, dass er erregt war. Das Würgen in ihrem

Hals wurde stärker, Übelkeit stieg hoch, als ihr Bruder sich auf die Frau legte.

Das Mädchen schrie kurz auf, als er mit einer sanften Bewegung in sie eindrang. Ein Schluchzen erschütterte ihren Körper, aber dann wurde sie ruhiger, als er sich langsam in ihr bewegte. Seine Lippen glitten über ihr Gesicht und mit langsamer Zärtlichkeit über ihren Hals.

Charlie wollte sich abwenden, es war nicht nur unrecht, es war unerträglich, den eigenen Bruder dabei zu beobachten, wie er den Körper einer Frau in Besitz nahm. Aber in diesem Moment öffnete er den Mund, und entsetzt sah Charlie die beiden spitzen Fangzähne, die sich dem Hals der Frau näherten. Sie schüttelte heftig den Kopf, als könnte Theo dies davon abhalten, seine Zähne in das weiche Fleisch seines Opfers zu schlagen. Er biss jedoch nicht brutal zu, es war mehr wie ein Kuss, und hätte die Frau sich nicht mit einem Wimmern aufgebäumt, hätte Charlie gedacht, er presse nur seine Lippen auf ihren Hals.

Sie wollte schreien, aber alles, was sie hervorbrachte, war ein kaum hörbares »Nein«, nicht lauter als ein Hauch. Als sie unwillkürlich einen Schritt vorwärts machte, auf Theo zu, legte sich ein Arm wie eine Eisenklammer um ihre Taille. Eine Hand knebelte ihren zum Schrei geöffneten Mund, und dann zog sie der Arm an einen harten Körper. Im nächsten Moment war alles um sie herum dunkel. Der Angreifer hatte sie unter seinen eigenen Umhang gezerrt.

Charlie verfiel in Panik. Sie wollte sich losreißen, mit dem Erfolg, dass der Arm sie noch enger an den Körper hinter ihr zog, ihre Füße den Kontakt zum

Boden verloren und sie in der Luft strampelte, als er sie einige Schritte weit trug. Charlie keuchte, trat nach hinten, versuchte, die ihren Mund umschließende Hand zu beißen, aber so sehr sie sich auch wand, der andere war stärker.

Neben sich hörte sie ein heiseres Lachen. »Anregend, nicht wahr? Ich wünsche guten Appetit, Veilbrook.«

Veilbrook? Sekundenlang war Charlie starr, ihr Körper wurde schlaff vor Entsetzen, und ihr Angreifer nützte die Gelegenheit, sie weiterzuschleppen. Die Geräusche um sie herum wurden leiser. Sie entfernten sich von den anderen.

»Ruhig, sonst werden alle aufmerksam.« Die Stimme war nur ein Flüstern, aber eindringlich genug, um Charlie gehorchen zu lassen, auch wenn die Worte des anderen Mannes in ihrem Kopf dröhnten und sich mit dem Anblick der blutenden Frau und Theos ausgefahrenen Fangzähnen vermischten. Wenn Veilbrook tatsächlich ein Opfer in ihr sah, dann konnte sie mit roher Gewalt nichts gegen ihn ausrichten, aber sie würde ihr Blut teuer verkaufen. Er hatte keine Ahnung, wie teuer. Charlie gab ihren Widerstand auf. Sie musste ihn in Sicherheit wiegen, wie ein harmloses Opfer wirken, und dann den erstbesten Moment nutzen, ihre Hände freizubekommen. Sie brauchte eine Fackel ...

Der Stoff vor ihren Augen wurde weggezogen und sie konnte sich umsehen. Er hatte sie tatsächlich von den anderen weggetragen, in eine kleine Seitenkapelle, die nur ganz schwach von draußen erleuchtet wurde. Sie drehte den Kopf nach hinten und fühlte, wie sich der Griff um ihren Mund lockerte, jedoch nicht jener um ihren Leib. Genauso gut hätte sie gegen eine Steinmauer kämpfen können. Nur dass eine Steinmauer keine glühenden Augen hatte, deren hitziger Zorn in ihr ein leises Kribbeln auslöste. Sie hielt sich ganz ruhig, wehrte sich nicht. Es war besser, ihre Kräfte zu sparen.

»Kann ich dich jetzt loslassen, oder wirst du wieder hysterisch?«, flüsterte die dunkle Stimme.

Sie nickte, und tatsächlich löste Veilbrook etwas den harten Griff um ihre Taille. »Hast du den Verstand verloren, hierherzukommen?«

Sein Mund war so dicht an ihrem Ohr, dass sein Atem sie erschauern ließ, aber seltsamerweise entspannte sie sich bei diesen Worten etwas. Sie rang um Fassung. Sie musste ruhig bleiben. Ein Mann, selbst ein blutsaugender, der seinem Opfer Vorhaltungen machte, war vermutlich keine unmittelbare Bedrohung. Sie wandte sich ganz nach ihm um. Sein Gesicht war in dem schwachen Schein hart und kalt.

»Wir können noch nicht hinaus. Drüben, auf der anderen Seite der Halle, ist der einzige Ausgang, und der wird bewacht.«

Vor dem Eingang zu der Seitenkapelle drängten sich die anderen, aber keiner wandte den Kopf, um Veilbrook oder Charlie zu beobachten. Theo und sein Opfer boten mehr Anreiz.

Veilbrooks Arm lag immer noch leicht um ihre Taille, als hätte er Angst, sie könnte ihm davonlaufen. »Diese Leute riechen und schmecken Blut, und sie werden noch mehr haben wollen«, sagte er leise.

»Gleichgültig, wie *normal* und freundlich sich einige von ihnen unter anderen Umständen verhalten würden, sie sind jetzt Geschöpfe der Nacht, die keinen menschlichen Freund kennen. Nur Sex und Nahrung.« Er lauschte den verzweifelten Schreien eines Mannes. »Es kann nicht mehr lange dauern.«

Charlie griff sich unwillkürlich an den Hals. »Ich brauche eine Fackel«, sagte sie tonlos. »Oder noch besser zwei.«

»Was willst du damit?«, fragte er spöttisch. »Ihre Mäntel ansengen?«

»Ich werde sie verbrennen, wenn sie mich aufhalten wollen.« Das Zittern und die Angst hatten nachgelassen, und Charlie war in der Lage, ihre Möglichkeiten rational zu überdenken. Seltsamerweise funktionierte dies jetzt, wo Veilbrook keine Bedrohung mehr darstellte, recht gut. Sie fühlte sich mit einem Mal sogar erstaunlich sicher.

»Das sind Ammenmärchen für Menschen«, erwiderte Veilbrook leise, aber höhnisch. »Vampire mögen kein Feuer, aber sie verbrennen weitaus weniger schnell und gründlich, als man annimmt.«

»Das kommt ganz darauf an.« Charlie kämpfte mit einer Unzahl von Gefühlen. Hass, Angst, Rachsucht, Panik. Sie atmete tief durch, um sich zu fassen. Sie brauchte einen klaren Verstand, wenn sie heil hier heraus wollte. Für Theo konnte sie im Moment ohnehin nichts tun.

»Ich habe nicht die Absicht, es so weit kommen zu lassen, dass du einen Beweis dafür erhältst«, sagte Veilbrook sarkastisch. »Aber du kannst mir glauben, dass dich nichts und niemand retten kann, wenn sie dich hier entdecken. Und sie werden alles vernichten, was sich ihnen in den Weg stellt.«

Charlie starrte dorthin, wo sie Theo wusste. Er würde ganz gewiss versuchen, ihr zu helfen. Und sie würden ihn töten. Veilbrook sagte zweifellos die Wahrheit.

»Und was jetzt?«

»Wir müssen an ihnen vorbei. Wenn es richtig losgeht, werden die Wächter ihre Posten verlassen, um mitzutun. Das ist unsere Chance, unauffällig hinauszukommen.«

Sie drehte sich nach ihm um. »Weshalb haben Sie mich von dort weggezerrt?«

»Du bist auffällig geworden, als dieser Knabe sich auf die Frau gelegt hat.«

Sie sah Veilbrook durchdringend an. »Könnte Ihnen das nicht egal sein?«

Veilbrook musterte sie sekundenlang mit einem undefinierbaren Ausdruck. »Doch.«

Charlie wandte den Kopf ab. Sie merkte jetzt erst, dass sie zitterte, und begann, ihre Atemzüge zu zählen. Das hatte sie immer schon beruhigt. Sie war zum Kampf bereit, auch wenn sie jede andere Möglichkeit, von hier zu verschwinden, vorzog. Veilbrook hatte keine Ahnung, was eine Hexe wie sie alles mit Feuer anstellen konnte. Es würden viele von ihnen auf der Strecke bleiben. Aber er hatte schon recht, die Chance, heil – oder überhaupt – hinauszukommen, war verschwindend gering, und letzten Endes würden sie Charlie überwältigen.

Sie hatte Theo an einen Vampir verloren, den er verehrte, und der ihn zu einem der ihren gemacht hatte. Aber noch war vielleicht nicht alles verloren. Noch zögerte er, bevor er tötete. Und solange er nicht zu einem blutgierigen Monster wurde, konnte sie etwas für ihn tun. Wenn sie hier jedoch starb, zerfleischt wurde wie die anderen, dann würde dieses Gesindel, die Schwarzen Messen, die Bosheit und Bösartigkeit ihn verschlingen wie so viele vor ihm.

Veilbrook hatte seinen Arm gelöst, aber als er ihr Zittern bemerkte, legte er seine Hände warm und tröstlich auf ihre Schultern. Charlie stellte verwirrt fest, dass sie sich jetzt gerne an ihn gelehnt hätte. Sie wünschte, er würde sie auf die Arme nehmen und sie hinaustragen, vorbei an diesen Wesen und vorbei an Theo, damit sie nicht zusehen musste, was er seinen Opfern antat.

Sie zuckte zusammen, als sie Veilbrooks Mund an ihrem Ohr fühlte. »Wir werden uns jetzt langsam unter sie mischen und so tun, als würden wir dazugehören.«

Die Wesen vor der kleinen Kapelle waren unruhiger geworden, eine grausame Leidenschaft hatte sich der Anwesenden bemächtigt, die Charlie nicht nur hören, sondern sogar fühlen konnte. Sie verkrampfte sich in dem Bemühen, nicht zu zittern, aber Veilbrook hatte das leichte Beben bemerkt. Er drehte sie zu sich und sah sie scharf an. Jetzt erst kam ihr zu Bewusstsein, dass sie sich schon die längste Zeit völlig in seine Hand gegeben hatte. Sie war davon überzeugt, dass er sie nicht aussaugen, sondern im Gegenteil alles tun würde, um sie hier hinauszubringen. Sie versuchte, durch die Dunkelheit sein Gesicht zu erkennen, aber sie sah nur seine Augen, die sie wie magisch anzogen.

»Wirst du das schaffen? Oder wirst du umfallen, wenn du noch mehr Blut siehst?«

Charlie fühlte eine unangebrachte Schwäche in ihre Glieder steigen. »Ich schaffe das.« Er sprach nicht nur von Blut. Er sprach von zerfetzten Kehlen und Körpern. Offenbar hatte sie wenig überzeugend geklungen, denn er murmelte etwas das sich anhörte wie »Genau das hat mir noch gefehlt« und »Von Frauen wie dir sollte man wirklich die Finger lassen«.

Charlie beschloss, nicht näher darauf einzugehen. Sie hielt still, als er ihr die Kapuze über den Kopf zog, sodass sie nur den Boden vor sich sah, und blinzelte zwischen den Wimpern hindurch, als Veilbrook sie unauffällig und langsam durch die immer erregter werdende Meute führte. Aber als sie eine Stelle passierten, von wo aus man den Altar beobachten konnte, hob sie schnell den Blick, um zu sehen, was Theo machte.

Er war noch dort. Allerdings hatte man die Frau schon längst zu Boden geworfen. Ihr lebloser Körper wirkte fast durchsichtig weiß. Nur noch einige Schlieren von Blut zeugten von dem, was mit ihr geschehen war. Charlie erschauerte. Sie blieb stehen und sah auf Theo. Sein Mund war verschmiert, das ehemals weiße Hemd hatte große, leuchtend rote Flecken.

Um die Tote herum kauerten gekrümmte Gestalten. Dämonengesindel, das sich am Fleisch des Opfers gütlich tun wollte. Noch hielt der schlanke Mann, der knapp neben Theo stand, sie zurück, aber sobald er ihnen die Erlaubnis gab, würden sie sich über die Tote werfen. Charlies Zähne schlugen aufeinander, ihr Magen rebellierte. Wo war ihr Bruder nur gelandet? Wollte er das wirklich? Gefiel ihm das?

»Das sind Initiationsriten der Vampirgemeinschaft«, flüsterte dicht neben ihr Veilbrook. Seine dunkle Stimme, seine Nähe, ließen sie abermals erzittern. »Der junge Kerl dort drüben wurde erst kürzlich zum Vampir gemacht. Heute wird er in die Gemeinschaft eingeführt.«

»Und dafür muss er töten?« Charlies Stimme war nur ein Hauch.

»Es ist nicht das erste Mal«, sagte Veilbrook kalt. »Und er wird es wieder tun. Solange er lebt.«

Charlie konnte ihren Blick nicht von dem blutverschmierten, in Verzückung verzerrten Gesicht lösen, das einmal ihrem Bruder gehört hatte. Welch ein liebes Lächeln hatte er gehabt, wie unschuldig. Ein unterdrücktes Schluchzen stieg in ihr hoch.

»Du kennst ihn.« Es war eine Feststellung.

Charlie schüttelte langsam den Kopf. Nein, sie kannte den Mann, der dort soeben eine junge Frau getötet hatte, nicht. Es war ein Fremder.

»Bist du seinetwegen hier? Hat er dich herbestellt?«

Sie sah hoch. Das Brennen in Veilbrooks Augen hatte sich intensiviert. Sekundenlang hielt sein Blick ihren fest, und sie fühlte, wie sich sein Griff um ihre Schultern verstärkte. Er zerrte sie näher an sich heran, bis sie seinen Körper spürte. Sein Atem ging schwerer, als sein Gesicht sich ihrem näherte, als würde er unaufhaltsam von ihr angezogen werden. Sie bewegte unbehaglich die Schultern. »Hören Sie auf damit.«

Veilbrook verharrte, aber das Feuer in seinen Augen brannte heller. Dann, mit einem Mal, erlosch es und machte einer schwarzen Kälte Platz, die Charlie frösteln ließ.

Die anderen achteten nicht auf sie. Sie drängten sich vorwärts und hätten auch Charlie und Veilbrook bis zum Altar geschoben, hätte dieser sich nicht dagegengestemmt. Eine gesteigerte Erregung hatte die Menge erfasst, so, als käme das Beste noch, als wollten die Zuschauer nichts versäumen.

»Wir müssen weiter«, murmelte Veilbrook in ihr Ohr.

Charlie sah mit bösen Vorahnungen dem Drängen der anderen zu. »Was geschieht jetzt?«

»Nichts, was du sehen wolltest oder solltest«, erwiderte er. »Komm weiter und sieh nicht hin.« Er wollte sie weiterziehen, aber Charlie wehrte sich dagegen.

»Werden sie ihm etwas tun?«

»Dem Vampir? Nein. Aber du«, zischte er sie an, als sie den Kopf in die andere Richtung drehte, »sollst mir genau zuhören. Und gehorchen.« Er sprach ganz langsam. »Gleichgültig, was jetzt hier passiert, was immer du hörst – du wirst nicht hinsehen. Halte die Augen geschlossen. Ich führe dich.«

Charlie wusste, dass dies nicht zu ihrem Schaden gesagt worden war, und sie ging folgsam einige Schritte mit, bis eine neue Stimme ertönte. Ein hohes Wimmern. Ein Weinen. Und dann erkannte sie die Quelle dieser Stimme. Es war ein Kind. Ein Säugling.

»Was ...?«

Veilbrook legte ihr die Hand auf den Mund. »Weg jetzt. Schau nicht hin.« Er wollte sie mitzerren, aber Charlie wehrte sich gegen ihn. Sie sah mit vor Entsetzen weit aufgerissenen Augen zu, wie eine Frau, eine Vampirin, den Säugling zu Theo hintrug und ihm das Kind darbot. Theo schüttelte den Kopf, hob abwehrend die Hand und trat einen Schritt zurück, aber der Mann hinter ihm schob ihn vorwärts. Das Kind zappelte und schrie, als Theo seine Zähne entblößte.

»NEIN!« Charlies durchdringender Schrei übertönte jeden anderen Laut in der Krypta. Er brach sich an der Decke, hallte von den Wänden wider. Theos Kopf fuhr hoch. Er riss die Augen auf. Die anderen waren ebenfalls aufgeschreckt und suchten nach der Ursache dieses Schreies.

Charlie lag jedoch schon längst über Veilbrooks Schultern, der sich mit ihr an den anderen vorbeidrängte, sie derb und fluchend, oft unter Drohungen zur Seite stieß. Sie schrie immer noch. Sie konnte nicht aufhören. Sie sah nichts mehr, nahm nichts mehr wahr, außer ihrem eigenen Schrei, der in ihren Ohren gellte. Sie hörte Stöhnen, andere Schreie. Hände griffen nach ihr, zerrten an ihrem Umhang, an ihrem Haar.

Die beiden Wachen am Eingang wurden von Veilbrook zur Seite gestoßen, aber bevor er das schwere Tor öffnen konnte, hatte die Meute sie beide erfasst. Veilbrook warf Charlie von seiner Schulter und stieß sie gegen die Tür, während er sich vor sie stellte. Sie sah, wie zwei Männer zu Boden taumelten. Veilbrook fluchte, einige prallten zurück, als sie ihn erkannten, aber dann drängten die hinteren vorwärts.

»Sofort zurück!« Veilbrooks Stimme donnerte durch die Halle und für einige Atemzüge stand alles still.

Charlie rüttelte am Türschloss. Es war versperrt. Sie war so entsetzt, dass ihr kein Zauber einfiel, um es zu öffnen. Sie sah sich verzweifelt nach einer Fackel um. Dort! Nur wenige Schritte entfernt! Sie wollte hinspringen, danach greifen, aber Veilbrook hatte sie schon wieder gepackt und hinter sich gestoßen.

Da war Theo. Er drängte sich durch die anderen hindurch. »Charlie! Um Himmels willen! Charlie!« Er versuchte die Meute davon abzuhalten, nach ihr zu fassen. »Lasst sie!«

In diesem Moment ging ein scharfer Luftzug durch die Halle, packte die Mäntel der anderen, riss auch an Charlies Haar. Das Türschloss bewegte sich, ächzte, und dann wurde die Tür wie von unsichtbarer Hand aufgestoßen. Das Letzte, was Charlie sehen konnte, bevor Veilbrook sie aufhob und die Stufen hinauftrug, war eine dunkle, hohe Gestalt, die den Kopf zurückwarf und ein kaltes, hartes Lachen ausstieß, das schaurig widerhallte. Und Theo, der von den anderen niedergerissen wurde.

Dann waren sie auch schon oben in der Lagerhalle. Im Freien. Sie wehrte sich gegen Veilbrooks Griff, hämmerte auf seinen Rücken. »Ich muss zurück! Theo!«

»Halt den Mund!«

Eine Kutsche. Die Tür ging auf. Veilbrook warf Charlie in die Kutsche, und sie landete schmerzhaft auf dem Boden. Er sprang hinter ihr hinein, zerrte sie hoch und auf den Sitz neben ihn. Und schon trieb der Kutscher die Pferde an.

Charlie stürzte, sich gegen Veilbrooks festen Griff wehrend, wieder zur Tür hin. »Ich muss zurück!«

»Bist du verrückt geworden?« Veilbrook hatte Mühe, Charlie davon abzuhalten, die Tür aufzureißen und hinauszuspringen.

»Sie werden ihm und dem Kind etwas antun! Halten Sie sofort die Kutsche an!«

»Gegen die kannst du nichts ausrichten!«

»Aber sie töten sie vielleicht!«, stieß sie hervor.

»Ja, das wäre möglich.« Veilbrook wirkte nicht erschrocken, sondern eher interessiert.

Sie packte Veilbrooks Jackenaufschläge. »Können Sie sie retten? Können Sie das?!«

»Warum sollte ich das tun? Ausgerechnet ich?« Jetzt wirkte er fast amüsiert. »Der Blutdurst geht mit ihnen durch. Es ist besser, sie fallen sich gegenseitig an, als wenn sie mordend durch London ziehen. Das würde sehr unangenehm auffallen.«

»Holen Sie sie da raus, wenn Sie können! Bitte!«

»Aus welchem Grund? Nur weil du dir etwas aus diesem Blutsauger machst?«

Charlie zuckte bei diesem Wort zusammen. Vampir war schon kein schöner Ausdruck, aber Blutsauger war so bildhaft, dass ihr übel wurde.

»Liegt dir so viel an ihm?«

Charlie hätte ihm gerne entgegengeschrien, dass Theo ihr Bruder war, aber sie nickte nur heftig. Es war nicht gut, einem Mann wie Veilbrook zu viel über sich zu verraten. Das gab ihm unabsehbare Vorteile ihr gegenüber. »Alles. Mir liegt alles an ihm! Und ich tue alles, was Sie wollen, wenn Sie ihm helfen!«

Veilbrook klopfte gegen das Dach der Kutsche. Sie hielt mit einem Ruck. Charlie zitterte am ganzen Körper.

Er rieb sich das Kinn. »Möglich, dass mir etwas einfällt, wie man beide retten kann. Möglich, dass ich sogar etwas unternehme. Allerdings nicht umsonst.«

»Nicht umsonst …?«

Cyrill zögerte keinen Moment, die Gelegenheit zu ergreifen. »Du kommst mit mir, lebst zwei Wochen in meinem Haus und als meine Mätresse. Dann darfst du wieder gehen.«

Charlie zögerte nur eine Sekunde. »Ja«, stieß sie hervor. »Und jetzt retten Sie sie!«

Veilbrooks unnachgiebige Finger drehten ihren Kopf zu ihm. »Schwöre es, kleine Succuba. Schwöre es beim Teufel, wie es bei euch Sitte ist.«

Nicht bei allen Hexen. Und schon gar nicht in ihrer Familie. Großmutter hätte Charlies Hintern mit dem großen Kochlöffel bearbeitet, wäre sie jemals auf die Idee gekommen, einen Schwur auf den Teufel zu leisten. Sie fand sich jedoch außerstande, zu widersprechen, sondern starrte Veilbrook wie hypnotisiert an. »Ich schwöre es bei *Ihnen*, bei Cyrill Veilbrook.«

Für den Bruchteil einer Sekunde stutzte er, aber dann lächelte er grausam. »Du hältst mich für den Teufel? Gut. Das wird dich vorsichtig machen.« Er betrachtete sie mit einem höhnischen Ausdruck. »Aber wenn ich da wieder hineingehen soll, brauche ich dein Blut.« Seine Stimme klang boshaft, lauernd.

Sie wusste nicht, weshalb er ihr Blut wollte – vielleicht um Kraft für den Kampf zu gewinnen, vielleicht um den Vertrag zu festigen – aber sie zögerte nicht. Sie sah sich um, und als sie keinen scharfen Gegenstand fand, zog sie einfach mit aller Gewalt ihren Fingernagel über ihr rechtes Handgelenk. Es tat höllisch weh, aber Charlie dachte nur an Theo, als sie Veilbrook ihren Arm hinhielt. »Hier!«

»So viel liegt dir an ihm?« Der Triumph in Veilbrooks Augen erlosch, als hätte jemand eine Kerze ausgeblasen. Er sah mit einem schwer zu deutenden Ausdruck, einer Mischung zwischen Fassungslosigkeit, Zorn und sogar etwas wie Schmerz auf den tiefen Kratzer. Dann legte er mit unerwarteter Sanftheit seine langen Finger um ihr Gelenk und beugte sich darüber. Seine Berührung war wie ein Kuss. Nicht mehr. Kein Biss, kein Saugen, wie Charlie es bei Theo beobachtet hatte. Veilbrooks Lippen waren blutig, als er den Kopf wieder hob, und sein Blick dunkel. Er zog ein Taschentuch hervor, wischte sich über den Mund und sprang aus der Kutsche.

Charlie wollte hinter ihm her. Er drehte sich um, und sie verharrte auf der Stelle, als sie sein zwingender Blick traf. »Du bleibst hier. Gleichgültig, was geschieht, du wirst die Kutsche nicht verlassen.« Er sah zum Kutschbock hinauf. »Samuel, verbinde Miss Charlotta das Handgelenk. Mach schnell.«

Charlie konnte kaum ihren Augen trauen, als Veilbrook nach kaum zehn Minuten zurückkehrte. Und er war nicht allein. Er hatte Theo am Kragen gepackt und schob ihn vor sich her. Den schreienden Säugling trug er unter dem anderen Arm. Veilbrook riss die Kutschentür auf und stieß ihren Bruder unsanft hinein. »Du darfst mit dem Blutsauger sprechen. Allein. Fünf Minuten, nicht länger. In der Zwischenzeit werde ich das Kind in Sicherheit bringen.«

Theos Gesicht wies Kratzspuren auf. Seine Jacke

war schmutzig, die Hemdbrust aufgerissen. Sein Gesicht hatte eine graue Farbe, aber als er seine Schwester sah, nahm sein Teint wieder seine übliche, bei einem Vampir wohl als »gesund« zu bezeichnende Blässe an. »Charlie! Was tust du hier, in Veilbrooks Kutsche? Das kann ich nicht dulden!«

Charlie sah ihn für einen Atemzug lang starr an, dann hob sie die Hand und gab ihm eine schallende Ohrfeige. Die Bewegung tat in der Hand, in der sie sich den Kratzer zugefügt hatte, weh, aber Veilbrooks Diener hatte das Gelenk so gut verbunden, dass die Wunde zumindest nicht mehr blutete. »Das ist dafür, dass du dich mit den Vampiren eingelassen hast«, sagte sie kalt. »Und die …«, eine zweite kräftige Ohrfeige auf die andere Backe folgte, »ist dafür, dass du junge Frauen und Kinder tötest. Du elender, erbärmlicher Wicht.« Sie schrie nicht, ihre tonlose Stimme machte jedoch noch viel mehr Eindruck auf Theo. Er wehrte sich nicht gegen die Ohrfeigen, sondern saß nur stumm und reglos da und sah Charlie gekränkt an.

Tränen traten in ihre Augen. »Nie hätte ich gedacht, dich so zu sehen. Und nie hätte ich geglaubt, den Tag zu erleben, an dem ich froh bin, dass unsere Eltern das nicht mit ansehen müssen.«

Theo packte Charlies Hände. »Sie hätten dich fast umgebracht!«

Charlie riss sich los. Es war ihr unerträglich, von ihrem Bruder berührt zu werden. »Das hat Lord Veilbrook verhindert. Er hat mich aus dieser Krypta geschafft und dich ebenfalls.« Sie sah aus dem Fenster – Veilbrook kam zurück. Eine dunkle, bedrohliche Gestalt in einem schwarzen Mantel. Sein Gesicht lag im

Schatten, aber sie wusste, dass er zur Kutsche herübersah und sie und Theo beobachtete.

»Wie konntest du nur so tief sinken. Wie dich so benehmen?! So würdelos und brutal! Dieses Kind ...«

Theo zerrte sie an sich und umschlang sie fest mit den Armen. So hatte er sie als Kind umarmt, wenn sie böse gewesen war und er mit ihr hatte Frieden schließen wollen. Es hatte sich vieles geändert, aber nicht alles. Großmutters Worte fielen ihr wieder ein, die sie ihr mit auf den Weg gegeben hatte, als das Gerücht über Theos Verwandlung sie erreicht hatte, und sie losgezogen war, um ihn zu suchen. *Denk daran, Charlie: Vampire sind im Grunde auch nur Menschen. Zumindest anfangs.*

»Charlie, nicht. Bitte nicht. Sei nicht traurig und nicht so entsetzt, das halte ich nicht aus. Es tut mir so leid, dass du das gesehen hast. Das hätte nie sein dürfen. Du hättest mir nie nach London folgen dürfen.« Er vergrub das Gesicht an ihrer Schulter. Er ertrug es nicht, wenn sie ihn so ansah. Sie hatte ja keine Ahnung, wie sehr er innerlich zerrissen war zwischen seiner Liebe zu ihr und zu jener zu Merlot. »Und jetzt bist du Veilbrook auch noch Dank schuldig.«

»Doppelten Dank, denn er hat dich jetzt vor deinen *Freunden* gerettet.«

Theos Blick glitt ebenfalls zu der dunklen Gestalt im Schatten. »Das waren nicht nur meine Freunde. Es ... ist schwierig. Merlot sagt, es wäre früher anders gewesen. Fremde kommen in die Stadt und ins Land. Aber Veilbrook ...« Theo schluckte. »Du hättest sehen sollen, wie sie alle vor ihm zurückwichen, als er kam, um mich zu holen. Er ist reingekommen, hat sie weggestoßen, das Kind und mich gepackt und mitgenommen. Einfach so. Sie alle fürchten ihn.«

»Sei froh darüber.«

Theo sah Charlie vorwurfsvoll an. »Dass du bei ihm bist, gefällt mir gar nicht.«

»Das geht dich nichts an.« Charlie war nicht nur in Veilbrooks Gesellschaft, sie hatte sogar einen Vertrag mit ihm. Zwei Wochen lang Verführung. Das Zittern, das bei diesem Gedanken ihre Glieder erfasste, kam nicht nur von Angst. Es vermischte sich mit jenen Gefühlen, die ihr zu schaffen machten, seit Veilbrook sie in Tante Hagas Salon an sich gerissen und geküsst hatte. Vielleicht sogar schon früher, aber darüber wollte sie jetzt nicht nachdenken.

»Der Mann ist gefährlich. Veilbrook ist ein Einzelgänger. Er gehört nicht zu unserer Gruppe. Zu gar keiner. Ich glaube, wenn der jemanden beißt, dann bestenfalls, um ihn zu töten. Aber nicht, um sich Gefährten zu erschaffen.«

»Ist der Unterschied zu dir und deinem Freund so groß?«, fragte Charlie bitter.

Theo schnaubte. »Und ob. Ich würde mich hüten, auch nur zu tief in Veilbrooks Augen zu blicken.«

Charlie wusste, was er meinte. Sie hatte sowohl die Gefahr, die Drohung, als auch die Macht in Veilbrooks Blick gesehen und gefühlt. Er hatte sie angezogen. Sie damit beherrscht.

»Ich hätte mich nie von einem Mann herüberholen lassen, den ich fürchte«, fuhr Theo fast leidenschaftlich fort. »Sondern nur von einem, dem ich völlig vertraue, den ich verehre, den ich ... liebe.«

Charlie rang um Fassung, aber es fiel ihr schwer,

einen gleichmütigen Ausdruck zu bewahren. Ihr Bruder war in seinen Erschaffer verliebt! Auf diesen Gedanken war sie bisher nicht gekommen. Heiße Dankbarkeit stieg in ihr auf, dass dieser Mann nicht Veilbrook war. Die Vorstellung, Theo könnte einen Mann lieben, der Charlie für zwei Wochen gemietet hatte, um sie zu verführen, war schwindelerregend.

Theo hatte wieder ihre Hände ergriffen und hielt sie mit festem Druck. »Du bist überrascht? Ja, was denkst du denn, weshalb ich so wurde? Doch nicht nur aus Abenteuerlust! Sondern um für immer und ewig mit dem Wesen zu leben, das ich mehr liebe als alles andere auf der Welt.«

Charlie zuckte bei diesen Worten unmerklich zusammen. Es war nicht einmal ein Jahr her, dass er ähnliche Worte zu ihr gesagt hatte, wenn auch weitaus weniger leidenschaftlich. Damals war sie die wichtigste Person in seinem Leben gewesen. Seine große Schwester, die ihn mütterlich umsorgt und ihn gepflegt hatte, wenn er krank gewesen war, an die er sich hatte anlehnen können. Und nun hatte er sich aus Liebe zu einem völlig Fremden zu einem Monster machen lassen, das von Blut lebte und dafür tötete.

Charlie schloss sekundenlang die Augen.

»Wenn du bei der Messe warst, hast du Merlot sicher gesehen«, fuhr Theo eifrig fort. »Er stand direkt neben mir, als ich ...«

Ihr Gesichtsausdruck ließ ihn verstummen. Er senkte den Kopf. »Verzeih. Ich wollte dich nicht erinnern.«

»Und wo war dein Merlot, als sie dich angriffen?«, fragte Charlie kalt.

»Er …« Theo unterbrach sich, weil ein Schatten das Fenster der Kutsche verdunkelte.

»Die Zeit ist um.« Veilbrooks Befehl duldete keinen Widerspruch. Er öffnete die Tür, und Theo stieg zögernd aus.

Veilbrook maß ihn mit einem verächtlichen Blick. »Sie sind hier in Sicherheit. Etwa hundert Schritte weiter diese Straße entlang befindet sich ein Haus, in dem Sie Zuflucht finden können. Es hat einen kleinen Vorgarten und links und rechts vom Eingang befinden sich zwei griechische Frauengestalten. Sagen Sie, Veilbrook schickt Sie.«

Theo beugte sich noch einmal zu seiner Schwester. Er flüsterte. »Charlie. Du willst doch nicht etwa mitgehen?«

»Doch. Das will ich. Und du halte dich gefälligst in Zukunft von solchem Gesindel fern«, zischte sie ihm zu.

Die Kutsche wankte von einer Seite zur anderen, als der Kutscher die Pferde zum Galopp antrieb. Einmal kamen sie ins Schleudern, als die Räder einen Stein streiften, und Charlie wäre beinahe vom Sitz gestürzt, hätte Veilbrook sie nicht aufgefangen, hochgezerrt und dann fest im Arm gehalten. Sie war wie betäubt, deshalb wehrte sie sich nicht gegen seinen Griff, sondern ließ sich im Gegenteil noch gegen ihn sinken und verbarg das Gesicht an seiner Brust. Sie wollte nichts mehr denken, wollte nicht mehr sehen, wie Theo – ihr Theo, ihr kleiner Bruder! – die Zähne in die junge Frau schlug. Sie wollte auch nicht mehr die Bilder dieser Meute vor Augen haben. Diese geifernden Mäuler, die spitzen Zähne, die rote Augen.

Erst als Veilbrook den Arm enger um sie legte, wurde ihr bewusst, dass Tränen über ihre Wangen liefen. Sie fühlte seinen Atem auf ihrem Haar.

»Ich hatte dir doch gesagt, du sollst die Augen geschlossen halten.« Er klang missgelaunt, und seltsamerweise war es genau das, was sie zur Vernunft brachte. Sie löste sich von ihm, obwohl sie sein deutliches Widerstreben fühlte, sie loszulassen, setzte sich auf und drehte sich so weit wie möglich von ihm weg. Sie tastete ergebnislos nach ihrem Taschentuch, bis er ihr seines hinhielt.

»Du bist die einzige Hexe, die ich kenne, die bei einer Schwarzen Messe allein schon beim Zuschauen Schreikrämpfe bekommt.«

»Hören Sie auf!« Charlie wandte sich wild um. Es war ihr gleichgültig, ob er sehen konnte, dass ihre Augen gerötet waren oder dass ihre Lippen noch zuckten, weil sie den Drang, zu weinen, nicht beherrschen konnte. »Sie haben ja keine Ahnung!«

Veilbrook verzog den Mund zu diesem ironischen Lächeln, das ihr schon vertraut war. »Ich hatte dich, was deine Kundschaft betrifft, als eher extravagant eingeschätzt.«

Charlie wollte wütend werden, aber dann fühlte sie eine Erschöpfung, die jedes andere Gefühl erstickte. »Ich nehme an, Ihnen ist diese Art von Veranstaltung nicht so unbekannt wie mir«, sagte sie müde.

Er gab keine Antwort, sondern sah sie nur durchdringend an. Plötzlich sagte er: »Es war tatsächlich dieser Vampir. Du warst nur seinetwegen dort.«

Charlie wandte sich ab. Das Glühen in seinen Augen machte ihr plötzlich Angst. Unwillkürlich rückte sie ein wenig von ihm ab. Die Szenen in der Krypta, der Geruch nach Blut musste ihn erregt haben. Hoffentlich hatte er sie nicht gerettet, um sich jetzt ungestört an ihr gütlich tun zu können.

Aber dann hätte er ihr blutendes Handgelenk nicht so ohne Weiteres wieder losgelassen.

»Weshalb haben Sie das getan? Zuerst mich gerettet und dann Theo?«, fragte sie tonlos. Es konnte ihm doch nicht wirklich so viel daran liegen, sie in sein Bett zu bekommen. Glaubte er etwa an dieses Märchen von der ersten Liebesnacht mit einer Succuba? War er so neugierig, so begierig darauf, dass er sich dafür zweimal in Gefahr gebracht hatte?

»Das habe ich mich auch schon gefragt«, erwiderte er mit einem zynischen Verziehen des Mundes. »Ich werde dir eine Antwort geben, sobald ich selbst eine gefunden habe.«

Charlie wandte ihm halb den Rücken zu. Sie hatte keine Lust auf diese Spiele, nicht auf seinen Spott, nicht auf dieses Verlangen in seinen Augen.

Cyrill legte seine Finger unter ihr Kinn und drehte ihren Kopf wieder zu sich. Er beugte sich vor, ein gefährliches Glitzern in den Augen. »Erzähle mir von diesem anderen. Diesem Vampir, der das Kind töten wollte.«

»Hören Sie auf damit.« Charlies Stimme hatte jeden Ausdruck verloren.

»Er ist einer deiner Freier, nicht wahr? Dann solltest du froh sein, dass du nicht anstelle dieser Frau ausgesaugt wurdest. Ich bin sicher, er hätte dich als recht schmackhaft empfunden.«

»Sie sollen schweigen!«

Er ließ sie los und lehnte sich zurück. »Gut. Vorläufig. Aber du solltest mehr auf deine Gesellschaft achten. Du wirst ihn, solange du in meinem Haus lebst, nicht mehr treffen.«

Charlie fuhr hoch. »Wie können Sie das verlangen?«

»Ich kann es. Und ich habe auch die Mittel, es durchzusetzen.« Er sah sie drohend an. »Vergiss nicht deinen Schwur. Der Teufel versteht mit so etwas keinen Spaß.«

Er wollte noch etwas sagen, überlegte es sich jedoch anders und begnügte sich damit, sie schweigend von oben bis unten zu betrachten. Charlie fiel wieder sein fremdländisches Aussehen auf. So wie ihn hätte sie sich einen persischen Prinzen oder König vorgestellt. Oder einen dieser Feldherren, wie sie in den alten Schriften ihrer Großmutter abgebildet waren.

»Sie wussten, was geschehen würde, nicht wahr?«

Er zuckte mit den Schultern. »Es ändert sich nicht viel.«

»Sie wollen damit sagen, dass ... solche Dinge öfters vorkommen? Solche Morde?«

»Ich glaube nicht, dass sie es als Mord sehen.« Veilbrooks Stimme hatte den spöttischen Tonfall verloren.

Charlie wandte sich ab. »Nein, vermutlich nicht.« Sie dachte an Theo. Das Entsetzen, das Grauen, ihren Bruder so zu sehen, schnürte ihr die Luft ab. Sie hatte Theo endgültig verloren. Sie hatte es nicht glauben wollen, obwohl Tante Haga es ihr gesagt und sie gewarnt hatte.

Er wies auf ihr verbundenes Handgelenk. »Hast du das schon früher gemacht? Für ihn?«

Charlie sah ihn erschrocken an. »Nein!«

Veilbrooks lächelte abfällig. »Aber du hast es jetzt getan, um ihn zu retten. Er hat zweifellos Meriten, die ein Außenstehender nicht gleich erkennt.«

Charlie verbarg das verbundene Handgelenk in einer Rockfalte. »Ja, die hat er tatsächlich. Und ich danke Ihnen, Lord Veilbrook.«

Cyrill begegnete ihrem direkten Blick mit einem spöttischen Hochziehen der Augenbrauen. »Danke mir noch nicht, Charlotta. Ich werde unser kleines Geschäft zu genießen wissen.«

Sein dunkler Blick senkte sich in ihren, und Charlie wusste, dass sie Angst vor ihm haben sollte. Und ein wenig Ängstlichkeit war auch da, aber es war eine Art von Furcht, die ihr keineswegs unangenehme Schauer über den Rücken jagte. Als sie keine Antwort gab, legte Veilbrook die Hand unter ihr Kinn. »Du musst keine Angst haben. Ich werde dir nichts tun. Ich werde dich verführen, wie eine Hexe wie du noch nie verführt wurde, aber ich werde dir keine Gewalt antun.«

Charlie erbebte bei diesen Worten. Sein Gesicht war mit einem Mal viel näher als zuvor, der dunkle Blick schien sie anzuziehen wie ein Brunnen ohne Grund, aus dem es kein Entrinnen gab. Er kam noch näher. Charlie sah sich nicht mehr fähig, den Kopf wegzudrehen. Jetzt fühlte sie seinen Atem auf ihrem Gesicht. Die Erinnerung an diesen überwältigenden Kuss in Tante Hagas Salon stieg unweigerlich hoch.

Er kam so nahe, bis sein Mund ihren berührte und sie die Bewegung seiner Lippen fühlte, als er sprach. »Zwei Wochen lang Verführung und zumindest eine Nacht in meinem Bett, in der ich dich vollständig besitze. Wenn du dann gehen willst, lasse ich dich wieder zurück. Und Haga kann das Geld für einen ganzen Monat behalten und du ebenfalls.«

Charlie wollte zurückzucken, aber er hielt sie fest, als sich seine Lippen auf ihre pressten. Hart, fordernd und leidenschaftlich, bis Charlie in jeder Faser ihres Körpers erglühte.

Ich möchte«, sagte Arsakes zu Malefica, »dass du herausfindest, wer dieses Mädchen war. Und wie sein Verhältnis zu diesem Vampir ist.«

Sie standen auf der Straße neben dem Eingang zu der alten Kirche. Die Vampirin nickte demütig, aber er konnte es nicht sehen, da er in die Richtung sah, in der die Kutsche verschwunden war. Es war auch nicht nötig, sie anzusehen, etwas anderes als Zustimmung hätte er ohnehin nicht erwartet. Er hatte sie ebenso in der Hand wie die anderen Vampire, Dämonen und Hexen, die ihm dienten. Er war ihr Herr. Es war nur einige Monate her, seit er englischen Boden und London betreten hatte, aber er hatte nicht lange gebraucht, um sie sich untertan zu machen. Manche taten es freiwillig, kamen aus freien Stücken zu ihm, um sich in seine Dienste zu stellen. Andere, wie Goranov, Maleficas Gefährte, hatten gegen ihn angekämpft. Nicht, weil er auf der Seite der anderen Vampirgemeinden stand, sondern weil er es nicht ertragen hatte, von einem Fremden Befehle anzunehmen. Er hatte sich letzten Endes doch unterwerfen müssen. Malefica war ihm dann gefolgt.

Malefica musste nicht lange überlegen, wie sie diesen Auftrag ausführte. Es war nicht weiter schwierig. Im *Chez Haga* gab es einen Dämon, der ein Auge auf sie geworfen hatte. Er hatte ihr bereits von diesem Mädchen erzählt und würde noch mehr plaudern, wenn sie es richtig anstellte. Als der dunkle Herr sich nicht mehr nach ihr umdrehte, sondern sie völlig vergessen zu haben schien, schlich sie davon. Sie hasste ihn. Aber sie wusste auch, dass er diesen Hass nicht einmal andeutungsweise in ihr fühlen durfte. Er war grausam. Sie hatte gesehen, was er mit aufsässigen Mitgliedern der übersinnlichen Gemeinde machte, und sie wollte bestimmt nicht sein nächstes Opfer sein.

Arsakes sah immer noch in die Richtung, in die Veilbrook verschwunden war. Er hatte Mut, der gute Cyrill, einfach so hereinzuspazieren, diesen Kindskopf von einem Vampir herauszuholen, und wieder zu gehen, als hätte er bloß einen neuen Hut gekauft. Er grinste. Noch hatten die anderen Angst vor dem einst mächtigen Cyrill Veilbrook, aber sie ahnten nicht, was er schon längst wusste: Nämlich dass Wesen wie Cyrill und er ständig Blut brauchten, um ihre Kraft nicht zu verlieren. Und Cyrill hatte seit vielen Jahren keines mehr getrunken. Das machte ihn menschlich, schwach und angreifbar.

Wie arrogant er seinen Gruß übersehen hatte. Nun, auch das würde sich ändern. Auch er würde sich völlig unterwerfen müssen. Oder sterben.

Sechstes Kapitel

Der Mann kroch von ihm fort. Er konnte nicht mehr gehen. Seine Beine waren gebrochen und sein rechter Arm baumelte nutzlos an seiner Seite herab, sodass er sich mit seinem linken Ellbogen fortziehen musste. Seine Augen waren vor Angst weit aufgerissen, als er ihm langsam folgte.

»Ich habe lange gebraucht, um dich zu finden.« Seine Stimme war gefährlich ruhig. »Du hast dich gut vor mir versteckt. Und nun wird mich nichts mehr hindern, dich ebenso langsam zu töten, wie du *sie* getötet hast.«

Er kniete neben dem Mann nieder, der seine gesunde Hand schützend über seine Kehle legte.

Er lachte. »Nein, mit deinem Blut werde ich mich nicht besudeln.« Er fasste nach ihm. Nach dem letzten Feind. Dem Mörder. Er hätte seine Hände nicht einmal gebraucht, um ihm jeden Knochen im Leib zu brechen. Er war so stark, dass schon der Gedanke, der Wunsch genügte. Aber er wollte es genießen. Wollte das Knacken fühlen, spüren, wie der Leib sich wand.

Der Mann schrie. Er wimmerte, wie auch sie gewimmert hatten. Aber er war trotz seiner Drohung barmherziger. Er ergötzte sich nicht Tage an diesem Todeskampf. Nicht einmal viele Stunden.

Dann war es vorbei. Der Mörder lag wie zermalmt

vor ihm, ein schmales Rinnsal aus Blut floss aus seinem Mundwinkel und tropfte auf die trockene Erde.

Er richtete sich auf und hielt sein Gesicht in die Strahlen der untergehenden Sonne. Der Westen war für ihn neues, unerforschtes Land. Die Jagd war zu Ende, die Rache vollzogen. Es war an der Zeit, neu zu beginnen.

Er sah sich nicht um, als er ging.

Siebtes Kapitel

Die Fahrt zu Veilbrooks Domizil dauerte über eine Stunde und gab Charlie die Möglichkeit, sich zu fassen. Auch wenn sie es nicht wagte, ihre brennenden Augen auch nur für Sekunden zu schließen, weil dann unweigerlich wieder diese schrecklichen Bilder hinter ihren Lidern auftauchten. Sie würde vermutlich Monate, vielleicht Jahre brauchen, um den Anblick zu vergessen, wie Theo seine Zähne in das Opfer schlug. Oder sogar den Rest ihres Lebens.

Sie hatte anfangs gedacht, dass sie in London bleiben würden, aber als sie aus der Kutsche stieg, wusste sie, dass ihr Gastgeber kein Risiko eingegangen war, sondern diese vierzehn Tage, die sie nur ihm gehören sollte, verdammt ernst meinte. Das einzige Gebäude weit und breit war ein zweigeschossiges Landhaus mit zwei kleinen Erkertürmchen und einer breiten, geschwungenen Treppe, die von mehreren Laternen beleuchtet war. Sie blieb stehen und betrachtete das Haus eingehend. Es wirkte sogar in der Dunkelheit noch heimelig, mit Efeuranken und Blumenkisten vor den Fenstern.

Veilbrook bemerkte ihr Zögern.

»Hast du Angst, einzutreten?« Seine Stimme hatte wieder diesen niederträchtigen, ironischen Klang, der Charlie veranlasste, sich energisch nach ihm umzudrehen. Er sollte nur nicht denken, dass eine Charlotta di Marantes sich vor ihm fürchtete. Aber Charlie war sich ohnehin schon längst darüber klar, dass sie wider jede Vernunft viel zu wenig Furcht vor Veilbrook hatte. Zumindest keine, die sie in Todesangst vor ihm davonlaufen lassen würde. Die Unruhe, die er in ihr auslöste, hatte etwas mit Herzklopfen zu tun, mit feuchten Händen, zittrigen Knien und einem unbestimmten, pochenden Verlangen in ihrem Unterleib.

»Ich war nur überrascht, weil es so hübsch aussieht.«

»Hübsch. Tatsächlich.« Es war keine Frage, es war eine amüsierte Feststellung. Die Laternen warfen ein warmes Licht auf sein Gesicht und setzten kleine rote Lichter in seine schwarzen Augen. Er sah dämonisch aus, wenn er in dieser mokanten und Charlie inzwischen schon vertrauten Weise eine Augenbraue hochzog, aber zugleich auch auf gefährliche Art anziehend. Möglicherweise war dies aber auch nur die Belustigung eines Raubtiers, das sich auf das Spiel mit dem Opfer freute. Sein Blick glitt langsam über sie, von ihrem Haar über ihr Gesicht, ihren Hals, ihr Dekolleté, wo er einige Zeit verharrte. Charlie wusste ohne hinzusehen, dass sich der Mantel vorne geöffnet hatte, und Veilbrook den Blick auf ihre Brüste freigab. Diese waren durch das Kleid an sich immer noch genügend züchtig bedeckt, aber etwas in Veilbrooks Augen gab Charlie das Gefühl, bereits nackt zu sein.

Charlie räusperte sich vernehmlich, und Veilbrook wandte seine Aufmerksamkeit höflicherweise wieder ihrem Gesicht zu. »Wollen wir nicht hineingehen?«

»Gewiss.« Sie wandte sich um und schritt würdevoll auf das Haus zu, an dessen Eingang sie bereits von einem älteren Mann erwartet wurden. Charlie war sich nur zu bewusst, dass dieser Zeuge von Veilbrooks langer, sehr eindringlicher Musterung geworden war. Aber vermutlich war er es gewöhnt, dass sein Herr alle paar Wochen eine neue Prostituierte mitbrachte, für die er eine hohe *Miete* bezahlte. Bei dieser Vorstellung wurde ihr Ausdruck so abweisend, dass der Mann, als er ihr mit einem höflichen Lächeln und einer Verbeugung die Tür aufhielt, sie verunsichert ansah.

»Guten Abend, Masterson«, sagte Veilbrook, nachdem sie in die Halle getreten waren. »Charlotta, ich darf dir Masterson vorstellen. Der von mir *bezahlte* Butler«, fügte er mit einem anzüglichen Lächeln hinzu. »Du hattest mich vor einiger Zeit nach ihm gefragt.«

Charlie warf ihm einen schnellen Blick zu. Die Erinnerung an ihre Diskussion und sein gefährlich-charmantes Grinsen stieg in ihr hoch und ließ ihre Mundwinkel zucken. Vielleicht war er doch nicht so humorlos, wie sie gedacht hatte? Zumindest war er recht gut darin, sich über sie lustig zu machen.

»Miss Charlotta Baker«, fuhr Veilbrook zu Masterson gewandt fort, ohne Charlies Gesicht aus den Augen zu lassen, »wird für zwei Wochen mein Gast sein.«

Der Butler verneigte sich. »Es ist alles vorbereitet, Mylord. Wenn ich Sie bitten darf, mir zu folgen, Miss Baker. Es wird mir eine Ehre sein, Sie auf Ihr Zimmer zu geleiten.« Er griff nach einem mehrarmigen Kerzenleuchter und ging voran. Charlie warf einen letzten Blick auf Veilbrook, aber der nickte ihr nur aufmunternd zu, und so folgte sie Masterson die breite Holztreppe hinauf, sich dabei neugierig umsehend. Das Haus hielt im Inneren, was es von außen versprach: Es war großzügig angelegt und strahlte eine erstaunlich angenehme, gediegene Atmosphäre aus.

Nachdem Masterson sie in ihrem Zimmer allein gelassen hatte, blieb sie minutenlang mitten im Raum stehen. Dieses Zimmer war überraschend freundlich und weit davon entfernt, an ein Gefängnis zu erinnern. Die großen Fenster mit den schweren Vorhängen, die Frisierkommode, das breite Himmelbett, der weiche Teppich davor – das musste selbst der verwöhntesten Frau genügen. Und verwöhnt war Charlie in dieser Hinsicht wirklich nicht. Großmutters Haus in Wales besaß nur fünf Zimmer, den Wohnraum eingeschlossen, eine Küche und einen Stall für zwei Ziegen und etwa ein Dutzend Hühner, die Agatha Baker alle mit Namen rief. Charlies Schlafzimmer daheim war heimelig, mit einem weichen Bett und einer Truhe, in der sie ihre wenigen Kleidungsstücke spielend leicht unterbrachte, aber dieses war geradezu luxuriös.

Dieser ganze Aufwand wirklich nur wegen der ersten Liebesnacht mit einer Succuba? Seine Reaktion auf ihre Worte, die sie ihm in Tante Hagas Haus, ebenso stürmisch wie dumm entgegengeschleudert hatte, war ihr nicht entgangen; nicht das jähe Aufblitzen in seinen Augen, nicht sein begehrlicher Blick. Anders war es auch kaum erklärbar, dass er eine Summe für sie geboten hatte, von der ihre Großmutter, sie und Theo daheim gut zwei Jahre hätten leben können. Und er hatte noch mehr getan, um sie in sein Bett zu bekommen: Er hatte zuerst sie gerettet und dann sogar Theo.

Da würde er sich schön wundern, dachte sie halb spöttisch, halb ängstlich. Zum einen war sie keine Succuba, und zum anderen war sie gar nicht sicher, ob die Geschichte auch stimmte. Sie hatte in keiner diesbezüglichen Literatur Genaueres darüber gefunden, und bisher auch nicht den Mut gehabt, Venetia zu fragen, die es ja wissen sollte.

Sie ging langsam durch den Raum, fuhr mit der Hand über die Kommode, besah sich die Bürste mit Elfenbeingriff, betrachtete nachdenklich die beiden mit duftenden Rosen gefüllten Vasen, die silbernen Kerzenhalter, die Chaiselongue, den hinter einem chinesischen Paravent verborgenen Waschtisch. Neugierig öffnete sie die Türen eines kunstvoll geschnitzten Schranks. Kostbare Kleider. Sie verzog geringschätzig den Mund und schloss die Türen wieder. Jetzt wusste sie, weshalb dieses Zimmer den Eindruck machte, als würde sie bereits erwartet. Veilbrook war offenbar darauf eingerichtet, jederzeit gemietete Damen unter seinem Dach zu beherbergen. Das war zu erwarten gewesen. Was nicht zu erwarten gewesen war, war ihr Ärger darüber.

Das nervöse Flattern in ihrem Magen verstärkte sich. Sie hatte ihm so gar nichts zu bieten, außer ihrer Jungfräulichkeit, und die war nichts anderes, als was er sich auch bei Tausenden anderen Mädchen holen konnte, die noch nie mit einem Mann zusammen gewesen waren. Sie verfügte nicht einmal über besondere Schönheit oder spezielle Kunstfertigkeiten, die seine Lust erhöhten. Er war sicherlich enttäuscht, vielleicht sogar wütend, wenn die Geschichte sich letzten Endes als reiner Aberglauben herausstellte. Sekundenlang war diese Erkenntnis so bedrückend, dass Charlies Schultern nach vorne sackten. Aber dann richtete sie sich wieder stolz auf. Da konnte sie ihm eben nicht helfen. Sie hatte ihm schließlich nichts vorgelogen! Er hatte sich in die Vorstellung verrannt, in ihr etwas zu sehen, das sie in Wirklichkeit nicht war!

Jungfräulichkeit und körperliche Liebe waren kein Tabuthema in ihren Kreisen. Sie selbst hatte bisher nur deshalb kein sonderliches Interesse daran gehabt, weil sie bisher keinen Mann getroffen hatte, der es verstanden hätte, ihre Lust zu wecken. Nicht einmal Angelos Kuss, der zweifellos sehr versiert gewesen war, hatte ihren Pulsschlag besonders beschleunigt. Ganz anders als Veilbrooks nachfolgender Überfall. Warum also nicht mit einem Mann diese ersten Erfahrungen machen, der es verstand, Hitze und Leidenschaft in ihr zu erwecken, und der – wenn man den Erzählungen der Mädchen Glauben schenkte – auf diesem Gebiet auch noch einen herausragenden Ruf genoss.

Sie konnte bei diesem Handel nur gewinnen. Und Veilbrook musste dann selbst sehen, wie er mit der Enttäuschung und dem Verlust von einigen Hundert Pfund zurechtkam.

Als der Butler sie eine halbe Stunde später zum Dinner abholte, hatte Charlie Gesicht und Hände gewaschen, ihr Haar gebürstet, bis es glänzte, und es dann wieder auf einfache, aber kleidsame Art hochgesteckt. Die fremden Kleider hatte sie stolz verschmäht.

Veilbrook erwartete sie bereits. Er ging ihr, als sie eintrat, entgegen und ließ dabei prüfend seinen Blick über sie schweifen. »Du hast dich nicht umgezogen?«

»Wie Ihnen nicht entgangen sein dürfte, Lord Veilbrook«, erwiderte Charlie spitz, »hatte ich keine Gelegenheit mehr, in die Loman Street zu fahren und Kleidung mitzunehmen.«

Veilbrook hob eine Augenbraue. Er war so dicht vor ihr stehen geblieben, dass Charlie den Drang bekämpfen musste, einen Schritt zurückzuweichen. »Meines Wissens sollte der ganze Schrank in deinem Zimmer mit Kleidern gefüllt sein.«

»Das fiel mir tatsächlich auf«, sagte Charlie mit einem kühlen Lächeln, »aber es wäre mir ungehörig erschienen, Kleider zu benützen, die ganz offensichtlich anderen Damen gehören.« Sie wollte weitergehen, aber Veilbrook wich keinen Schritt zurück oder zur Seite. Sie musste den Kopf etwas zurücklegen, wenn sie ihn ansehen wollte. Das war nicht gut. Das machte sie unterlegen.

»Du bist also zu schüchtern, Kleider anderer Frauen zu leihen«, stellte er fest. »Oder zu stolz, welche zu tragen, die anderen gehört haben? Dann kann ich dich beruhigen. Was sich in deinem Schrank befindet, wurde für dich genäht.«

Charlie blinzelte überrascht, und Veilbrook lächelte in dieser ironischen Art auf sie herab. »Ich hatte mit deiner Tante vereinbart, dass du dir Kleider machen lassen kannst und ich die Kosten dafür übernehme. Da du von diesem Angebot bisher keinen Gebrauch gemacht hast, habe ich mir erlaubt, dafür zu sorgen, dass dir die entsprechende Kleidung eben ohne dein Zutun zur Verfügung gestellt wird. Sollte ich nicht deinen Geschmack getroffen haben, so tut es mir leid.«

Charlie hatte Mühe, nicht zu offensichtlich nach Luft zu ringen. »Das heißt, Sie haben es als sicher angenommen, dass ich auf den Handel eingehe? Das war reichlich voreilig, Lord Veilbrook.«

»Voreilig?«, Veilbrook musterte sie erstaunt, während er zur Seite trat und sie sanft unter dem Ellbogen fasste, um sie zur Tafel zu führen. »Weshalb? Bist du etwa nicht hier? Es war immer nur eine Frage der Zeit.«

Charlie machte den Mund zu einer Entgegnung auf und machte ihn wieder zu. In diesem Moment wurde ihr klar, dass Veilbrook ihre Ablehnung niemals akzeptiert hatte. Hätte sich an diesem Tag nicht die Notwendigkeit ergeben, Theo vor dem sicheren Ende zu retten, so hätte Veilbrook eben andere Mittel und Wege gefunden, um sie in sein Haus zu bringen. Sie runzelte noch immer die Stirn, als Veilbrook sie schon längst zu ihrem Stuhl geführt und ihr gegenüber Platz genommen hatte.

Er lehnte sich zurück und maß sie mit einem Blick, in dem fast so etwas wie Amüsement lag. »Hat man dich nicht vor mir gewarnt?«

»Nicht früh genug«, erwiderte Charlie kühl. »Andernfalls hätte ich Ihre Begleitung schon damals in dieser Straße vehementer abgelehnt.«

»Mit dem Regenschirm vermutlich«, nickte Veilbrook wissend. »Ein Glück, dass du ihn heute nicht dabeihast. Andernfalls hätte ich Masterson bitten müssen, ihn dir schon bei deinem Eintritt in dieses Haus abzunehmen.«

Charlie versuchte, ernst und kühl zu bleiben, und versagte gründlich. Noch dazu, wo Veilbrooks Lippen jetzt jene Tendenz zeigten, wieder dieses anzügliche Grinsen aufzusetzen, das ihr Herz sofort schneller schlagen ließ.

Das Eintreten des Butlers, der den ersten Gang servierte, rettete sie aus der Verlegenheit, Veilbrook länger anlächeln zu müssen. Sie war erstaunt zu sehen, dass auch sein Platz gedeckt war, und noch erstaunter, als er den Speisen ebenso zusprach wie sie. Was immer Veilbrook sein mochte – er war auf keinen Fall ein *normaler* Vampir. Sie wusste zwar, dass Vampire essen konnten, auch wenn die Speisen für sie nutzlos waren und sie quasi vor der vollen Suppenschüssel verhungerten, aber Veilbrook machte nicht den Eindruck, das Essen mit Todesverachtung hinunterzuwürgen. Im Gegenteil, er aß sogar mit gutem Appetit.

Zuerst glaubte Charlie, vor Aufregung keinen Bissen hinunterzubekommen, aber dann griff sie ebenfalls herzhaft zu, während sie Veilbrook unauffällig beobachtete. Großmutters und Tante Hagas Bücher hatten von halb menschlichen Wesen berichtet, die lediglich Blut tranken, um ihre magischen Kräfte zu entwickeln und aufrechtzuerhalten. Möglicherweise musste sie Veilbrook zu dieser Spezies zählen.

Das Dinner ging schneller und angenehmer vorbei, als gefürchtet. Veilbrook war keineswegs der düstere, wortkarge Gastgeber, den Charlie erwartet hatte, sondern plauderte unverfänglich und schnitt nach einigen missglückten Versuchen mit dem üblichen Klatsch, von dem er annahm, dass er Frauen wie sie interessierte, schließlich Themen an, für die Charlie empfänglicher war, bis sich eine recht angeregte Diskussion entwickelte.

Als dann die Tafel aufgehoben wurde, und Veilbrook Charlie in einen kleinen Salon führte, ging sie sogar gerne mit, setzte sich ihm gegenüber in einen Lehnsessel und kostete neugierig von dem süßen Dessertwein, den er ihr anbot. Die Unterhaltung lief noch eine Weile unbeschwert fort, bis Charlie plötzlich still wurde. Ihr war mit einem Schlag klar geworden, dass es so nicht den ganzen Abend weitergehen konnte, und der Gedanke, bald von Veilbrook berührt und in Besitz genommen zu werden, engte ihr die Kehle ein. Aber noch etwas gab es, das sie wissen musste.

»Hast du noch eine Frage?«

Charlie zuckte bei Veilbrooks kühler Stimme zusammen. Erst jetzt wurde sie sich bewusst, dass sie ihn die ganze Zeit angestarrt hatte.

Sie setzte sich ein wenig gerader hin. »Ja, die habe ich tatsächlich, Mylord. Als ich auf diesen Handel eingegangen bin, haben Sie versprochen, mich nicht zu verletzen, sondern mich lediglich zu verführen. Ich nehme an, das schließt auch ein, dass Sie nicht beabsichtigen, mein Blut zu begehren.«

Veilbrook lehnte sich zurück und schlug die Beine übereinander. Er gab lange keine Antwort, sondern betrachtete sie und ließ dabei die bernsteinfarbene Flüssigkeit in seinem Glas kreisen. Schließlich sagte er: »Ich habe nie versprochen, das nicht zu *beabsichtigen*.«

Charlies Augen wurden schmal. »Es ist aber nicht Teil des Handels. Vielleicht sollten wir das jetzt klären, andernfalls werde ich sofort das Haus verlassen.«

Veilbrooks Lippen verzogen sich zu seinem ironischen Lächeln. »Sei unbesorgt. Ich habe nicht die geringste Absicht, dich auszusaugen. Das jedenfalls kann ich dir versichern. Der Handel ging nur um deinen – bis auf eine Kleinigkeit – unversehrt bleibenden Körper.«

Ihre Blicke trafen sich. Charlies entschlossen, seiner amüsiert. Sie zuckte zusammen, als Veilbrook sich unvermittelt erhob. »Du wirst sicher müde sein. Der Tag war anstrengend. Ich werde Masterson sagen, dass er dich auf dein Zimmer führt.«

Charlie war verblüfft und zugleich unendlich erleichtert, dass er nicht gleich an diesem Abend auf den Handel bestand. Sie sprang auf und war so schnell bei der Tür, wie es ihre Würde gerade noch zuließ. »Ich danke Ihnen für diesen angenehmen Abend, Lord Veilbrook, und wünsche eine gute Nacht.«

Als sie den Türknopf ergreifen wollte, hielt seine Stimme sie auf. »Charlotta?«

Nur zögernd wandte sie sich um und als sie sah, dass er näher kam, krampfte sie unwillkürlich die Hand um den Knauf. Er trat hart an sie heran und legte seine Hand über ihre. Sie wich zurück, bis sie mit dem Rücken an der Tür klebte. Er stemmte die andere Hand neben ihrem Kopf an die Wand, sodass sie zwischen seinen Armen eingeschlossen war und die Tür nicht öffnen konnte. Er stand nun so nah, dass sie seinen Atem fühlen konnte, und seinen eleganten Abendanzug berührte, wenn sie tiefer einatmete.

»Du hast diesen Abend noch für dich.« Seine leise, gleichmütige Stimme spiegelte sich nicht in seinen Augen wider, sie waren im Gegenteil eindringlich und sehr lebendig. »Morgen werde ich tagsüber unterwegs sein. Aber am Abend, nach den Dinner, werde ich das beginnen, wofür du hergekommen bist.«

Charlie räusperte sich. »Wir haben einen Handel geschlossen, und ich werde bereit sein.« Sie versuchte, ihrer Stimme einen geschäftsmäßigen Klang zu verleihen, und versagte gründlich. Sie hörte sich an wie ein verschrecktes Mädchen.

Er neigte etwas den Kopf und sein Blick wurde noch intensiver. »Es wäre erfreulich, könntest du vergessen, dass es ein Handel ist. Ich habe dir versprochen, dich nicht zu zwingen, sondern dich zu verführen, und das werde ich auch halten. Allerdings bedingt das auch keinerlei Widerstand von deiner Seite. Nicht den Geringsten.«

Charlie schluckte.

»Ich werde dir Zeit lassen.« Ein langsames, sinnliches Lächeln trat auf seine Lippen, seine Augen brannten vor Begehren. »Ich werde es genießen, Charlotta, und dafür sorgen, dass auch du es genießt. Und jetzt gute Nacht.« Er ließ ihre Hand los, trat einen Schritt zurück und gab sie damit frei.

Jetzt wäre der Moment gewesen, ihm zu erzählen, dass sie erstens keine typische Succuba war, und dass zweitens die Sache mit der ersten Liebesnacht wahrscheinlich sowieso völliger Unsinn war. Charlie konnte jedoch keine angemessene Antwort geben, weil sie fürchtete, ihre Stimme könnte versagen. Ihr Herz schlug bis zur Kehle, nahm ihr den Atem, ließ sie schwindlig werden. Um ein letztes Restchen Würde bemüht, öffnete sie beherrscht die Tür – obwohl sie diese lieber aufgerissen hätte, um hinauszustürzen – nickte Veilbrook hochmütig zu und schritt langsam und anmutig durch die Halle und zur Treppe hin.

Auf ihrem Rücken fühlte sie Veilbrooks Blicke, der in der Tür stand und ihr nachsah. Am liebsten wäre sie gerannt. Aber sie war kein junges Ding mehr. Sie war zwar unerfahren in Liebesdingen, aber kein Unschuldslämmchen. Sie war auch keine einfache Succuba, sondern sie entstammte einer langen, ehrwürdigen Ahnenreihe von Hexen.

Cyrill hatte den ganzen Tag in ungewöhnlicher Unruhe verbracht, und erst, als er am Abend im Speisezimmer darauf wartete, dass Masterson Charlotta zum Dinner holte, gab er vor sich selbst zu, dass er es kaum erwarten konnte, endlich sein Verführungsspiel zu beginnen. Der Hunger auf sie wurde immer stärker, immer unerträglicher. Viel hätte nicht gefehlt und er wäre bereits während der Schwarzen Messe und danach in der Kutsche über sie hergefallen, so wie sich die anderen über ihre Opfer stürzten, wenn der Blutrausch sie packte. Allerdings hätte er sie nicht ausgesaugt. Seine Bisse wären ganz anderer Art gewesen. Sie hätten sie vor Lust zum Schreien gebracht und nicht vor Angst und Schmerz. Er ahnte jetzt schon, dass es ihm schwerfallen würde, bei Charlotta so langsam vorzugehen, wie er plante. Es war allerdings auch etwas Neues für ihn, zu warten, und es hatte einen gewissen, überraschenden Reiz. Seit vielen Jahren hatte er sich einer Frau wegen nicht mehr so viel Mühe gemacht.

Er sah ihr, als sie eintrat, aufmerksam entgegen. Dieses Mal hatte sie eines der Kleider aus ihrem Schrank gewählt, jedoch keine dieser aufreizenden Toiletten, deren Dekolleté tiefe Einblicke gestatteten, sondern ein eher schlichtes, sehr elegantes Kleid. Cyrill musste unwillkürlich lächeln. Sie hatte wohl keine Ahnung, wie viel reizvoller sie ihm darin erschien, als in einem der aufdringlichen Fetzen, die eine Frau viel zu vulgär zur Schau stellten und nur herzlich wenig der Fantasie überließen.

Fast hätte er anerkennend genickt. Er hatte sich nicht in ihr getäuscht. Sie hatte das gewisse Etwas. Haltung, Eleganz sowie Klugheit und Bildung. Er hatte den Vorabend sehr genossen, und er freute sich auf die Fortsetzung. Auf jede Minute davon, das Dinner, das Gespräch. Und vor allem auf danach, auf den ersten Schritt, den er tun wollte. Ganz langsam, um jeden Moment zu genießen. Er wollte zusehen, beobachten, wie die äußere Kühle langsam schmolz, wie sie wärmer wurde, bis sie vor Hitze glühte und vor Leidenschaft zitterte. Er würde diese beiden Wochen auskosten. Wahrscheinlich war ohnehin nur die erste Nacht relevant, aber möglicherweise fand er dann doch noch weiterhin Gefallen an ihr.

Er hatte Mühe, seine Erregung zurückzudrängen, als er ihr entgegenging. Dieses Mal begnügte er sich nicht damit, sie nur förmlich zu begrüßen. Er blieb dicht vor ihr stehen, nahm ihre Hand und legte seine Lippen darauf, ohne den Blick von ihrem Gesicht abzuwenden. An ihrem kurzen Erschauern merkte er, dass er bereits mehr Einfluss auf sie hatte, als ihr kühles Auftreten vermuten ließ. Und dass es kein Schauder der Abwehr war, darauf konnte er schwören, als er seinen Blick in ihren tauchen ließ. Er berührte abermals ihre Hand mit seinem Mund, dieses Mal etwas stärker, dann ließ er seine Lippen über ihr Handgelenk, den schlanken Unterarm weiter hinauf wandern. Er hatte keine Handschuhe zu ihrer Garderobe legen lassen. Es sollte nicht zu viel von ihrer Haut verdeckt werden, wenn er sein Verführungsspiel begann.

Charlie mochte vielleicht nach außen hin kühl wirken, aber innerlich war sie aufgeregt und ängstlich, als sie Veilbrook gegenübertrat. Allein schon die Art, wie er sie begrüßte, ihr in die Augen blickte, und dann seine Lippen von ihrer Hand hinaufwandern ließ, über ihren Unterarm, ihre Armbeuge, über die er hauchzart seine Zungenspitze führte, und dann weiter. Das Kleid war das dezenteste, das sie hatte finden können, aber es besaß nur kurze Ärmel, die in einem breiten Volant endeten, und dieser setzte Veilbrook kein Hindernis entgegen. Er schob ihn empor, wanderte dann über den Stoff weiter und landete endlich bei der nackten Haut ihres Halses. Kleine Flammen tanzten über ihren Körper, ihre Knie zitterten, und instinktiv wollte sie sich zurückziehen, aber Veilbrook schüttelte nur den Kopf und fasste in ihr Haar, um sie festzuhalten. Es war eine der Bedingungen, dass sie sich nicht wehrte. Und so stand sie für lange Zeit mit bebenden Gliedern, aber gehorsam bewegungslos da, während er ihren Kopf sanft an ihren Haaren nach hinten zog, um sich ungestört mit ihrem Hals zu beschäftigten. Warm und feucht ließ er seine Lippen immer wieder über die empfindsamen Stellen unter ihrem Ohr laufen, küsste die Vertiefungen oberhalb ihrer Schlüsselbeine, liebkoste mit Lippen und Zunge das Grübchen dazwischen, bis er sich ihrer anderen Seite zuwandte und endlich ihre linke Hand erreichte.

Als er sich nach einer schier endlosen Zeit aufrichtete und sie losließ, war Charlie kaum in der Lage, noch gerade zu stehen. Sie hielt sich dankbar an seinem Arm fest und stolperte mehr zum Tisch als sie schritt. Ihre Knie zitterten und ihre Brustspitzen hatten sich, als eine Gänsehaut nach der anderen über sie gelaufen war, aufgestellt. Ihr Unterleib war empfindsam, ihre Scham geschwollen, sodass sie jeden Schritt fühlte, die ungewohnte Feuchtigkeit zwischen den Beinen spürte, und das Gefühl hatte, man müsse ihr die Erregung schon von Weitem ansehen. Ärgerlicherweise hatte ihre von Veilbrook zur Verfügung gestellte Garderobe keine Unterhosen beinhaltet. Ihre eigene, die sie bei ihrer Ankunft getragen hatte, war über Nacht spurlos verschwunden. Sie war zwar daheim in Wales, besonders an heißen Tagen, meistens ohne Unterwäsche herumgelaufen, aber nun fühlte sie sich nackt.

Sie würgte das Essen hinunter, brauchte all ihre Beherrschung, um halbwegs kohärente Antworten auf Veilbrooks lockeres Gespräch zu geben, und zitterte innerlich, als er sie nach Tisch in den Salon führte. Sie sank mit bebenden Knien in den Lehnsessel und hielt sich an dem Glas fest, das Veilbrook ihr reichte.

Er ließ sich wieder ihr gegenüber nieder. Anstatt jedoch das Gespräch fortzusetzen, beobachtete er sie. Charlie versuchte anfangs, seinem Blick standzuhalten, ihn ebenso zu betrachten wie er sie, aber am Ende gab sie es auf. Ihr Blick wanderte verlegen im Zimmer umher, während ihr mit jeder Minute heißer wurde und ihr Herz nicht nur in ihrer Brust und ihrem Hals schlug, sondern auch in ihrem Magen und noch viel tiefer unten. Es war ungewohnt und sehr irritierend, dass ihr Unterkörper mit einem Mal so etwas wie ein Eigenleben führte. Schon allein Veilbrooks Blicke, seine samtige, dunkle Stimme, die so gar nichts Herrisches mehr hatte, genügte, um sie schneller atmen und sie wünschen zu lassen, er würde sie berühren.

Als sie unvorsichtigerweise dann doch wieder zu ihm hinüberschaute, traf sie auf seinen Blick.

Er sah sie über den Rand seines Weinglases an. »Keine Sorge, heute werde ich dich noch nicht in Besitz nehmen. Normalerweise lasse ich mir nicht so lange Zeit – dieses Spiel ist auch für mich neu, aber es hat seinen Reiz.«

Charlie wurde rot. Sie wusste nicht, ob sie nun erleichtert oder enttäuscht sein sollte. Sie war wohl beides. Auf jeden Fall hatte sie Mühe, nicht verlegen zu wirken.

Er betrachtete sie lächelnd. »Was war das doch gleich, was du in Hagas Salon mit diesem Dämonen gemacht hast?«

Charlie blinzelte verwirrt. »Mit Angelo?«

»Ja.«

»Nichts weiter.« Charlie hatte Mühe, sich zu konzentrieren. »Ich wollte nur ... er hat mir gezeigt, wie man küsst.«

»Das war alles? Nicht mehr?«

»Haben Sie Angst, die Ware könnte nicht mehr frisch genug sein?«, fragte sie spitz.

Veilbrooks leises, dunkles Lachen glitt über ihre Haut und kroch bis in ihren Unterleib. Charlie setzte sich etwas anders und atmete tief durch.

»Nein, ich habe dir geglaubt, als du gesagt hast, du bräuchtest keine Hilfsmittel, um Jungfrau zu sein. Aber es gibt einen großen Unterschied zwischen einer intakten und einer völlig *unberührten* Jungfrau. Ich denke, ich werde dir heute und in den nächsten Tagen diesen Unterschied deutlich machen.«

Charlie schwieg. Sie kämpfte dagegen an, rot zu werden. Und je mehr sie kämpfte, desto heißer wurden ihre Wangen. Wie unverschämt er doch war! Noch nie zuvor hatten sie Worte allein so beunruhigt und erregt.

Veilbrook stellte sein Weinglas auf den Tisch neben ihm und lehnte sich zurück. Sein Blick aus halb geschlossenen Augen haftete an Charlie. »Es wird Zeit, dass du mir zeigst, was du bei dem Dämon gelernt hast. Ich weiß immer noch nicht, wie du neckisch küsst.«

Charlie hätte fast den Wein verschüttet. Sie schalt sich selbst für ihre Unbeherrschtheit. Was hatte dieser Mann auch nur für eine unglaubliche Art! Und eine fast körperliche Ausstrahlung. Charlie hätte schwören können, dass in seiner Nähe die Zimmertemperatur um zehn Grad höher war als im Rest des Raumes.

Als sie sich nicht rührte, sagte Veilbrook sanft: »Stell das Glas neben dich auf den Tisch, Charlotta.«

Sie gehorchte. Ihre Hand zitterte ein wenig.

»Und jetzt komm zu mir.« Charlie zögerte, und sein Lächeln bekam etwas Diabolisches, als er sagte: »Keinen Widerstand, Charlotta. So lautet die Vereinbarung. Vielleicht hätte ich dir noch sagen sollen, dass jeder Ungehorsam eine Strafe nach sich zieht.«

Charlies Augen flammten auf. »Strafe? Was fällt Ihnen ein?!«

Veilbrook antwortete nicht darauf. Sein Lächeln verstärkte sich und nahm eine Sinnlichkeit an, die Charlies Herz zum Rasen brachte. Endlich sagte er: »Komm her, Charlotta.« Seine Stimme war so schmeichelnd, dass Charlie sich erhob und zu ihm hintrat. Er legte den Kopf auf die Sessellehne und sah sie an, ließ seinen Blick über ihr Gesicht, ihren Hals, ihren Leib gleiten. Charlie hielt ihm mit verzweifelter Tapferkeit stand.

»Jetzt setz dich auf meine Knie. So wie du es bei dem Dämon gemacht hast.«

Charlie ließ sich auf ihm nieder. Unter sich spürte sie die Bewegung seiner Oberschenkel, als er seine Beine etwas spreizte. Ebenso war sie auch auf Angelo gesessen, aber die Situation hatte jetzt etwas wesentlich Intimeres, was nicht nur daran lag, dass sie dieses Mal keine Unterwäsche trug. Dann hob er die Hand, um ihr abgewandtes Gesicht zu sich zu drehen.

»Bei diesem Angelo warst du nicht so schüchtern. Weshalb jetzt?«

»Da war es nur ein Spiel«, erwiderte sie leise.

Veilbrooks Finger strichen sanft über ihre Wange und spielten mit einer Locke ihres Haares. »Das stimmt, meine kleine Succuba. Was ich mit dir tun werde, hat nichts mehr mit einem kindischen Spiel zu tun.« Er neigte den Kopf und ließ seine Lippen von ihrem Hals bis zu ihrem Ohr wandern. »Aber es wird nicht wehtun. Zumindest heute noch nicht.«

Charlie erbebte, und Veilbrooks Hand streichelte besänftigend über ihren Rücken. »Hab keine Angst. Und jetzt küsse mich ...«, er legte den Kopf etwas zurück, um sie besser ansehen zu können, »*neckisch*.«

Charlie holte tief Luft. Dann hob sie die Hände und legte sie um Veilbrooks Gesicht, um ihn und – noch viel mehr – sich selbst an ihm festzuhalten. Angelo hatte ihr das Gefühl gegeben, sie zu stützen, als er leicht die Hand auf ihren Nacken gelegt hatte, aber Veilbrook saß völlig passiv da, die Hände locker auf den Armlehnen. Sein eigener, maskuliner Geruch stieg ihr in die Nase. Am liebsten hätte sie, bei seinem Gesicht beginnend, an seiner Haut geschnuppert und sie gekostet. Ihr Atem ging schnell und kurz, als sie auf Veilbrooks Lippen blickte. Sie waren anders als Angelos, die so voll und weich waren wie die einer Frau. Veilbrooks Lippen waren zwar ebenfalls sehr wohlgeformt, aber schmäler, und immer noch lag dieses leicht ironische, leicht sinnliche Lächeln darauf. Charlie senkte den Kopf und berührte sie. Ein heißer Strahl durchzuckte sie im selben Moment, als hätte sie sich verbrannt. Welch ein himmelhoher Unterschied zu Angelo.

Sie fuhr zuerst, wie sie es mit Angelo gelernt hatte, über Veilbrooks Lippen, aber dann kam ihr in den Sinn, etwas Neues zu probieren. Sie verteilte ganz kleine, zarte Küsse auf seiner Unterlippe, von einem Mundwinkel zum anderen. Sie spürte, wie sich Veilbrooks Schenkel unter ihr anspannten, als sie auf der Oberlippe wieder zurückwanderte. Seine Oberlippe war etwas rauer, obwohl er sich offensichtlich vor dem Dinner rasiert hatte, und Charlie stellte fest, dass ihr das gefiel.

Sie küsste sich noch einmal im Kreis durch, bis sie ihren Mund auf seinen legte und vorsichtig ihre Zunge vorschob, um seine zu berühren. Ein unvermutetes Zucken ging durch Veilbrook, sein ganzer Körper schien sich anzuspannen. Charlie wartete, aber da er sich nicht rührte, sondern nur schwerer atmete, setzte sie ihren Kuss fort. Sie schob neugierig ihre Zunge weiter, teilte seine Lippen damit. Er gab sofort nach, öffnete den Mund ein wenig und ließ sie noch tiefer suchen. Sie schmeckte ihn. Ja, es war so, wie sie ihn in Erinnerung hatte, sein Geschmack war ebenso männlich wie sein Duft. Charlies Kuss wurde heftiger, ohne dass sie sich dessen bewusst wurde. Sie vergaß sich selbst, sie vergaß ihre Umgebung und ihr wurde nicht einmal bewusst, dass Veilbrook sie an den Schultern packte, um sie näher zu ziehen, als er begann, ihren Kuss zu erwidern. Das Spiel seiner Zunge war hinreißend verführerisch. Es war nicht ganz so, wie Angelo es beschrieben hatte – necken und zurückziehen –, aber zumindest etwas weniger heftig als bei Veilbrooks Überfall im Salon, als er nur ihre Unterwerfung im Sinn gehabt hatte.

Charlie versank in seinem Kuss und in seinen Armen. Erst, als er sich von ihr löste und seinen Kopf hob, um sie mit einem undefinierbaren Ausdruck zu betrachten, wurde ihr klar, dass sie schon lange nicht mehr aufrecht auf seinen Knien saß, sondern dahingestreckt in seinen Armen lag, und er über sie gebeugt ihren Mund in Besitz nahm. Irgendwann dazwischen war es ihm gelungen, ihr Haar zu lösen, das über seinen Arm und die Sessellehne floss, und seine linke Hand lag unter dem geöffneten Mieder fest um Charlies nackte Brust, während sein Daumen in langsamen Kreisen über ihre Warze rieb und ein Gefühl von Lust erzeugte, das schon längst diese hochempfindliche Stelle zwischen Charlies Beinen erreicht hatte.

Charlie sah Veilbrook zuerst staunend an, dann schloss sie die Augen, als er neuerlich seinen Mund an ihren brachte. Er war bei aller Leidenschaft, bei aller Heftigkeit zärtlich, auch wenn sie jetzt schon ahnte, dass ihre Lippen von diesen Küssen geschwollen sein würden. Das war etwas ganz anderes als mit Angelo, auch wenn Charlie im Moment nicht in der Lage war, über den exakten Unterschied nachzudenken, sondern logisches Denken und wissenschaftliche Vergleiche auf einen späteren Zeitpunkt verschieben musste.

Bei diesem nächsten Kuss war Charlies zweite Brust in Veilbrooks Hand. Und dann, irgendwann, als sie sich schon mit beiden Armen an seinen Hals klammerte, spürte sie, wie seine Hand ihre Röcke hochschob und über ihr Knie emporglitt.

Sie riss sich los, löste ihre Arme und schob Veilbrook etwas von sich. Seine dunklen Augen brannten vor Verlangen und seine Stimme war heiser, als er sagte: »Die heutige Verführungslektion, Charlotta, macht nicht nach einem Kuss halt, gleichgültig, wie überwältigend er auch gewesen sein mag. Ich werde dir noch weitaus mehr zeigen als Angelo.«

»Das«, stammelte Charlie, »haben Sie im Grunde schon getan.«

Veilbrook lachte rau, dann beugte er sich wieder über sie. Aber er küsste sie jetzt nicht. Er beobachtete ihr Gesicht, als er seine Hand höher wandern ließ. »Mach die Beine ein wenig mehr auf, Charlotta. Noch ein bisschen. Es hat keinen Sinn, dich mir zu verschließen.« Sein Lächeln wurde wieder auf diese verführerische Art gefährlich. »Du würdest etwas versäumen. Vertraue mir.« Seine Lippen fuhren über ihre Stirn. »Gib einfach nur nach, meine kleine Hexe.«

War Charlies Zittern unter den heißen Küssen vergangen, so setzte es jetzt umso heftiger wieder ein. Sie lag hilflos auf Veilbrooks Schoß, sein rechter Arm lag unter ihrem Rücken, hielt sie, während ihre Beine auf der gegenüberliegenden Sessellehne ruhten. Seine linke Hand schob ihre Röcke immer höher und drängte dabei gleichzeitig ihre Schenkel unaufhaltsam weiter auseinander, bis Charlie weit gespreizt vor ihm lag. Jetzt war sie nur noch von den Röcken bedeckt. Und dann nahm Veilbrook ihr auch diesen Schutz. Er schob sie über ihre Hüften, bis er das dunkle Dreieck ihrer Scham sehen konnte.

Er betrachtete sie eingehend. Charlie schluckte. Ihr Mund war ganz trocken. Ihr Herz raste. Ihre Knie bebten. Veilbrooks Fingerspitzen liefen über ihre Schenkel. Jetzt lagen seine Finger ganz oben. Und dann waren sie tiefer, zogen eine zarte, doch heiße Spur durch ihre Scham. Charlie biss sich auf die Lippen, als diese Berührung durch ihren ganzen Körper zuckte. Noch einmal dasselbe Spiel. Auch dieses Mal war es nur wie ein Hauch.

Schließlich zog er sich zurück.

Charlie suchte seinen Blick.

Er hob mokant die Augenbrauen. »Das war es dann auch schon. Und? War es so schlimm?«

Charlie presste bei seinem Spott die Lippen aufeinander und starrte an ihm vorbei an die Decke. Er betrachtete sie lächelnd. »Du darfst jetzt aufstehen.«

Charlie wand sich aus seinen Armen und sprang auf. Sie hielt sich an der Sessellehne fest, um nicht zu taumeln. Ihr war immer noch schwindlig, heiß, ihr Körper war erregt. Als sie jedoch Anstalten machte, ihre Kleidung wieder in Ordnung zu bringen, hielt seine Stimme sie davon ab.

»Warte, ich habe dir nur erlaubt, aufzustehen. Ich habe nicht gesagt, dass ich schon mit dir fertig bin.«

Er schlug die Beine übereinander. »Ich habe mir schon überlegt, wie du nackt aussiehst.«

»Soll ich mich etwa ausziehen?!«

»Natürlich.« Er sah sie an, als wäre die Frage äußerst dumm gewesen. Als sie zögerte, sagte er: »Charlotta, wie lautet die Vereinbarung?«

Charlie gab sich keine Mühe, elegant zu wirken, als sie zuerst das Kleid, das Mieder und dann die Unterröcke herunterriss und von sich schleuderte. Und dann stand sie nackt und schwer atmend, mit geballten Fäusten vor ihm.

»Dreh dich herum, ich möchte dich von allen Seiten betrachten.«

Zähneknirschend drehte Charlie sich um ihre eigene Achse, bis sie Veilbrook wieder ansah. Der hatte nach seinem Glas gegriffen, nippte daran und betrachtete Charlie wie ein Kenner eine Statue. »Jetzt noch einmal. Das war zu schnell. Dieses Mal langsamer.«

Charlie presste die Lippen zusammen. Unwillkürlich glitt ihr Blick an ihm hinab, zu seiner Hose. Sie war deutlich gewölbt. Hastig sah sie wieder hoch. Zu spät. Schon bemerkte sie sein überlegenes Grinsen und wurde rot.

»Vielleicht noch ein kleines Lächeln bei der nächsten Umdrehung?«, schlug er vor.

»Nein!«, fauchte Charlie. Sie wandte sich ab und zeigte Veilbrook wenn schon nicht die kalte Schulter, so zumindest ihre Kehrseite. Sie hätte schwören können, ein leises Lachen zu hören.

»Gut«, sagte er nach der dritten Drehung, »du kannst jetzt aufhören.«

»Dann gute Nacht.« Charlie lief zu ihren Kleidern, aber in diesem Moment sprang Veilbrook auf. Er war mit zwei Schritten hinter ihr und hielt sie fest.

Charlie spürte zuerst die unter seiner Hose verborgene Wölbung in ihrem Rücken, dann merkte sie, wie Veilbrook seine Hose öffnete. Er legte einen Arm um Charlie und presste sie gegen seinen Körper. Seine Hände streichelten ihre Brüste, während sich sein steifes Glied wie von selbst zwischen ihre Gesäßbacken schob. Sie ächzte leise. Was hatte er denn vor? Er hatte doch gesagt, dass er sie heute noch nicht besitzen wollte! Er drängte sich jedoch unaufhörlich weiter, bis der Druck seines harten Stabes ihre beiden Backen auseinanderpresste. Er berührte dabei Stellen, an die Charlie noch nie in diesem Zusammenhang gedacht hatte, und ihr fiel plötzlich ein, dass Venetia ihr einmal erzählt hatte, dass es nicht nur *eine* sehr erregende Öffnung im Körper einer Frau gebe, in der sich ein Mann verlustieren könne. Sie erstarrte. Das konnte er doch nicht wirklich tun? So weit würde er doch nicht gehen! Oder doch?

Sie begann sich zu wehren. »Nein. Nicht!«

»Halte still«, seine Stimme klang ungeduldig. Er umfasste sie fester.

»Nein, das will ich nicht. Hören Sie auf! Lassen Sie mich!«

»Ich tue doch gar nichts.«

»Ich weiß genau, was Sie vorhaben!«

Er blieb ruhig stehen, ohne den Druck seines Gliedes zu vermindern. »Du weißt es nicht. Glaube mir, was du jetzt offenbar denkst, wird nicht passieren. Und jetzt halte still, ich habe nicht vor, unbefriedigt zurückzubleiben, während du dich in dein Bett legst und tief und fest schläfst.«

Charlie zappelte weiter.

»Halte still, sagte ich dir«, fuhr Veilbrooks sie zornig an. »Oder ich sorge dafür, dass es deine Lippen sind, die mich zufriedenstellen.«

Sie versteinerte.

»Na also.« Seine Stimme war jetzt wieder sanft. »Das kommt schon noch, keine Sorge. Aber heute noch nicht.«

Veilbrook machte weiter mit dem, was er im Sinn hatte, und Charlie fand heraus, dass er tatsächlich nicht die Absicht hatte, in sie – wo auch immer – einzudringen. Er rieb sich lediglich an ihr, benützte ihre Spalte, um sich zu massieren, sein Glied auf und ab zu führen. Sie fühlte seine weiche Haut, die Bewegung, ihre eigene, aufwallende Erregung, die jetzt nicht mehr durch Angst und Scham behindert wurde. Das Reiben erfasste ihren ganzen Körper, ließ sie wieder heiß werden, und bald schon wehrte sie sich nicht gegen seinen Griff, sondern stemmte sich gegen sein Glied. Sie warf den Kopf zurück, seufzte, bog lustvoll den Rücken durch, drängte sich ihm entgegen, sein linker Arm lag um ihre Taille, seine freie Hand streichelte über ihre Brüste, während Charlie von selbst ihre Hüften bewegte, das Gleiten seines Gliedes spürte, es genoss und noch mehr davon wollte. Veilbrooks Lippen waren an ihrem Hals, an ihrem Ohr, küssten ihre nackte Schulter. Und dann erreichte er seinen Höhepunkt. Er schlang beide Arme um ihren Leib, presste sich an sie, während sein Glied in ihrer Spalte zuckte.

Er ließ sie auch dann noch nicht los, sondern hielt sie fest, drückte sie schwer atmend an sich. Charlies Kopf lag an seiner Schulter. Sie hatte die Augen geschlossen. Sie wollte sie nicht öffnen, denn dann kehrte die Gegenwart zurück und damit auch die Erkenntnis, dass sie nicht nur auf Veilbrooks Handel eingegangen war, sondern noch dazu sehr begeistert mitgemacht hatte. Ein leises Gefühl von Beschämung erfasste sie.

Veilbrook hielt sie fest umfasst, während seine Finger zwischen ihre Schamlippen tasteten. »Du bist erregt«, murmelte er an ihrem Ohr. »Soll ich dich bis zur höchsten Lust führen?«

»Nein!« Sie riss sich los. Mehr ertrug sie nicht. Das war zu viel. Jetzt wollte sie nur noch in ihr Zimmer und darüber nachdenken, wie würdelos sie sich benommen hatte. Sie packte hektisch ihre Kleider, als sie sich jedoch anziehen wollte, zog Veilbrook sie ihr kopfschüttelnd fort. »Oh nein. Ich hatte dir gesagt, dass jeder Vertragsbruch, jeder Ungehorsam, jede Widerrede eine Strafe nach sich zieht. Du wirst so wie du bist auf dein Zimmer gehen.«

Empörung flammte in Charlie auf. Soeben war sie noch in seinen Armen zerschmolzen, und nun behandelte er sie auf diese Weise! »Das kann ja wohl nicht Ihr Ernst sein! So zerzaust und nackt?! Was ist, wenn sich einer Ihrer Diener in der Halle befindet? Soll ich etwa ohne Kleider an ihm vorbeilaufen?!«

Veilbrook zuckte mit den Schultern. »Dann musst du dich eben beeilen. Und lass dir gleich gesagt sein, dass diese Strafe nicht verhandelbar ist. Du gehst entweder nackt hinauf oder bleibst den Rest der Nacht in diesem Raum, bis am Morgen Masterson hereinkommt, um Ordnung zu machen. Ihn triffst du dann ganz bestimmt.« Er öffnete die Tür und sah hinaus. »Jetzt dürfte es gerade günstig sein. Also – wie lautet deine Entscheidung?«

Charlie warf den Kopf zurück. »Gute Nacht, Lord Veilbrook.« Sie machte sich nicht einmal die Mühe, ihr langes Haar über ihre bloßen Brüste zu frisieren, deren Spitzen sich in der Kühle wieder aufstellten, und ging hocherhobenen Hauptes an Veilbrook vorbei.

Cyrill lehnte in der Tür und sah ihr anerkennend nach, bis sie verschwand. Sie rannte nicht. Sie durchschritt langsam und hoheitsvoll die Halle und stieg dann mit hocherhobenem Kopf die Treppe hinauf. Sie hatte wirklich Haltung, diese Charlotta. Sie war hinreißend. Und dabei konnte sie nicht einmal wissen, dass sie an diesem Abend völlig allein im Haus waren, und Cyrill niemals dulden würde, dass ein anderer auch nur ihre Fußknöchel sah, solange sie ihm gehörte.

Achtes Kapitel

»Was erzählst du mir da?«, fragte eine weißhaarige Dame erstaunt. »Charlie ist bei Cyrill Veilbrook eingezogen?«

Ihr Besucher nickte grimmig. »Allerdings. Zuerst hielt ich es für ein Gerücht, aber dann bin ich der Sache nachgegangen.«

»Und wie das?« Große graue Augen, die denen Charlies so ähnlich waren, sahen den Mann halb neugierig, halb amüsiert an. Er war nach einer überstürzten Abreise aus London vor einer halben Stunde in dem kleinen walisischen Dorf angekommen, und nun saß er in Agatha Bakers kleinem Wohnzimmer und naschte von ihren frisch gebackenen Törtchen.

Er räusperte sich, etwas enttäuscht über diese karge Reaktion. Er hätte sich zumindest ebensolche Empörung erwartet, wie er sie selbst empfunden hatte. Er hatte auf der Stelle zu Veilbrooks Landhaus gehen wollen, um Charlotta nach Hause zu holen, aber Haga hatte zuerst einen panischen Wutanfall bekommen und war schließlich, als er nicht hatte nachgeben wollen, beinahe zu seinen Knien niedergesunken, um ihn anzuflehen, nicht ihrer aller Leben aufs Spiel zu setzen. Schließlich war sie auf die Idee gekommen, Charlottas Großmutter zu verständigen; die einzige Person, von der sie sich vor Veilbrook Schutz und Hilfe erwarten konnten.

Und nun saß Agatha Baker entspannt lächelnd da und nippte seelenruhig an ihrer Teetasse!

»Ich weiß nicht, wie sich die beiden überhaupt kennenlernten«, fuhr er fort. »Angeblich hat er sie in den Slums getroffen und heimbeglei...«

»Slums?« Das klang schon schärfer, und die alte Dame setzte zornig ihre Teetasse ab. »Daran ist gewiss nur dieser unselige Junge schuld! Wie konnte er nur zu den Vampiren davonlaufen! Es war doch klar, dass Charlie ihren Bruder nicht so einfach zu einem Untoten werden lässt, ohne sich sofort einzumischen!«

»Nun, jedenfalls hat Veilbrook Charlotta damals heimgebracht. Und am nächsten Tag ist er vor der Tür gestanden und wollte sie mieten.«

»Mieten? Charlie mieten?!« Agatha Baker warf den Kopf zurück und lachte schallend. »Was hat Charlie dazu gesagt?«

»Abgelehnt. Aber dann – und auch das dürfte mit Theo zusammenhängen, hat sie zugestimmt. Wenn es korrekt ist, was mir zugetragen wurde, hat Charlotta Theo zu einer Schwarzen Messe begleitet. Sie wurde entdeckt, Theo wollte ihr helfen und Veilbrook hat sie beide rausgeholt.«

Agathas Blick wurde hart. »Es war klar, dass Theo in diese üblen Dinge hineingezogen wird. Gut, dass Veilbrook da war ... auf ihn ist immer Verlass.« Sie sagte das Letztere sehr leise, wie zu sich selbst.

»Venetia – ich weiß auch nicht, woher sie das hat, aber sie ist sich sehr sicher – behauptet nun, Veilbrook habe Theo nur deshalb gerettet, weil Charlotta ihm versprochen hätte, dafür zwei Wochen lang in seinem Haus zu leben und sich von ihm verführen zu lassen.«

Jetzt war der Blick der grauen Augen irritiert. »Veilbrook will Charlie tatsächlich auf diese Art verführen?«

»So lautet jedenfalls laut Venetia das Abkommen.«

Agatha stand auf und ging langsam und nachdenklich im Raum umher, wobei sie sich auf ihren Stock stützte. »Veilbrook Charlie verführen ... hm. Das ist seltsam. Ich hätte eher gedacht, dass er sie zu sich bringt, um sie zu schützen. Ob er ...« Sie blieb neben ihrem Besucher stehen und legte ihm leicht die Hand auf die Schulter. »Wäre es möglich, mein Lieber, dass er noch gar nicht herausgefunden hat, wer Charlie ist?«

»Es ist sogar eher wahrscheinlich, dass er keine Ahnung hat, wer ihre Eltern sind, oder in welcher Beziehung sie zu Ihnen steht. Er hält Charlotta meiner Meinung nach immer noch für eine von Hagazussas vielen *Nichten*.«

Agatha nahm ihre Wanderung wieder auf. Obwohl sie sich auf den Stock stützte, ging sie sehr aufrecht. Er wusste, dass sie des Stockes nicht bedurfte, sondern sich nur nie von ihm trennte. Jeder, der Agathas Zorn herausforderte, hatte guten Grund, auch diesen Stock zu fürchten. »Hm ...«, machte sie von Zeit zu Zeit, dann blieb sie wieder stehen und starrte aus dem Fenster. »Das heißt also, Charlie hat sich in Veilbrook verliebt.«

Es riss ihn fast vom Stuhl. »Wie?«

Sie lächelte ihn an. »Mein Lieber, Charlie würde niemals auf einen derartigen Handel eingehen. Nie.

Sie hätte es gar nicht nötig. Vielleicht – oder ziemlich sicher – war Theo in Gefahr, aber wenn Charlie nicht in Veilbrooks Haus bleiben wollte, wäre sie schon längst auf und davon. Auch wenn ich die genauen Hintergründe natürlich nicht kenne.« Sie nickte zufrieden. »Das Mädchen hat keine schlechte Wahl getroffen, sondern sogar eine, der ich völlig zustimme.« Sie nahm wieder auf ihrem Stuhl Platz, und legte beide Hände übereinander auf den Knauf ihres Stocks. Ihr Blick war in eine unbestimmte Ferne gerichtet, als sähe sie dort Dinge, zu denen ihr Besucher keinen Zugang hatte. »Licht, Cyrill«, flüsterte sie wie zu sich selbst. »Hüte dich vor zu viel Licht …« Sie seufzte gedankenvoll. »So schließt sich also der Kreis.«

Ihr versonnenes Lächeln verstärkte sich und nahm eine deutlich boshafte Note an, als sie ihren Besucher ansah. »Ich bin nur neugierig, wie Veilbrook damit fertigwird. Wenn du mich fragst, hat er nicht die geringste Chance. Sie wird ihm das Herz und den Verstand so verdrehen, dass er sich am Ende selbst nicht mehr kennt.« Ihr Blick wurde wieder ernst. »Damit endet die Geschichte jedoch nicht. Du weißt, was du zu tun hast?«

Er nickte. »Ich habe schon Kontakt mit der Gruppe aufgenommen. Sie hoffen, über mich Zugang zu Charlotta zu bekommen. Ich werde meine Rolle spielen, wie Sie es wünschen, Megana. Haga wird aus allem herausgehalten.« Sein Blick wurde hart. »Ich werde sie, sollte es nötig sein, mit meinem Leben verteidigen.«

Neuntes Kapitel

»Heute ist es so weit. Heute wirst du das Bett mit mir teilen.«

Sie saßen beim gemeinsamen Abendessen, und Cyrill sah mit Belustigung, wie Charlotta bei dieser Ankündigung vor Schreck die Gabel aus der Hand fiel.

»Schon?«

»*Wann* war immer meine Entscheidung«, entgegnete er kühl.

Charlotta befand sich nun seit drei Tagen in seinem Haus. Er hatte sich Zeit lassen wollen, die Verführung weiter treiben, bis zum Höhepunkt. Aber schon am zweiten Abend war er weiter gegangen als er gewollt hatte, und nun hielt er es nicht mehr aus. Vor allem hatte er das Gefühl, nach dem ersten Mal nicht genug von ihr zu haben. Zwei Wochen gingen schnell vorüber, und er musste sie dann seinem Versprechen gemäß heimgehen lassen. Zu dem anderen, diesem bleichen, blutsaugenden Jüngling, für den sie sich an ihn verkauft hatte.

Er hatte nicht einmal mehr genügend Geduld, um sie nach dem Dinner noch in den Salon zu führen, sondern brachte sie gleich hinauf in sein Schlafzimmer. Kurz darauf hatte er ihr die Kleider vom Leib gestreift, und trat einen Schritt zurück, um sie besser betrachten zu können. Jetzt, wo es so weit war, wusste er selbst nicht, wo er anfangen sollte. Jeder ihrer Körperteile, jedes einzelne Fleckchen ihrer Haut schien ihn anzulocken. Mit ihrem Mund? Und dann weiter hinunter, die Schultern auskosten, betrachten, streicheln und dann diese wunderbaren Brüste berühren, nach denen es ihn gelüstete, seit er sie das erste Mal gesehen und gestreichelt hatte. Ihre Kehrseite war natürlich auch verlockend. Aber eines nach dem anderen. Er hatte Zeit.

Charlie war völlig unvorbereitet. Sie hatte zwar gedacht, dass Veilbrook seine Verführung, die ihrer Meinung nach am Vorabend schon recht weit gediehen war, noch fortsetzen würde, aber damit, gleich heute in seinem Bett und in seinen Armen zu landen und ihre falsche Succuba-Unschuld zu verlieren, hatte sie nicht gerechnet. Es wäre ihr recht gewesen, hätte sich dieser Tag noch hinausgezögert. Zum einen war sie sehr nervös, scheu, trotz der steigenden Erregung und des unzweifelhaften Verlangens in Veilbrooks Nähe, und zum anderen ... Es fiel ihr immer noch schwer, das vor sich selbst zuzugeben, aber zum anderen vermutete sie, dass Veilbrook sie nach überstandener erster Liebesnacht, wenn er ihre Unschuld genossen hatte, enttäuscht und vielleicht sogar ein wenig verächtlich fortschickte, weil sie nicht gehalten hatte, was diese vermaledeite Sage versprach. Und das fand sie mit einem Mal unerträglich.

Sie hatte begonnen, Veilbrooks Aufmerksamkeiten zu genießen. Das war an sich schon schlimm genug, weil es ihren Stolz verletzte. Sie hatte begonnen, mehr in ihm zu sehen als einen kaltblütigen Verführer und den Retter ihres Bruders. Das war noch schlimmer, weil es ihre Gefühle verletzte.

Und – das war jetzt nicht nur schlimm, es war katastrophal! – sie hatte den Verdacht, sich sogar in ihn verliebt zu haben. Und das verletzte ihr Herz. Wenn sich dieser Verdacht bestätigte, saß sie ordentlich in der Tinte, da nützte es auch nichts, wenn sie ihren gerechten Zorn kultivierte, weil er sie am vorigen Abend nackt quer durchs Haus geschickt hatte. Als *Bestrafung*, weil sie nicht sofort jedem seiner Winke gehorcht hatte!

Wie schon am Vorabend betrachtete er ihren unverhüllten Körper mit sichtlichem Genuss. Allerdings musste sie sich dieses Mal nicht beschämend im Kreis drehen, sondern er war es, der um sie herumging. Sein Blick war intensiv, wie eine körperliche Berührung, und als er sie dann unvermittelt packte, um sie zu küssen, machte Charlies Herz einen Sprung und tat dann mehrere rasche, schmerzhafte Schläge, als seine Arme sich fester um sie legten und sie eng an ihn zogen.

Sie hatte die beschämende Zuschaustellung ihrer Lust vom Vorabend noch nicht vergessen, und machte sich so steif wie möglich, um ja nicht der Versuchung zu erliegen, sich an ihn zu schmiegen, als seine rechte Hand sich in ihrem Haar vergrub, ihren Kopf festhielt, während seine Linke über ihren Rücken strich, mit festem, kreisendem Druck abwärts wanderte und schließlich auf ihrem Gesäß liegen blieb, um sie enger an ihn zu ziehen. So eng, dass sie *alles* spüren konnte. Seine breite Brust, seinen Bauch und … sein erregtes Glied. Jetzt fühlte sie ihr Herz wie einen Trommelwirbel bis in ihren Hals. So laut, dass sie sicher war, er konnte es ebenfalls fühlen oder sogar hören. Was immer er mit ihr tat, sie durfte ihm auf gar keinen Fall ihre Gefühle verraten! Eher würde sie in die schmutzige Themse springen und dort im Abfall ersticken! Sie war nichts weiter als ein dubioses Geschäft für ihn. Ein Handel, nach dessen Erfüllung sie Veilbrook vielleicht nie wieder sehen würde. Wie konnte sie ihm da zeigen, wie viel ihr schon an ihm und an seiner Nähe lag?

Sein Mund tat unglaubliche Dinge mit ihr. Sie gab zwar vor, davon völlig unberührt zu bleiben, hielt still, ließ alles einfach mit sich geschehen, ohne ihm auch nur mit einer Bewegung ihrer Lippen oder ihrer Zunge entgegenzukommen, aber in ihr tobte es, brauste es und ihre Knie wurden gefährlich weich. Allein schon seine Berührung ließ sie fast vergessen, dass sie kalt wie eine Untote in seinen Armen liegen wollte, und seine Zunge, die sich zwischen ihre Lippen schob, sie öffnete, zwischen ihren Zähnen weitersuchte, brachte sie beinahe völlig um ihren Entschluss. Sie versuchte, an etwas anderes zu denken, ganz besonders dann, als er begann, ihre Lippen zu küssen. Jede extra. Zuerst die obere, dann die untere und diese dann auch noch zwischen seine Zähne zog, zärtlich zu knabbern begann.

Sie wusste selbst nicht, wie es passierte, aber eben hatte sie noch mitten im Zimmer gestanden, nackt in seinen Armen, und nun lag sie plötzlich auf dem Bett, er war über sie gebeugt und küsste sie auf diese gefährliche und überwältigende Art, während er seine Hände über ihren Körper wandern ließ. Ganz langsam, genussvoll und bedächtig. Nicht nur jene Stellen ihres Körpers, wo er sie berührt hatte, prickelten, sondern sie spürte ihn überall. Und dort, wo seine Hände noch nicht gewesen waren, schrie ihre Haut nach seiner Aufmerksamkeit. Charlie atmete langsam durch und rang um Beherrschung. Es gab nur eines, das er von ihr wollte: ihre angeblich so kostbare Unschuld. Die konnte er haben, aber sie würde nicht so tief sinken, ihm zu zeigen, dass sie den Handel auch noch genoss.

Es war allerdings sehr schwierig, fast unmöglich, sich an ihren Entschluss zu erinnern, als er noch weitere gefährliche Dinge mit ihr tat. Er begnügte sich nämlich nicht mehr damit, sie zu küssen und ihren Mund auf eine Weise in Besitz zu nehmen, die schon an Eroberung grenzte, sondern ließ seine teuflischen Lippen jetzt ihren Hals hinabwandern, dabei eine ebenso kühle wie glühende Spur bis zu ihrer linken Brust ziehend. Charlie biss sich auf die Lippen, knapp davor, ihm ihren Körper entgegenzubiegen.

Und Cyrill? Der war einerseits zufrieden damit, sie endlich zwischen seinen Händen zu haben, sie nach Herzenslust streicheln und überall dort berühren zu können, wo er gerade wollte, und wo sie ihm im Moment am verlockendsten erschien, aber von ihrem Benehmen und ihren kärglichen Reaktionen war er weniger begeistert.

Er löste seine Lippen von ihrer Brustwarze, die hart in die Höhe stand, weitaus erregter als ihre Besitzerin, und stützte sich mit dem Ellbogen neben Charlotta auf, um sie stirnrunzelnd zu betrachten. Sie hatte die Augen geschlossen, atmete tief und gleichmäßig und schien mit ihren Gedanken meilenweit entfernt von ihm zu sein.

Das war er nicht gewohnt. Und das war auch nicht der Sinn und Zweck seiner Verführung. Sie musste Lust empfinden. Wenn er herausfinden wollte, was wirklich hinter dieser Sage von der ersten Liebesnacht einer Succuba steckte, dann durfte er diese Defloration nicht leichtfertig an einer atmenden Statue durchführen.

»Willst du einfach nur so herumliegen?«

Sie öffnete die Augen und hob eine arrogante Augenbraue. »Ich wusste nicht, dass unser Handel auch einschließt, dass ich mich bewegen muss. Was soll ich tun?«

Cyrill war sekundenlang sprachlos. Was sie tun sollte?! *Alles, was dazugehört*, hätte er sie am liebsten angefahren. Sich winden, stöhnen, sich ihm entgegenrecken, nach mehr betteln, zappeln und anflehen und ihn ebenfalls streicheln. Sie war doch am Vortag nicht so kalt gewesen, sondern im Gegenteil so willig, seinen Liebkosungen zu gehorchen und ihnen nachzugeben, dass er geglaubt hatte, sie wäre bereits so weit, von ihm völlig besessen zu werden. War sie einfach nur dumm? Eiskalt? Oder war sie so ungeheuerlich aufsässig?

Er antwortete nichts, packte sie nur gereizt am Arm und am Bein und drehte sie auf den Bauch. So konnte er sich am besten ausgiebig ihrem reizenden Rücken und verführerischen Hinterteil widmen, ohne von ihrem gleichgültigen Gesicht abgelenkt zu werden.

Charlie biss in das Kissen, um nicht zu stöhnen, als Veilbrooks Hände über ihren Rücken wanderten. Von ganz oben bis ganz unten und wieder zurück. Und als dann noch seine Lippen denselben Weg zurücklegten, kniff sie fest die Augen zusammen. Schließlich ließ sie sich, leblos wie eine Puppe, die Beine spreizen. Sie spürte, dass Veilbrook sich dazwischenkniete. Und was er dann machte, war kaum noch erträglich. Er hatte beide Hände auf ihren Gesäßbacken liegen und massierte sie kräftig und doch zärtlich, während seine Lippen sich mit leichtem Druck über den unteren Teil ihrer Wirbelsäule bewegten, bis sie bei der Spalte angekommen waren. Charlies Scham war ein einziger Pulsschlag, und sie konnte bei jedem kühlen Luftzug ihre eigene Feuchtigkeit spüren. Wenn er sie jetzt tiefer berührte, dann wusste er, dass sie bei Weitem nicht so unbeteiligt war, wie sie tat.

Und dann suchten seine Finger tatsächlich tiefer. Er ließ seine ganze Hand mit festem Druck durch die bei ihrer Wirbelsäule beginnende Spalte gleiten. Ein kleiner, nicht beherrschbarer Schauer ging durch Charlies Körper. Jetzt war er dort, wo er am Vortag sein Glied bis zur Erlösung gerieben hatte. Und jetzt an jener Stelle, über die seine Finger wie ein Hauch geglitten waren, bevor er sie aus dem Lehnsessel und aus seinen Armen hatte aufstehen lassen.

Dieses Mal war es kein Hauch; es war die sanfte, aber selbstverständliche Berührung eines Mannes, der wusste, was er tat. Wusste, wie und wo er sie berührte, um einen Schauder nach dem anderen durch ihren Körper jagen zu lassen. Einer seiner Finger tastete plötzlich tiefer hinein, suchte sich seinen Weg durch ihre geschwollenen Schamlippen, forschte nach der Öffnung. Charlie presste die Lippen aufeinander, als die Fingerspitze den Weg fand und überraschend sanft eindrang. Er tastete sie aus. Ganz vorsichtig nur –

vermutlich wollte er sehen, ob er sich nicht mit einer Betrügerin abmühte.

Dass sie mit der Annahme recht hatte, erkannte sie daran, dass sein Atem schneller ging. Sie wusste nicht, wie groß der Unterschied zwischen ihr und einer Frau war, die schon von einem Mann besessen worden war. Sie hatte ja niemals Vergleiche anstellen können, und nicht daran gedacht, die erfahrene Venetia zu fragen, aber offenbar war sie eng genug, um ihn zufriedenzustellen.

Cyrill triumphierte. Sie war erregt, auch wenn sie offenbar aus Bockigkeit so gleichgültig tat. Und sie war noch Jungfrau. Aber nicht eine von der Art, wie Hagas Nichten sich auf das Mirakel stets wiederkehrender Jungfräulichkeit verstanden. In manchen Bordellen war es sogar gang und gäbe, die Öffnung einer Frau wieder zusammenzunähen, um dem nächsten Kunden eine unberührte Jungfrau zu präsentieren und ihren Preis damit zu steigern. Dass Hagas Mädchen es nicht nötig hatten, zu solch schmerzhaften Prozeduren zurückzugreifen, sondern über weitaus bequemere, wenn auch nicht ganz »normale« Wege verfügten, war ihm klar.

Als er dann jedoch ihre Beine spreizte und ihr Becken ein wenig hochhob, um besser in sie eindringen zu können, hielt er inne. Nein. Zumindest *jetzt* musste sie eine Reaktion zeigen, und die wollte er sich auf gar keinen Fall entgehen lassen. Er drehte sie wieder herum. Schlaff wie eine Stoffpuppe ließ sie sich wenden und blieb dann so liegen, wie er sie hingelegt hatte. Als wäre sie bewusstlos. Dass sie es nicht war, zeigte ihr verbissenes Gesicht.

Eine Frau in seinem Bett, die die Rolle einer Märtyrerin annahm? So etwas war ihm noch nie passiert. Eine Frau, die nicht einmal daran dachte, anders als passiv zu sein und schon aus Prinzip still dalag wie ein Stein, ohne – wenn man von dem warmen Saft, der aus ihrer Scheide tropfte, absah – auch nur das geringste Anzeichen zu zeigen, wie sehr sie auf ihn reagierte, war eine völlig neue Erfahrung für ihn. Und eine, auf die er hervorragend hätte verzichten können.

Es war demütigend. Es verletzte seinen Stolz, dass, was immer er mit ihr tat, nichts sie zu erregen schien. Ein schwaches Seufzen vielleicht, das genauso gut auch ein Zeichen von Langeweile sein mochte. Eine kleine Bewegung, ein Zucken, das von einem eingeschlafenen Muskel stammen könnte. Die leichte Gänsehaut, die über ihren Körper glitt, lag wohl eher an der Kühle im Raum. Oder an ihrem Widerwillen. Völlig kalt lag sie da, und der einzige Trumpf, den er vorweisen konnte, war die süß und erregend duftende Feuchtigkeit zwischen ihren Beinen.

Cyrill hielt in seinen Bemühungen inne und sah sie sekundenlang aus schmalen Augen an. Sie hatte die ganze Zeit über ausdruckslos zur Decke gestarrt, aber nun, da er nicht weitermachte, wandte sich ihm ihr Blick zu.

»Sind Sie bald fertig? Kann ich dann gehen?« Sie setzte sich halb auf.

Für einen Atemzug war er sprachlos, dann schnauzte er sie an: »Nein! Du bleibst hier. Hast du verstanden? Du wirst mein Bett erst verlassen, wenn ich es dir erlaube!«

»Gut.« Sie legte sich wieder zurück, überkreuzte die Knöchel und faltete geruhsam die Hände über ihrem Bauch. »Darf ich mich wenigstens zudecken? Mir ist kalt.«

Kalt? Ihr war kalt! Wenn sie kalt war, dann kochte er jetzt vor Zorn! Er schwitzte, die Hitze in ihm war kaum zu ertragen. Er verlangte nach ihr, nach ihrem weichen Leib, dieser verführerischen Enge, dem Duft ihres Körpers, und ihr war kalt! Mit einer wütenden Bewegung fasste er nach der Bettdecke und warf sie über sie. Über ihre langen Beine, dieses feuchte dunkle Dreieck, den reizenden Bauch und diese wunderbaren Brüste, an die er am liebsten sein Gesicht geschmiegt hätte, um so einzuschlafen. Dann legte er sich, nackt und heiß wie er war, neben sie und drehte ihr den Rücken zu. Wenn er sie länger ansah, war er verflixt in Versuchung, dieses verdammte Weibsstück übers Knie zu legen und zu versohlen. Es hatte jedenfalls keinen Sinn, an diesem Eiszapfen weiterzumachen, daran holte sich selbst ein Mann wie er noch Erfrierungen!

Eine halbe Stunde lang versuchte er, ihre leisen Atemzüge, ihre gelegentlichen Bewegungen in seinem Rücken zu ignorieren, dann war es ihm zu viel.

Charlie sah Veilbrook erschrocken an, als er plötzlich aus dem Bett sprang. »W... was ist denn?« Sie war zuvor etwas erstaunt gewesen, als er nicht weitergemacht hatte, eine Spur erleichtert und zugleich auch etwas enttäuscht. Aber da sie noch nie dabei gewesen war, wenn Tante Hagas Nichten Gäste unterhielten, nahm sie an, dass dies eine Variante des Spiels wäre, auf die sie in ihren Fantasien bisher eben noch nicht gekommen war. Oder er war plötzlich müde. Oder lustlos?

»Ich habe genug. Mehr als genug! Raus aus meinem Bett.«

»Weshalb denn?!« Charlie zog die Decke schützend höher, während sie schnell ihren Blick über seinen Körper huschen ließ. Lustlos war er offenbar nicht, wenn sie dieses unmissverständliche Zeichen richtig deutete. Was hatte er denn vor? Wollte er etwa auf dem Teppich vor dem Bett ihrer Unschuld ein Ende setzen? Oder stehend? Kniend? Oder ganz anders? In rasender Schnelle tauchten vor ihr die verschiedensten Bilder auf, hübsch gemalte, bunte und anschauliche Miniaturen, die zwei oder mehr Personen verschiedenen Geschlechts in erotischen Stellungen zeigten. Manche davon hatten recht anregend auf sie gewirkt, andere wiederum sehr anstrengend, wenn nicht sogar unbequem.

»Weil ich da nicht mitspiele. Auf diese Art ...« Er unterbrach sich zähneknirschend und streckte den Arm aus. Sein Zeigefinger deutete unmissverständlich auf die Tür, aus seinen schwarzen Augen sprühten Funken. »Raus!«

Instinktiv verkroch sich Charlie bei diesem rüden Tonfall noch tiefer unter der Decke. Sie war nicht so leicht einzuschüchtern, aber jetzt war sie ängstlich und verwirrt. Was hatte er denn? Sie hatte doch nichts getan! Nicht widersprochen, sich nicht gewehrt, sondern den Vertrag eingehalten. So zornig hatte sie Veilbrook noch nie gesehen. Wenn er die Vampire und Dämonen in der Krypta so angestarrt hatte, dann glaubte sie gerne, dass er Theo problemlos in Sicherheit hatte bringen können.

Als sie sich nicht rührte, kam Veilbrook – nackt und unzweifelhaft erregt, wie er war – um das Bett herum, riss die Decke mit einem Ruck fort und fasste Charlie unter den Knien und den Armen. Schreckstarr lag sie steif in seinen Armen, als die Tür aufflog, er mit ihr aus dem Zimmer über den Gang stapfte und dann ihre Zimmertür mit einem Fußtritt auftrat. Er trug sie zum Bett und warf sie einfach drauf.

Dann drehte er auf der Stelle um, ohne sie noch eines Blickes zu würdigen. Die Tür fiel mit einem Krachen zu, dass die Bettpfosten erzitterten und die Fensterscheiben klirrten. Charlie starrte ihm fassungslos nach.

Zehntes Kapitel

Die Umgebung war beinahe menschenleer. Selbst die ständig lauernden, aufdringlichen Bettler, die sofort erschienen, wenn jemand in besserer Kleidung auftauchte, hatten sich aus dieser Gegend zurückgezogen. Die wenigen Männer, die am Ufer des Flusses arbeiteten, warfen immer wieder scheue Blicke zu dem zweistöckigen Haus hinüber, das als Einziges in der Umgebung Grundmauern aus Stein und sogar Fensterscheiben hatte, auch wenn diese zum Großteil zersprungen und die restlichen blind vor Schmutz waren. Die Fensterläden hingen schief in den Angeln und klapperten bei jedem Windstoß.

Der Mann, der in diesem Haus auf Cyrill wartete, war gefährlicher als alle anderen übersinnlichen Wesen, die London oder England bevölkerten, zusammen. Cyrill hatte die Begegnung lange vermieden, aber nun konnte er nicht mehr ausweichen. Es war auch Zeit, einiges zwischen ihnen zu klären, Grenzen abzustecken.

Die Tür öffnete sich, noch ehe Cyrill nach dem Griff fasste. Dahinter, im Schatten, stand Malefica. Sie lächelte ihn auf eine herausfordernde und zugleich spöttische Weise an, als sie ihn eintreten ließ. »Der Gebieter erwartet Sie schon. Sie haben sich Zeit gelassen. Das war unklug.«

Cyrill machte sich nicht die Mühe zu antworten

oder sich von ihr provozieren zu lassen. Er folgte ihr durch die düstere Eingangshalle und betrachtete ohne großes Interesse ihren schlanken, von halb durchsichtigen Stoffen verhüllten Körper, die geschmeidigen Bewegungen, den übertriebenen Hüftschwung. Er kannte sie und ihren Gefährten Goranov seit vielen Jahren. Sie hatten früher zu einer Randgruppe der vielen Vampirclans gehört und waren jetzt offenbar entschlossen, sich dem neuen, mächtigen Herrn anzuschließen. Ihnen würden gewiss noch viele nachfolgen – freiwillig und aus Zwang.

Sie stieß eine Tür auf. Cyrill trat ein und fand sich in einem fast leeren Raum wieder, durch dessen schmutzige, teils zerbrochene Fenster nur schwacher Lichtschein hereindrang.

Arsakes wartete in der Mitte des Raums auf ihn. Er trug einen langen, dunklen Umhang, dessen Kapuze er zurückgeschlagen hatte. Cyrill blieb fünf Schritte von ihm entfernt stehen und versuchte, ihn abzuschätzen. Es war schon Jahrzehnte her, seit er zuletzt mit Arsakes gesprochen hatte. Aber er hatte sich nicht verändert. Immer noch verdunkelte die Aura von Gefahr und Grausamkeit seine Umgebung und machte die Luft kälter und schwerer.

»Du hättest dich nicht hierher bemühen müssen, Cyrill. Ich wäre auch zu dir gekommen. Es wäre mir ein Vergnügen gewesen, diese Frau kennenzulernen, die du so spektakulär aus der Messe gerettet und – wie man mir sagte – in dein Haus geholt hast.«

Cyrill antwortete nichts darauf. Es war ihm sehr daran gelegen, diesen Mann so weit wie möglich von Charlotta entfernt zu wissen. Ihn hatten schon immer die Frauen fasziniert, die Cyrill interessierten, und es wäre ihm eine Genugtuung, Charlotta in seine Gewalt zu bringen, sich an ihr zu ergötzen und sie dann in die Gosse zu stoßen. Die Frauen, mit denen er fertig war, eigneten sich nicht einmal mehr zum Dienst in einem schlechten Bordell.

Und andere hatten nicht einmal die Chance, zu überleben. Cyrills Blick fiel auf einen Körper, der nackt und leblos in einer Ecke lag, achtlos hingeworfen. Eine junge Frau. Ihre Augen waren jetzt noch vom Schreck geweitet, der Mund zu einem Schrei geöffnet, die Kehle zerrissen.

Arsakes hatte seinen Blick richtig gedeutet. »Eine der Huren aus dieser Gegend.« Er sah verächtlich auf die Tote, bevor er sich wieder Cyrill zuwandte. »Abschaum. Nicht mehr.«

»Nicht der einzige Abschaum würde ich sagen«, entgegnete Cyrill kalt.

Sekundenlang blitzten Arsakes Augen wütend auf, dann hatte er sich wieder in der Gewalt. »Du hast einen gewaltigen Aufruhr verursacht, als du diese Hexe mitten aus der Schwarzen Messe geholt hast.« Seine Stimme war rau und unangenehm, sein Akzent hart. »Die ganze übersinnliche Welt spricht davon.«

Cyrill verzog ironisch den Mund. »Übersinnlich? Welch ein schönes Wort für den Pöbel, der sich dort ein Stelldichein gab.« Er stand äußerlich völlig gelassen vor Arsakes, aber er war in jeder Sekunde, mit jedem Atemzug auf der Hut. Der Mann vor ihm war gefährlich, selbst für ihn. Er war ein Jahr älter als Cyrill, unbeherrscht, machthungrig schon als Kind gewesen; noch lange bevor er Blut getrunken hatte und damit unsterblich geworden war.

»Pöbel, der es dir aber offenbar wert war, noch einmal zurückzukommen, um einen davon zu retten«, erwiderte Arsakes. »Ein höchst vielversprechender junger Mann, dieser Vampir. Ein bisschen scheu noch und misstrauisch, aber er muss eine interessante Abstammung haben. Ich konnte nur noch nicht herausfinden, woher er wirklich kommt. Und deine Bordellhexe scheint erstaunliches Interesse an ihm zu haben, groß genug, um sogar einen Handel mit dir einzugehen.«

Cyrill fragte nicht, woher er davon wusste. Von seinen Leuten war es keiner gewesen. Entweder hatte Charlotta es diesem Vampir in der Kutsche erzählt, als sie miteinander gesprochen hatten, oder es war jemand aus Hagazussas Haus gewesen. Cyrill merkte, wie er sich anspannte. Da war wieder dieses dumpfe Ziehen in der Brust. Er hatte Angst. Zum ersten Mal seit langer Zeit. Und sie hing mit Charlotta zusammen.

Aber Angst war nicht die einzige Emotion, die er in der letzten Zeit verspürte. Es war auch Leidenschaft, Eifersucht und Zorn, der ihn gelegentlich sogar die Beherrschung hatte verlieren lassen. Es lag an Charlotta, dass er wieder Gefühle zuließ. Er musste achtsamer sein, vor allem jetzt, da Arsakes nach Macht strebte.

Er betrachtete Arsakes ebenso eindringlich wie dieser ihn. Sein hageres Gesicht wirkte zeitlos, wie auch seines. Wenn man viele Jahrhunderte, sogar ein Jahrtausend lebte, hinterließ die Zeit irgendwann keine

Spuren mehr, außer in den Augen. Arsakes hatte tiefe Falten, die von seiner Nase bis zu seinem Kinn führten, seine Stirn war gefurcht. Der grausame Zug um seinen Mund, der schon in der Jugend sein Gesicht dominiert hatte, trat noch deutlicher hervor.

»Trinkst du immer noch Blut?« Arsakes Stimme klang ganz ruhig, neutral, aber Cyrill hörte doch den lauernden Tonfall heraus.

»Gelegentlich. Sonst würde ich altern.« Es war eine Lüge. Ihm lag nichts daran, nicht zu altern. Eigentlich hatte es ihm nie etwas bedeutet. Er hatte auch nie bewusst die Wahl gehabt, aber das hatte er erst viel später begriffen, als es schon zu spät gewesen war. Aber wenn Arsakes annahm, dass er sich mit Blut stärkte, würde ihn das vorsichtiger machen.

Arsakes wandte sich ab und ging einige Schritte hin und her, die Hände auf dem Rücken verschränkt, den Kopf nachdenklich nach vorn geneigt. Ein leichter Windstoß kam durch die zerbrochene Fensterscheibe herein, wirbelte den Staub vom Boden auf und trieb den üblen Gestank vom Fluss, den Geruch nach Abfällen und toten Fischen zu ihnen. Durch das Fenster sah Cyrill, dass einige Männer mit Eimern die Straße entlangkamen, sie lachten, aber als sie das Haus erreichten, verstummten sie und drückten sich schnell vorbei.

Arsakes blieb abrupt stehen und wandte sich Cyrill zu. »Du solltest dich auf meine Seite stellen.«

Cyrill sah ihn gleichgültig an. »Du weißt, dass mich das nicht interessiert.«

»So warst du immer schon. Hattest kein Verständnis für …«

»Macht? Grausamkeit?« Cyrill verzog bitter den Mund.

»Wie sehr du mich missverstehst! Du bist mir immer wieder ausgewichen«, sagte Arsakes schmerzlich. »Mir, der dir nähersteht als jeder andere auf dieser Welt.« Er machte einen raschen Schritt auf Cyrill zu. »Weshalb verbindest du dich nicht mit mir? Gemeinsam könnten wir die ganze Erde beherrschen.«

»Darauf zielst du ab?«

»Sieh dich doch an«, erwiderte der andere mit einem ironischen Lächeln. »Du langweilst dich. Meinst du, dass diese Frau dich lange unterhält? Schon bald wirst du wieder nach neuen Reizen Ausschau halten. Macht, Cyrill, ist das Einzige, das niemals langweilt.«

»Macht bedeutet mir nichts.« Er war gelangweilt, das stimmte. Aber das hatte daran gelegen, dass er versucht hatte, nichts mehr zu empfinden. Er hatte die langen Jahre der Enttäuschungen, des Schmerzes, der Trauer, des Verlustes nicht mehr ertragen. Die Jahrhunderte, in denen er Freunde und Geliebte hatte kommen und gehen, leben und sterben sehen, hatten ihn nicht weiser gemacht, sondern empfindlicher. Bis er begonnen hatte, jedes Gefühl fortzuschieben. Ein kurzes Aufwallen von Neugier und Lust war alles, was er sich noch gestattet hatte. Aber nun war Charlotta in sein Leben getreten, und Langeweile war wohl das Letzte, was ihm zu schaffen machte. Aber das war etwas, das Arsakes nicht einmal ahnen durfte.

Dessen heiseres Lachen drang in seine Gedanken. »Weil du nie gewagt hast, Macht zu kosten, sie wirklich an dich heranzulassen. Macht und ewiges Leben. Das ist es, was ich dir bieten kann, Cyrill!«

»Ich will beides nicht. Und du solltest auch nicht danach streben.« Cyrill betrachtete sein Gegenüber nachdenklich. »Ich weiß, was du vorhast, Arsakes, aber ich warne dich. Nicht alle werden sich leicht auf deine Seite ziehen lassen. Du wirst mit großem Widerstand rechnen müssen, sogar mit Krieg. Selbst die Menschen werden gegen dich vorgehen, wenn du ihre Gesetze brichst.«

Arsakes Augen wurden schmal. »Drohst du mir? Willst du dich gegen mich stellen?«

»Du wolltest mich sprechen, um das abzuklären«, erwiderte Cyrill. »Und hier ist meine Antwort: Halte Frieden, dann hast du in mir keinen Feind.« Er warf Arsakes noch einen scharfen, eindringlichen Blick zu, dann wandte er sich um und ging zur Tür.

»Du kannst dich mir anschließen, Cyrill«, rief ihm Arsakes nach. »Aber wage es nicht, dich gegen mich zu stellen, sonst muss ich dich vernichten!«

Cyrill zuckte mit den Schultern und ging ohne Eile davon.

»Malefica, meine Liebe.« Obwohl Arsakes leise gesprochen hatte, stand die biegsame Vampirin im nächsten Moment neben ihm. »Was hast du über diese Succuba herausgefunden?«

»Der Vampir ist ihr Bruder Theo.«

»Deine Quelle?«

»Stammt von einem Dämon aus dem *Chez Haga*, von wo auch diese Charlotta kommt. Aber sie ist keine Succuba, Herr. Sie ist Hagazussas Nichte. Eine *echte* Nichte. Und es ist mir gelungen, herauszufinden, wer ihre Eltern waren.« Sie sah sich um, dann stellte sie sich auf die Zehenspitzen und flüsterte ihm etwas ins Ohr.

»In der Tat.« Arsakes wirkte nachdenklich. »Hier taucht sie also wieder auf, nach so vielen Jahren. Deshalb also hat Cyrill sie zu sich genommen. Darum wagt er es auch, mir zu drohen – er glaubt, von ihrer Stärke profitieren zu können, wenn er von ihr trinkt. Aber das gilt auch für mich. Ich wüsste sogar noch mehr damit anzufangen als er. Ich frage mich jedoch, ob sie überhaupt weiß, in welcher Beziehung er zu ihrem Vater stand.« Er ging langsam im Raum umher. »Das müsste sich doch nützen lassen.« Er blieb stehen und sah Malefica an, die an seine Seite eilte.

»Wer ist der Erzeuger dieses Vampirs?«

»Er heißt Merlot, Herr.«

»Kennst du ihn?«

»Nur aus Schwarzen Messen, sonst gehört er zu einer Gruppe, die mehr für sich lebt. Ein kleiner Kreis, der keine anderen akzeptiert.«

Er sah nachdenklich zur Tür, die hinter Cyrill zugeschlagen war. »Dann gib diesem Merlot einen Hinweis. Dass du es geschickt machen sollst, muss ich dir nicht erst sagen. Gib ihm einen Wink, was Horatio di Marantes' Tod betrifft. Er wird es eilig haben, dieses Wissen an den jungen Vampir weiterzugeben. Das sollte genügen, um die Hexe aus Cyrills Armen zu treiben und sie seines Schutzes zu berauben.«

Veilbrook war zum Glück gleich am frühen Morgen mit der Kutsche nach London gefahren, und es war für Charlie eine Erleichterung, ihm tagsüber nicht über den Weg zu laufen. Sie war bis zum Morgengrauen wach gelegen und hatte an ihn gedacht. An seinen Atem auf ihrer Haut, seine Lippen, mit denen er eine brennende Spur über ihren Körper gezogen hatte. Seine Hände, seine Finger, mit denen er selbstsicher und besitzergreifend jeden Teil ihres Leibes erforscht, gestreichelt, kennengelernt hatte. Jetzt noch vermeinte sie den festen Griff zu spüren, mit dem er sie an sich gezogen hatte, um sie sein erigiertes Glied fühlen zu lassen. Jede seiner Berührungen war wie Feuer gewesen, und die Erinnerung daran ließ sie selbst jetzt, nach vielen Stunden noch nicht los.

Charlie nutzte Veilbrooks Abwesenheit, um sich in dessen Bibliothek umzusehen. Nachdem sie jedoch die alten Bücher und noch viel älteren Schriftrollen bestaunt, und einige davon andächtig und fast ehrfürchtig herausgezogen und näher betrachtet hatte, blieb sie an dem großen Fenster stehen und blickte hinaus auf den Park. Er war gut gepflegt und ging in Wiesen und Felder über, sodass er das Gefühl von endloser Weitläufigkeit vermittelte. Entschlossen holte Charlie ihren Schal aus dem Zimmer und verließ das Haus, um spazieren zu gehen. Das schöne Wetter war verlockend, und sie brauchte Bewegung und frische Luft, um wieder einen klaren Kopf zu bekommen. Auch in Wales war sie oft lange Stunden allein gewandert.

Es war angenehm warm. Die Sonne warf helle Lichter auf die blühenden Sträucher und Beete, und die dichten Schatten unter den Bäumen luden ein, sich darunter niederzulassen und zu träumen. Sie wanderte langsam durch den Park, besah sich die Blumen, die Kräuterbeete der Köchin, atmete tief den Duft der blühenden Sträucher ein. Sie fühlte sie wohl hier, sicher und geborgen. Der Park passte ebenso wenig wie das Haus zu Cyrill Veilbrooks düsterem Ruf, sondern spiegelte eine völlig andere Facette seines Wesens wider. Eine, die Charlie schon gefühlt und in die sie sich verliebt hatte.

Sie lief weiter, erreichte den Feldweg, der in die Hügel führte, und schritt zügig aus. Sie atmete tief und erleichtert ein und hielt ihr Gesicht der Sonne entgegen. Das tat gut, auch wenn all ihre Gedanken weiterhin unerbittlich um Veilbrook kreisten.

Sie hatte vom ersten Moment, von seiner ersten Berührung an gewusst, wie sehr sie auf Veilbrook reagierte. Sie war vielleicht unerfahren, aber sie hatte eine gute Vorstellung davon, was sie erwartete. Zumindest hatte sie das gedacht. Aber sie war eines Besseren belehrt worden. Sie war nicht im Mindesten auf seine Hände, seine Stimme, seinen Atem, seine Lippen und seinen Körper gefasst gewesen. Nicht in dieser Intensität.

Als er diese langen, schlanken Finger zwischen ihre Beine hatte wandern lassen, tiefer hinein, hatte sie geglaubt, vor Lust zu zerspringen. Sie hatte sich auf die Zunge gebissen, um nicht nach mehr zu schreien, sich zu winden, ihn anzubetteln, sie in die Arme zu nehmen und sie mit seinen Händen und seinem Körper bis zum Wahnsinn zu treiben.

Zuerst hatte sie sich damit abgelenkt, still das griechische Alphabet aufzusagen. Dann hatte sie versucht, verschiedene lateinische Verben zu deklinieren, wie sie das als Kind unter Großmutters Aufsicht hatte tun müssen. Als ihr jedoch bewusst wurde, dass sie schon zum zwanzigsten Mal amo, amas, amat – ich liebe du liebst, er liebt – in ihrem Kopf wiederholte, wusste sie, dass sie bei anderen Mitteln Zuflucht suchen musste, um sich von ihm abzulenken und von dem, was er mit ihr und ihrem Körper anstellte. In ihrer Verzweiflung hatte sie dann verschiedene Rezepte und Bannsprüche wiederholt und am Ende hatte sie sich auf die Zunge gebissen, bis sie Blut geschmeckt hatte.

Weshalb hatte sie sich eigentlich so sehr gegen ihn gewehrt? Weil es ihr unerträglich war, dass er sie als Handelsobjekt ansah? Sie hatte in der Nacht gesiegt und ihre Jungfräulichkeit – an der ihr so herzlich wenig lag – gerettet, aber sie fühlte keinen Triumph. Sie war enttäuscht und über sich selbst verärgert, weil ihr Stolz es nicht zugelassen hatte, das, was ein Cyrill Veilbrook einer Frau an Liebkosungen und Liebeskünsten zu bieten hatte, zu genießen. Und die Art, wie er sie letzten Endes in ihr Bett geworfen hatte wie einen alten Lumpen, war mehr als kränkend gewesen.

Charlie ging immer schneller. Aber gleichgültig, wie lange sie ging, wie schnell sie lief, immer blieb Veilbrook in ihrem Kopf. Ein leichter Wind war aufgekommen und sie lief in ihn hinein, bis er in ihren Ohren rauschte und an ihrem Haar zerrte. Es war, als wollte sie vor ihrer wachsenden Zuneigung zu Veilbrook davonlaufen.

Samuel und Masterson standen mit beklommenen Mienen vor Veilbrook und wagten es kaum, den Blick zu heben.

»Seit vier Stunden also«, stellte er soeben mit einer

Stimme fest, die scharf genug war, um Glas zu schneiden, »seit *vier* Stunden ist Miss Charlotta fort, und ihr habt es nicht für nötig befunden, nach ihr zu suchen!«

»Sie wollte nur einen kleinen Spaziergang durch den Park machen«, versuchte Samuel sich zu verteidigen. »Und wir haben ...«

»Bei strömendem Regen!«

»Als sie das Haus verließ, schien noch die Sonne.«

»Samuel, du und Jason, ihr werdet sofort nach ihr suchen. Zu Pferd! Nehmt die beiden Straßen nach London! Und wagt es nicht, mir ohne sie unter die Augen zu kommen. Masterson, meinen Mantel und meinen Hut.« Cyrill winkte herrisch, als Masterson vor übereilter Hast, gehorsam zu sein, beinahe stolperte. Er setzte sich den Hut auf, warf den Mantel um und war auch schon aus der Tür und Richtung Stall. »Mein Pferd. Sofort!«

Masterson und Samuel sahen einander an. Jason hatte in sicherem Abstand gewartet und schüttelte jetzt den Kopf. »In eurer Haut möchte ich nicht stecken.«

»Freu dich nicht zu früh«, knurrte Samuel, »du musst sie auch suchen.«

»Hab ihn noch nie so gesehen«, brummte Jason, als er neben Samuel durch den strömenden Regen zum Stall lief. Sie sahen gerade noch den Schweif von Veilbrooks Hengst, als er aus dem Park jagte. »Das Weib scheint ihm ganz schön den Kopf verdreht zu haben. Dabei – was soll schon passieren? Solche Hexen können doch selbst auf sich aufpassen.«

»Erinnere dich, dass er es sogar für nötig befunden hat, sich ihretwegen mit dieser Horde blutdurstiger

Vampire anzulegen, nur um diesen jungen Kerl rauszuholen. In den war sie ganz verliebt. Vielleicht ist sie mit ihm auf und davon?«

»Das würde ich den beiden nicht raten«, sagte Jason düster. »Und uns auch nicht. Die Laune des Herrn möchte ich nicht ertragen.«

Der Sturm brauchte nur fünf Minuten, um Cyrill den Hut vom Kopf zu stoßen und über die feuchte Wiese zu treiben, bis eine Lache seinem Weg ein feuchtes Ende bereitete. Cyrill machte sich nicht erst die Mühe den nassen und verdreckten Hut zu holen, sondern ritt weiter. Der Wind peitschte ihm ins Gesicht, dann kam er wieder von der Seite, dann von hinten. Er wusste selbst nicht, was ihn dazu trieb, ausgerechnet diese Richtung einzuschlagen. Sie führte von London weg in die kleinen Hügel bis zu abgelegenen Siedlungen. Wenn sie geflohen war, dann sicher nicht in diese Richtung.

Er war etwa fünfzehn Minuten unterwegs, als er in der Ferne eine Gestalt sah, die sich gegen den Wind stemmte. Der Sturm zerrte an ihrem Kleid und an ihrem Haar. Charlotta. Cyrills Erleichterung, sie zu sehen, wechselte sich mit Ärger ab. Sie hatte nicht einmal genügend Verstand gehabt, einen Mantel mitzunehmen.

Er ritt ihr entgegen und hielt dicht vor ihr das Pferd an.

Charlie hatte den Kopf tief gesenkt, damit der Sturm ihr nicht die Regentropfen ins Gesicht peitschte, und blieb wie angewurzelt stehen, als plötzlich Pferdebeine vor ihr auftauchten. Sie sah erschrocken auf und erkannte Veilbrook, der hoch zu Ross thronte und sie mit einem Blick bedachte, der eine weniger tapfere – und weniger verliebte – Person vermutlich in die Flucht gejagt hatte. Der Regen strömte in Bächen über sein Gesicht, und sein dunkles Haar klebte an seinem Kopf.

»Mylord! Was tun Sie hier bei diesem Wetter! Ich dachte, ich wäre die Einzige, die ...«

Veilbrook war vom Pferd, bevor sie den Satz noch beenden konnte. »Halt den Mund«, zischte er sie an, während er ihre tropfende Erscheinung mit einem wütenden Blick ins Auge fasste. »Wo hast du dich herumgetrieben?«

Charlie strich sich das Wasser aus dem Gesicht. »Soll ich jetzt den Mund halten oder antworten?«

Veilbrook warf ihr einen bitterbösen Blick zu, ehe er seinen Mantel auszog und ihn über Charlie warf, sodass nicht nur ihre Schultern, sondern auch ihr Kopf bedeckt war und der Mantelkragen ihr bis zum Kinn über das Gesicht hing. »Wir reden später. Und zwar sehr ausführlich, das kannst du mir glauben.«

Im nächsten Moment hatte er sie auch schon auf das Pferd gehoben und stieg hinter ihr in den Sattel. Mit einer Hand hielt er die Zügel, mit der anderen zog er den Mantel eng um Charlie, die versuchte, wenigstens das Gesicht freizubekommen, dann trieb er sein Pferd an und zerrte den Mantel, als eine Windbö sie erfasste, abermals über ihren Kopf.

»Ich war spazieren«, sagte sie in den dicken Stoff hinein.

Eisiges Schweigen. Man hörte nur das Heulen des

Windes, das Knarren des Sattelleders, das Geräusch der Hufe auf dem weichen Boden und über alles hinweg das dröhnende Prasseln des Regens.

»Ich war in einem Dorf«, erzählte Charlie weiter. »Dort hat eine Frau Ziegen gemolken und mir einen Becher Milch angeboten.«

Die Antwort bestand immerhin aus einem Brummen. Veilbrook taute also ein wenig auf.

Der Geruch von nasser Wolle stieg ihr in die Nase. Der Mantel verdeckte ihr zum Großteil die Sicht, und alles, was sie sehen konnte, war ein Stück des Pferdehalses und Veilbrooks Hand, die den Zügel hielt. In Ermangelung anderer Optionen betrachtete sie diese Hand. Ihr fiel nicht zum ersten Mal auf, wie wohlgeformt sie war. Schlank, aber männlich und kräftig, mit langen Fingern und rechteckigen, gepflegten Nägeln. Er umkrallte den Zügel so fest, dass seine Sehnen hervortraten.

»Dann kam der Regen und ich habe mich bei ihr untergestellt, in der Hoffnung, dass es bald aufhört«, setzte Charlie ihren Bericht fort.

Veilbrook hörte sich an wie »leichtsinniges Frauenzimmer«. Seine angespannte Haltung ließ nach. Sein Arm lag nicht mehr so verkrampft um ihre Taille, sondern erlaubte ihr tiefer durchzuatmen, anstatt ihr halb die Rippen zu brechen. Es war jetzt wesentlich angenehmer, sich an ihn zu lehnen, und durch den Regen heimbringen zu lassen. Charlie schob den Mantel aus ihrem Gesichtsfeld und drehte sich im Sattel um. Sein regennasses Gesicht war dicht vor ihr, die Mundwinkel zogen sich nur noch in leichter Verärgerung ein wenig herab, und die Falte zwischen den Augenbrauen war schon wesentlich kleiner. »Haben Sie mich gesucht?«

Er gab keine Antwort, sondern sah über sie hinweg.

Charlie lächelte zu ihm hinauf, sehr versucht, die Falte auf der Stirn mit ihren Fingerspitzen zu glätten und seine Mundwinkel zu küssen, bis sie sich hinaufbogen, und vielleicht wieder dieses Grinsen erschien, das ihr Herz rasen ließ. »Das ist nett. Ich war schon sehr müde. Es war mir gar nicht klar, wie weit ich gegangen war, erst beim Rückweg. Aber die Landschaft war so schön und ...«

»Das nächste Mal gibst du Bescheid, wenn du dich aus dem Park entfernst.« Seine Stimme war immer noch ungnädig, aber der schneidende Klang war daraus verschwunden.

Charlie sah wieder nach vorn und erlaubte es sich, entspannt an Veilbrooks Brust zu liegen. Sie war tatsächlich müde. Und sie war gerührt, weil Veilbrook sie gesucht und ihr sogar seinen Mantel gegeben hatte. Es war das erste Mal, dass jemand so etwas für sie tat. Theo wäre es niemals eingefallen, sie zu suchen, wenn sie in Wales herumgestreift war, und Großmutter ebenso wenig. Beide wussten, dass Charlie sehr wohl in der Lage war, sich aus prekären Situationen zu retten, und dass sie es eben mochte, allein umherzuwandern. Veilbrook dagegen war offenbar – zumindest ein klein wenig – besorgt gewesen.

Es war ein neues Gefühl für Charlie, beschützt zu werden. Ihre Großmutter hatte ihr seit ihrer Kindheit Geborgenheit und Sicherheit gegeben, aber Veilbrook ging noch viel weiter. Und es war nicht das erste Mal. Er hatte sie in dieser dunklen Straße, als die Dämonen sie umschlichen hatten, gefunden und heimgebracht. Er hatte sie aus der Schwarzen Messe gerettet, er hatte Theo geholfen, und jetzt war er sogar bei diesem entsetzlichen Wetter losgeritten, um sie heimzubringen.

Charlie fühlte plötzlich weder den Regen noch die Kälte, noch den Sturm, der an ihren Röcken riss. Sie zog den Mantel wieder vor, damit der Regen nicht auf ihr Gesicht peitschen konnte, schloss die Augen und schmiegte sich in Veilbrooks Umarmung. Das konnte nicht schaden. Sie war zwar nur gemietet, und Veilbrooks Sorge galt vermutlich eher dieser Sage um ihre Jungfräulichkeit als ihr selbst, aber weshalb sollte sie nicht genießen, was sie hier erhielt? Es würde schnell genug vorbei sein. Sie durfte sich nur nicht daran gewöhnen. Sie seufzte trotz des Wetters wohlig auf. Und dann sagte sie aus dem Gefühl der Geborgenheit heraus, und weil sie Veilbrook, der ihr seinen Mantel gegeben hatte, gegenüber ein schlechtes Gewissen hatte: »Es tut mir leid ...«

»Ich werde mir eine angemessene Strafe ausdenken.« Die Worte waren grimmig, aber der Tonfall war es nicht. Charlie lauschte in sich hinein, seine Antwort löste jedoch weder Ärger noch Furcht in ihr aus. Im Gegenteil. Sie musste lächeln. Wie sollte man vor einem Mann Angst haben, der bisher nichts anderes getan hatte, als einen zu beschützen, zu maßregeln, wieder zu beschützen und sogar zu verwöhnen. Und unter dessen Händen sie am liebsten vergehen wollte.

»Das meinte ich nicht«, sagte sie. »Ich meinte wegen gestern Abend.«

Veilbrook antwortete nichts. Aber für Sekunden

presste sein Arm sie fester an ihn, und sie glaubte zu fühlen, dass er seine Wange auf ihren Kopf legte. Aber sie war sich dessen nicht sicher. Vielleicht hatte sie sich diese Berührung auch nur eingebildet, weil sie es glauben wollte.

Cyrill musste seinen Hengst nicht erst antreiben, um schnell nach Hause zu kommen, das Pferd war selbst erpicht darauf, den Aufenthalt in diesem Wetter nicht länger als nötig auszudehnen. Dabei hätte Cyrill den Ritt bei schönem Wetter als sehr erfreulich empfunden. Es fühlte sich sogar trotz des dicken Kokons, in den er Charlotta gehüllt hatte, gut an, wie sie sich in seinen Arm und an seinen Körper schmiegte. Sie hatte sich für ihr Verhalten am Vorabend entschuldigt. *Vielleicht*, dachte er, *war ich zu ungeduldig*. Möglicherweise war es keine Widerspenstigkeit, sondern nur Schüchternheit gewesen. So wie sie am Tag davor auf seinen Knien gesessen hatte, erregt und doch zitternd, mit dem ängstlichen Wunsch, davonzulaufen.

Daheim angekommen wurde Charlie mit wesentlich mehr Rücksichtnahme vom Pferd gehoben. Er hielt sie eng an sich gepresst, um sie vor dem Sturm zu schützen, während er dem Stallburschen den Auftrag gab, den Hengst zu nehmen und damit Samuel und Jason nachzureiten.

Als sie die Halle betraten, lief Masterson eilig herbei. Als er Charlie sah, strahlte er erleichtert auf. »Miss Charlotta! Welch ein Glück! Wir hatten ...«

»Halte keine Reden, sorge dafür, dass Miss Charlotta ein heißes Bad bekommt.« Veilbrook war schon dabei, Charlie den Mantel abzunehmen. Sein Blick glitt über ihr nasses Kleid, das sich so eng an ihren

Körper schmiegte, dass er ihre Konturen betrachten konnte, als wäre sie nackt. Er lächelte ironisch, weil Charlie verlegen die Arme vor der Brust kreuzte. Als hätte er nicht schon mehr gesehen. Und doch hatte eine Frau in nassen Kleidern etwas ungemein Erotisches an sich.

»Ein Bad wäre schön, aber nicht nötig«, wandte Charlie ein, der dieser Aufwand peinlich wurde. »Ich erkälte mich nicht so ...«

»Ich werde mich persönlich davon überzeugen, dass du in weniger als fünfzehn Minuten im Bad sitzt«, stellte Cyrill kühl fest.

Charlie schwieg. Jetzt, wo Veilbrooks Arme nicht mehr um sie lagen, spürte sie tatsächlich, wie die Kälte aus ihren nassen Kleidern auf ihre Haut kroch. Die Vorstellung, Veilbrook könnte sich tatsächlich davon überzeugen, ob sie im Bad saß, ließ sie erbeben. Sie wich seinem Blick aus, drehte sich um und lief die Treppe hinauf.

»Mylord sollten ebenfalls ein heißes Bad nehmen«, hörte sie hinter sich Masterson dienstbeflissen sagen. »Das Wasser wird schnell erwärmt sein.«

»Welch eine hervorragende Idee.«

Charlie blieb alarmiert auf dem Treppenabsatz stehen, als ihr Veilbrooks Tonfall, die dunkle, leicht spöttische Färbung seiner Stimme, auffiel, und wandte sich, Unheil ahnend, um. Veilbrook stand am Fuß der Treppe und sah zu ihr hinauf. Sein Gesicht hatte einen Ausdruck mokanter Genugtuung angenommen.

»Fülle nur meine Wanne, Masterson. Miss Charlotta und ich werden das Bad gemeinsam nehmen. Das ist praktischer.«

Charlie kratzte alles, was ihr an Würde zur Verfügung stand, zusammen, als Masterson sie von ihrem Zimmer abholte, und sie ihm zu Veilbrooks Seite des Hauses folgte. Der alte Butler verzog jedoch keine Miene, sondern behandelte sie mit ausgesuchter Höflichkeit, ja sogar Liebenswürdigkeit, und ließ sie, nachdem sie Veilbrooks Badezimmer betreten hatte, sofort allein.

Die Wanne war wirklich groß. Charlie sah sich scheu um, aber die Tür, die offenbar zu Veilbrooks Zimmer führte, war geschlossen. Neben der Wanne stand ein kleines Tischchen, auf dem schmackhaft aussehende Speisen lagen, und dazu gab es eine Karaffe mit Rotwein. Charlies Magen begann bei dem Anblick zu knurren. Es war schon lange her, seit sie die Ziegenmilch getrunken hatte, und das Gehen, der Kampf gegen den Sturm und die Nässe hatten sie hungrig gemacht.

Sie ging um die Wanne herum und griff nach einem Bissen. Er zerging auf der Zunge. Sie hatte die Köchin noch nicht gesehen, aber sie wusste, dass sie Mastersons Schwester war, die nach dem Tod ihres Mannes in Veilbrooks Haus gezogen war. Sie hatte sich oft gefragt, ob diese Leute ahnten, für wen sie arbeiteten. Oder ob es ihnen ohnehin egal war. Veilbrook war, hatte sie festgestellt, im Umgang mit seiner Dienerschaft alles andere als ein unangenehmer Herr. Es war auch nicht anzunehmen, dass er sein übriges Personal so wie Charlie nackt durch die Halle schickte.

Sie nahm noch einen Bissen und hockte sich auf einen Schemel neben die Wanne. Das Essen war wirklich hervorragend. Ihr Magen knurrte lauter in Erwartung von noch mehr Köstlichkeiten, und sie war soeben dabei, nach dem dritten Bissen zu greifen, als sich die Tür öffnete und Veilbrook eintrat. Er war nur mit einem Hausmantel bekleidet.

»Du bist noch nicht in der Wanne?« Er zog den Mantel aus und warf ihn über einen Stuhl, dann trat er neben Charlie.

Sein Haar war noch feucht. Er hatte es zurückgekämmt und nur eine dicke Strähne fiel ihm in die Stirn, was ihm ein eher jungenhaftes Aussehen gab, sofern man bei seinen harten Zügen überhaupt davon sprechen konnte. Aber jetzt, als er vor ihr stand, halb auf sie herablächelte, sie mit einem Ausdruck von Amüsement und Ironie betrachtete, lag ein Schimmer in seinen Augen, der Charlie anzog und wärmte.

Ihr Blick glitt von seinem Gesicht hinab. Am Vorabend hatte sie es möglichst vermieden, ihn zu betrachten, aber jetzt hatte sie dazu keinen Grund mehr. Vor allem, wenn er sich ihr selbst nackt darbot. Außerdem hatten ihr der Spaziergang und vor allem der Heimritt die Augen geöffnet. Sie wollte alles, was ihr die Zeit mit Veilbrook bot, genießen. Und dazu gehörte auch, seinen Körper zu bestaunen und sich daran zu erfreuen. Veilbrook war nicht gerade schmächtig, seine Schultern waren breit, und wenn auch die Muskeln bei Weitem nicht so stark hervortraten, wie sie das bei den Teilnehmern an einem Boxkampf gesehen hatte, zu dem Theo sie einmal heimlich mitgeschmuggelt hatte, so war er doch kräftig. Sein dunkles Brusthaar verjüngte sich über dem Bauch, bis es in dem gekrausten Haarwald endete. Sie sah auf sein

Glied, das selbst im nicht erregten Zustand einen erfreulichen Anblick bot. Er sah aus wie das lebendige Abbild eines griechischen Gottes. Charlie stützte ihren Ellbogen auf die linke Hand und tupfte sich nachdenklich mit dem Zeigefinger auf die Unterlippe, während sie Veilbrook betrachtete.

Dieser folgte ihrem sinnenden Blick und sah an sich herab. »Gibt es einen besonderen Grund für dein schmeichelhaftes Interesse?«

»Ich habe gerade gedacht, dass Sie antiken Götterstatuen ähnlich sehen, aber irgendwie schienen mir die unten herum etwas kleiner geformt. Liegt es daran, dass Sie besonders ... ich meine ...«

Veilbrook lachte. »Diese Tatsache, was die Statuen anbelangt, ist mir gelegentlich auch aufgefallen, auch wenn nicht alle davon betroffen sind. Aber ich kann dir versichern, dass meine männlichen Attribute durchaus im normalen Bereich liegen – selbst wenn ich dir lieber etwas anderes erzählen würde.« Immer noch lachend stieg er in die Wanne und ließ sich darin nieder. Er lehnte den Kopf an den Wannenrand und seufzte wohlig, bevor er weitersprach. »Ich habe mich auch so manches Mal gefragt, woher es kommt, dass die Griechen ihren Statuen oder Vasenmalereien an derart relevanten Orten manchmal so wenig imposante Teile verpassen. Ich nehme an, es liegt daran, dass ihnen gerade diese Eigenschaft in gewissen Darstellungen nicht so wichtig war. Andere Völker wiederum schufen Statuen mit besonders heraus- oder hervorragenden Phalli.«

»Ich habe die Bücher in Ihrer Bibliothek gesehen«, nickte Charlie. Hatte sie vorher Veilbrooks männliche Ausstattung interessiert, so konnte sie nun kaum den Blick von seinem Gesicht lassen. Sie hatte ihn mit diesem arroganten Lächeln gesehen, mit einem spöttischen, und sogar mit diesem hinreißenden Grinsen. Aber nun war es das erste Mal, dass er lachte, und es machte sein Gesicht unbeschreiblich anziehend. Selbst jetzt, als er wieder ernster aussah, lag noch der Widerschein eines warmen, amüsierten Lächelns darauf.

»Du warst in meiner Bibliothek?«

»Ja, es war sehr aufschlussreich. Am meisten haben mich die alten Schriftrollen interessiert. Ihre Sammlung auf diesem Gebiet muss einzigartig sein.«

»Durchaus nicht. Es gibt sehr viele, die sie weit übertreffen.« Er lächelte sie an und streckte die Hand nach ihr aus. »Komm in die Wanne, meine neugierige Hexe, hier ist es warm und gemütlich.«

Charlie rührte sich nicht. »Sie haben mich nur zu sich geholt, weil Sie eine jungfräuliche Succuba ausprobieren wollten, nicht wahr?«

Veilbrook studierte für eine lange Minute ihr Gesicht, ohne zu antworten. Endlich sagte er. »Schon möglich. Aber inzwischen bin ich mir dessen gar nicht mehr so sicher.«

»Und angenommen«, fuhr Charlie fort, »ich wäre gar keine? Ich meine, keine Succuba.«

»Dann hätte ich zweifellos meine Zeit mit dir verschwendet«, erwiderte er trocken. »Aber das ist mein Problem. Und jetzt komm zu mir, Charlotta.«

Charlie erwiderte sein leichtes Lächeln, warf entschlossen den Mantel ab und stieg in die Wanne, wobei sie darauf achtete, ihm bei keiner Bewegung zu viele Einblicke auf gewisse Teile ihres Körper zu gewähren. Obwohl es im Grunde gleichgültig war, alles, was er jetzt sehen könnte, hatte er an den Abenden davor schon längst berührt.

Als sie sich ihm gegenüber setzen wollte, schüttelte er den Kopf. »Neben mich.«

Charlie zögerte.

»Nun komm schon.« Er hob den Arm und Charlie schob sich neben ihn, sodass sie bequem in seiner Umarmung lag. Sie hatte ihr Haar hochgesteckt, damit es nicht ins Wasser hing, und Veilbrook legte für einen Moment seine Wange darauf. Sie schmiegte sich unwillkürlich enger an ihn.

Er setzte sich ein wenig auf und griff zu dem Tischchen hinüber. »Mund auf.«

Charlie musste kichern, als er ihr ein Stück Leckerei in den Mund steckte. Sie biss ab und sah, wie Veilbrook den Rest selbst verspeiste. Die unglaubliche Intimität dieser Situation und seiner Geste wärmte sie noch viel mehr und tiefer als das Wasser. Es war eine Innigkeit, die sie erregte und zugleich ihr Herz berührte. Es war so, als wäre sie nicht nur ein Handelsobjekt für Veilbrook, sondern als würde sie zu ihm gehören.

Ob er mit allen seinen Mätressen so umging? Sie überlegte, ob sie es überhaupt wissen wollte, oder ob es im Moment angenehmer war, sich selbst zu belügen, und sich dem heißen Wunschdenken, sie könnte mehr für ihn sein als andere, hinzugeben. Einfach nur genießen. Sie bettete ihren Kopf aufseufzend auf seine Schulter. Und dann fragte sie doch. Sie wusste jedoch nicht, ob es Mut war, der sie die Frage stellen ließ oder Dummheit. Oder die Hoffnung, zumindest belogen zu werden.

»Machen Sie so etwas regelmäßig?«

Veilbrook hatte den Kopf auf den Wannenrand gelegt und die Augen geschlossen. »Was?«, fragte er entspannt. »Verrückten jungen Hexen durch den Regen nachreiten?«

»Nein, solche Bäder nehmen«, erwiderte Charlie indigniert. »Außerdem bin ich nicht verrückt, nur weil ich spazieren gehen wollte. Und zudem«, fügte sie mit Würde hinzu, »bin ich bei Weitem nicht so jung, wie Sie offenbar annehmen. »Ich bin schon sechsundzwanzig.«

Cyrill hob den Kopf und sah sie mit einem amüsierten Glitzern in den Augen an. »Und vor den sechsundzwanzig? Sind da nicht zufällig noch andere Ziffern? Wie eins oder zwei oder gar drei?«

»Natürlich nicht!«

»Ja, zweifellos ist dies auch natürlich. Aber mir erscheint es unfassbar«, stellte er mit einem fast erstaunten Ausdruck fest, als er sie betrachtete, »wie etwas so jung sein kann. Und was das andere betrifft«, jetzt wurde sein dunkler Blick durch Trauer überschattet, »so ist es schon sehr lange Zeit her, dass ich mit einer Geliebten gemeinsam gebadet habe.«

»Bin ich das für Sie?«, hauchte Charlie. Ihr Herz machte ein paar schnelle Schläge. »Eine *Geliebte?*«

Veilbrooks Ausdruck wurde sehr ernst. »Darüber sollte ich vielleicht bei Gelegenheit nachdenken.«

»Wer war *sie*?« Charlie wusste, dass sie das nichts anging, aber diese Frage saß auf ihrer Zunge und wollte einfach heraus.

»Sie war mir Gattin und Geliebte zugleich«, erwiderte Veilbrook kurz.

Charlie starrte ihn an. Seine Gattin. Er war verheiratet gewesen. Weshalb hatte sie diese Möglichkeit auch nie nur eine Sekunde lang in Betracht gezogen? Tausend andere Fragen drängten an die Oberfläche. Wer war diese Frau gewesen? Wie hatte sie ausgesehen? Wo hatte sie gelebt? Was war aus ihr geworden? War sie tot? Ihre Großmutter hatte sie immer dazu ermuntert, Fragen zu stellen – sofern sie nicht zu taktlos waren –, denn nur durch Neugier auf das Leben konnte man Wissen erwerben, und das war für eine Hexe grundlegend. Darauf zu verzichten hieße, nicht besser zu sein als diese bedauernswerten Geschöpfe der sogenannten guten Gesellschaft, deren Horizont der Tradition entsprechend nicht über Personal, Haushalt und gesellschaftliche Ereignisse hinausgehen *durfte*. Ihr war jedoch schmerzhaft klar, dass sie mit jeder Frage nach Cyrills Frau die Grenzen des Takts nicht nur überschritt, sondern schon darüber hinwegtrampelte.

Veilbrook nahm ihr die Entscheidung ohnehin ab. »Hör auf über Dinge nachzudenken oder Fragen zu stellen, die dich nichts angehen, sondern«, jetzt nahm sein Lächeln jenen Grad von Sinnlichkeit an, der Charlie die Hitze in die Wangen trieb, »konzentriere dich lieber auf das, was du gleich für mich tun wirst.«

Als Charlie ihn nur verständnislos ansah, nahm er ohne Umschweife ihre Hände, eine nach der anderen, und legte sie auf sein Glied. Charlie zog scharf den Atem ein. Sie war in dieser traulichen Stimmung so sehr gefangen gewesen, dass sie keinen Gedanken an gefährlichere Dinge als Essen, Trinken und – vielleicht – Küssen verschwendet hatte. Nun jedoch schwoll der Schaft unter ihren Fingern an, als Veilbrooks Hände sie über ihn führten, ihr zeigten, wo sie greifen, massieren, pressen oder zart streicheln musste.

Charlie lernte schnell und eifrig, mit hochroten Wangen, dabei von Veilbrook angeleitet und teils amüsiert, teils sehr erregt beobachtet. Venetia, der es Spaß gemacht hatte, etwas aus ihrem Erfahrungsschatz abzugeben, hatte ihr anhand eines wie männliche Genitalien geformten Stück Marmors einmal gezeigt, wie und wo man hingreifen musste, um bei einem Mann Lust zu erzeugen. Aber jetzt war es etwas völlig anderes, ein lebendes, auf sie reagierendes Glied in den Händen zu halten, zu spüren, wie jede ihrer Berührungen nicht nur eine Reaktion in dem betreffenden Körperteil, sondern auch bei dessen Besitzer auslöste.

Sie genoss es, zu hören und zu sehen, wie Veilbrook scharf die Luft einzog und bei jeder Berührung zusammenzuckte, als sie die Haut auf dem immer härter werdenden Penis zurückschob, ihre linke Hand fest um den Schaft legte und mit den Fingern der rechten Hand in kleinen Kreisen über die anschwellende Spitze und die Öffnung fuhr.

Dann tastete sie, mutiger geworden, nach seinen Hoden, ohne sein Glied loszulassen. Veilbrook lehnte den Kopf zurück und erschauerte unter ihren Händen. Venetia hatte ihr so einiges erzählt, auch, dass ihre Kunden Wachs in ihren Händen wurden, wenn sie sich einmal härter, einmal sanfter eingehend mit ihrer Männlichkeit befasste, und es erregte Charlie zu sehen, wie ein so beherrschter und äußerlich oft kalt wirkender Mann wie Veilbrook auf ihre Berührungen reagierte. Sie war erstaunt darüber, wie sehr ihr eigenes Verlangen bei ihren Liebkosungen wuchs, wie heiß ihr wurde, wie sie das Anschwellen ihrer Schamlippen zwischen ihren geschlossenen Beinen spürte und das stärker werdende Pochen an jenen Stellen, die Veilbrook am Abend davor so kunstvoll massiert hatte. Sie hätte gerne ihre Hand zwischen ihre Beine gelegt und sich dort berührt, gestreichelt. Oder vielmehr, Veilbrook gebeten, das zu tun.

Charlie wandte sich suchend der Unterseite von Veilbrooks Schaft zu und fand dort tatsächlich jene Stelle, von der Venetia erzählt hatte, und die den Mann neben ihr dazu anregte, die Lippen zusammenzupressen und seine zitternden Beinmuskeln zu verspannen. Sein Glied wuchs in ihren Händen, die Vorhaut schob sich weiter zurück, es richtete sich weiter auf, wurde dunkler, praller, die Adern traten deutlicher hervor. Charlie hielt sich, von dem Erfolg ermutigt, lange Zeit damit auf, jeden Punkt bis dorthin, wo sein Glied mit den Hoden verwachsen war, zu erforschen, und schließlich die weiche Haut seiner Hoden zu necken, bis Veilbrook – am Ende seiner Beherrschung angelangt – ihr zeigte, wie sie beide Hände um sein Glied legen und mit festem Druck auf- und abfahren musste, um seine Erregung bis zur Erlösung zu steigern. Ein tiefes, fast schmerzliches Stöhnen, ein unkontrolliertes Aufbäumen unter ihren Händen, und dann sank er mit einem tiefen, erleichterten Atemzug zurück.

»Das hast du gar nicht so ungeschickt gemacht«, sagte Cyrill heiser, als er seine Stimme wiederfand. Das war mehr als eine Untertreibung. Natürlich hatte sie sich nicht sehr erfahren gezeigt, aber das Gefühl ihrer Hände um ihn, auf seinen Hoden, seinen Schenkeln war überwältigend gewesen. Er hatte auch nie gedacht, dass es so reizvoll sein könnte, eine unerfahrene junge Frau einzuweisen, die zwar ein wenig scheu, aber ohne übertriebene Scham seinen Anweisungen gehorchte, selbst Versuche machte, und ihn damit in eine Erregung katapultierte, die er kaum für möglich gehalten hätte.

»Ich glaube, ich habe es sogar ganz gut gemacht, sofern Sie sich nicht verstellt haben«, erwiderte Charlotta ohne falsche Bescheidenheit.

Cyrill wandte den Kopf, ihre Blicke trafen sich, und dann, wie auf ein geheimes Einverständnis hin, lachten sie. Veilbrook zog sie an sich und legte sein Kinn auf ihren Scheitel. Ein altbekannter Schmerz durchzog seine Brust. Etwas, das sie enger werden ließ und zugleich beinahe sprengte. Eine Empfindung, die er so lange nicht mehr gespürt hatte, dass er vergessen hatte, wie sie sich anfühlte. Es war mehr als Befriedigung, mehr als Zufriedenheit, es war wie ein Echo früheren Glücks. Für einige Minuten gab er sich diesem Gefühl hin. Fremd und doch vertraut war es. Als er diese Succuba – nein, so wollte er sie nicht mehr nennen – als er Charlotta das erste Mal gesehen hatte, war es da eine Vorahnung gewesen, dass sie wieder derartige Gefühle in ihm erwecken könnte? War er deshalb so besessen von der Idee gewesen, sie zu besitzen, und hatte er sich nur eingeredet, es wäre etwas anderes?

Charlie wehrte sich nicht, als Veilbrooks Arm sie näher an seinen Körper zog. Seine freie Hand lag auf ihrer Wange und drehte ihren Kopf zu ihm. Mit dem Daumen strich er zärtlich über ihre Wange, als er sie betrachtete. Dann beugte er sich herab, um sie zu küssen.

Es war keiner der Küsse, die Charlie schon von ihm kannte, und die darauf abzielten, jedweden Widerstand zu brechen, sondern einer voller Zärtlichkeit. Seine Lippen waren so sanft, so zart, dass Charlie unter der Berührung zerschmolz. Gegen seine überwältigende Inbesitznahme konnte sie sich vielleicht wappnen, aber diese Art, sie zu küssen, die Sanftheit, mit der er ihr Gesicht umschloss, sein Daumen auf ihrer Wange, seine warmen Lippen, die nichts anderes zu wollen schienen, als ihre Lippen zu streicheln, sie zu kosen, lieferte sie ihm völlig aus. Dieser Mann hatte also noch andere höchst riskante Seiten außer seinem Lächeln, seinen Händen und seiner Leidenschaft.

Als er sie losließ, blieb sie reglos, wie verzaubert, sitzen, das Gesicht noch zu ihm emporgewandt, die Augen geschlossen. Sie war verloren. Sie würde nie wieder dieselbe sein. Und wenn er von ihr gehabt hatte, was er wollte, wenn er sie nach Ablauf dieser zwei Wochen – oder sogar noch früher – heimschickte, würde sie lange Zeit brauchen, um über den Schmerz seines Verlustes hinwegzukommen. Vielleicht sogar nie.

Als sie die Augen öffnete, war sein Gesicht ernst.

»Ich sollte dich sofort hinauswerfen«, sagte er. »Es war ein Fehler, es nicht schon gestern Abend zu tun, und ich hoffe, ich werde ihn nicht bereuen. Oder zumindest nicht allzu sehr«, fügte er mit einem ironischen Verziehen seiner Lippen hinzu.

»Habe ich etwas Falsches gemacht oder gesagt?«, fragte Charlie verwirrt.

»Nein.« Er strich ihr über die Wange, während sein Blick in ihren tauchte. Dann riss er sich los. Der weiche, fast staunende Ausdruck in seinen Augen wich einem boshaften Funkeln. »Jetzt zu etwas anderem – ich hatte dir doch versprochen, dich zu bestrafen, weil du ohne Erlaubnis fortgelaufen bist.«

Charlie versteifte sich. »Nein, keine Strafe. Ich will das nicht.« Nicht jetzt, wo sie so sehr von Liebe und Zärtlichkeit zu ihm erfüllt war, dass ihr allein schon der Gedanke Tränen in die Augen trieb, er könnte sie strafen oder derb behandeln.

Veilbrooks Lippen fuhren über ihre Wange. »Es muss sein, sonst verlierst du den Respekt vor mir und glaubst, du kannst tun und lassen, was du willst. Aber«, fügte er wie ein Hauch hinzu, »es wird dir gefallen, das verspreche ich dir.«

»Nein.« Sie presste die Lippen zusammen und entzog ihm ihren Kopf. Verfluchter Kerl.

Veilbrooks Hand drehte sie wieder sanft, aber unbarmherzig zu ihm, bevor er sie abermals küsste. Dieses Mal nicht so sinnlich-zärtlich, sondern bestimmend, besitzergreifend. Charlie wehrte sich nicht mehr gegen ihn. Zumindest hatte er offenbar nicht vor, sie wieder nackt durchs Haus zu schicken. Er zog sie, während sie noch nach Atem rang, an sich, rutschte mit ihr gemeinsam tiefer und sorgte dafür, dass sie sicher in seinem Arm lag. Seine Hand glitt von ihrer Wange abwärts, über ihre Schulter, ihre Brust, legte sich darunter und hob sie leicht aus dem Wasser. Seine Daumenspitze kreiste auf dem sich zusammenziehenden Hof um die Warze, umrundete sie, bis sie hart abstand.

»Ich will, dass du zusiehst, Charlotta.«

Charlie öffnete die Augen und blickte an sich herab. Seine große, schlanke Hand auf ihrer weißen Haut, die Art, wie ihre Brust gehoben und gehalten wurde, ließ sie erbeben. Zuzusehen war tatsächlich noch viel erotischer, als es nur zu erfühlen. Sie ahnte, dass die Strafe tatsächlich lustvoller werden würde, als sie zuerst gedacht hatte.

Seine Hand wanderte weiter hinab. Charlie sah zu, wie seine Finger über ihren Bauch strichen, über ihre Hüften, dann wieder ihre Brust umfassten und die Warze neuerlich zu voller Härte streichelten. Er bog sie um und ließ sie wieder zurückschnellen, mehrmals rasch hintereinander, mit stärker werdendem Druck, bis ein zarter Lustschmerz sich Charlie in seinem Arm winden ließ.

Als er seine Hand dieses Mal tiefer gleiten ließ, erreichte er ihr Schamhaar. Seine Finger spielten damit, die Fingerspitzen beschrieben Kreise, drehten die Härchen zu kleinen, gekrausten Ringeln, auf und ab, seitwärts und dann tiefer.

Charlie atmete scharf ein, als sein Nagel zart über ihre Haut fuhr. Er zog sich zurück, aber nun begannen die Fingerspitzen die weiche Haut unter dem Haar zu massieren. Bis dorthin, wo sich die Schamlippen teilten. Und dann fand ein Finger den Weg tiefer.

Charlie erzitterte. Sie starrte fasziniert auf die geschmeidigen, sich im Wasser bewegenden Finger. Was würde er tun? Dasselbe wie am Vorabend, als sie vor ihm auf dem Bauch gelegen hatte, hilflos und ein wenig gedemütigt von dieser Haltung und von ihrer eigenen, kaum beherrschbaren Lust?

»Mach die Beine weiter auf.«

Sie gehorchte nur langsam. Es ging nicht schneller. Ihre Beine bebten. Veilbrook nahm ihr linkes Bein und legte es über seine Schenkel. Er schob es so weit hinauf, dass die Spitze seines Gliedes daran stieß. Charlie konnte den Blick nicht von seiner Hand lösen. Sie starrte gebannt auf diese langen Finger, die langsam und bedächtig von ihrem Knie den Schenkel aufwärts wanderten, den Innenschenkel massierten, mit der zarten Haut spielten.

Sie war für ihn geöffnet. Ihr Knie war weit genug gespreizt, um ihm Zugang zu ihrer Scham und ihrem Inneren zu gewähren. Dort war sein suchender Finger schon am Vortag gewesen, aber weitaus weniger verführerisch, viel ungeduldiger. Jetzt spielte Veilbrook mit ihr, mit ihrer Haut, dem gekrausten Haar. Sie atmete schneller, als er seine Hand zu ihrem Gesicht brachte, seinen Finger auf ihren Mund legte und mit dem Mittelfinger ihre Lippen teilte. Sie öffnete ihren Mund weit genug, um ihn tiefer dringen zu lassen.

»Sieh mich an.«

Sie hob den Blick, während sie ihre Lippen um seinen Finger schloss, daran saugte, ohne dass er es ihr befohlen hatte. Sie berührte ihn mit ihrer Zunge, umrundete ihn. Er schob ihn tiefer. Ganz hinein.

»Genauso wirst du ihn bald in dir spüren«, flüsterte Veilbrook. »So lange, bis du dich vor Lust windest.«

Er zog sich zurück, und dann lag seine Hand wieder auf ihrer Scham. Sein Mittelfinger teilte die kleinen Schamlippen, und die Fingerspitze schob sich in die zuckende Öffnung. Ein Zittern lief durch ihren Körper.

»Charlotta.« Seine Stimme verlangte nach ihrer Aufmerksamkeit. Sein Lächeln war so zärtlich, dass es ihr den Atem nahm, und zugleich war auch ein diabolisches Funkeln in seinen Augen. »Das wird jetzt sehr lange dauern. Entspanne dich.« Ein leises, boshaftes Lachen folgte diesen Worten.

Charlie stieß ein kleines Stöhnen aus. Ihre rechte Hand umfasste seinen Arm, mit dem er sie hielt.

Sein Mittelfinger schob sich nur langsam tiefer, bis er in ihr verschwand. Sein Daumen lag auf ihrer Klitoris und seine anderen Finger berührten ihre Schamlippen, den Steg zwischen beiden Eingängen, streiften auch ihre hintere Öffnung. Lust überschwemmte Charlie. Das leichte Massieren des Daumens war fast zu viel. Aber zum Glück rieb er nicht stärker. Noch nicht.

Veilbrook betrachtete jede Veränderung ihrer Miene, wann immer sie sich zu sehr entspannte, verstärkte sich der Druck seines Daumens, die Schnelligkeit seines Reibens. Dann ließ er wieder nach, sein Mittelfinger presste sich nicht mehr gegen ihre innere Wand, die Fingerspitze suchte nicht mehr nach Punkten, die ihre Beine unkontrolliert zittern ließen, sondern lag nur ruhig in ihr. Und anstatt sich hart auf die Klitoris zu pressen, massierte sein Daumen lediglich sanft die weichen Lippen links und rechts, umrundeten sachte die geschwollene Perle, ohne sie zu berühren, und spielten sanft mit dem schützenden Häutchen. Ihr Körper zitterte vor Erwartung, vor zu viel Lust, und zugleich vor dem Wunsch nach noch viel mehr davon. Ihre Scham schmerzte vor Erwartung. Sie hatte dieses Gefühl noch nie verspürt, dieses Ziehen, dieses Drängen in ihrem Unterleib, das kaum nachließ, wenn Veilbrooks Hand ruhig lag.

Es war in einer dieser Pausen, dass Veilbrook seine Lippen auf ihre Schläfe legte. »Hattest du schon einmal einen Orgasmus?«

Charlie gab keine Antwort. Sie wollte nicht reden, sondern nur genießen. Veilbrooks Lippen spielten auf ihrer zarten Haut, fuhren über ihre Schläfe, ihre Stirn. Charlie schloss die Augen. Der Hauch seines Atems auf ihrer Haut, wenn er sprach, die Bewegung seiner Lippen, das war so zärtlich, so intim, dass sie gerne die Arme um ihn gelegt hätte, um sich anzuschmiegen. Sie wollte von ihm gehalten, beschützt, geliebt werden. Der Wunsch stieg so heiß und heftig hoch, dass es ihr die Brust und die Kehle zuschnürte.

»Hat dieser Angelo dich bestimmt niemals so berührt?«

»Nein. Das sagte ich doch schon!«

»Ein anderer?«

Charlie schüttelte ungeduldig den Kopf. Sie wurde wütend. Sie wollte nicht sprechen, keine Fragen beantworten, sie wollte nur ... Ja, was wollte sie eigentlich? Sie wollte mehr sein als Veilbrooks derzeitiges Spielzeug. Sie wollte zumindest davon träumen.

»Dieser Vampir vielleicht?«

»Nein!« Charlie versuchte, sich aus seinem Griff zu befreien, aber er hielt sie zu fest.

»Aber du hast es selbst ausprobiert?« Er lächelte leicht, als er das sagte.

»Natürlich. Und?« Das klang jetzt trotzig, sehr kindisch, aber ihr war es egal. Erst in der Nacht davor, als er sie aus seinem Bett geworfen hatte. Die Hitze war unerträglich gewesen. Und sie hatte sich vorgestellt, dass er es war, der sie löschte. Aber es war nicht halb so erregend oder anregend gewesen wie seine Behandlung jetzt. Wenn er sie schon nicht zärtlich liebte, dann sollte er, verdammt noch mal, wenigstens *damit* weitermachen.

Er lachte leise in ihr Haar. »Das wird jetzt aber um vieles besser sein, das garantiere ich dir. Soll ich fortfahren?«

»Ja ...« Charlie entspannte sich wieder.

»Dann küsse mich jetzt, sonst trage ich dich wieder in dein Bett. Aber dieses Mal werde ich dich fesseln, damit du nicht auf die Idee kommst, dich selbst zu streicheln.«

Charlies Kehle entrang sich ein Laut zwischen einem Stöhnen und Seufzen. Als sie ihm ihr Gesicht entgegenhob, erschrak sie fast vor dem verlangenden Ausdruck in seinen Augen. Der Kuss war tief, ausdauernd. Veilbrook war sanft, aber bestimmt. Er stieß tief hinein. Er suchte nach ihrer Zunge, und Charlie gab sie ihm. So wie sie ihm ihre Lippen, ihre Brüste, ihren restlichen Körper überließ. Mitten in diesen Kuss bewegten sich seine Finger abermals.

Sein tief in ihr liegender Mittelfinger massierte, stieß im selben Rhythmus in ihre Vagina wie seine Zunge in ihren Mund. Es war fast zu viel Reiz. Charlie wurde davon überschwemmt. Sie konnte sich nicht darauf konzentrieren, eines zu genießen, es war, als hätte Veilbrook Macht über jede Faser ihres Körpers.

Das Ziehen verstärkte sich. Es wurde unangenehm, unerträglich lustvoll. Er hatte recht, Ähnliches hatte Charlie noch nie gefühlt. Sein Finger bewegte sich heftiger in ihrer Enge. Fuhr tiefer und schneller hinaus und hinein. Und dann, als das Ziehen sich verstärkte, in einen lustvollen Krampf überging, der Charlies Körper aufbäumen ließ, als hätte er einen eigenen Willen, stieß er tief zu.

Das Zittern wurde zu einem Erdbeben. Ihr Körper bewegte sich konvulsivisch, aber als sie danach erschöpft in seinen Arm zurücksinken wollte, waren Veilbrooks Finger immer noch in und auf ihr.

Charlie keuchte, rang nach Atem, wollte sich, weil der Druck seines Daumens auf der empfindlichen Klitoris unerträglich, sogar schmerzhaft wurde, losreißen, aber er hielt sie eisern fest.

»Strafe«, flüsterte er an ihren Lippen. »Damit du lange nicht vergisst, dass du mir nicht mehr davonläufst.«

Charlie schrie in seine Lippen hinein, als seine Finger sie weiterhin lustvoll quälten, sie bettelte, sie fluchte, sie wollte ihn schlagen, aber seine rechte Hand hatte sich ihrer Handgelenke bemächtigt und hielt sie wie mit einer Eisenklammer. Sein Arm presste sie an ihn. Sie wand sich, Veilbrook machte weiter. Tränen standen in ihren Augen.

Veilbrook küsste sie, als ein weiterer Höhepunkt sie überrollte, sie zum Wimmern brachte, und sie endlich erschöpft in seinem Arm zusammensinken ließ.

Veilbrook löste seine Hand aus ihrer Scham, zog

sie ganz an sich und küsste ihr Gesicht. »War es so schlimm?«, murmelte er an ihrer Wange.

»Der Teufel soll Sie holen, es war höllisch«, flüsterte sie heiser. Charlie war zu erschöpft, um noch wirklich wütend zu werden.

Veilbrooks leises Lachen ließ seinen Brustkorb vibrieren. »Aber es war zweifellos anders, als wenn du es alleine machst.«

»Das hätte ich nie gemacht«, murrte Charlie. Jetzt, wo es vorüber war, empfand sie eine tiefe Befriedigung, die auch daher stammen mochte, dass Veilbrook sie zärtlich im Arm hielt und kleine Küsse auf ihr Gesicht hauchte. Es war unglaublich. Sie hatte das, was Veilbrook ihr angetan hatte, zeitweise mit Schmerz gleichgesetzt, aber es war nur unerträgliche Lust gewesen.

»Ich hatte dir ja versprochen, dass es ungleich besser wird und es dir gefällt.« Er hatte ihre Hände losgelassen, hielt Charlie aber noch sanft und doch fest in seinen Armen, küsste ihre Wangen, ihren Hals, ihre Schulter. »Und jetzt werde ich dich abtrocknen und dann ins Bett bringen. Das Wasser wird kalt.«

Charlie verbarg ihr Gesicht an seiner Brust, atmete tief den Geruch seiner nassen Haut ein und seufzte. Ihr war noch sehr heiß.

Veilbrook hatte sie nicht in ihr eigenes Bett gebracht, sondern in seines. Er hatte sie auch nicht, wie am Vortag, wie einen Sack hineingeworfen, sondern sie zuerst abgetrocknet, wobei er sehr gründlich vorgegangen war, und hatte sie dann sanft hineingebettet und die Decke über sie gezogen. Er hatte das Zimmer danach wieder verlassen, und nun lag Charlie wach und wartete voller Ungeduld darauf, dass er wiederkam.

Wo er wohl war? Und was hatte er noch mit ihr vor? Wollte er in dieser Nacht nachholen, was sie ihm am Vorabend durch ihre scheinbare Kälte so vermiest hatte? Sie lächelte und schmiegte sich ein wenig tiefer in das weiche Kissen, schnupperte an ihm, auf der Suche nach Veilbrooks Geruch. Ein bisschen davon haftete daran, und sie kuschelte sich hinein.

Sie gähnte und die Augen fielen ihr zu. Der Tag war anstrengend gewesen. Zuerst der lange Fußmarsch, dann Veilbrooks Küsse, seine Erregung. Sein heißes Glied in ihrer Hand. Und endlich diese unerhörte Strafe. Sie lächelte, während sie ein weiteres Mal gähnte, bis ihr Kiefergelenk knackte. Wenn er jetzt wieder zu ihr kam und den Handel perfekt machen wollte, würde er nicht auf Kälte stoßen, so viel war klar. Es sei denn, sie schlief vorher schon ein.

Was immer sie vor ihrem Einzug in Veilbrooks Haus für ihn empfunden hatte, es hatte sie in keiner Weise auf das vorbereitet, was sie nun fühlte. Hatte sie sich tatsächlich verliebt? War Tante Haga in Angelo verliebt, oder begehrte sie ihn nur? War das, was sie in Veilbrooks Nähe unruhig werden ließ, was den Wunsch erweckte, ihn zu berühren und von ihm berührt zu werden, lediglich Leidenschaft, das Bedürfnis nach körperlicher Nähe, nach körperlicher Liebe?

Charlie hatte niemanden, den sie fragen konnte, sie musste es also mit sich alleine ausmachen. Und wahrscheinlich konnte nur die Zeit ihr zeigen, was sie wirklich zu Veilbrook hinzog. In ihrer Familie war ihre Mutter die Einzige gewesen, die jemals geheiratet hatte. Das war sehr ungewöhnlich, denn die meisten Hexen lebten eine gewisse Zeit mit einem Mann zusammen, um schwanger zu werden, und verließen ihn wieder – oftmals lange bevor das Kind zur Welt kam. Sie hatten auch nicht viele Kinder. Höchstens zwei, drei, nicht mehr in einem Leben, das oft Hunderte von Jahren dauerte. Sie wusste, dass Tante Haga gar keines hatte. Und sie selbst? Was würde aus ihr werden? Würde sie Kinder haben? Sie wollte welche. Aber von welchem Mann? Und würde sie bei ihm bleiben, so wie ihre Mutter? Mit ihm leben? Ihn sogar heiraten? Das war unwahrscheinlich. Vor allem bei einem Menschen.

Wie es wohl wäre, sich an Veilbrook zu binden? Sein Kind großzuziehen?

Sie schüttelte den Kopf. Ihre Gedanken waren unklug. Veilbrook und sie hatten einen Handel. Fertig. Außerdem musste sie auch an Theo denken. Sie hatte sich in diesen letzten Tagen viel zu sehr von ihrer wachsenden Leidenschaft für Veilbrook ablenken lassen. Sobald sie wieder frei war, musste sie eine Lösung wegen Theo finden.

Charlie kroch seufzend tiefer unter die Decke. Wenn Cyrill nur schon wieder käme. Es wäre schön, an ihn geschmiegt einzuschlafen und alles andere zu vergessen.

Elftes Kapitel

Nachdem der Schmerz des Verlustes und das Gefühl ausgekosteter Rache verebbt waren, hatte ihn die Neugier weitergetrieben. Der Reiz, Neues zu sehen und zu erforschen. Er wusste nicht, wie lange er durch das Land gezogen war. Es mussten viele Jahre gewesen sein. Jahrzehnte? Vielleicht ein ganzes Jahrhundert. Oder auch zwei. Er hatte den Begriff von Zeit verloren und vieles gesehen, unzählige neue Völker kennengelernt. Kriege durchlebt. Hungersnöte. Hatte Frauen gehabt. Hatte sie wieder zurückgelassen, um weiterzuziehen.

Er war überrascht, als er am Rande der Wüste, die er durchwandert hatte, eine Hütte vorfand, nicht mehr als ein Verschlag. Er bückte sich, um ins Innere zu sehen, und entdeckte eine Frau, die ruhig, sehr aufrecht, mit überkreuzten Beinen auf dem Boden saß. Sie schien alt zu sein, und doch war ihre Haut glatt, ihr Haar dunkel. Es war wohl der Ausdruck ihrer Augen, der sie alt wirken ließ. Vor ihr stand eine mit Wasser gefüllte schwarze Schale aus Stein.

»Tritt ein, Kyros. Ich habe dich erwartet.«

Er sah sie erstaunt an. »Du weißt meinen Namen? Ich habe ihn lange nicht mehr benutzt. Schon so viele Jahre, dass es keine lebenden Menschen geben kann, die ihn kennen.«

»Ich kenne dich, aber du weißt wohl nicht mehr,

wer ich bin? Ja, das mag sein. Es ist lange her, seit ich am Hofe deines Vaters das Orakel befragte.«

»Doch, ich erinnere mich jetzt. Du bist Megana, die Stimme des Orakels.« Er schüttelte den Kopf. »Ich glaubte jedoch niemals daran.«

»Weil du es in deiner Selbstherrlichkeit für Lüge ansahst. Aber ich sage dir jetzt die Wahrheit – es gab niemals ein Orakel, dessen Worte ich deutete. Ich war es selbst, ich habe in die Zukunft geblickt. Ich habe den Untergang deiner Familie vorausgesehen. Aber ich habe nichts gesagt, weil ihr mich meinem Volk gestohlen, mich aus meiner Heimat gerissen habt. Ich habe den Untergang gesehen und geschwiegen.« Sie blickte auf die schwarze Schale vor sich. Ein leichter Luftzug kräuselte die Wasseroberfläche. »Ich warte schon lange, weil ich wusste, dass du eines Tages hierherkommen würdest.«

»Und was willst du jetzt von mir?«

»Dir eine Prophezeiung auf den Weg mitgeben.«

Er verzog ironisch den Mund. »So viel Aufwand für eine weitere Lüge?«

»Keine Lüge, Kyros, großer Herr. Du solltest gut zuhören.« Ihre hellgrauen Augen veränderten sich, wurden plötzlich dunkel. »Viele Jahre werden vergehen. Menschenleben werden entstehen und wieder zu Staub zerfallen. Und du wirst leben. Du wirst einsam sein, wie ich es war, nachdem ihr mir alles raubtet. Aber hüte dich vor der Liebe, Kyros, denn die Frau, die du liebst, könnte es sein, die dich zu Fall bringt.«

Er schüttelte, halb erzürnt, halb belustigt, den Kopf. »Schweig, Weib. Du bist verrückt. Die Wüste hat deinen Verstand getrübt.« Er wandte sich ab und ging aus der Hütte.

Ihre Stimme folgte ihm. »So glaube mir nicht. Aber du wirst an mich denken, auch wenn lange Zeit vergehen wird. Hüte dich vor zu viel Licht. Es kann dich wärmen oder dich verbrennen, wenn du nicht weißt, wie du es behandeln sollst!« Megana lachte ihm höhnisch hinterher. »Von innen heraus verbrennen, wie unerfüllte Liebe, Kyros, großer Herr! Prinz ohne Land und ohne Volk!«

Er schüttelte abermals den Kopf. Kyros gab es schon lange nicht mehr. Er war vor vielen Jahren mit seiner Familie gestorben.

Zwölftes Kapitel

Cyrill erwachte, blickte schlaftrunken umher und tastete zur anderen Bettseite hinüber. Sie war da. Ein fester Griff und schon sah er sich in der Lage, sein Gesicht in ihrem Haar zu vergraben und ihren Körper eng an seinem zu spüren. Das tat gut. Viel zu gut, vor allem da sie sich ebenfalls an ihn schmiegte. Ihre Arme wanderten wie von selbst um ihn herum, und sie presste sich im Schlaf fester an ihn.

Wie lange hatte er schon nicht mehr an Meganas Worte gedacht? Seit er begonnen hatte, dem Leben gegenüber gleichgültig zu werden. Aber er hatte seitdem ohnehin keine Frau getroffen, die er genügend liebte, um innerlich an dieser Liebe zu verbrennen. Er hatte tiefen Schmerz über den Verlust gefühlt, aber nicht mehr.

Wie ärgerlich, dass er ausgerechnet jetzt im Halbschlaf diese Erinnerung an sich herangelassen hatte und sich damit die erfreulichen Stunden mit Charlotta verdarb. Er presste verärgert die Lippen aufeinander, dann drückte er sie noch einmal fest an sich, genoss eine Minute lang das Glück, ihren Körper zu spüren, und löste dann sachte ihre Arme von ihm. Er rückte von ihr ab, um sie zu betrachten.

Konnte es sein, dass er tatsächlich mehr für sie empfand als körperliches Verlangen und eine gewisse Zuneigung? Manchmal schien es ihm so. Vor allem am Vortag, als er sie im Bad gehalten, geküsst und gestreichelt hatte. Er dachte nach, rief sich die Stunden, die er mit ihr verbracht hatte, in Erinnerung, seine Gefühle, ihre wache Neugier und ihre Leidenschaft.

Er hatte im Laufe der unzähligen Jahre viele Freunde und Geliebte gefunden und durch den Tod wieder verloren. Durch Krieg, Krankheit und Alter. Bis er sich innerlich zurückgezogen und hinter der Gleichgültigkeit eines Wesens verborgen hatte, das fast ewig lebte. Charlotta hatte seine Gefühle wieder zum Leben erweckt.

Aber hüte dich vor der Liebe, Kyros, denn die Frau, die du liebst, könnte es sein, die dich zu Fall bringt. Und er war nahe daran, diese Gefühle wieder zuzulassen. Er wollte nie wieder diesen Schmerz, nie wieder diese Angst um jemanden empfinden. Nie wieder zusehen müssen, wie jemand, den er mehr liebte als sein Leben, starb. Er strich mit dem Finger über ihre Wange. So zart, so empfindlich. So sterblich. Auch wenn die Lebenserwartung einer Hexe weitaus höher war als die eines Menschen, so konnte sie wie ein Mensch getötet werden. Ein Messer, das ihrem Leben ein Ende setzte, der Biss eines Vampirs, derbe Hände, die diesen schlanken Hals brachen.

Arsakes, der ihre Kehle zerfleischte. Allein die Vorstellung raubte ihm den Atem, sie war wie ein Schwert, das seinen Leib durchbohrte. Er hatte in den vergangenen Stunden jeden Gedanken an Arsakes von sich geschoben, aber jetzt ließen sich seine Überlegungen nicht mehr vermeiden. Arsakes hatte ihm gedroht und würde diese Drohung auch wahr machen, versuchen, ihn zu töten, ihm zu schaden. Und jene Stelle, an der er ihn am härtesten treffen konnte, war eine Frau, zu der Cyrill sich hingezogen fühlte. Sie war in Gefahr, solange sie in seiner Nähe blieb. Er musste sich von ihr trennen, bevor es zu spät war und er sie so sehr liebte, dass er sie entweder nicht gehen lassen konnte oder am Schmerz ihres Verlustes zerbrach. Nach Elena, seiner ermordeten Gattin, war sie die zweite Frau, die diese brennende und fast verzweifelte Liebe in ihm erwecken könnte. Damals hatte ihn die Rache am Leben erhalten, die neu erwachten Kräfte, aber dieses Mal hatte er nichts.

Charlie war am Vorabend zwar alleine in Cyrills Bett eingeschlafen, aber als sie in der Nacht aufwachte, hatte er neben ihr gelegen und sie, kaum dass sie sich rührte, an sich gezogen, sie geküsst, gestreichelt, bis sie wieder eingeschlummert war.

Als jedoch helles Sonnenlicht durch die Spalten im Vorhang funkelte, war sie wieder allein. Enttäuscht stand sie auf, wickelte sich in ein Laken und huschte in ihr Zimmer. Masterson hatte ihr wie an jedem Morgen ein Tablett mit ihrem Frühstück hingestellt, sie nahm jedoch nur einige Bissen, trank eine Tasse Tee, während sie sich ankleidete, und lief dann auf der Suche nach Cyrill in die Halle. Dort traf sie auf den Butler, der ihr höflich Veilbrooks Bitte übermittelte, sie möge in sein Arbeitszimmer kommen.

Veilbrook stand mit dem Gesicht zum Fenster und sah sie nicht an, als sie erwartungsvoll und voller Vorfreude eintrat. Er winkte lediglich mit der Hand Richtung Schreibtisch. »Dort liegt dein Geld. Nimm es dir und geh. Die Kutsche wartet, um dich heimzubringen.«

Charlie sah, ohne zu begreifen, auf seinen abweisenden Rücken. Nichts, was an dem Tag davor geschehen war, hatte sie darauf vorbereitet. Das gemeinsame, intime Bad, seine Arme um sie, als er sie in der Nacht gehalten hatte, seine Zärtlichkeit, seine Küsse, die sie im Halbschlaf gespürt hatte, die zarten Berührungen, das alles hatte in ihr den Glauben erweckt, er würde doch mehr in ihr sehen als nur ein Geschäft, eine Ware, die er benützen wollte, um sie danach wieder abzugeben. Sie brauchte einige Minuten, um überhaupt einen Ton herauszubekommen.

»S… Sie schicken mich fort?«

Sein »Ja« klang sehr unfreundlich und kalt.

»Und warum?« Sie schüttelte fassungslos den Kopf. Sie suchte nach einem Argument. »Wir hatten doch ein Abkommen für zwei Wochen!«

»Es reicht.«

»Aber …« War sie ihm mit einem Mal nicht mehr gut genug? Er hatte sich ihretwegen in Gefahr gebracht, sich in Unkosten gestürzt, und jetzt schickte er sie fort, ohne sie auch nur ein einziges Mal richtig besessen zu haben? »Was ist denn geschehen? Habe ich etwas falsch gemacht?«

Er drehte sich immer noch nicht nach ihr um, aber seine Antwort kam schnell und seine Stimme klang heiser. »Wenn du vernünftig bist, stellst du keine weiteren Fragen mehr, sondern verschwindest. Und zwar auf der Stelle.«

Die Tür zum Arbeitszimmer öffnete sich. Veilbrooks Diener Samuel stand darin und sah sie drängend an. Wenn sie sich nicht täuschte, winkte er ihr sogar unauffällig, endlich durch diese Tür zu gehen und das Haus zu verlassen. Sie drehte sich entschieden von ihm weg und starrte auf Veilbrooks Rücken.

»Was ist? Worauf wartest du noch? Verschwinde endlich.« Cyrill war weniger auf Charlotta als viel mehr auf sich selbst wütend, und dass er ihr nicht kühl den Abschied geben konnte, brachte ihn noch mehr auf. Er hatte zu lange gewartet, er hatte sie viel zu nahe an sich herankommen lassen. So nahe, dass es bereits verflucht schmerzte, sie zu verlieren. Wenn er jetzt auch nur einen einzigen Blick auf sie warf, konnte er nicht mehr auf sie verzichten.

Sobald sie außer Haus war, konnte er damit anfangen, über sie hinwegzukommen. Vielleicht sollte er verreisen? Nach Paris? Dort hatte er immer die bezauberndsten Geliebten gefunden. Oder nach Griechenland und schließlich weiter nach Osten, in seine alte Heimat? Dort war er auch nicht mit diesen wachsenden Animositäten dieser übersinnlichen Gemeinde und mit Arsakes' Machthunger konfrontiert. Er machte ihm einfach kampflos Platz. Weshalb auch nicht?

»Ich bin also frei? Der Vertrag gilt nicht mehr?«

Sie war immer noch da. Ihre Stimme durchdrang seine Gedanken. Sie tat weh. Nicht in den Ohren, dazu war sie zu weich, zu angenehm. Sie schmerzte mitten in seinem Körper. Und er hatte jetzt genug davon. Langsam drehte er sich zu ihr um. Wenn sie nicht freiwillig ging, dann eben mit Gewalt. Aus den

Augenwinkeln sah er, wie Samuel ihr verzweifelt winkte, aber sie hatte keinen Blick für dessen Warnung, es bei seinem Herrn nicht auf die Spitze zu treiben. »Bist du schwerhörig?«, fragte er sanft. »Oder einfach nur dumm?«

Sie lächelte ironisch, während sich in ihm die Gewitterwolken zusammenbrauten. »Schwerhörig bestimmt nicht. Im Gegenteil, ich höre sogar besonders gut. Und dumm ...?« Sie zuckte mit den Schultern. »Und wenn ich das wäre? Es hat Sie ja bisher auch nicht gestört, nicht wahr? Zumindest hatte ich nicht den Eindruck, dass Sie ein Zertifikat für besondere Klugheit verlangen, bevor Sie eine Frau anmieten und in Ihr Haus bringen.«

»Miss ...« Samuel machte einen letzten, verzweifelten Versuch, das Schlimmste zu verhindern.

»Verschwinde, Samuel.« Veilbrooks leise Stimme jagte seinen Diener aus dem Zimmer. Die Tür flog zu.

Jetzt waren sie allein. Sie stand auf der anderen Seite des Schreibtisches, also musste er erst darum herumgehen. Er ließ sich Zeit. Er hatte es nicht eilig, sie konnte ihm ja ohnehin nicht entgehen. Er ging weiter. Sie blieb tatsächlich stehen. Gleich hatte er sie. Nur noch zwei Schritte. Dabei wusste er nicht einmal, was er mit ihr tun wollte. Sie schütteln? Schlagen, damit sie endlich begriff, dass sie verschwinden sollte? Aufheben, raustragen und vor die Tür werfen?

Sie sah mit diesen unbeschreiblich großen, grauen Augen zu ihm auf. »Wenn der Vertrag also damit beendet ist, dann würde ich gerne bleiben.« Ihr Gesicht rötete sich, und ihre Stimme klang mit einem Mal atemlos. »Und ich will, dass du mich noch einmal verführst, Cyrill Veilbrook. Aber wenn ich dieses Mal in deinem Bett liege, wird es anders sein, weil ich es freiwillig tue und nicht, um einen Handel abzuzahlen. So wie ich gestern freiwillig in diese Wanne gestiegen bin und dann die Nacht in deinem Bett verbracht habe.«

Er blieb wie angewurzelt einen Schritt vor ihr stehen. Er wusste nicht, wie lange er schwieg und nur starr dastand, aber es schien sie nervös zu machen, denn sie begann unruhig zu werden und mit den Händen ziellos über ihren Rock zu fahren.

»Würdest du bitte endlich etwas sagen? Es ist mir ... sehr unangenehm, mich so anzubieten.« Sie klang ungeduldig, verlegen, ihre Stimme zitterte sogar ein wenig.

Cyrill hob mokant die Augenbrauen. »Unangenehm? So?« Er streckte die Hände nach ihr aus, um sie zu packen. Und dann lag sie in seinen Armen. An dem einzigen Ort der Welt, wo sie seiner Meinung nach hingehörte. Und er war nicht mehr fähig, etwas dran zu ändern.

Charlie wusste nicht mehr, wie sie in Cyrills Schlafzimmer gekommen waren, nur, dass er es sehr eilig hatte, sie ihrer Kleidung zu berauben, und sie wiederum an seiner zerrte.

Sie ließ ihre Hände unter und über sein Hemd wandern, riss ungeduldig daran und war erleichtert, als er befand, dass seine Hose bei Weitem zu eng und zu störend wurde. Sein Glied sprang ihr entgegen und sie griff mit einem erleichterten Seufzen danach. Die vergangenen Nächte, das Spiel im Bad, all das hatte Bedürfnisse und Leidenschaften erweckt, die nur durch Veilbrook gelöscht werden konnten.

Cyrill war in den ersten Minuten, als er Charlottas Kleider abstreifte und sie einfach hinter sich warf, lediglich von blinder Leidenschaft gesteuert und von dem Hunger getrieben, endlich zwischen diesen weichen Schenkeln zu liegen. Aber dann, mit einem Mal, veränderte sich etwas. Andere Gefühle nahmen von ihm Besitz. Es fing so leise, so zart an, dass er es zunächst gar nicht bemerkte. Es kam schleichend und begann mit kleinen, fast unmerkliche Schauern, die über seine Haut liefen und sich dann tiefer fortpflanzten, sein Fleisch erreichten, seine Muskeln zittern ließen, seine Knochen durchdrangen und zugleich von seinem Kopf in seinen Hals wanderten, sein Herz erfassten, es laut und schnell schlagen ließen und seine Brust viel zu eng werden ließen.

Sein Unterkörper war schon längst auf gewohnte Weise erregt. Cyrill fand das normal, bis das Zittern, die Wärme auch dorthin wanderten und ihn sich fast vor Verlangen zusammenkrümmen ließen. Sein Atem ging stoßweise, als er Charlie küsste und ihre Hände ihn berührten. In diesem Moment veränderte sich unwiderruflich etwas in ihm. Aber als er das begriff, war es schon zu spät. Charlottas Stimme, ihre Augen, ihr Gesicht, durchbrachen den halbherzigen Panzer, den er ihretwegen um sich geschaffen hatte, und richteten einen nicht wiedergutzumachenden Schaden in ihm an. Er wehrte sich nicht mehr gegen seine Gefühle oder gar gegen Charlotta. Er wollte sie ganz, und nicht nur für eine Stunde außergewöhnlicher Lust. Er wollte ihr Herz, ihre Seele berühren, wollte täglich sehen, wie Zuneigung in ihren Augen aufleuchtete, wenn sie ihn anblickte. Er war bereit, alles zu ertragen, wenn er sie nur noch einige Tage, Wochen, Jahre bei sich hatte. Er würde Arsakes bekämpfen, wenn er Charlotta bedrohte, und ihn, wenn es sein musste, sogar töten, ihn, den Letzten seines Blutes. Und er würde alles tun, um Charlottas Leben so lange und so glücklich zu machen, wie es in seiner Macht stand.

Dieses Mal schlug ihm keine Kälte entgegen, als er sich auf sie legte, keine kränkende Passivität. Dieses Mal wurde ihre Leidenschaft nur durch seine unermessliche Freude übertrumpft, sie unter sich zu fühlen, ihre zittrige Ungeduld zu spüren und zu sehen, wie sie willig ihre Beine für ihn öffnete, um ihn das erste Mal zu empfangen.

Seine Gefühle steigerten sich zu unerträglicher Intensität, zerrten an seinem ganzen Wesen, als er endlich in sie drang, das jungfräuliche Hindernis überwand, an dem ihm so viel gelegen hatte und das ihm jetzt so nebensächlich erschien, als sie leise aufschrie und er ihr Stöhnen unendlich zärtlich und zitternd vor Verlangen fortküsste. Aber da war noch mehr. Ungläubiges Staunen erfüllte ihn, als er sie anblickte. »Charlotta, was ... ist das?« Es war, als würde sie strahlen, von innen heraus leuchten, ihr Haar, ihre Augen waren heller als zuvor.

Sie hob atemlos den Kopf. Lächelte.. Setzte an zu sprechen, ohne dass ein Ton hervorkam. Endlich stieß sie hervor: »Ich weiß es nicht. Ich habe so etwas ja noch nie erlebt.«

Ihre samtige, feuchte Enge umschloss ihn, als wäre es niemals anders gewesen. Und als sie in seinen Armen erbebte und mit Tränen der Lust und der Freude in den Augen zu ihm aufsah, während sein ganzer Körper explodierte und in Leidenschaft verging, da wusste er, dass er sich endgültig und unwiderruflich an diese junge Hexe verloren hatte.

Dreizehntes Kapitel

»Hier? War es wirklich hier?« Theo griff sich unwillkürlich an den Hals und lockerte die elegante Seidenmasche, als er zu dem Gebäude aufblickte. Es wirkte bedrohlich. Dabei hätte es ganz prächtig ausgesehen, ein lang gestreckter, zweistöckiger Bau, mit einer Kuppel und einem tempelartigen Eingang mit Säulen und einem Tympanon

Merlot nickte traurig. »Ganz bestimmt. Ich täusche mich nicht. Ich habe es nachgeprüft, sonst hätte ich dich nicht hergebracht.« Er sah seinen Geliebten mitleidig an. »Willst du lieber wieder gehen?«

Theo schüttelte den Kopf. »Um der Wahrheit die Ehre zu geben, ich würde sogar am liebsten wegrennen, aber ... ich bin es Vater und Charlie schuldig, das zu tun.«

Sein Freund griff nach seiner Hand und drückte sie leicht. »Wir haben Zeit genug. Die ganze Nacht, wenn es sein muss. Nimm dir, so viel du brauchst, dann gehen wir hinein.«

Theo sah abermals an dem Gebäude hoch. Sie befanden sich im Bezirk Southwark, auf den St. George's Fields, und das Gebäude vor ihnen war das berüchtigte Bethlem Hospital, von den meisten kurz Bedlam genannt. Das Irrenhaus Londons. Hier war – so hatte Merlot ihm erzählt – vor etwa zwanzig Jahren sein Vater ermordet worden. Theo wusste nicht, weshalb sein Vater überhaupt hierhergekommen war. Großmutter hatte niemals davon gesprochen, und er konnte schwören, dass auch Charlie keine Ahnung hatte.

»Und Veilbrook hat wirklich …«

Merlot legte beschützend den Arm um seine Schulter. »Du wolltest ja, dass ich einiges über Veilbrook herausfinde, seit deine Schwester bei ihm wohnt. Viel ist es ja nicht«, meinte er achselzuckend, »aber ein Freund von mir, der von meinem Interesse wusste, hat von der Sache mit deinem Vater erfahren.«

Theo nickte langsam, während er mit aufgerissenen Augen auf das Haus vor ihm starrte. »Dann lass uns hineingehen.«

Merlot führte ihn nicht durch den Vordereingang, sondern benützte eine unauffällige Seitentür. Er klopfte an, und ein Mann um die fünfzig, dessen Haar ihm strähnig ins Gesicht und bis zu den Schultern fiel, öffnete.

»Guten Abend, Mr. Mulligan.«

»Sie sind's.« Der Mann kratzte sich und sah an Merlot vorbei auf Theo. »Is er das?«

»Das ist mein Freund, der Auskunft von Ihnen haben will«, entgegnete Merlot in dieser ruhigen, selbstsicheren Art, um die Theo ihn beneidete.

Der andere machte einen Schritt zur Seite, Merlot trat ein, und Theo folgte ihm. Er war so nervös, dass seine Knie zitterten und er beinahe über die Türschwelle stolperte. Sie folgten dem Wärter durch einen längeren, schlecht beleuchteten Gang. Theo hielt sich die Hand vor den Mund, als der Geruch von Fäkalien, stickigen, ungelüfteten Räumen, von ungewaschenen Körpern ihn wie ein Schlag in den Magen traf und ihn würgen ließ. Links und rechts gingen Türen weg, teilweise waren die dahinterliegenden Räume nur durch Gitterstäbe gesichert. Einige Unglückliche standen an die Stäbe gelehnt, starrten heraus, andere lagen auf Pritschen oder wanderten, zum Teil mit Ketten an die Wand gefesselt, langsam hin und her. Immer zwei Schritte vor, zwei zurück, solange die Ketten reichten. Manche sprachen sie an. Andere weinten. Von weiter hinten hörte er hysterische Schreie.

Theo senkte den Kopf und hastete Merlot nach. Er war froh, als sie um eine Ecke bogen und eine kleine Kammer betraten. Die Ausstattung bestand lediglich aus einem Bett mit einer fleckigen Decke und einem zweifellos verlausten Kopfkissen sowie einem roh gezimmerten Tisch mit zwei Stühlen. Auf dem Tisch stand ein schmutziges Glas und daneben ein leerer Krug.

Merlot schob Theo einen der Stühle hin und nahm auf dem anderen Platz, sodass Mulligan sich auf das unappetitliche Bett setzen musste. Theo betrachtete den Wärter scheu und zugleich neugierig. Er wirkte so vernachlässigt wie seine Umgebung, hatte Bartstoppeln, ein aufgedunsenes Gesicht und tiefe Tränensäcke unter den Augen. Wie Theo von Merlot wusste, arbeitete dieser Mann seit fünfundzwanzig Jahren in Bedlam. Was musste das für ein Mensch sein, der so etwas fast ein halbes Menschenleben lang ertrug? War er so kalt? Gefühllos? Oder er war einfach nur im Laufe der Jahre abgestumpft und sich und anderen gegenüber gleichgültig geworden?

Merlot nickte Theo aufmunternd zu.

Theo griff in die Tasche und schob dem Wärter einen Schein hin. Mulligan griff hastig danach und starrte zugleich begehrlich auf die Flasche, die Merlot aus seiner Rocktasche zog. Merlot goss eine bräunliche Flüssigkeit in das leere Glas. Als Mulligan jedoch danach fasste, beugte sich Theo vor und schob es fort.

»Zuerst erzählen Sie.«

»Ein Schluck wird doch erlaubt sein. Was fällt'n dir überhaupt ein, Bursche?«

Merlot stieß den Mann mit der Spitze seines Spazierstocks an. »Der Whiskey ist dafür, dass Sie reden, mein Freund. Vorher reden und nachher saufen. So lautet das Geschäft.« Er deutete mit dem Kopf auf den leeren Krug. »Und das Geld, das ich Ihnen gestern gab, war auch nicht dafür, dass Sie sich betrinken und jetzt nicht einmal mehr zu einem Mindestmaß an Höflichkeit und Respekt fähig sind.« Theo sah mit Bewunderung, wie eingeschüchtert der Mann auf Merlot reagierte. Er war so stark. So selbstbewusst. Noch viel mehr als Charlie, die ihn in der Kindheit immer beschützt hatte.

»Na schön.« Mulligan schlug die Augen nieder und wischte sich mit dem Ärmel über den Mund. »Was genau woll'n Se hören?«

»Über den Tod von Horatio di Marantes. Und zwar alles. Und«, Merlot beugte sich vor, »ich werde jede Lüge, jede kleinste Abweichung sofort merken.« Er lächelte kalt. »Ich kann Unwahrheit *riechen*.«

Mulligan starrte Merlot in die kalten hellen Augen, dann nickte er. »Ja, also die Sache war dann so ...«

Die folgende Woche mit Veilbrook war besser als alles, was Charlie sich jemals erwünscht oder erträumt hätte. Da Veilbrook mit keinem Wort auf die Succuba zurückgekommen war, nahm sie an, dass er auf irgendeine magische Weise ausreichend auf seine Kosten gekommen war und keinen Grund sah, sich zu beschweren. Er hatte auch nichts mehr über das *Chez Haga* gesagt, nichts von Miete oder wöchentlicher Apanage, sondern hatte ihr einfach ein Bündel Geldscheine für etwaige Ausgaben in die Hand gedrückt – eine so hohe Summe, dass Charlie der Mund offen stehen geblieben war. Und er hatte seiner Dienerschaft gegenüber keinen Zweifel gelassen, dass Miss Charlotta Baker im Haus eine Stellung einnahm, die jener der Hausherrin entsprach. Es war ganz so, als wäre sie seine Geliebte und nicht eine gekaufte Bettgefährtin.

Anfangs, in den ersten Tagen, hatte es Stunden gegeben, in denen er sich völlig von ihr zurückzuziehen schien, nur kurze, unfreundliche Antworten gab, oder sie mit einem so sinnenden, düsteren Ausdruck in den Augen beobachtete, dass sie sich bange fragte, was in ihm vorging. Aber je länger Charlie sich in seinem Haus aufhielt, desto mehr veränderte sich sein Benehmen ihr gegenüber. Der Spott, mit dem er sie davor verletzt hatte, die Arroganz, die plötzliche Kälte, die sich wieder mit Anzüglichkeit abgewechselt hatte, waren wachsender Zärtlichkeit und Zuneigung gewichen, die hinter jeder seiner Gesten fühlbar wurden.

Er verbrachte gelegentlich einen Abend außer Haus, und der Gedanke, dass er vielleicht Schwarze Messen oder ähnliche Veranstaltungen aufsuchte, bedrückte sie. Und trotzdem schmiegte sie sich, wenn er in der Nacht oder den frühen Morgenstunden heimkam, sofort vertrauensvoll in seine Arme, sobald er in ihr Zimmer trat, sie aus dem Bett hob und in sein eigenes trug, um den Rest der Nacht mit ihr zu verbringen. Es gab Nächte, da brachte er sie nur in sein Bett, um sie an sich zu ziehen, sie zu streicheln, bis sie eingeschlafen war, sie sachte zu küssen, und am Morgen den Tag mit ausgesuchten Zärtlichkeiten zu beginnen. Und Charlie genoss es. Wäre sie nicht schon längst bis über beide Ohren in Veilbrook verliebt gewesen, so war jetzt – fand sie – ein sehr guter Zeitpunkt dafür.

Es war an einem der Tage, an denen Veilbrook nach London fuhr, um dort Geschäften oder Tätigkeiten nachzugehen, über die Charlie nichts wusste – und auch nichts Genaues wissen wollte – als der Butler einen Besucher in die Bibliothek führte. Sie hatte von Veilbrook die Erlaubnis erhalten, jedes Buch, jede Schriftrolle, die ihr in die Hände fiel, zu studieren, und sie war immer wieder völlig verblüfft über die Schätze, die er angesammelt hatte. Es fanden sich unfassbar alte Kostbarkeiten darunter, die in Sprachen und Schriftzeichen abgefasst waren, von denen Charlie nicht einmal in Großmutters umfassenden Werken auch nur Erwähnungen gefunden hatte. Veilbrook schien sie alle zu kennen, verstand es, sie zu lesen, und Charlie hielt sich gerne mit ihm gemeinsam in der Bibliothek auf, an ihn geschmiegt, an seinem Rücken, an seiner Schulter lehnend oder – noch besser – auf seinem Schoß sitzend, während er ihr diese Schriften erklärte und daraus vorlas.

Als sie in dem angekündigten Besucher Theo erkannte, sprang sie auf, zutiefst erfreut und zugleich von heftigen Schuldgefühlen gepackt. Sie war so sehr in ihre wachsende Liebe zu Cyrill, diese neue, faszinierende und beglückende Intimität mit einem anderen Menschen verstrickt gewesen, dass sie sich wesentlich weniger als sonst um ihren Bruder gesorgt hatte. Das war ihr bisher noch nie passiert; seit dem Tod ihrer Eltern hatte sie sich für Theo verantwortlich gefühlt. Sie hatte zwar unter anderem Cyrills umfangreiche Bibliothek auch dazu benutzt, über Vampire und vampirähnliche Wesen nachzuforschen, aber ihre Gefühle hatten sich geändert. Es bohrte und nagte nicht ständig mehr in ihr, sie zerbrach sich nicht mehr fast jede wache Minute den Kopf, wie sie Theo aus dieser nach Blut dürstenden Gemeinschaft befreien konnte.

Theo machte ein sehr besorgtes Gesicht, sah sich erst argwöhnisch um, dann eilte er mit langen Schritten auf sie zu. Charlie warf sich schuldbewusst in seine Arme, und er drückte sie an sich, ehe er sie ein bisschen von sich schob, um sie misstrauisch von oben bis unten zu betrachten. Er schien mit der Musterung zufrieden zu sein, denn sein »Dem Himmel sei Dank, dass es dir gut geht!« klang wie ein Stoßgebet.

Charlie lachte, legte die Hände um sein Gesicht und küsste ihn auf beide Wangen. »Es ist seltsam, einen Vampir derartige Worte sprechen zu hören. Früher hätte ich gedacht, dass ihr schon allein beim Nennen des Himmels verbrennen müsstet.«

»Mal den Teufel nicht an die Wand«, rief Theo erschrocken aus. »Und jetzt komm.« Er befreite sich aus ihrem Griff und sah sich hektisch um. »Du musst fort.«

Charlie sah ihn verblüfft an. »Wieso? Wohin denn?«

»Ich bin gekommen, um dich zu holen. Als ich von Tante Haga hörte, dass du hier bist, bin ich sehr erschrocken.«

»Aber du wusstest doch, dass ich mit Veilbrook gefahren bin. Komm, setz dich. Erzähl mir, wie es dir geht.« Sie wollte ihn zu einem Stuhl hinschieben, hielt jedoch inne, als sie seinen gequälten Gesichtsausdruck sah. »Was ist denn, Theo? Ist etwas geschehen?« Sie fasste ihn besorgt am Arm. Hatte er Angst? War er in Schwierigkeiten? Die Schuldgefühle, die Sorge waren mit einem Schlag wieder da.

Theo ergriff ihre Hand und presste sie. »Charlie, wir haben herausgefunden, dass Veilbrook derjenige war, der dafür gesorgt hat, dass ich aus der Wohnung verschwinden musste.«

»Weshalb sollte er so etwas tun?«, fragte sie leise. Cyrills Drohungen und sein Verbot, Theo wiederzusehen, fielen ihr wieder ein.

»Weil er dich wollte. Er hat mich sogar am nächsten Tag, nachdem er mich gerettet hat, aufgesucht und mir gedroht, sollte ich mich nicht von dir fernhalten. Als ob ich mich davon abhalten lassen würde, meine Schwester zu beschützen«, setzte Theo mürrisch hinzu.

Veilbrook war also eifersüchtig. Charlies Gefühle waren gespalten, was das betraf. Wie sehr sie sich unter anderen Umständen auch über Veilbrooks Eifersucht gefreut hätte, so bestürzt war sie nun. Es war ihre Schuld. Sie hätte ihm gleich sagen müssen, dass

Theo ihr Bruder war. Aber was fiel ihm nur ein, Theo aus seiner Wohnung zu werfen und ihn auch noch einzuschüchtern!

Als Theo jedoch versuchte, sie mit sich zu ziehen, wehrte sie sich dagegen. »Ich gehe nicht mit, ehe ich nicht gehört habe, was los ist.«

»Du bist eigensinnig.« Theo klang verzweifelt. Sein blasses Gesicht verlor noch mehr an Farbe.

Charlie verschränkte die Arme vor der Brust und sah ihn stur an. »Möglich. Also tust du besser daran, mir ...«

»Na schön, na schön«, unterbrach er sie ärgerlich. Er sah sich gehetzt um. »Kann uns hier jemand hören?«

»Das wäre möglich. Komm«, Charlie zog Theo in die Halle und dann durch den Hintereingang hinaus in den Park. Die Sonne war schon lange hinter den Hügeln versunken und die kommende Nacht warf graue Schatten über den gepflegten Rasen. Die Abendfeuchtigkeit legte sich auf Charlies Gesicht und ihre Kleider. Sie fröstelte ein wenig und schlang die Arme um sich, um sich zu wärmen.

Theo ging einige Schritte in den Park hinein, dann drehte er sich unvermittelt zu Charlie um. »Wusstest du, dass unser Vater in Bedlam gestorben ist?

Charlie blieb wie angewurzelt stehen. Sie hatte gedacht, Theo wolle sich über Veilbrook beschweren, und hatte sich schon einige beruhigende Antworten dazu überlegt. Diese Mitteilung ließ jedoch ihren Atem stocken.

»Ich war gestern Nacht dort«, fuhr Theo hastig fort. »Der Wärter hat mir alles erzählt. Und ich habe in die Akten gesehen. Es stimmt, Charlie!«

Charlie schüttelte langsam den Kopf, als sie begriff, dass Theo keinen dummen Scherz machte, sondern fest davon überzeugt war. »Das kann nicht sein. Großmutter hat niemals etwas gesagt.«

Theo hob hilflos die Schultern. »Wahrscheinlich wollte sie uns schonen.«

Charlie verbarg für Sekunden das Gesicht in den Händen. Sie konnte sich nicht sehr deutlich an ihren Vater erinnern. Sie war an die sechs Jahre alt gewesen, als Agatha Baker sie und Theo aufgenommen hatte, weil ihre Eltern tot waren. Man hatte ihr gesagt, es sei ein Unfall gewesen. Aber es stimmte nicht. Ihr Vater hatte überlebt und war im Irrenhaus gestorben. Der Gedanke war so bestürzend, dass sie ihn noch nicht vollständig erfassen konnte.

»Er muss völlig verwirrt und verzweifelt gewesen sein nach Mutters Tod«, sagte Theo leise. In seinen Augen schimmerten Tränen. »Und dann ist er dort gestorben.« Ein Zittern lief durch seinen Körper. »Ich war dort. Ich habe mir alles angesehen. Sogar die Zelle, in der er ... wo sie ihn ...« Theo schloss die Augen. »Charlie, ich kann es kaum ertragen, zu wissen, dass unser Vater mehrere Monate an diesem Ort verbracht hat! Dieses Wissen ist entsetzlich.« Er schlang die Arme um sie und presste sein Gesicht an ihre Schulter. Sie umarmte ihn und hielt ihn fest. So, wie sie ihn als Kind gehalten hatte, wenn er weinend bei ihr Schutz gesucht hatte.

Theo schmiegte sich enger an seine Schwester. Charlie war so vertraut, so stark und beschützend, fast so wie Merlot. Nur eben wärmer, und ihr Herz schlug schnell und laut. Merlot war sehr verständnisvoll und besorgt gewesen, als sie Bedlam in den frühen Morgenstunden, kurz vor der Dämmerung verlassen hatten. Er hatte sich um ihn gekümmert, dafür gesorgt, dass er ruhte, ihn, um ihn zu kräftigen, sogar einige Schlucke aus seinem Handgelenk nehmen lassen.

Aber so sehr er sich an Merlot und dessen Stärke anlehnte, so wenig hatte er ihm die wahre Tiefe seines Schocks und seines Schmerzes zeigen können. Sein Stolz hatte ihn davor zurückgehalten vor seinem weltmännischen, überlegenen Liebhaber zusammenzubrechen. Jetzt, bei Charlie, konnte er sich gehen lassen. Sie war seine große Schwester.

Ihre Wärme durchdrang seine kühle Haut, wärmte auch ihn. Das war etwas, was er am meisten vermisste, seit er verwandelt worden war – die Wärme einer menschlichen Umarmung. Die Momente, in denen er ein Opfer im Arm hielt und saugte, reichten nicht aus. Er schnupperte an ihr. Hatte sie immer schon so gut gerochen? Hatte ihr Puls sich immer so angefühlt? Der Drang, das Bedürfnis, mehr von dieser Wärme, von diesem Leben zu fühlen, wurde stärker. Seine Lippen lagen wie von selbst an ihrem Hals. Hier waren Trost und Stärke. Wärme, Leben, Blut. Er leckte sich über die Lippen.

Im nächsten Moment hatte seine Schwester ihn auch schon derb von sich gestoßen. Ihre Augen funkelten zornig.

»Untersteh dich!«

Beschämt senkte Theo den Kopf. »Ich wollte nicht. Nicht wirklich. Es war nur ... du bist so schön warm ...«

Ein Geräusch ließ beide herumfahren. Es war inzwischen dunkel geworden, aber Veilbrook war gegen den Lichtschein, der aus dem Haus fiel, deutlich sichtbar. Theo sah ihn mit weit aufgerissenen Augen an, und Charlies Blick glitt forschend über Veilbrooks Miene. Hatte er gehört, was Theo ihr erzählt hatte?

Sein Gesicht war unbewegt, als er auf Charlie zutrat und die Pelzstola um ihre Schultern legte, die er ihr vor zwei Tagen geschenkt hatte. Seine Stimme klang ruhig, als er sagte: »Es wird kühl, Charlotta. Vielleicht solltest du zurück ins Haus gehen.«

In diesem Moment schrie ein Käuzchen. Unmittelbar darauf ertönte ein anderer Schrei, ein Quietschen, das durch Mark und Bein ging. Irgendein Nachttier hatte ein Opfer geschlagen. Charlie zuckte zusammen.

»Das ist nichts. Nur ein kleines Raubtier.« Veilbrooks Hände legten sich beruhigend auf Charlies Schultern.« Er warf Theo einen drohenden Blick zu. »Es gibt weit größere und gefährlichere.«

Theo wich zurück. Dann, mit einem Blick auf Charlie, ermannte er sich jedoch und machte einen kleinen Schritt vorwärts. Er holte tief Luft, und dann stieg ein dünnes Grollen aus seiner Brust. Charlie trat verwirrt auf ihn zu, und Veilbrooks Hände glitten von ihren Schultern.

Veilbrook musterte Theo mit dem Ausdruck eines Wolfes, der seine Beute taxierte und feststellte, dass sie den Biss nicht wert war. »Der Knabe ist erheiternd«, sagte er schließlich zu Charlie. »Kein Wunder, dass du ihn trotz meines ausdrücklichen Verbots ins Haus gelassen hast. Willst du ihn behalten? Als

Schoßhündchen? Wir könnten ihm eine Narrenmütze aufsetzen, und er darf beim Essen zu deinen Füßen sitzen und nach den Bissen schnappen, die du ihm zuwirfst.«

»Hör auf zu knurren!«, fuhr Charlie ihren Bruder an. Er klang tatsächlich wie ein zu groß geratener Pekinese. Theo warf ihr einen gekränkten Blick zu und verstummte.

Veilbrook sah ihn verächtlich an. »Ich sage es nur noch ein einziges Mal, Vampir: Betreten Sie nie wieder mein Haus und kommen Sie Charlotta nie wieder nahe.«

Theo schluckte bei diesen Worten. Wollte Veilbrook ihm drohen? Das würde ihm nichts nützen. Charlie war seine Schwester, es war seine Pflicht, ihr zur Seite zu stehen! Tapfer machte er einen Schritt zu Veilbrook hin. »Ich bin gekommen, um Charlie mitzunehmen«, sagte er fest. »Wir haben das vorhin besprochen.«

Veilbrooks durchdringender Blick suchte Charlie. »Wie war das?«

Charlie stellte sich neben Theo und umfasste seinen Arm mit beiden Händen, als müsse sie ihn festhalten. »Theo ist mein Bruder!«

Veilbrooks Augen weiteten sich überrascht, dann wandte sich sein prüfender Blick abermals Theo zu, der darunter sichtlich schrumpfte.

»Ich kann nicht zulassen, dass sie hier mit Ihnen lebt«, machte Theo tapfer seine Position klar.

»Und weshalb nicht?« Veilbrooks Blick hatte die gefährliche Härte verloren, aber die ironische Erheiterung darin stimmte Theo ärgerlich.

»Es ist nicht angemessen.« Theo hätte ihm gerne gesagt, dass er Charlie nicht bei einem Geschöpf lassen wollte, vor dem selbst die Vampire Angst hatten. Sogar Merlot war vorsichtig, wenn der Name Veilbrook fiel, und das wollte schon etwas besagen! »Die Leute reden schon. Ich habe auf den Ruf meiner Schwester zu achten.«

»Nun, das haben Sie bisher ja auch hervorragend geschafft«, erwiderte Veilbrook mit einem ironischen Lächeln. »Mit größtem Erfolg, wie man sieht. Das Bordell, in dem ich sie gefunden habe, ist eines der exquisitesten der Stadt.«

»Wie ...« Theo wollte auf Cyrill losgehen, aber Charlie hielt ihn zurück.

»Hör auf damit!«

»Er hat gesagt, du wärst in einem Bordell gewesen!«, sagte Theo empört. »Wie kann er nur ...«

»Ja, natürlich! Im *Chez Haga*.«

Theo riss die Augen auf. Dann lachte er kurz auf. »So. Verstehe.«

»Es wird Zeit, dass dein Bruder sich verabschiedet, Charlotta.« Ein weicherer Unterton schwang in Veilbrooks Stimme mit. »Und was Sie betrifft, so kann ich dem Bruder meiner ... Charlottas Bruder nicht verbieten, seine Schwester zu sehen. Aber wenn Sie in Zukunft dieses Haus betreten, dann werden Sie das nur in meiner Anwesenheit tun. Ist das klar?«

Theo nickte mit zusammengebissenen Zähnen.

Veilbrook fasste ihn kühl ins Auge, dann traf ein weitaus wärmerer Blick Charlie. »Ich erwarte dich drinnen, meine Liebe.«

Charlie sah ihm nach und fragte sich, was er hatte sagen wollen, als er sich unterbrochen hatte. Dem Bruder meiner ... Meiner was? Meiner Mätresse? Meiner Geliebten? Sie hoffte, dass es Letzteres war. Das Wort *Geliebte* hatte für Cyrill eine weitaus innigere Bedeutung als sonst üblich.

»Ich muss jetzt gehen, Charlie«, flüsterte Theo hektisch, »sonst wird er noch misstrauischer. Aber davor musst du noch eines wissen: Vater starb nicht von selbst in Bedlam. Er wurde ermordet. Und«, fuhr Theo leise und eindringlich fort, dabei ängstlich zum Haus schielend, »der Mann, der ihn getötet hat, ist Veilbrook.«

Einige Augenblicke lang war es in Charlie völlig tot. Es war, als hätten Theos Worte jede Empfindung und jeden Gedanken in ihr zu Eis erstarren lassen. Dann revoltierte alles in ihr gegen diese Behauptung, und endlich fand sie sich in der Lage, mit heiserer Stimme zu sagen: »Das ist völlig unmöglich.«

Theo schüttelte heftig den Kopf. »Es kann kein Zweifel bestehen. Der Wächter hat alles erzählt. Es war während der Nacht. Jemand hat am Tor geläutet. Mulligan – so heißt der Wächter – ist hinuntergegangen und hat aufgemacht. Der Mann hat sich als Cyrill Veilbrook vorgestellt, und Mulligan wusste, dass er die Wahrheit sagte, da Veilbrook damals in der Stadt nicht unbekannt war. Und außerdem war er schon einmal da gewesen.«

»In Bedlam?«

Theo zog sie ein wenig weiter vom Haus weg, ohne den Eingang aus den Augen zu lassen. Von Veilbrook war nichts zu sehen. »Er hatte Vater schon einmal besucht. Eine Woche davor. Er hat ein gutes Trinkgeld gegeben, sagt Merlot.«

»Wieso Merlot?«

»Er hat es in den Gedanken des Wärters gelesen. Auch dass dieser die Wahrheit sagt, er hat Veilbrooks Bild in seinem Kopf gesehen.«

Charlie schloss für Momente die Augen. Die kühle Nachtluft ließ sie trotz der warmen Stola erzittern. Das Käuzchen im nahen Wald schrie abermals. Charlie schauderte. Auch Theo lauschte.

»Erzähl weiter«, bat sie mit tonloser Stimme.

»Veilbrook ist wieder gegangen. Und als Mulligan auf seinem Rundgang bei der Zelle vorbeikam, hat er gesehen, dass Vater ruhig dalag, die Decke über sich gebreitet, also nahm er an, dass er schlief.« Er atmete tief durch, bevor er weitersprach. »In dieser Nacht gab es ein heftiges Gewitter. Es blitzte und donnerte unaufhörlich. Das ganze Gebäude bebte, und alle dachten schon, der Blitz hätte eingeschlagen. Man hörte Heulen, Stimmen, Lichtblitze zuckten durch die Gänge, und einige der Gefangenen hatten einen unheimlichen Gesang angestimmt. Mulligan sagte, dass ihnen dabei allen das Blut in den Adern gefroren ist.« Theo erzählte mit weit aufgerissenen Augen, und auch Charlie schauderte.

»Dann, mit einem Mal, war alles vorbei. Mulligan und die anderen beruhigten sich. Als Mulligan am Morgen bei Vaters Zelle vorbeikam, lag er immer noch da. Er ging hinein, um ihn aufzuwecken. Der Tageswärter mochte es nicht, wenn die Insassen noch schliefen. Und Mulligan hatte von Veilbrook gutes Geld bekommen, also wollte er Vater einen Gefallen tun. Aber als er die Decke wegzog … da sah er, dass er tot war. Aber«, jetzt war Theos Stimme zu einem Flüstern herabgesunken, »er war nicht einfach nur tot. Er war ermordet worden.«

»Woher weißt du das?«

»Seine Fingerspitzen waren verkohlt, als hätte ihn ein Blitz getroffen. Das war es auch, was die anderen annahmen. Und seine Augen waren weit aufgerissen. Der Ausdruck auf seinem Gesicht muss furchtbar gewesen sein.«

»Vielleicht hat ihn wirklich ein Blitz getroffen.« Charlie klang heiser.

Theo schüttelte den Kopf. »Seine Zelle hatte nicht einmal ein Fenster. Und der Letzte, der ihn noch lebend gesehen hat, war Veilbrook.«

Charlie schüttelte langsam den Kopf. »Ich kann das nicht glauben. Woher hätte er Vater kennen sollen? Und weshalb ihn töten? Einen verwirrten Menschen, der keinem etwas tut?«

Theo zuckte mit den Schultern. »Weiß man es? Vielleicht hat er ihn ja aussaugen wollen. Und ist durch das Unwetter gestört geworden.«

»Hör auf damit«, fuhr Charlie ihn an.

»Was immer wir glauben, Veilbrook ist alles andere als ein Unschuldslamm«, flüsterte Theo eindringlich. »Denk doch selbst nach! Es kann kein Zufall sein, dass er ausgerechnet dich haben wollte! Von all den hübschen Mädchen im *Chez Haga*, ausgerechnet dich? Da stimmt doch etwas nicht.« Er sah nicht ihr Zusammenzucken, nicht den Ausdruck von Schmerz in ihren Augen, sondern sprach weiter. »Vielleicht ist es eine Art von Familienfehde. Es geht nämlich auch noch ein Gerücht um, das dich betrifft«, Theo sprach jetzt so leise und hastig, dass Charlie ihn kaum verstehen konnte. »Merlot hat mir davon erzählt. Es sagt, du hättest besondere Kräfte von Mutter geerbt, und Veilbrook wolle sich diese zunutze machen.«

»Das ist doch Unfug.« Charlie versuchte, überzeugend zu klingen, fühlte jedoch, wie Todeskälte in ihr hochstieg. Großmutter hatte ihr eingeschärft, niemals davon zu sprechen, und nicht einmal Theo wusste es, aber sie hatte tatsächlich besondere Fähigkeiten geerbt, die sich allerdings erst in Jahren völlig manifestieren würden. Sie fasste nach Theos Hand. »Theo – ich muss selbst mit diesem ... wie heißt er doch? ... diesem Mulligan reden.«

»Aber wenn ich dir doch sage ...«

»Sorge dafür, dass ich morgen früh mit einer Kutsche abgeholt werde. Ich möchte nicht Cyrill darum bitten, mir seine zur Verfügung zu stellen, wenn ich ihm hinterherspioniere.«

»Gut.« Theo nickte nach einiger Überlegung. »Und hier ...«

Charlie erschrak, als etwas Kaltes ihre Hand berührte. Theo hielt ihr so, dass man ihn vom Haus nicht beobachten konnte, den Griff eines Dolches hin, der in einer ledernen Scheide steckte. »Nimm ihn. Der ist aus Silber und vergiftet. Merlot hat ihn von einem Freund. Selbst wenn du Veilbrook mit dem Dolch nicht gleich tötest, so wirkt das Gift.«

Charlie trat einen Schritt zurück und hob abwehrend die Hände. »Ich werde Veilbrook bestimmt nicht töten! Nicht einmal verletzen! Du musst den Verstand verloren haben!«

»So schrei doch nicht so«, zischte Theo sie an. »Man weiß nicht, was er vorhat.« Er drückte ihr heftig den Griff in die Hand. »Verstecke ihn unter deinen Röcken und sieh zu, dass du ihn unauffällig ins Haus bekommst.«

»Hör auf!« Charlie wollte das nicht hören. »Ich will das nicht. Veilbrook wird mir nichts tun. Und falls doch, kann ich mich selbst wehren.«

»Charlie, bitte, mir zuliebe. Ich habe Angst um dich.«

Bei diesem flehenden Tonfall wurde Charlie weich. So war es immer schon gewesen. Wenn Theo bettelte, konnte sie ihm nichts abschlagen. Sie riss ihm den Dolch aus der Hand. Sie hatte wahrlich keine Absicht, damit Veilbrook auch nur nahe zu kommen, dagegen aber nicht übel Lust, ihn an Theos Freund Merlot auszuprobieren. Sie steckte die Waffe in ihr Strumpfband und schauderte allein schon bei der Berührung.

Schließlich küsste sie Theo auf die Wange. »Geh jetzt. Und mach dir keine Sorgen. Mir geschieht nichts. Pass du nur lieber auf dich auf. Und vergiss nicht, die Kutsche zu schicken!«

Sie sah Theo nach, als er im Dunkel verschwand. Ein Schatten unter den anderen Schatten. Dann wandte sie sich um und ging langsam auf das Haus zu. Sie hatte einiges, worüber sie nachdenken musste. Und wenn sie selbst einmal Ordnung in dem Chaos, das jetzt in ihrem Kopf herrschte, geschaffen hatte, dann wollte sie mit Veilbrook darüber sprechen. Was Theo ihr erzählt hatte, konnte – durfte – nicht stimmen.

Cyrill hatte Charlotta keinen Moment aus den Augen gelassen, auch wenn er dafür gesorgt hatte, dass weder sie noch ihr Bruder ihn bemerkten. Dass dieser Vampir Charlottas Bruder war, hatte in Cyrill eine unverhältnismäßig große Erleichterung ausgelöst. Er war sich seiner Geliebten zwar mit jedem Tag, den sie in seinem Haus und in seinen Armen verbrachte, sicherer geworden, aber dennoch hatte ein ständiger Zweifel in ihm genagt.

Als er in den Park gekommen war, hatte er sehr wohl gesehen, dass dieser junge Vampir sozusagen lange Zähne auf Charlotta gemacht hatte. Sie hatte ihn zwar zurückgestoßen, aber selbst eine Succuba war nicht in der Lage, sich gegen die Gewalt eines nach Blut dürstenden Vampirs zur Wehr zu setzen. Und Cyrill durfte nicht einmal daran denken, was er mit dem Burschen tun würde, wenn er Charlotta verletzte oder gar tötete. Dann würde ihm die Tatsache, dass er ihr Bruder war, nur insofern helfen, als er kurzen und schmerzlosen Prozess mit ihm machte.

Allerdings, stellte er sehr schnell fest, gingen von diesem jungen Kerl auch noch andere Gefahren aus. Er musste nämlich mitansehen, wie Theo Charlotta einen Dolch in die Hand drückte. Und als sie das Haus betrat, wollte ihm der nachdenkliche, in sich gekehrte Ausdruck auf ihrem Gesicht nicht gefallen. Was hatte dieser kleine Bastard ihr noch so eifrig erzählt? Ihm wurde klar, dass er kaum etwas von Charlotta wusste – er hatte ja nicht einmal geahnt, dass sie einen Bruder hatte. Er hatte sich in eine junge Hexe verliebt, die er kaum kannte, und doch war er bereit gewesen, ihr zu vertrauen. War das ein Fehler gewesen?

»Charlotta? Kommst du zu mir?«

Sie war auf dem Weg zur Treppe, hielt jedoch inne und sah ihn mit einem forschenden Ausdruck an, als sie ihm ins Arbeitszimmer folgte.

Er schloss die Tür hinter sich. »Charlotta, was ich vorhin gesagt habe, solltest du bitte ernst nehmen. Er ist gefährlich.«

»Das sagt man von dir auch«, erwiderte sie kühl.

»Und zu Recht. Aber ich würde niemals Anstalten machen, dich zu beißen und auszusaugen.«

Sie wandte den Blick ab. Dass ihr Bruder das versucht oder zumindest gedacht hatte, konnte sie nicht leugnen. »Er wird mir nichts tun, du musst dir keine Sorgen machen.«

»Was wollte er noch von dir? Was hat er dir so eifrig erzählt?«

»Ach nichts besonderes«, sie lächelte etwas schief. »Ich wollte morgen Besuche bei alten Bekannten machen und habe ihn gebeten, mir eine Kutsche zu schicken.«

»Das kommt überhaupt nicht infrage! Ich habe morgen keine Zeit, dich zu begleiten, und ich werde gewiss nicht dulden, dass du allein und schutzlos herumziehst.«

Charlottas Brauen rutschten bei seinen Worten hoch, und er zuckte beinahe unter ihrem hochmütigen, kalten Blick zusammen. So hatte sie ihn nicht mehr angesehen, seit er ihr damals in Hagazussas Haus den Vorschlag gemacht hatte, sie zu mieten. Er hatte sich, stellte er bitter fest, sehr schnell an ihren warmen, liebevollen Blick gewöhnt.

»Ich fürchte, Cyrill, was das betriff, so hast du weder das Recht noch die Möglichkeit, mir etwas zu befehlen. Ich kann tun und lassen, was ich will. Wenn ich dich daran erinnern darf: Ich bin jetzt freiwillig hier. Und ich werde Theo sehen, sooft ich will.«

»Du kannst ihn sehen, wenn ich dabei bin, aber du wirst morgen auf gar keinen Fall allein wegfahren.« Er hatte Mühe, seine Stimme ruhig klingen zu lassen, so rasch stieg sein Zorn in ihm hoch. Es war für sie gefährlich.

War ihr Blick zuvor hochmütig gewesen, so war er nun verächtlich. »Bin ich etwa deine Gefangene?«

»Ich würde den Begriff *Gast* vorziehen, wenn du schon keinen adäquateren Ausdruck für das findest, was du in meinem Hause bist«, erwiderte er scharf. »Aber wenn es dir eine perverse Freude bereitet, dich als meine Gefangene zu betrachten, dann werde ich der Letzte sein, der dir diese Genugtuung nimmt. Schließlich liegt mir nichts mehr am Herzen als dein Wohlbefinden.«

Veilbrooks sarkastischer, überlegener Tonfall machte Charlie wütend. »Du kannst mich nicht festhalten!«

»Kann ich nicht?« Er musterte sie spöttisch, mit leicht schief gelegtem Kopf, wie man ein dummes Kind ansah, das trotzig mit den Füßen aufstampfte. Und haargenau diesen Wunsch verspürte Charlie in diesem Moment auch! Das machte es nicht unbedingt besser.

Er trat zu ihr, beugte sich näher zu ihr herab, legte seine Finger unter ihr Kinn und hob es sanft, aber unerbittlich hoch, sodass sie zu ihm aufsehen musste.

Sie wollte nicht mit ihm streiten. Theos Besuch, seine Erzählung, die Angst, es könnte etwas Wahres daran sein, brachten ihre gesamte Gefühlswelt in Aufruhr. Sie wollte jetzt nur alleine sein und über alles nachdenken. Und vor allem nicht mit Cyrill über ihre Stellung in diesem Haus und ihre Freiheit diskutieren.

»Ich habe absolute Macht über dich, mein liebes Kind«, sagte er mit kühler Überlegenheit, die ihren Ärger noch mehr aufstachelte. »Ich kann mit dir tun, was ich will. Dich hierbehalten. Oder dich sogar gehen lassen, wenn es mir beliebt. So lange, bis es mir wieder gefällt, dich einzufangen, weil ich aus einem unerfindlichen Grund das Bedürfnis nach deiner Gesellschaft verspüre.« Er kam so nahe, dass sie seinen Atem auf ihrem Gesicht spürte und seine Lippen nur noch einen Kuss entfernt waren. »Und genau dieses Bedürfnis verspüre ich im Moment. Deshalb wirst du hierbleiben und tun und lassen, was ich dir befehle. Bis ich dir erlaube, zu gehen.«

Charlie kochte langsam und sicher vor Zorn. Und doch fühlte sie zugleich die unwiderstehliche Anziehungskraft, die von ihm ausging und die sie wünschen ließ, er würde sie küssen. Sie hasste sich selbst dafür. Und noch viel mehr ihn, als er sie losließ und einen Schritt zurücktrat. Sein Lächeln war spöttisch.

»Du darfst dich jetzt auf dein Zimmer zurückziehen.«

»Dann gute Nacht, Lord Veilbrook. Das letzte Wort ist noch nicht gesprochen, auch wenn Sie sich das einbilden! Und bis dahin tun Sie mir und sich selbst den Gefallen, mir nicht näher als zehn Schritte zu kommen.« Charlies Stimme klang wie ein Fauchen, so wütend war sie. Sie drehte sich auf dem Absatz um und stürmte so zornig hinaus, dass ihre Röcke hinter ihr herwehten und der Dolch beinahe aus ihrem Strumpfband rutschte.

Cyrill brauchte eine Stunde, um zu einer Entscheidung zu gelangen. Und dann war es weniger der Wunsch, seinen Willen durchzusetzen, als das Verlangen nach ihr und ihrer Gegenwart, das ihn einfach nackt in ihr Zimmer stapfen und sie trotz ihres passiven, aber sehr grimmigen Widerstands aus ihrem Bett holen und in sein eigenes tragen ließ. Er hatte nicht vor, ihr seine Liebkosungen aufzudrängen, sondern wollte sie nur dicht neben sich ziehen, sie spüren und ihren Duft einatmen. Auch wenn er das ihr gegenüber in diesem Moment bestimmt nicht zugegeben hätte.

Aber allein schon das Gefühl ihres schlanken Körpers auf seinen Armen, ihre Brust auf seiner, das lange Haar, das wie Seide auf seinem Arm lag, genügte, um ihn noch auf andere, interessantere Ideen kommen zu lassen. Und als er sie dann mit zusammengepressten Lippen und wütend funkelnden Augen in seinem Bett liegen hatte, kämpften Ärger und Sehnsucht gleichermaßen in ihm. Verflixtes, verbohrtes Frauenzimmer! Begriff sie denn nicht, dass er allein aus Sorge um sie so handelte?

»Du hast keinen Grund, so bockig zu sein«, hielt er ihr vor. »Ich hatte dir verboten, ihn zu sehen, und du hast dich darüber hinweggesetzt.«

Sie warf ihm einen undefinierbaren Blick zu. »Willst du mir damit sagen, dass du dir wieder eine *Strafe* für mich ausgedacht hast?« Ihr Tonfall hatte nichts Erotisches, nichts Erregtes, sondern etwas sehr Abweisendes.

Cyrill hatte bis zu diesem Moment zwar nicht daran gedacht, aber die Idee war nicht schlecht. Unter anderen Umständen hätte er versucht, ihren Widerstand mit Zärtlichkeit wegzuschmelzen, aber das ließ sein Stolz nun nicht mehr zu. Und dass sie auch noch Geheimnisse mit diesem ihrem Vampirbruder hatte, heizte seinen Ärger noch mehr an.

»Allerdings«, erwiderte er deshalb grob. »Und sie wird bei Weitem weniger angenehm ausfallen als die letzte, als du ohne Erlaubnis spazieren gegangen bist.«

Ihr Mund verzog sich spöttisch. »Du bist nicht vielleicht einer dieser alten Tyrannen oder Diktatoren, die früher die Alte Welt unsicher gemacht haben? Falls doch, Cyrill Veilbrook, lass dir gesagt sein, dass du es nicht mit einem zitternden, ängstlichen Untertanen zu tun hast, sondern mit Charlotta ...« Sie unterbrach sich, biss sich auf die Lippen und wandte das Gesicht ab.

»So sprich doch weiter«, sagte er grimmig. »Sag mir deinen richtigen Namen. Dass Baker falsch ist, weiß ich schon lange.«

»Lass mich in Ruhe.«

Das dünne Gespinst, das Charlotta als Nachthemd trug, setzte Cyrills kräftigen Fingern keinen Widerstand entgegen. Er zerrte die Fetzen mit einem Schwung von ihrem Körper und legte sich, als sie sich wehrte, über sie, um sie mit seinem Körper auf die Matratze zu pressen. »Ruhe wirst du erst haben, wenn ich mit dir fertig bin. Du bist also kein zitternder Untertan?«, fragte er ironisch. »Ich bin sicher, dass ich die richtige Lektion finden werde, um dir das Gegenteil zu beweisen.«

Normalerweise hätten Charlie diese Wort Angst machen müssen, aber alles, was sie in diesem Moment fühlte, war der dringende Wunsch, Veilbrook zu schlagen, und zugleich, sich ihm und seinen Händen zu überlassen. Er packte, als sie ihn wegschieben wollte, ihre Handgelenke und hielt sie links und rechts neben ihr fest, während er sie mit jenem überheblichen Lächeln betrachtete, das sie abstieß und zugleich anzog.

»Ich frage mich, was ich mit dir tun soll?«, überlegte er laut. »Soll ich dich fesseln, bevor ich dich lehre, dass es unklug ist, sich mir zu widersetzen? Oder soll ich dir klarmachen, dass du ohnehin nicht die geringste Chance hast, mir zu entkommen?« Während er sprach, brachte er seinen Mund dicht an ihren Hals, und seine Lippen zogen eine feuchte Spur bis zu ihren Brüsten. Er war erregt, sie spürte deutlich sein schwellendes Glied auf ihrem Schenkel. Noch war er nicht so völlig hart, dass er in sie eindringen konnte, aber das hatte er – so viel war klar – auch noch lange nicht vor. Veilbrook war, wie sie schon begriffen hatte, ein Meister in der Kunst der lustvollen Verzögerung, auch wenn seine Spiele weitaus leidenschaftlicher waren als Angelos *neckisches* Küssen. Fast hätte Charlie bei dem Gedanken, wie unschuldig und harmlos sie damals noch gewesen war, gelacht.

Er brachte seine Lippen an ihre linke Brustspitze. Seine Zunge zog langsame, bedächtige Kreise, bis die Warze sich aufstellte und hart wurde. Nachdem er auch die zweite Brustwarze entsprechend erregt und sein Werk mit Zufriedenheit betrachtet hatte, wandte er sich wieder dem Studium von Charlies Gesicht zu.

»Du hast jetzt mehrere Möglichkeiten, diese Lektion zu überstehen, Charlotta«, sagte er mit einer gefährlich samtigen Stimme, die über Charlies Haut glitt und zwischen ihren Beinen ein erwartungsvolles Prickeln bewirkte. »Ich lasse dir sogar die Wahl. Entweder du bleibst, während ich die Bestrafung an dir durchführe, völlig ruhig liegen. Und wenn ich völlig sage, dann meine ich das auch. Ich will nicht einmal die kleinste Bewegung sehen oder spüren. Keinen Laut hören. Oder ich fessle dich. In diesem Fall fällt die Lektion jedoch um einiges härter aus.«

Er hatte bei den verschiedensten Liebesspielen schon des Öfteren von einer Frau verlangt, sich absolut passiv zu verhalten. Unter Androhung süßer und lustvoller Strafen einfach nur still dazuliegen, sich nicht zu rühren, alles mit sich geschehen lassen, was er wollte. Es war ein sehr erotisches Spiel für beide Teile gewesen. Die Frau, die ihre Hände in die Bettlaken unter ihr gekrallt, sich gewunden und sich doch, seinem Willen gehorchend, beherrscht hatte. Und er, der die Macht über sie ausgekostet hatte, bis sie gebettelt, ihn angefleht hatte, sie zu erlösen. Gespannt beobachtete er Charlottas Reaktion. Ihre Kehle bewegte sich, als sie trocken schluckte. Sie schlug die Augen nieder, aber er hatte schon das erregte Funkeln darin gesehen. Es gefiel ihr also. Das war gut. Und sie hatte offenbar nicht die geringste Angst vor ihm, vermutlich nicht einmal dann, wenn er sie wirklich fesselte und sogar mit einer Peitsche bedrohte. Die

Befriedigung, die er darüber empfand, ließ sein Herz schneller schlagen.

»Diese Optionen sind nicht sehr verlockend«, sagte sie jedoch kühl. »Und ich muss entschieden protestieren. Du hast kein Recht, mir Befehle zu erteilen oder mich zu bestrafen.«

»Da täuschst du dich«, erwiderte er ungerührt. »Also, wähle.«

»Wie soll ich wählen, ohne dass zuvor festgelegt wurde, worin die Details bestehen?«, fragte sie mit hochgezogenen Augenbrauen.

»Da hast du recht. Der Unterschied ist fünfzehn Minuten und dreißig Minuten.«

»Und was heißt das wieder?«

Cyrills Lächeln wurde sinnlich und zugleich grausam. »Fünfzehn Minuten lecken ohne Fesseln. Oder dreißig Minuten lecken mit Fesseln.«

Charlies Ohren dröhnten, ihr Herz schlug hart und schnell. Mit einem Mal schmerzte ihr Unterleib nach Cyrills Händen und seiner Zunge, seinen Lippen. Nicht eine Sekunde verschwendete sie mehr an den Gedanken, dass sie im Grunde wütend auf ihn war, dass sie sich ihm hatte entziehen wollen. Und schon überhaupt nicht dachte sie daran, dass sie sehr wohl Mittel und Wege gehabt hätte, ihn zurückzuweisen. Stattdessen war ihr ganzes Denken, ihr ganzes Sein nur von der Vorstellung beherrscht, was auf sie zukam.

Er hatte sie schon zwischen den Beinen geküsst, geleckt, liebkost, aber niemals zur Strafe, sondern immer nur als Vorspiel oder um ihr einen Orgasmus zu schenken, wenn er selbst noch nicht bereit genug war, sie mit seinem Glied zu befriedigen. Charlie seufzte unwillkürlich. Es war natürlich unmöglich, um die Fesseln zu bitten, weil sie damit zugegeben hätte, wie sehr sie sich nach dieser *Strafe* sehnte. Und andererseits war es vielleicht auch nicht sehr klug, diese fünfzehn Minuten zu verdoppeln. Sie wusste, dass ihre Klitoris nach dem ersten Orgasmus meist so hochempfindlich wurde, dass sie schon die leiseste Berührung dazu brachte, sich zu winden und Cyrills Hand wegzuschieben. Sollte er sie tatsächlich fesseln, so hatte sie diese Möglichkeit nicht, und so, wie sie ihn kannte, würde er auch auf die vollen dreißig Minuten bestehen, gleichgültig, wie sehr sie ihn dann bat, aufzuhören. Dreißig Minuten, von denen sie vermutlich zwanzig in lustvoller Agonie verbrachte.

»Ich wähle Option Nummer eins«, sagte sie heiser.

»Bist du dir sicher?«

»Ja.« Sie sah ihm gerade und fest in die Augen. Sein gefährliches Lächeln verstärkte sich.

»Gut, du sollst deinen Willen haben.« Er ließ ihre Hände los und glitt an ihr hinab, legte sich zwischen ihre Beine, spreizte ihre Schenkel und schob beide Hände unter ihr Gesäß, um ihre Hüften leicht anzuheben. Bevor er jedoch seine Lippen auf ihre vor Verlangen pochenden Schamlippen senkte, sah er sie an.

»Ach ja. Das hätte ich fast vergessen. Falls du dich doch rührst und nicht völlig stillhältst, werde ich dich trotzdem fesseln. Und die dreißig Minuten anhängen.«

Charlie setzte sich halb auf und versuchte, sich aus seinem Griff zu befreien. »Das ist gegen die Vereinbarung!«

»Nein. Das sind die Bedingungen. Andernfalls hättest du doch gar keinen Anreiz, stillzuhalten, oder?« Er grinste. »Aber sollte dir dieses Abkommen mit einem Mal nicht behagen, dann bleibt dir noch eine dritte Option, meine süße Gespielin. Ich werde dich ins *Chez Haga* bringen. Ich nehme an, du warst sicherlich einmal neugierig genug, um diese bewussten Kellerräume aufzusuchen, in denen unbotmäßige Hexen in Zucht und Ordnung gehalten werden?«

Charlie atmete flach und hastig. Ihre Augen hatten sich geweitet, und ein Schauer lief über ihre Haut. Sie fühlte ihren Puls am Hals, an der Schläfe, zwischen den Beinen, als Cyrill mit einer Stimme wie Honig weitersprach: »Und genau dorthin werde ich dich bringen, Charlotta. Und glaube nicht, dass ich scherze. Und jetzt schau auf die Standuhr. Es ist genau fünfzehn Minuten vor Mitternacht. Zur Geisterstunde bist du entweder befreit oder gefesselt.« Damit senkte er seine Lippen auf sie.

Charlie ließ sich zurück in die Kissen fallen. Allein schon die erste Berührung hätte sie beinahe zusammenzucken lassen. Aber sie beherrschte sich. Sie wusste, dass Cyrill – zumindest was die Fesseln betraf – keinen Scherz gemacht hatte, und sie hatte tatsächlich ein wenig Furcht davor, diesem Zuviel an Lust zu lange preisgegeben zu sein.

Veilbrooks Zunge schien direkt aus der Hölle der Lust zu kommen. Nachdem er sich geraume Zeit damit beschäftigt hatte, ihre Schamlippen zu lecken, bis sie geschwollen waren, vergnügte er sich minutenlang, ihre Klitoris zu quälen, daran zu saugen, bis Charlie das erste Ziehen in ihrem Unterleib spürte, das einen Orgasmus ankündigte. Sie musste sich zurückhalten, durfte sich nicht gehen zu lassen. Je länger sie jetzt durchhielt, desto besser hatte sie sich in der Gewalt. Sie machte sich nichts vor. Sobald Cyrill sie einmal über den ersten Höhepunkt getrieben hatte, war sie nicht in der Lage, seine weiteren Liebkosungen ohne äußerliche Regung zu ertragen. Ihr Blick glitt verzweifelt zu der Uhr. Sie hatte das Gefühl, schon ewig in Veilbrooks Gewalt zu sein, dabei waren nicht einmal fünf Minuten vergangen.

Sie atmete tief durch, versuchte, sich zu entspannen, an etwas anderes zu denken. Und da begann Veilbrook zu sprechen. Sein Mund lag dabei auf ihrer Klitoris und die Vibration seiner Stimme, die leichte Bewegung seiner Lippen, ließen Charlie unterdrückt aufstöhnen.

»Du warst doch schon in diesem Raum. Erinnerst du dich an die Fesseln an der Wand? Die Ketten?«

Charlie verdrehte die Augen und schielte zur Uhr. Nur eine weitere Minute war vergangen. Veilbrook musste bemerkt haben, wie sehr der Gedanke an diesen Kellerraum sie erregte. Die Vorstellung, längere Zeit dort in Veilbrooks Gewalt zu verbringen, ließ kleine Schweißperlen zwischen ihren Brüsten hervortreten.

»Die Peitschen? Manche sind aus Samt, aber ich kann dir versichern, Charlotta, du würdest um Gnade wimmern, wenn ich dich dort ankette und deine reizende Kehrseite damit bearbeite. Und wenn dein Hintern dann genügend gerötet ist, würde ich ihn mit Küssen bedecken, so lange, bis du dich beruhigst und wie Wachs unter meinen Händen wirst.« Seine Zunge zog kleine Kreise durch ihre Feuchte, bis er bei ihrem Eingang angekommen war und ihn umrundete. Charlie presste die Lippen aufeinander. Von allen Wesen, die sie kannte, war Cyrill das einzige, dem sie so vollständig vertraute, dass sie sich von ihm an die Wand fesseln und vielleicht sogar schlagen lassen würde, nur um ihre Neugier zu befriedigen. Um zu probieren, ob Schmerz wirklich Lust erzeugte, wie Angelo und Venetia behaupteten.

»Für besonders schwierige Fälle, die zu laut schreien oder um Gnade wimmern, gibt es allerdings auch Knebel. Knebel ...«, seine Zunge drang in ihre Öffnung und Charlie spürte, wie ihre inneren Muskeln begannen, zu kontrahieren. Sie atmete langsam aus und langsam ein, versuchte, ihre Herzschläge zu zählen, aber sie kamen zu schnell hintereinander. »Knebel«, sprach er in diesem Moment weiter, »für alle Öffnungen des Körpers. Auch für jene, die dich so hat quietschen lassen, mein Liebling, weil du am zweiten Abend dachtest, ich würde dort in dich eindringen. Was ich damals nicht getan habe, jetzt aber tun werde, um dir einen Vorgeschmack darauf zu geben, was dich in Hagas Strafkammer erwartet.«

Sein Finger, von der Feuchtigkeit ihrer Scham benetzt, suchte tiefer. Charlie krümmte ihre Zehen und hoffte, dass dies nicht schon als Bewegung galt. Ihre Finger krallten sich in die Laken. Aber noch lag sie ruhig. Relativ ruhig. Jetzt war sein Finger in ihrer hinteren Öffnung. Nicht tief, gerade die Spitze, aber Charlie wusste, dass sie nicht mehr lange durchhalten würde.

Cyrill sah sie von unten herauf an. Sein Lächeln

war teuflisch. »Du solltest dich nicht so beherrschen, Charlotta. Umso härter wird der Orgasmus, und du wirst dich dann bewegen.«

»Halt den Mund«, ächzte Charlie.

Cyrill lachte leise in ihre feuchte Scham hinein. »Soll ich nicht weitererzählen? Von den Klammern, die deine Tante Haga dort in einer hübschen chinesischen Schatulle verwahrt? Klammern für deine hinreißenden Brustwarzen, für deine Schamlippen. Für deine bezaubernde, geschwollene Perle. Willst du nicht wissen, wie sich das anfühlt?«

»Nein.« Charlie sah verzweifelt zur Uhr. Noch acht Minuten. Sie musste es noch hinauszögern.

»Es hat doch keinen Sinn, dich so zu quälen, meine Liebe«, schnurrte Cyrill an ihrer Klitoris. »Es wäre ja nur der erste. Den zweiten werde ich dir auf gar keinen Fall ersparen. Und jetzt werde ich dir zeigen, wie sich eine Klammer hier anfühlen würde.«

Seine Lippen schlossen sich fest um Charlies Klitoris, pressten sie, saugten. Charlie stöhnte auf, als der Höhepunkt sie so unvermittelt packte, dass sie sich tatsächlich beinahe bewegt hätte. Sie spürte den inneren Krampf, der sie zu zerreißen schien, ihr Bauch zuckte, aber sie schaffte es, ihre Beine und ihren Körper verhältnismäßig ruhig zu halten, auch wenn ihre Muskeln unkontrolliert zitterten und sie beinahe ihre Fingernägel abbrach, als sie sich in das Laken krallte. Danach hatte sie das Gefühl, erleichtert einige Zentimeter tiefer in die Matratze unter ihr zu sinken.

Die Erlösung hielt jedoch nur genau zehn Sekunden an, denn Veilbrook sagte: »Das war vernünftig, meine Liebe. Und jetzt machen wir weiter. Du kannst dieses wunderbare Gefühl noch sieben Minuten lang auskosten.« Seine Zunge stieß hart und unbarmherzig auf ihre Klitoris und Charlie bäumte sich aufstöhnend auf.

»Nennst du das ›ruhig liegen bleiben‹?«, fragte er mit falscher Freundlichkeit.

»Ich hasse dich, Veilbrook«, stöhnte sie.

»Das bildest du dir nur ein. Du hast auch vorläufig noch keinen Grund dazu, weil du noch gar nicht weißt, was ich jetzt mit dir tun werde.«

Er glitt über sie, sein erigiertes Glied streifte ihren Schenkel. Dann fasste er ihre Knie und bog sie weit hinauf, bis er ihre Beine über seine Schultern legen konnte. Er brachte seine Eichel an ihre Öffnung und blickte Charlie an.

Sie sah atemlos zu ihm empor. Sein Gesicht trug nicht mehr den Ausdruck überlegener, sinnlicher Grausamkeit, sondern einen, der Charlies Herz auf eine ganz andere Art schneller schlagen ließ. Verlangen, Zärtlichkeit, … Liebe …

Er drang langsam in sie ein, ließ sie die zunehmende Dehnung spüren, als ihr Inneres von seinem Glied geöffnet und ausgefüllt wurde. Dann legte er sich auf sie und stützte die Ellbogen neben ihrem Körper auf.

»Es kann durchaus sein, dass es etwas weniger als sieben Minuten werden«, flüsterte er heiser. »Vielleicht werden es aber auch mehr. Das kommt ganz darauf an, wie lange wir beide es aushalten.«

Charlie fragte nicht mehr danach, ob sie sich bewegen durfte, oder ob jede Regung eine weitere Strafe nach sich zog. Sie hob die Arme und umschlang seinen Nacken, als er tief in sie eindrang und sich in ihr zu bewegen begann. Sie hielt sich an ihm fest, als seine Bewegungen heftiger wurden, und zerschmolz mit ihm gemeinsam, als die Lust sie fast zur selben Zeit wie ihn packte und sie gemeinsam in Himmel und Hölle gleichzeitig führte.

Vierzehntes Kapitel

Der nächste Morgen fand Charlie in Cyrills Armen, und noch während Cyrill sie wachküsste, fielen ihr die Geschehnisse des letzten Abends ein.

Sie hatte über Veilbrook und das, was Theo über ihn und ihren Vater gesagt hatte, nachdenken wollen, aber der Streit und die darauffolgende, sehr reizvolle Bestrafung hatten jeden anderen Gedanken in den Hintergrund gedrängt. Sie verschwendete nicht einmal den Bruchteil eines Gedankens daran, dass Veilbrook tatsächlich etwas mit dem Tod ihres Vaters zu tun hätte. Der Gedanke war absurd. Ihr inniges Gefühl für Cyrill, das sie bei sich schon längst Liebe nannte, ließ gar keinen anderen Gedanken als Vertrauen zu. Viel eher war sie geneigt zu glauben, dass entweder Theo von seinem fragwürdigen Vampirgeliebten belogen worden war, oder beide einem Lügner ins Netz gegangen waren.

Sie musste auf jeden Fall selbst nach Bedlam, die Unterlagen, von denen Theo gesprochen hatte, einsehen und mit diesem Mulligan sprechen und sich ein Bild von ihm machen. Und vor allem war es nötig, mit Großmutter zu reden. Von Kindheit an hatte Agatha Baker ihr erzählt, dass ihre Eltern bei einem Unfall ums Leben gekommen wären. Es war unfassbar, dass sie so viele Jahre gelogen haben sollte. Und weshalb? Wirklich nur, um sie zu schonen? Sie seufzte.

Cyrills Hand strich über ihre Wange. »Was ist, Charlotta?«

Sein zärtlicher Tonfall ließ ihr Herz schneller schlagen. Sie drehte sich in seinen Armen, um ihn ansehen zu können. »Cyrill, ich muss dich etwas fragen.«

Seine dunklen Augen wurden ernst. »Du bist über etwas besorgt, meine Liebe?«

Ihre Frage duldete keinen Aufschub mehr. Sie musste es wissen. »Theo hat mir etwas erzählt, das mir tatsächlich Sorgen macht.« Sie forschte, als sie weitersprach, in seinen Augen. Sie waren fast schwarz und trotzdem so voller Zärtlichkeit, dass allein schon sein Blick sie wärmte. »Sein Freund Merlot hat ihn in das Bethlem Hospital gebracht, wo die Geisteskranken festgehalten werden.«

Er zog die Augenbrauen zusammen, schwieg jedoch.

»Er hat mir erzählt, du hättest vor etwa zwanzig Jahren einen gewissen Horatio di Marantes dort besucht.«

Veilbrook runzelte die Stirn. »Weshalb sollte ihn das etwas angehen? Ich glaube, ich sollte mit deinem Bruder einmal ein ernstes Wort reden. Nicht nur, dass er dich mit seinem Vampirdasein belastet, nun schnüffelt er auch noch in vergangenen Dingen herum.«

»Cyrill, bitte antworte mir – stimmt es, was er sagt?«

Er ließ sie los und setzte sich auf, zog dabei die Decke über seinen Unterleib. »Bevor ich antworte, Charlotta, sag mir, worin dein Interesse besteht.«

Charlie zögerte, dann sagte sie leise. »Horatio di Marantes war der Name meines Vaters.«

Cyrill starrte sie entgeistert an, dann zog er scharf

die Luft ein und schloss die Augen. »Bei allen Mächten ...« Er war leichenblass geworden.

»Theo sagte, du wärst der Letzte gewesen, der ihn in Bedlam besucht hat«, sprach Charlie ängstlich weiter. Cyrills Reaktion war nicht das, worauf sie gehofft hatte. Er hatte ihren Vater also tatsächlich gekannt.

In Cyrills versteinerten Körper kam mit einem Mal wieder Bewegung. Fluchend schlug er die Decke zurück und sprang aus dem Bett.

Charlie sah ihm mit aufgerissenen Augen zu, als er seine Kleider zusammensuchte und mit langen Schritten in seinen Ankleideraum eilte. »Cyrill! Was hat das zu bedeuten? Kanntest du meinen Vater?«

»Ja«, ertönte seine grimmige Stimme aus dem Ankleideraum. »Allerdings.«

Charlie schälte sich aus den Laken und der Decke und lief hinter ihm her. Er war schon in Hemd und Hose und zog sich soeben seine Jacke über. Sie klammerte sich an ihn. »Cyrill!«

Er machte sich frei und griff nach seinen Stiefeln. »Ich muss fort, Charlotta. Dein Bruder hat in Dingen geschnüffelt, die gefährlich sein können. Ich muss herausfinden, wer außer ihm noch Bescheid weiß.«

»Du wirst nicht gehen, bevor ich nicht alles gehört habe!«

»Das erkläre ich dir später.« Er war schon an ihr vorbei und riss die Tür zum Gang auf. »Masterson! Verflucht! Masterson! Mein Pferd! Sofort!«

Charlie warf sich ihm in den Weg. »Cyrill, hast du meinen Vater getötet?«

Er blieb wie angewurzelt stehen. »Was?«

Sie krallte ihre Finger in seine Jackenaufschläge.

»Cyrill, bitte sag mir die Wahrheit – hast du meinen Vater getötet?«

Sein Gesicht veränderte sich, wurde härter. »War das der Grund, weshalb dein Bruder gestern mit dir geflüstert hat? Hat er dir deshalb diesen Dolch zugesteckt?« Als er sah, dass Charlie zusammenzuckte, wurde sein Gesichtsausdruck grimmig. »Ich habe das allerdings gesehen. Ist er für mich bestimmt gewesen? Muss ich jetzt froh sein, diese Nacht überlebt zu haben?«

»Das würdest du mir zutrauen?« Charlie blickte ihn zutiefst bestürzt an. Aber dann wurde die Kränkung von Misstrauen und Angst verdrängt. Er hatte ihren Vater also gekannt. Dann wusste er wahrscheinlich auch von ihrer Mutter und dem Erbe, das Charlie in sich trug. Theos Worte dröhnten in ihren Ohren: »Von all den hübschen Mädchen im *Chez Haga* hat er ausgerechnet dich ausgesucht.« Veilbrook musste davon gewusst haben, wie anders hätte er sie sonst, kaum, dass er sie einmal gesehen hatte, mieten und damit in seine Gewalt bringen wollen? Diese Nacht in der dunklen Straße der Dämonen. Da hatte sie sich verraten. Großmutter hatte sie immer wieder eindringlich davor gewarnt, anderen auch nur einen Hauch ihrer Hexenkräfte zu zeigen. Aber sie hatte, wenn auch nur vorsichtig, ihre Kräfte benutzt, um sich die Dämonen vom Leib zu halten. Veilbrook musste etwas bemerkt haben, falls er es nicht schon vorher gewusst hatte, vielleicht hatte er sie sogar verfolgt? Charlie hatte das Gefühl, als würde die Welt um sie herum zusammenbrechen.

Veilbrook atmete tief durch und der Zorn in seinen Augen wich Trauer. »Ja, Charlotta. Indirekt habe ich deinen Vater getötet. Ich wollte, es wäre nicht so. Und ich wollte, du wärst nicht ausgerechnet Horatios Tochter.« Er fuhr sich mit den gespreizten Fingern durch das Haar. »Das macht alles sehr kompliziert, aber daran bin ich wohl selbst schuld. Lass mich jetzt gehen. Es ist wichtig.« Er löste ihre eisigen Finger von seiner Jacke und ging hinaus.

Masterson und Samuel waren sich einig darin, dass Lord Veilbrook ausdrücklich befohlen habe, Miss Charlotta unter allen Umständen im Haus festzuhalten. Charlie war dennoch entkommen. Sie hatte, was sie sonst vermied, einen kleinen übersinnlichen Kunstgriff angewandt. Jetzt war es vermutlich ohnehin schon gleichgültig. Als sie endlich die Straße nach London entlanglief, hoffte sie, der von Theo versprochenen Kutsche zu begegnen, aber es war weit und breit nichts davon zu sehen. Sie hatte jedoch Glück. Ein Bauer, der Waren nach Southwark transportieren wollte, nahm sie mit, und dann war es nur noch ein kleines Stück bis zu Tante Hagas Haus. Sie hatte zwar ins Bethlem Hospital gewollt, aber nun war sie froh, vorerst bei ihrer Tante Zuflucht zu finden und sich ein wenig zu fassen.

Eine über Charlies verstörtes Aussehen erschrockene Peggy ließ sie ein, aber sie hielt sich nicht mit langen Erklärungen auf, sondern lief sofort die Treppe hinauf in Tante Hagas Zimmer, die soeben dabei war, sich anzukleiden. Sie fiel ihr in die Arme. »Vater ist in Bedlam gestorben. Und Cyrill hat gesagt, er hätte ihn getötet!«

Haga gelang es, ihre aufgelöste Nichte zu beruhigen. Sie ließ ihr einen Becher heiße Schokolade bringen, half ihr, die staubigen, verschwitzten Kleider auszuziehen und frische anzulegen, und saß dann neben ihr, um sich ihre Geschichte anzuhören.

»Ich wusste, dass dein Vater in Bedlam war«, sagte Haga schließlich, als Charlie erschöpft geendet hatte. »Die wenigen, die davon hörten, dachten, dass seine Verwirrung durch den angeblichen Unfall bedingt war. Dass allerdings Veilbrook in irgendeiner Weise mit deiner Familie zu tun hatte, wäre mir neu.«

»Aber er hat zugegeben, Vater gekannt zu haben! Er war ganz verblüfft darüber, dass ich Horatio di Marantes Tochter bin. Das konnte nicht gespielt sein! Ich glaube sogar, dass es ihn sehr irritiert hat.« Zumindest hatte ihr das die Angst genommen, er könnte sie tatsächlich nur ihres Erbes wegen in sein Haus geholt haben. Noch unerträglicher als der Gedanke, er habe ihren Vater getötet, war die Vorstellung, dass er sie niemals gemocht oder sogar geliebt, sondern sie nur benutzt hatte. »Er hat gesagt, er hätte ihn indirekt getötet«, flüsterte sie.

»Was aber nicht heißt«, meinte Haga vernünftig, »dass Theos Erzählung damit bestätigt wird.«

»Aber was sonst soll ich denken? Und was soll ich jetzt nur tun?« Charlie hatte sich noch nie so verwirrt, so elend und hilflos gefühlt. Selbst als Theo damals verschwunden war und sie begriffen hatte, dass er zum Vampir geworden war, hatte sie gewusst, was sie wollte, und dass sie nicht eher aufgeben würde, bevor sie nicht eine Lösung gefunden hätte. Sie war fest entschlossen gewesen, ihn zumindest nach Hause und in Sicherheit zu bringen, wo Großmutter sich um ihn kümmern konnte.

Sie hatte sogar ihr Entsetzen überwunden, als Theo ihr von ihrem Vater berichtet hatte, aber Cyrills Geständnis, die angebliche Schuld ausgerechnet des Mannes, den sie geliebt und dem sie damit vertraut hatte wie nie jemandem anderen zuvor, ließ sie jetzt beinahe zusammenbrechen. Sie hatte sich so sicher bei ihm gefühlt, so beschützt. Es war, als hätte er den innersten Teil ihres Wesens berührt, als wäre ein Einklang zwischen ihnen gewesen, der jedes Misstrauen völlig ausschloss. Aber nun fühlte sie sich wie eine Verräterin an ihren toten Eltern.

»An deiner Stelle würde ich mich jetzt einmal ausruhen«, sagte Haga beschwichtigend. »Du kannst dich hier auf meinen Diwan legen, in meinem Zimmer stört dich niemand. Ich werde den Mädchen sagen, dass sie dich nicht belästigen sollen. Und während du dich ausruhst, werde ich einen Brief an Mutter schreiben und sie bitten, zu kommen.« Sie verzog das Gesicht und Charlie, die wusste, wie gerne Tante Haga Agatha Baker auswich, erahnte die Größe dieses Opfers. »Frederick ist im Moment nicht da, aber sobald er kommt, werde ich ihn bitten, nach Theo zu suchen. Er soll mit ihm reden, sich noch einmal alles anhören und dann nach Bedlam fahren, um auch diesen ... diesen ...«

»Mulligan.«

»Ja, genau, diesen Mulligan zu sprechen. Du weißt, ich mag deinen Bruder, aber ich habe ihn nie für den Klügsten gehalten, und jetzt noch weniger als früher.

Wer weiß, was er verstanden hat. Und wer weiß, wie groß der Einfluss dieses Merlot ist.«

»Meinst du, man versucht, Theo gegen Cyrill aufzubringen?«

»Das wäre durchaus möglich. Die Animositäten zwischen den einzelnen Vampirgruppen werden immer ausgeprägter und zudem noch von einer bestimmten Seite geschürt. Ich habe zwar noch nicht herausgefunden, wer dahintersteckt, aber bei dem, was man so an Gerüchten hört, bin ich auch gar nicht sicher, ob ich das überhaupt jemals wissen will. Manchmal denke ich, es wäre besser, London zu verlassen und auf den Kontinent zu ziehen. Ich verstehe wirklich nicht, weshalb jemandem einfallen kann, ausgerechnet Fuß in einem Land fassen zu wollen, in dem sich seit Königin Victorias Krönung die Puritaner vermehren wie die Kaninchen.« Haga drückte ihrer Nichte einen Kuss auf die Stirn und erhob sich. »Und jetzt schlafe ein wenig, mein Liebling, du siehst ganz erschöpft aus. Ich schreibe den Brief an Mutter, und dann komme ich wieder zu dir.«

Charlies Glieder waren tatsächlich schwer wie Blei. Obwohl sie unruhig war, es in allen Gliedmaßen vor Nervosität kribbelte, nahm sie Tante Hagas Rat an und legte sich auf den Diwan. Im Moment konnte sie nicht viel tun, außer abzuwarten, was Großmutter sagte, und auch selbst mit diesem Mulligan zu sprechen, sobald sie den ersten Schock überwunden hatte und sich wieder stärker, weniger verletzlich fühlte. Wenn Frederick nach Bedlam fuhr, würde sie sich ihm anschließen. Der Gedanke brachte sie etwas zur

Ruhe, aber sie hatte kaum die Augen geschlossen, als sich die Tür öffnete und Sebastian eintrat.

»Geht es dir besser?«, fragte er besorgt.

Charlie mühte sich um ein Lächeln. »Ist Frederick schon zurück?«

»Nein, aber es gab da ...« Er zögerte und machte ein zweifelndes Gesicht.

Charlie setzte sich auf. »Ist etwas geschehen?«

»Nicht direkt geschehen«, Sebastian war es sichtlich unangenehm, dass er überhaupt damit angefangen hatte. »Die Sache ist die, dass Frederick versucht, Theo zu finden. Aber er sucht am falschen Ort. Vorhin kam ein Freund von mir vorbei, der Theo auf dem Weg zur Halle der Schwarzen Messen gesehen hat. Mein Freund sagte auch, dass er sich dort lieber nicht mehr blicken lassen sollte. Theo scheint in der Tinte zu sitzen. Aber mach dir keine Sorgen ...«

Charlie war schon aufgesprungen. »Ich muss dorthin!« Sie lief zur Tür.

Sebastian hielt sie zurück. »Nein, unmöglich! Madame Haga würde mir nie verzeihen, wenn ich dich gehen ließe. Das ist viel zu gefährlich!«

»Ich kann besser auf mich aufpassen, als ihr alle glaubt«, sagte Charlie entschlossen. »Falls du Sorge haben solltest, dass du mich begleiten musst – keine Angst, ich gehe allein. Aber, bitte, hole mir eine Kutsche.«

»Ich muss aber Lady Haga ...«

»Nein.« Tante Haga würde sie niemals ohne Diskussion gehen lassen, und falls Theo sich ernsthaft in Schwierigkeiten befand, war jede Verzögerung gefährlich. Hoffentlich hatte Veilbrook nichts damit zu tun, er war so zornig gewesen, als er fortgegangen war.

Sebastian fasste nach ihr. »Charlotta ...«

»Sebastian, hör auf. Lass mich los! Wenn du mir keine Kutsche rufst, tu ich das selbst.« Sie befreite sich aus seinem Griff und lief auch schon die Treppe hinunter.

Cyrill war äußerst schlechter Laune, als er sein Haus betrat. Dieser Narr von einem Wärter hatte sogar mehrmals geplaudert. Erst mit Merlot, dann mit Theo und am Ende mit jemandem, bei dessen Erwähnung Cyrill das Blut in den Adern gefroren war. Arsakes wusste jetzt, wer Charlottas Vater war, und war damit vermutlich auch auf ihrer Fährte. Wenn er noch eine Spur von Verstand hatte, wagte er es nicht, Cyrills Haus zu betreten und ihm – und vor allem Charlotta – auch nur nahe zu kommen, aber wenn er regelmäßig menschliches Blut trank, konnte er sich stark genug wähnen, den Kampf zu riskieren.

Als Cyrill schließlich von Masterson den stotternd hervorgebrachten Bescheid erhielt, dass Charlotta verschwunden war, verschlug es ihm sekundenlang den Atem.

»Sie ist euch schon einmal entwischt«, quetschte er zwischen den Zähnen hervor. »Kann das wirklich sein, dass ihr die Hirnlosigkeit hattet, sie noch einmal entkommen zu lassen?«

Masterson wand sich. »Sie muss einen Trick angewendet haben ...«

»Einen Succuba-Trick? Du meinst, ihr werdet nicht mit einer Su...« Er unterbrach sich und fuhr sich mit der Hand über das Gesicht. Charlotta war keine Succuba, diesem Irrtum war er lange genug anheimgefallen. Wenn sie Horatios Tochter war, dann verfügte sie möglicherweise über Kräfte, die normale Hexenmacht weit übertrafen. Sie hatte niemals etwas davon gezeigt. Außer vielleicht ... er erinnerte sich an den Abend in den Slums. Die dunkle Straße, Charlottas helle, fast strahlende Erscheinung. Ihr Leuchten, als er sie das erste Mal besessen hatte ...

Er schloss die Augen. Am liebsten wäre er mit dem Kopf gegen eine Wand gerannt. Wie hatte er nur so blind, so einfältig sein können! Charlotta hatte sich als Horatios Tochter und Meganas Enkelin entpuppt. Jetzt wurde ihm so manches klar, was ihr Benehmen und ihr Auftreten betraf.

Und er begriff auch, dass sich ihr Verhältnis geändert hatte. Welche Konsequenzen das wirklich hatte, musste er noch überlegen. Es war eines, sich eine kleine Hexe ins Haus zu holen, um sie dann als Geliebte zu verwöhnen, und etwas völlig anderes, sich Horatios Tochter als Mätresse zu halten. Aber dieses Problem war jetzt zweitrangig. Zuerst musste er sie finden.

»War jemand hier? Habt ihr eine Kutsche gesehen?«

Masterson hatte noch nie Angst vor seinem Herrn haben müssen, aber jetzt machte er den Eindruck, als würde er am liebsten flüchten. Er hatte auch allen Grund dazu, denn Cyrill hätte ihn am liebsten am Kragen gepackt und durchgeschüttelt. Und vielleicht hätte er es auch getan, wäre nicht in diesem Moment die Tür aufgestoßen worden. In ihrem Rahmen erschien ein großer, mit schwarzen Federn geschmückter Hut, ein dunkelroter Mantel, der seiner Trägerin die Ausmaße einer Walküre verlieh, und ein unvermeidlicher Stock.

Cyrill hatte sich gereizt umgewandt. Als er jedoch die Frau erkannte, die so energisch eintrat, verzog er den Mund zu einem gequälten Lächeln. »Agatha Baker.« Das hatte noch gefehlt.

»Jawohl ich!«, sagte die imposante Gestalt, während sie mit dem Stock hart auf den Boden aufstieß. »Wir haben einiges zu besprechen, Cyrill Veilbrook!«

Cyrill verzog den Mund. »Aber mach es bitte kurz, ich muss nämlich fort, um nach deiner entlaufenen Enkelin zu suchen.«

Agatha schien wenig beeindruckt. »Charlotta ist ausgerissen? Das wäre nicht das erste Mal. Mir ist sie als Kind mindestens einmal wöchentlich entwischt, um in der Gegend herumzustreunen und Löcher in die Luft zu gucken. Aber keine Sorge, sie ist noch nie verloren gegangen.« Ohne Cyrill weiter zu beachten, winkte die imposante Gestalt dem herbeieilenden Masterson. »Hier, mein Mantel.« Der Butler nahm ihr den voluminösen Mantel ab, eine Art Pelerine, die aus mehreren Schichten bestand, und zurück blieb statt der Walküre eine sehr zarte, fast zerbrechlich wirkende Dame. Als sie Mastersons erstaunten Ausdruck sah, sagte sie beiläufig. »Mach nicht so ein dummes Gesicht, mein Junge, nimm auch den Hut.« Sie reichte dem Diener das beeindruckende Gebilde. »Nein, mein Stock bleibt bei mir. Von dem trenne ich mich nie. Und jetzt geh, mein Junge.« Masterson verneigte sich auf für ihn außergewöhnlich ehrerbietige Art und verschwand.

Cyrill grinste widerwillig. Es konnte auch nur jemandem wie Agatha Baker einfallen, einen über sechzigjährigen Mann mit »mein Junge« anzusprechen.

»Und was verschafft mir jetzt das Vergnügen?«

Agatha betrachtete ihn aus zusammengekniffenen Augen, und ihm wurde mit einem Schlag die Ähnlichkeit zwischen ihr und Charlotta bewusst. Agatha hatte zwar weißes Haar und einige Fältchen, aber die Augen strahlten in demselben intensiven hellen Grau, in dem sich ungebrochene Neugier und Lebenslust widerspiegelte. Noch ein Grund mehr für Cyrill, seine Blindheit zu verdammen. Allein dieses verflixte *Baker* hätte alle Alarmglocken in ihm läuten lassen müssen. Aber er war anfangs so versessen darauf gewesen, die vermeintliche Succuba in seine Finger zu bekommen, und danach so verrückt nach seiner wunderbaren neuen Geliebten, dass sein Verstand ihn völlig im Stich gelassen hatte.

»Willst du mir nicht einen Platz anbieten?«

»Selbstverständlich.« Cyrill bezähmte nur mit Mühe seine Ungeduld. Es drängte ihn danach, sofort nach Charlotta zu suchen, und während er deren Großmutter zu höflich zu einem der bequemen Lehnstühle führte, überlegte er, wohin sie geflohen sein konnte. Sie hatte sich mit ihrem Bruder treffen wollen. Möglicherweise hatte dieser etwas abseits vom Haus in einer Kutsche auf sie gewartet. Ins direkte Tageslicht konnte er ja noch nicht. Dieser Vampir war bestenfalls für sie gefährlich, aber nicht der geringste Schutz. In Cyrill stieg der Verdacht hoch, dass Theo vielleicht von Arsakes gezwungen oder beeinflusst worden war. Hatte er die Absicht, Charlie zu entführen?

Agatha ließ sich aufatmend in den Sessel sinken und lehnte ihren Stock neben sich an ein Tischchen. Cyrill kannte den Stock so gut wie jeder andere, der Agatha Bakers Bekanntschaft gemacht hatte. Er war über und über mit in Gold eingelegten Gravuren bedeckt. Für einen unbedarften Betrachter waren es hübsche Muster, aber der Eingeweihte erkannte magische Zeichen. Er vermutete, dass ein Großteil von Agathas Macht auf diesem Stock beruhte.

Agatha streckte die in weichen Stiefeln steckenden Beine von sich. »Ach, ich bin nicht mehr die Jüngste, ich merke es immer wieder.«

»Tee?« Er griff nach der Klingel, aber da war Masterson schon da. Agatha hatte etwas an sich, das jeden in ihrer Nähe bestrebt sein ließ, ihr so schnell wie möglich zu Diensten zu sein.

»Danke.« Sie nahm die Tasse entgegen und schnupperte genüsslich das Aroma des Tees. »Ah. Wie gut das tut.«

Cyrill war zu unruhig, um ebenfalls Platz zu nehmen. Aber eine Agatha Baker drängte man nicht einmal dann, wenn man Cyrill Veilbrook hieß. Und wenn sie es für nötig befunden hatte, ihn aufzusuchen, dann hörte er sich den Grund auch besser an. Zweifellos hatte es mit Charlotta zu tun, vielleicht sogar mit der alten Prophezeiung. Sein Leben hatte sich seit diesem ersten Treffen am Rande der Wüste oftmals mit jenem von Megana, die sich seit etwa einhundert Jahren Agatha Baker nannte, gekreuzt. Sie waren gute Bekannte geworden, aber so etwas wie Freundschaft zwischen ihnen hatte sich erst nach dem Überfall auf Charlottas Eltern und nach Horatios Tod entwickelt.

Er beobachtete sie, als sie den Tee in kleinen Schlucken trank. »Vielleicht solltest du mit etwas konventionelleren Mitteln reisen, Agatha.«

»Humbug! Weißt du, wie lange ich mit einer Kutsche hierher brauchen würde? Ganz zu schweigen von diesen erbärmlichen Straßen! Ich darf gar nicht daran denken, wie viel angenehmer man damals unter Julius Cäsar gereist ist. Die Römer, ja, die haben etwas vom Straßenbau verstanden, aber diese Leute?« Sie schnaufte abfällig. »Und auf dem Kontinent sind sie noch schlimmer, dabei sollte man doch meinen, sie hätten nach Julius' Tod Zeit genug gehabt, etwas dazuzulernen. Nichts als Löcher in den Straßen, wo die Kutsche durchrumpelt, dass jedem Fahrgast über vierzig die Knochen durcheinanderwirbeln!«

Sie griff nach einem der wohlduftenden Plätzchen, das Masterson mit dem Tee gebracht hatte, und biss herzhaft hinein. »Hervorragend. Einfach hervorragend. Bedien dich nur.«

»Später vielleicht.«

Sie musterte ihn spöttisch über den Rand der Teetasse, als er vor ihr hin und her lief. »Schlecht gelaunt?«

»Ich sagte dir doch schon, dass Charlotta verschwunden ist. Wenn du mir endlich sagst, was dich herführt, dann kann ich fort, um sie zu suchen! Es sei denn«, er blieb dicht vor ihr stehen, »du weißt, wo ich sie finden kann.«

Agatha warf ihm einen durchdringenden Blick zu. »Bei dir, hätte ich angenommen. Es sei denn, die Gerüchte, dass du sie«, sie ließ sich das folgende Wort förmlich auf der Zunge zergehen, »*mieten* wolltest, wären falsch.«

»Von wem hast du das gehört?« Er runzelte die Stirn.

»Von einem sehr guten Freund, der bei Haga lebt. Er hielt es für seine Pflicht, mich zu informieren.«

»Wenn derjenige schon so pflichtbewusst ist, hätte er dir längst sagen müssen, dass sie in London ist, sich in den Slums herumtreibt, unangenehm auf Schwarzen Messen auffällt und dabei noch in einem verrufenen Etablissement lebt!«, polterte Cyrill los.

»Behalte deine selbstgerechten Vorwürfe für dich«, erwiderte Agatha pikiert. »Um auf dich und Charlie zurückzukommen – meinen Segen habt ihr.«

Cyrill gab keine Antwort, und Agatha beschäftigte sich wieder mit ihrem Schokoplätzchen. »Das ist eine schlimme Sache mit Theo. Sehr traurig. Nicht, dass ich nicht eines Tages mit etwas Ähnlichem gerechnet hätte. Der Junge war zu leicht beeinflussbar, ganz anders als Charlie. Ich nehme an, es lag auch daran, dass er so gar nichts von seinen Eltern geerbt hat, während Charlie schon von Kindheit an förmlich vor Magie strotzte. Er hat sich zweifellos immer benachteiligt gefühlt.« Sie seufzte. »Nichts gegen Vampire, ich kenne einige sehr liebenswerte, die auch hohe moralische Werte besitzen, aber er war noch zu jung dazu. Viel zu unreif. Ich hoffe, es zieht ihn nicht in die Dunkelheit hinab.« Agatha stellte die Teetasse zur Seite und wischte sich die zarten Finger an einer Serviette ab. Sie brauchte ziemlich lange dazu, hielt dabei den Kopf gesenkt,

und Cyrill wusste, dass sie versuchte, ihrer Traurigkeit Herr zu werden. Sie hatte immerhin zwanzig Jahre für die Geschwister gesorgt und Mutterstelle an ihnen vertreten. Endlich sah sie wieder hoch.
»Wer ist sein Mentor?«
»Ein gewisser Merlot.«
Sie sah überrascht aus. »Merlot? Etwa dieser Merlot aus der französischen Linie? Keine Frau, in deren äußerliche Reize er sich vergafft hat?« Agatha stieß einen undamenhaften Pfiff aus. »Sieh an, sieh an, unser kleiner Theo hat doch mehr Verstand und Geschmack, als ich bisher dachte. Merlot ist eine ausgezeichnete Wahl. Ich bin sicher, die beiden werden sehr glücklich miteinander. Und wo ist er jetzt?«
Cyrill zuckte mit den Schultern. »Ich weiß es nicht. Er war gestern Abend hier, um mit Charlotta zu sprechen. Er hat ihr davon erzählt, dass ich ihren Vater kannte, und ...«, es fiel Cyrill schwer, das auszusprechen, »auch an dessen Tod schuld bin.«
Agatha wandte den Kopf ab, als sie begriff. »Das mit Horatio muss sie sehr getroffen haben. Ich nehme an, sie wusste es bis zu diesem Moment nicht.«
»Genauso wenig«, erwiderte Cyrill zähneknirschend, »wie ich wusste, wer Charlotta wirklich ist.« Er beugte sich zu Agatha hinab und legte ihr die Hand auf ihre Schulter. »Ich mache mir ernsthafte Sorgen um sie. Ich muss fort, um sie zu suchen. Bitte sag mir, was dich hergeführt hat, oder wir verschieben das Gespräch auf später.«
»Nein, nicht verschieben, dazu ist es zu wichtig. Du musst es wissen, falls du es noch nicht ahnst.« Sie machte eine kleine Kunstpause, die ihrer anschließen-

den Offenbarung noch mehr Gewicht gab. »Charlie ist eine Lichthexe.«

Cyrill hob eine mokante Augenbraue. »Du meinst, sie spielt gerne mit Feuer? Ein kleiner Feuerteufel?«

»Du darfst mir glauben, dass ich sehr wohl in der Lage bin, mich exakt auszudrücken«, erwiderte Agatha ungeduldig. »Wenn ich Lichthexe sage, meine ich das auch.«

Er ließ sich überrascht auf den Stuhl neben Agatha fallen. »Ich dachte, die existierten nur im Reich der Sagen.«

»So wie die erste Liebesnacht mit einer Succuba?«, entgegnete Agatha mit einem süffisanten Lächeln.

Cyrill biss die Zähne zusammen.

»Nun, mein lieber Cyrill, Lichthexen sind im Gegensatz *dazu* sehr real. Dass kaum jemand davon weiß, liegt daran, dass so selten eine geboren wird. Nur alle zehn oder noch mehr Generationen. Und bei unserer relativ langen Lebenserwartung wären das Hunderte von Jahren.«

In Cyrills Kopf drehte sich alles, Bilder stiegen hoch, verschwanden wieder. Diese Nacht in den Slums. Und später die Schwarze Messe. Die Dämonen hatten sie gerochen, gespürt. Sie hatte unter dem Mantel geleuchtet, aber er hatte nicht darauf geachtet. Er war so damit beschäftigt gewesen, sie heil aus der Krypta und in Sicherheit zu bringen.

»Es ist dir auch schon aufgefallen.«

Er sah hoch, antwortete jedoch nichts.

»Sie spielt bestimmt auch gerne mit Feuer«, gab Agatha zu. »Vor allem bei Nacht. Tagsüber braucht sie keines, da gibt ihr das Licht der Sonne, des Tages, des Himmels, Kräfte, die andere nicht einmal erahnen können.« Sie sah, dass Cyrills Gesicht immer ernster geworden war. »Aber noch ist es nicht ganz so weit. Noch viele Jahre nicht. Bis dahin ist sie jedoch in ständiger Gefahr und eine leichte Beute für alle, die sie in ihren Besitz bringen wollen. Als Horatio und Margret damals überfallen wurden, glaubte ich zuerst, es wäre eine alte Sache unter Dämonen. Aber inzwischen habe ich meine Meinung geändert: Es ging ihnen nicht um Horatio, sie wollten Charlie. Sie wollten Macht und Energie. Sie würden von ihr zehren.«

Cyrills Augen wurden hart. Es war, als hätte sich die Temperatur im Raum um einige Grad abgekühlt, ein Kälteschauer ging über seinen Körper, und dann stieg unvermittelt heiße Wut in ihm auf. Er würde nicht zulassen, dass jemand Charlotta benutzte. Nicht, solange er noch lebte und ein Wort mitzureden hatte.

»Ich habe ihr verboten, auch nur die geringste Magie anzuwenden«, sprach Agatha weiter, »um niemanden auf ihre Fährte zu locken. Eine Lichthexe bedarf nicht der lächerlichen kleinen Zaubersprüche, wie Haga und auch ich sie anwenden. Sie ist die Magie selbst. Je älter und reifer sie wird, desto stärker wird sie sich in ihr manifestieren, bis sie über unvorstellbare Kräfte verfügt.« Sie senkte den Blick. »Es gibt nichts, was ich sie lehren könnte, was Hexenkunst betrifft. Aber ich habe mein Möglichstes getan, um … eine anständige junge Frau aus ihr zu machen, die genügend Stärke hat, eines Tages nicht der Versuchung zu verfallen.«

Cyril fühlte, wie abermals kalte Schauer über seinen Rücken liefen. »Licht. Hüte dich vor dem Licht,

Kyros. Es kann dich verbrennen.« Er flüsterte diese Worte nur, aber Agatha hatte sie gehört.

Sie beugte sich vor und legte die Hand auf seinen Arm. »Ja, Cyrill, Licht. Das war es wohl, was ich damals in der Schale sah, aber ich hatte nicht erkannt, von wem dieses Licht kommt.« Sie lächelte schief. »Wie hätte ich auch nur ahnen können, dass ich so viele Jahrhunderte später mit einer Enkeltochter beschenkt würde, die diese Gabe in sich trägt? Und die sich«, fügte sie bedeutsam hinzu, »in dich verliebt.«

Sie sah, wie Cyrill die Lippen zusammenpresste, und drückte freundschaftlich seinen Arm, bevor sie sich wieder zurücklehnte. »Aber zurück zur Gegenwart. Als ich dich damals gebeten habe, die Mörder meiner Tochter zu verfolgen, ging es mir nicht nur darum, diese gefährlichen Wesen auszuschalten. Ich wollte alle haben, die über Charlie Bescheid wussten. Und es schien gelungen zu sein, denn es herrschte viele Jahre lang Ruhe. Nur als ich hörte, dass sie jetzt mit dir lebt, erschien es mir wichtig, dass du alles über sie weißt. Du wirst nun derjenige sein, der sie beschützt, behütet und eine liebenswerte Frau aus ihr macht und nicht ein machtsüchtiges Monster.«

»Ein machtsüchtiges Monster wie Arsakes«, sagte Cyrill tonlos.

Agatha sah alarmiert hoch. »Wie?«

»Arsakes ist im Land.« Er stand auf. »Und jetzt weiß ich, was ihn hergeführt hat.« Arsakes wusste Bescheid und er würde alles tun, um Charlotta in seine Gewalt zu bringen.

Agatha wurde blass. »Arsakes? Ich wusste, dass ein dunkler Herr danach strebt, die Macht über die Clans zu gewinnen, und hatte seine Schergen schon lange unter Beobachtung. Aber ich hatte keine Ahnung, dass es Arsakes ist. Er hat seit Jahrhunderten Blut getrunken und zweifellos Macht gesammelt. Er ist fast unüberwindlich. Der Einzige, der ihn jetzt noch aufhalten kann, bist du. Aber sollte er Charlie in seine Hand bekommen und sie beeinflussen, sich ihrer Kräfte bedienen, dann Gnade Gott dieser Welt! Denn Arsakes wird keine kennen.«

Cyrill war schon halb aus der Tür. »Ich muss sie sofort finden.«

Haga bemühte sich zwar, ein zuvorkommendes Gesicht zu machen, aber das Unbehagen war ihr deutlich anzusehen, als Veilbrook unangemeldet in ihr Arbeitszimmer platzte.

»Wo ist Charlotta?«

»Lord Veilbrook, welch eine Überraschung. Was kann ich für Sie tun?« Sie war gerade dabei, an ihre Mutter zu schreiben, und drehte nervös die Feder in der Hand, dabei große, blaue Flecken sowohl auf dem Brief als auch auf ihren Fingern hinterlassend.

»Wo sie ist, habe ich gefragt«, fuhr er sie mit gefährlich funkelnden Augen an.

»Was wollen Sie denn von ihr?«

»Das ist meine Sache. Also? Ist sie zu Ihnen gekommen?« Cyrills Stimme war noch leiser und kälter geworden. Er war aufgebracht, weil er Charlottas Nähe nicht fühlen konnte. Das irritierte ihn. Er war in der Lage, die meisten übersinnlichen Wesen zu spüren, aber bei Charlotta versagte seine Fähigkeit. Es musste daran liegen, dass sie ihre Magie so gut versteckte.

»Was geht hier vor?«

Haga atmete sichtlich auf, als Frederick in der Tür stand. Er schloss die Tür hinter sich und kam näher, um sich neben Haga zu stellen. Er legte beruhigend seine Hand auf ihre Schulter und sah Cyrill kühl an. »Venetia hat mir gesagt, dass Veilbrook gekommen sei.«

Haga saß steif und hoch aufgerichtet im Sessel und hielt Cyrills Blick stand. »Falls Sie Charlie wieder zu sich holen wollen, so muss ich widersprechen. Charlotta ist die Tochter meiner Schwester. Meiner Schwester Margret.«

»Und diese war Horatios Frau«, stellte Cyrill trocken fest. »Ich weiß. Ich kannte Horatio vor sehr langer Zeit, noch bevor er Margret traf. Ihre Schwester habe ich nie kennengelernt.«

»Sie wurde ermordet«, sagte Haga leise. »Deshalb dürfen wir nicht darüber sprechen. Charlie sollte es nicht erfahren. Sie hätte auch nicht erfahren dürfen, dass Sie Horatio …«

Frederick presste leicht ihre Schulter, um sie am Weiterreden zu hindern. »Lassen Sie es gut sein, Haga. Das ist kein Thema für uns.«

Haga nickte, Cyrill dabei musternd, sah sich jedoch außerstande, seinem durchdringenden Blick lange standzuhalten. Schließlich senkte sie die Lider über ihre grünen Augen.

»Sie ist hier«, sagte Frederick plötzlich. »Kommen Sie, Veilbrook, ich bringe Sie zu ihr.« Cyrill folgte ihm auf dem Fuß, als er den Raum verließ.

»Es wäre gut, würden Sie Charlotta mitnehmen. Ich wollte es vor Haga nicht sagen«, sprach Frederick leise weiter, während er mit Cyrill die Halle durchquerte, der mit langen Schritten der Treppe zustrebte. »Aber ich vermute, dass Angelo ein falsches Spiel treibt. Ich habe schon lange ein wachsames Auge auf ihn. Aber ich möchte nicht, dass Haga etwas davon erfährt, ehe ich nicht völlig sicher bin. Es würde sie kränken.«

Cyrill warf ihm einen scharfen Blick zu. »Angelo? Ist das dieser Dämon?«

Frederick nickte. »Lady Haga ist ganz vernarrt in ihn und will die Wahrheit nicht sehen, aber ich fürchte, er ist derjenige, der Informationen an verschiedene neue Gruppen weiterträgt.« Frederick betrachtete Cyrill von der Seite. »Vielleicht sollte man ihn beizeiten eliminieren?«

Cyrills Lippen pressten sich zusammen. Angelo, dieser neckisch küssende Bastard, verheimlichte tatsächlich etwas, das war Cyrill schon an diesem Abend im Salon aufgefallen, und er hatte in den letzten Tagen Erkundigungen über ihn eingezogen, allerdings nicht viel herausgefunden. Wenn er tatsächlich Verbindung mit Arsakes hatte, würde er das bitter bereuen.

Auf der Treppe kam ihnen Rosanda entgegen. Sie warf Cyrill einen schmelzenden Blick zu. »Charlotta ist leider nicht daheim. Ich wollte soeben nach ihr sehen, aber sie ist weder in Madame Hagas Zimmer noch in ihrem.«

»Sie ist fort«, sagte Venetia vom oberen Treppenabsatz. Sie trug einen roten Morgenmantel mit schwarzer Borte, der vorne offenstand. Ihr Haar ringelte sich in Löckchen über ihre Schultern. »Ich habe gesehen, wie sie aus dem Haus gelaufen ist und nach einer Droschke gerufen hat.«

Cyrill ballte die Fäuste. »Wann war das?«

»Vor nicht ganz einer halben Stunde. Ich hörte, wie Sebastian etwas von Theo und einer Schwarzen Messe sagte.«

Cyrill war schon bei der Tür hinaus und auf der Straße. Er konnte sich denken, wohin sie gegangen war. Wenn er Glück hatte, kam er an, bevor sich Arsakes auf sie stürzte.

Fünfzehntes Kapitel

Cyrill blieb für einige Momente im Schatten eines anderen Gebäudes stehen und sah zu der ehemaligen Kirche hinüber. Ihm schienen Jahre vergangen zu sein, seit er Charlotta und ihren Bruder heil hier herausgebracht und damit sein ganzes bisheriges Leben und seine Gefühle auf den Kopf gestellt hatte.

Die Sonne stand eine Handbreit über dem Horizont und warf rötliche Lichter auf Hausdächer und abbröckelnden Rauchfänge. Gelegentlich fielen die Strahlen zwischen den Häusern hindurch, holten die trostlose Umgebung aus den Schatten und zeigten dabei deutlich Armut und Verfall. Cyrill versuchte, festzustellen, ob sich Arsakes oder seine Geschöpfe bereits hier befanden. Er schloss halb die Augen, als er lauschte, aber alles, was er wahrnehmen konnte, waren Menschen, die sich in Erwartung der Dämmerung eiligst in ihre Häuser zurückzogen. Er verzog bitter den Mund, wenn er sich vorstellte, wie sie die Nacht über an ihren Feuern hockten, obwohl sie kaum genügend zu essen hatten, geschweige denn ein paar Shilling für Holz und Kohle. Als würde ihnen das Feuer etwas nutzen. Die einzige Sicherheit gaben ihnen die ungeschriebenen Gesetze der hier lebenden Clans, die London zu ihrer Heimat erkoren hatten und möglichst unauffällig hier leben wollten. Sollte aber Arsakes tatsächlich die Macht übernehmen, war ganz London nicht mehr sicher.

Sein Gesicht wurde hart. Er hätte schon längst etwas unternehmen müssen, um Arsakes in seine Schranken zu weisen. Aber zuerst war er zu gleichgültig gewesen, und dann hatte er nichts anderes im Kopf gehabt als Charlotta. Und wäre sie nicht in Gefahr, würde er vermutlich immer noch in seinem Landhaus sitzen und wegsehen.

Er überquerte die Straße und ging um das Lagerhaus herum. Teils befanden sich noch zersprungene Glasscheiben in den bogenförmigen Fenstern, aber dort, wo sie fehlten, drang ein süßlicher, in der Kehle beißender Geruch nach Verwesung und Tod heraus, der selbst den Gestank des Unrats auf der Straße noch übertraf.

Cyrill stieg über tote Ratten hinweg, die vom letzten schweren Regenfall zusammen mit einem Berg Abfall im Rinnsal angeschwemmt worden waren, und näherte sich dem Eingang des Gebäudes. Die Präsenz von mehreren Wesen wurde mit jedem Schritt deutlicher. Vorsichtig stieß er die Tür auf und lauschte hinein. Hier oben befand sich niemand.

Er durchquerte die Halle, deren hohes Kreuzrippengewölbe die Schönheit der früheren Kirche erahnen ließ, und erreichte die Treppe zur Krypta. Die beiden Flügeltore, die Charlotta und ihn damals bei ihrer Flucht aufgehalten hatten, standen halb offen. Lautlos glitt er hindurch und stieg die Stufen hinab. Er verschmolz, am Ende der Steintreppe angekommen, mit den Schatten des lang gestreckten, von Säulen gestützten Raumes, während er sich langsam der kleinen Gruppe, die aus Theo, Merlot und Goranov, Arsakes Handlanger, bestand, zubewegte. Von Charlotta war nichts zu sehen.

Es hatte offenbar Streit gegeben, denn Theos Gefährte lag auf dem Boden und atmete schwer. Eine klaffende Wunde zog sich von seiner rechten Wange über sein Kinn, seinen Hals und seine Brust. Sein Hemd war aufgerissen. Theo kniete neben ihm und versuchte, ihm aufzuhelfen. Cyrill verzog den Mund. Es war höchste Zeit, Charlottas Bruder in Sicherheit zu bringen, und danach sie selbst zu suchen. Keiner von ihnen war Goranov gewachsen, und noch viel weniger Arsakes, dessen bedrohliche Präsenz Cyrill jetzt in der Ferne spürte.

Der Franzose taumelte, als er endlich stand, und Theo fasste ihn unter den Armen, um ihn zu halten und zu stützen. Die beiden gingen langsam zur Treppe.

Goranovs spöttische Stimme folgte ihnen. »Das war erst der Anfang, Merlot. Heute hast du und dein kleiner Freund noch Glück gehabt, aber das nächste Mal kommt ihr nicht so leicht davon.«

Cyrill sah mit unheilvoller Ahnung, dass Theo stehen blieb. Er sah sich um, und seine Augen funkelten zornig.

Goranov lehnte sich lässig mit dem Rücken an eine der Säulen, steckte die Hände in die Hosentaschen und betrachtete die beiden Männer mit einem überlegenen Grinsen. »Weder du noch dein Liebhaber habt hier mehr etwas verloren. Das ist mein Viertel. Wenn euch etwas nicht passt, so verschwindet nach Paris, wo der kleine Sauger herkommt, oder verkriecht euch bei deiner kleinen Nutte von Schwester.«

Cyrill bemerkte, wie Theos Gesicht vor Zorn so dunkel anlief, wie es einem Vampir noch möglich war. Vorsichtig setzte er seinen Freund auf einer der Holzbänke ab, dann wandte er sich mit geballten Fäusten Goranov zu. »Das nimmst du zurück, du elender Kerl!« Zumindest hatte er den Mut, seine Schwester zu verteidigen, wenn schon nicht den Verstand, schweigend hinauszugehen und Goranovs Beleidigungen zu überhören.

»Was? Dass ihr von hier verschwinden sollt? Oder dass deine Schwester eine Nutte ist? Hältst du mich für dumm? Glaubst du, ich wüsste nicht, was sie ist? Sie und deine Tante und deren Nichten, von denen die halbe Stadt spricht?« Er beugte sich höhnisch vor. »Eine kleine Hure ist sie. Eine Succuba, die aus der Lust einer Hexe geboren wurde, und die es mit jedem treibt, sogar mit einem verkommenen Kerl wie Veilbrook. Warum regt dich das so auf? Und wenn du erst einmal aus dem Weg bist, dann bin ich der nächste, in dessen Bett sie landet. Dagegen kann nicht einmal ihre Tante etwas tun.«

Merlot fasste mit letzter Kraft nach Theos Jacke, als dieser sich auf Goranov stürzen wollte. »Nicht, Theo. Sieh, wie er mich zugerichtet hat. Was glaubst du, was er mit dir tut.«

»Dafür wird er büßen!« Theo riss sich los.

Cyrill hatte gehofft, Theo hinausfolgen und ihn samt seinem verletzten Freund in Sicherheit bringen zu können, aber nun blieb ihm nichts anderes übrig, als sich einzumischen. Er sah, wie sich Goranovs Gesicht bösartig verzog, als Theo auf ihn losging, seine Hände bogen sich zu Krallen. Cyrill war mit zwei Schritten neben dem losstürmenden Vampir, und Theo schrie erschrocken auf, als er wie aus dem Nichts neben ihm auftauchte, ihn am Kragen packte und zurückschleuderte, sodass er genau vor Merlots Füßen landete.

Goranov war überrascht zurückgezuckt. »Veilbrook? Wo kommen Sie plötzlich her?«

Theo war schon wieder auf den Beinen, sein braunes Haar hing ihm ins Gesicht, einige Jackenknöpfe waren bei der unsanften Behandlung abgesprungen, und sein ehemals hübsch gebundenes Halstuch war ein Chaos. Er schob sich aufgebracht zwischen Goranov und Cyrill. »Mischen Sie sich nicht ein, Veilbrook! Hier geht es nicht um Sie, sondern um meine Schwester.« Er streckte kampflustig sein Kinn vor.

»Aus genau diesem Grund bin ich auch hier.« Cyrills Stimme klang ruhig, aber die Kälte, die darin mitschwang, ließ Theo sekundenlang zögern.

»Spielen Sie sich nicht auf«, sagte Goranov hämisch. »Ich habe Ihre arrogante Art schon lange satt. Ihre selbstherrliche, überhebliche Art, mit der Sie sich einbilden, etwas Besseres zu sein als wir.«

Cyrill hob eine Augenbraue. »Stell dir vor, davon bin ich sogar überzeugt.« Er wandte sich an Merlot, ohne Goranov aus den Augen zu lassen. »Ihr beide verschwindet jetzt besser.« Er zog seinen weiten Mantel und seine Handschuhe aus und warf beides Theo zu. »Hier, ziehen Sie die an und werfen Sie sich den Mantel über Kopf und Schultern.« Es dämmerte zwar bald, aber für diesen jungen Vampir war das Tageslicht noch zu kräftig.

Theo zögerte zuerst, dann zog er die Handschuhe

an. Merlot wankte näher und fasste nach Theo. Dieser warf den Mantel über sie beide und legte endlich den Arm um Merlots Taille, um ihn zu stützen. Er drehte sich in der Tür jedoch noch einmal nach Cyrill um. Merlot sprach leise und eindringlich auf ihn ein, Theo nickte, und dann stiegen sie langsam die Treppe hinauf.

Goranov lachte spöttisch. »Sie können mir nichts anhaben, Veilbrook. Sie sind nicht so überlegen, wie Sie tun. Wir haben Sie schon geraume Zeit beobachtet: Sie haben seit Jahren kein Blut mehr getrunken. Das hat Sie schwach gemacht. Fast *menschlich*«, fügte er abfällig hinzu. Er deutete mit dem Kopf zum Ausgang. »Sie haben mir noch weniger entgegenzusetzen als dieser Merlot.«

Cyrill ersparte sich eine Antwort, aber im nächsten Moment taumelte Goranov, sich mit beiden Händen an die Kehle greifend, zurück, dann wurde er von einer unsichtbaren Macht quer durch den Raum geschleudert, sodass er mit voller Wucht gegen die gegenüberliegende Wand prallte und dort in sich zusammensackte.

Cyrill folgte ihm langsam. Er blieb vor ihm stehen und sah kalt auf ihn herab. »Es gibt nur einen Grund, weshalb du jetzt noch lebst, Goranov: Sage deinem Herrn, dass ich sein Spiel nicht mitmache. Er soll Frieden halten. Er soll mir aus dem Weg gehen, und das betrifft gleichermaßen Charlotta Baker und deren Bruder. Ich will ihn nicht einmal in ihrer Nähe spüren. Wenn er klug ist, verlässt er das Land. Und du wage es nie wieder, mich herauszufordern, Goranov. Meinen nächsten Angriff würdest du nicht überleben.«

Goranov konnte nicht sprechen. Er hielt sich beide Hände über Mund und Nase; Blut tropfte heraus – der Lebenssaft seiner letzten Opfer.

»Hast du verstanden?«

Als Goranov nicht antwortete, beugte sich Cyrill hinab, packte ihn mit einer Hand an der Anzugjacke und hob den Zappelnden hoch, als wäre er eine Puppe.

Goranov nickte. »Ja ... Ja ...« Seine Stimme war kaum verständlich.

»Gut.« Cyrill ließ ihn einfach fallen und wandte sich um. Der Vampir lauschte seinen verklingenden Schritten nach.

Als Cyrill hinaustrat, spürte er das Licht der untergehenden Sonne wie Nadelstiche in seinen Augen. Der Vampir war stark gewesen, Arsakes düstere Macht hatte ihn umgeben wie der eklige Atem eines Aasfressers.

Er atmete tief durch. Jetzt musste er Theo finden und das so schnell wie möglich. Es bestand die Gefahr, dass Goranovs Freunde sehr bald und sehr zahlreich hier auftauchten, um ihre Blutmesse zu feiern. Ganz zu schweigen von Arsakes, dessen Präsenz jetzt noch näher war als zuvor. Er spürte zweifellos, was hier vor sich ging. Außerdem brauchte Merlot dringend Blut, um seine schweren Verletzungen zu heilen, und war damit für jedes menschliche Wesen, das ihm über den Weg lief, eine tödliche Gefahr.

Er musste nicht lange suchen. Auf dem freien Platz hinter dem Gebäude erblickte er, im Schatten einiger mickriger Sträucher, Theo. Dieser verdammte kleine Vampir, der nichts als Ärger machte. Und nicht nur er! Die ganze Familie hatte ihm bisher nichts als Schwierigkeiten eingebracht.

Als er die Sträucher umrundete, sah er Theo und Merlot neben einer Frau knien, die bewusstlos am Boden lag. Beim Anblick des langen, hellbraunen Haars dachte er sekundenlang entsetzt, es wäre Charlie, aber dann erkannte er erleichtert, dass es sich um eine Fremde handelte. Er presste die Lippen aufeinander, als er sah, dass Merlot sich über die Kehle der Frau hergemacht hatte und Theo heftig am Handgelenk der Frau saugte. Sie musste noch sehr jung sein, denn sie hatte ein glattes, frisches Gesicht, auch wenn es jetzt totenbleich war. Ihre Lider zitterten, hier und da zuckte ihr Arm.

Cyrill hielt wütend auf die kleine Gruppe zu. Verfluchtes Vampirpack. Er musste eingreifen, bevor die beiden sie töteten.

Charlie presste sich hastig in eine Nische, als Cyrill an ihr vorbeiging. Sie hatte, als sie die Treppe in die Krypta hinabstieg, den gellenden Schrei eines Mannes gehört, und war schnell ein Stück in den Gang hineingelaufen, als sie kurz darauf Cyrill gesehen hatte. Sie tastete sich, geleitet vom letzten Schein des Tageslichts, wieder den düsteren, mit Spinnweben durchzogenen Gang entlang und folgte Cyrill hinauf. Und nun stand sie in der Tür und sah ihm nach, wie er über den schmalen Weg zu einem unbebauten Stück Wiese hinschritt. Was wollte er dort? Bewegte sich dort nicht jemand?

Plötzlich zuckte sie zusammen. Von der Krypta drangen Laute zu ihr herauf, zuerst ein zusammenhangloses Gestammel, das in bösartigen Flüchen endete. Sie konnte die Bedrohung, die von dem Mann ausging, mit allen Fasern ihres Körpers spüren und erschrak vor der Intensität seines Hasses; er richtete sich in erster Linie auf Cyrill. Sie musste ihm nach, um ihn zu warnen.

Ehe sie ihm jedoch nacheilen konnte, legten sich zwei kalte Hände wie Klammern um ihren Hals. Sie wollte schreien, Cyrill zurückrufen, brachte jedoch nur ein gequältes Ächzen hervor. Der Vampir zerrte sie nicht in die von Fackeln beleuchtete Krypta hinab, sondern quer durch die Kirche, und stieß sie dort so heftig an die Wand, dass Charlie laut aufstöhnte. Sie taumelte, stürzte beinahe, fing sich dann jedoch und lehnte schwer atmend an der Wand, sich ihren malträtierten Hals massierend. Der Vampir selbst schien ebenfalls schwach, denn er stützte sich mit der Hand an einer Säule ab, während er eine Flut bösartiger Flüche losließ. Seine Augen glühten gefährlich durch das Halbdunkel.

Charlie sah sich hektisch um. Wenn sie wieder zum Ausgang wollte, musste sie an ihm vorbei. Er war jedoch in seinem geschwächten Zustand bestimmt noch um einiges schneller und kräftiger als sie. Gerade, als sie langsam zur Seite glitt, stieß er sich ab und kam näher. Seine Bewegungen hatten etwas Schleichendes, er bewegte sich zwar noch langsam, aber Charlie wusste, dass er mit jeder Minute kräftiger wurde. Wenn er sie einmal packte, hatte sie keine Chance mehr. Sie wollte losrennen, aber da war er auch schon mit einem Satz zwischen ihr und der Tür. Charlie erstarrte mitten im Schritt.

Der Blick des Vampirs glitt langsam über sie. »Ganz wie Malefica gesagt hat: Du kommst von selbst.« Er lauschte hinaus, vermutlich wollte er feststellen, ob Cyrill zurückkam. Charlie hoffte es innigst.

»Es war ein Fehler von ihm, mich anzugreifen.« Seine Stimme klang seltsam melodisch und wollte gar nicht zu der grausamen Fratze passen, zu der sich sein Gesicht verzerrt hatte. »Ich habe mächtige Freunde, die ihn dafür töten werden.« Er umrundete Charlie, die sich um ihre eigene Achse mit ihm mitbewegte, um ihm nicht den Rücken zuzukehren. »Das ist seine Überheblichkeit. Sie wird dazu beitragen, ihn zu töten. Zuerst ihn, dann deinen Bruder, deine restliche Familie. Sie alle werden sterben müssen. Aber du …«, er kam näher und seine klauenartig gebogene Hand streichelte über Charlies Hals, »wirst leben. Du bist kostbar für den Gebieter.«

»Gebieter?« Charlie wollte ihn hinhalten und zugleich mehr erfahren. Wer war dieser Gebieter? Und inwieweit waren Theo und Veilbrook in all das verwickelt?

»Ein sehr mächtiger Fürst, der dich schon lange haben will.«

Charlie drehte den Kopf, ohne den Vampir aus den Augen zu lassen. Es brannten keine Fackeln in diesem Raum. Das war nicht gut, denn die Dämmerung wurde dichter und der Raum dunkler. Nur ein schmaler, verblassender Sonnenstrahl wanderte noch durch die Kirche, während die Sonne im Westen hinter den Häusern versank.

Er lachte böse. »Veilbrook hat sich selbst überschätzt. Er hat mich überraschen können, aber gegen Arsakes kann er nichts ausrichten.«

»Ist das Ihr Gebieter?«, hakte Charlie nach. »Arsakes?« Sie rückte Zentimeter für Zentimeter zur Seite, dem Lichtstrahl nach, der über die Wand glitt.

Der Vampir sprang auf sie zu und warf sie zurück. Charlie prallte gegen die Wand und schnappte nach Luft. Er war jetzt dicht vor ihr, berührte sie jedoch nicht. Er schnupperte an ihr wie eine Katze an einer Beute. »Du riechst gut, Hexe. Sehr schmackhaft. Ich frage mich, ob Arsakes wohl etwas dagegen hätte, wenn ich eine Probe von dir nähme.«

Ein Schaudern ging durch Charlies Körper.

»Es tut kaum weh. Nur ein bisschen Blut. Arsakes wird es verstehen. Ich brauche es, um zu heilen. Hebe die Arme, ich mag es, wenn sich Frauen anbieten.«

Charlie schüttelte den Kopf.

Goranov zischte wütend. »Du sollst gehorchen!« Ein gieriges Glitzern stand in seinen Augen. »Hebe die Arme.«

Sie gehorchte. Seine Hände legten sich auf ihre Brüste, die Gier in seinen Augen verstärkte sich, als er sie presste, dass Charlie einen Schmerzenslaut unterdrücken musste. Dann brachte er sein Gesicht dicht vor ihres und zog die Lippen zurück. Charlie sah voll Entsetzen auf die beiden Fangzähne, die sich aus seinem Kiefer geschoben hatten.

Er grinste, ihm machte das Spiel Spaß. Seine Daumen streichelten über die Mitte ihrer Brüste, suchten unter den Stoffschichten ihre Brustwarzen. »Gefällt dir das?«

Angst und Ekel überschwemmten Charlie. Sie fühlte seinen kühlen Atem, als er sich vorbeugte und seine Lippen, kalt und feucht, von ihrer Wange langsam hinunterwandern ließ. Über ihren Hals, tiefer hinab, dann wieder höher. Seine linke Hand glitt an ihr herab und machte sich an ihren Röcken zu schaffen, schob sie hoch, und dann waren seine Finger auf ihrem Schenkel, suchten höher. Seine Zunge leckte über ihre Haut und verharrte genau über dem pochenden Puls ihrer Schlagader. Er drängte seinen Unterleib näher und rieb sein erregtes Glied an ihr. Charlie wollte schreien, ihn verfluchen, wegstoßen. Sie erinnerte sich daran, wie Theo in der Krypta über die junge Frau hergefallen war, sie gebissen, ausgesaugt und die Sterbende gleichzeitig vergewaltigt hatte. Unsäglicher Abscheu stieg in ihr hoch, nicht nur auf die Kreatur, die dasselbe jetzt mit ihr vorhatte, sondern sogar auf ihren eigenen Bruder.

Sie sah hoch. Der Sonnenstrahl berührte die Wand über ihrem Kopf, glitt darüber. Charlie reckte sich. Er war zu weit oben. Sie streckte sich, stellte sich auf die Zehen.

Das Licht küsste ihre Fingerspitzen.

Das genügte, um ihren gesamten Körper, ihren Geist danach greifen zu lassen, als hätte er nur auf diesen einen Moment gewartet. Das Licht blieb bei ihr, als wäre es unlösbar mit ihr verbunden. Es spielte sanft mit ihren Fingern, wanderte an ihnen herab, über ihre Hände, ihre Arme, ihren Leib.

Der Vampir riss die Augen auf und taumelte entsetzt einige Schritte zurück. Er streckte die Hände aus, wollte sie abwehren. Ein Wimmern entrang sich seiner Kehle. Er hatte die Lippen zurückgezogen, sodass sie seine Fangzähne sehen konnte, aber jetzt nicht als Ausdruck höhnischer Überlegenheit, sondern aus tödlicher Angst.

Ihr Körper wurde von Licht umhüllt. Wärme erfasste ihre Glieder und zugleich wurde sie von einer Macht durchflossen, für die sie keine Worte hatte.

Ihre Blicke trafen sich. Die Stimme des Vampirs hallte in Charlies Kopf. Zuerst ihn, dann deinen Bruder, deine restliche Familie. Sie alle werden sterben müssen.

Lodernde Wut hüllte Charlie ein. Ihr Haar fing Feuer, ihr Körper brannte. Flammen traten aus ihren Fingerspitzen, als sie ihre Hände nach dem Vampir ausstreckte.

Sie hörte seinen Schrei, als der tödliche Strahl ihn traf. Durch das Wogen der Flammen hindurch sah sie, wie seine Kleidung, sein Haar, seine Haut zu brennen begannen. Das Schreien wurde stärker, unmenschlicher. Charlie schloss die Augen, schaltete Denken und Mitleid aus, wurde selbst zur vernichtenden Flamme, zum gleißenden Licht der Sonne.

Endlich, sie wusste nicht, wie viel Zeit vergangen war, ließ sie ihre Arme sinken. Die Flammen erloschen. Der Sonnenstrahl wanderte weiter.

Der Raum um sie herum nahm wieder Konturen an, die Dämmerung senkte sich über Charlie und das, was von dem Vampir übrig geblieben war. Staub und Asche.

Als Charlie aus dem Gebäude taumelte, war es ringsum vollkommen still.

»Das reicht!« Cyrill riss Merlot von dem bewusstlosen Mädchen weg. Der Vampir kam auf seinen Knien auf, machte jedoch keine Anstalten, sich zu wehren, sondern wischte sich mit dem Handrücken über seinen blutigen Mund und wartete ab. Theo war weniger klug. Er wollte das Handgelenk der Unglücklichen nicht loslassen, bis Cyrill ihm eine Ohrfeige verpasst, die ihn zweimal um seine eigene Achse drehte und dann flach auf den Rücken warf.

Er zerrte sich den Mantel wieder über den Kopf. »Ich brauche das Blut ... bitte.«

»Halt den Mund, wenn du nicht noch eine weitere Ohrfeige willst«, fuhr Cyrill ihn gereizt an. »Mehr Blut brauchst du nicht. Das ist nur Gier. Du würdest die Frau töten.«

»Er hat recht«, sagte Merlot heiser. Er kroch zu Theo hinüber, um ihn in die Arme zu nehmen. Seine Wunden schlossen sich bereits; über Nacht würde nichts mehr zu sehen sein. Er sah zu Cyrill auf. »Danke, Veilbrook. Sie haben uns das Leben gerettet. Ich hatte nicht gewusst, dass Goranov so stark geworden ist, das muss an seinem dunklen Herrn liegen. Als ich feststellte, dass Theo vorige Nacht allein dorthin gegangen war, um sich mit jemandem zu treffen, bin ich ihm nachgegangen. Es war jedoch eine Falle und«, er sah mit einer ironischen Grimasse an sich und seinem zerfetzten Rock herab, »das Tageslicht hat mich zu viel Kraft gekostet, obwohl ich in einer Kutsche kam. Sie sehen ja, was geschehen ist.«

»Eine Falle?«

»Sie wollten Theos Schwester hinlocken, indem sie ihn hinbestellten.«

So hatte er sich das gedacht. Er sah kurz zu der alten Kirche hinüber, dann wandte er sich wieder Merlot zu. »Haben Sie einen Ort, wohin Sie sich zurückziehen können, bis Sie wieder bei Kräften sind? Ich kann Sie nicht begleiten.«

»Wir gehen zu Freunden. Nicht weit von hier.« Merlot zog Theo hoch und die beiden liefen wankend über das Wiesenstück zu den Häusern und verschwanden in einer dunklen Straße.

Cyrill beugte sich über die Frau. Die Wunde an ihrem Hals verschloss sich bereits. Merlot war zwar schwach gewesen, aber geübt und klug genug, um nur seine Zähne in ihren Hals zu schlagen.

Sie war jedoch in Gefahr. Wenn der Blutverlust zu hoch war und zu viel Gift in ihren Körper gelangt war, konnte sie das verwandeln – falls nicht Goranovs Freunde sie vorher fanden und zerrissen. Er betrachtete ihr Handgelenk, wo Theo getrunken hatte. Das Fleisch war bis auf den Knochen aufgerissen und hing in Fetzen weg. Cyrill knirschte mit den Zähnen, als er ein Taschentuch hervorzog, um es über die Wunde zu binden. Hatte Merlot nicht einmal genügend Verstand besessen, seinem Schützling beizubringen, wie ein Vampir gesittet Blut von einem Opfer nahm?

In diesem Moment zerriss ein lang gezogener Schrei die Stille, wurde zu einem Kreischen in höchster Todesnot und brach dann unvermittelt ab. Cyrill ließ die Frau vorsichtig zu Boden sinken und sprang auf.

Der Schrei war von der alten Kirche gekommen. Wahrscheinlich hatte Goranov ein Opfer gefunden. Cyrill ballte die Fäuste. Es war ein Fehler gewesen, den Vampir nicht auf der Stelle zu töten, sondern ihn nur zu bedrohen. Er lief den Weg zurück zu dem Gebäude, als er sich der plötzlichen Stille um ihn herum bewusst wurde. Absolute, tödliche Stille. Sogar die Vögel waren verstummt, die Grillen hatten aufgehört zu zirpen. Nicht einmal ein Windhauch war zu spüren.

Er betrat das Gebäude und horchte hinein. Es war nichts zu spüren, die Halle schien verlassen zu sein. Er ging vorsichtig in die Krypta hinab. Nichts. Er stieg wieder die Treppen hinauf und durchschritt das leere Gebäude. Ein ekelerregender Geruch lag in der Luft, der zuvor noch nicht da gewesen war. Was war hier vor sich gegangen, und wohin war Goranov so schnell verschwunden? War der Vampir aus dem Haus gelaufen, während er sich um die Frau gekümmert hatte? Das war unwahrscheinlich. Goranov war, als Cyrill ihn verlassen hatte, zu schwach gewesen, um sich dem schwindenden Tageslicht auszusetzen. Nur die Dunkelheit gab ihm neue Kraft und die Möglichkeit, sich zu heilen. Dunkelheit und Blut.

Ein Kälteschauer lief über seinen Rücken, als er an Charlotta dachte. War sie etwa hierhergekommen? Hatte Goranov sie erwischt? War sie es gewesen, die geschrien hatte? Tödliche Angst schnürte ihm die Kehle zu, als er wieder hinauseilte. Er musste sie finden.

Aber da war noch die Frau, er konnte sie nicht einfach liegen lassen. Er fluchte leise, als er zu der Bewusstlosen hinüberblickte und sah, dass sich eine Gestalt über sie beugte. Vermutlich hatte der Geruch ihres Blutes schon jemanden angelockt. Allerdings würden sich Arsakes Vampire nicht mit ein paar

Schlucken zufriedengeben – sie würden die Frau töten.

Die Dämmerung überzog diesen Ort immer schneller. Es war keine Zeit zu verlieren. Er rannte los. Die Gestalt neben der Frau sah hoch, sprang auf und eilte davon. Cyrill erkannte Frauenkleider, hellbraunes Haar, von dessen Spitzen zarte Lichtfunken sprühten, ein heller Schimmer, dann war sie hinter den Häusern verschwunden. Sekundenlang war er so verblüfft, dass er beinahe gestolpert wäre, dann wollte er ihr nachlaufen, aber als er bei der Frau vorbeikam, setzte diese sich gerade auf und griff sich an den Kopf. Widerwillig blieb er stehen.

Sie sah verstört hoch, als er sich über sie beugte.
»Ich ... mir wurde anscheinend übel, bin gefallen ... Die nette junge Frau hat mich ...«, stammelte sie.

Cyrill betrachtete ihren Hals, als er ihr aufhalf. Merlots Bisse waren völlig verschwunden. Das war erstaunlich schnell gegangen. Sie stand, wenn auch etwas schwankend.

»Fühlen Sie sich besser?«
»Ja, ...« Sie zuckte zusammen und griff nach ihrem Handgelenk, als hätte sie ein plötzlicher Schmerz erschreckt. Cyrill sah bestürzt, dass das blutige Taschentuch auf dem Boden lag, und erwartete schon ihren Aufschrei beim Anblick der Wunde, als sie nur mit den Fingerspitzen darüberfuhr, als würde sie etwas jucken.

»Darf ich sehen?« Er nahm ihre Hand und drehte sie um. Die Haut war völlig glatt. Er sah nach der anderen Hand. Auch nichts.

Cyrill starrte für einen Moment darauf, dann begriff

er. Er blickte zu den Häusern, wo die andere Frau verschwunden war, und ein bitteres Lächeln umspielte seine Lippen. Die Kräfte seiner kleinen Lichthexe waren offenbar schon viel weiter entwickelt, als ihre Großmutter auch nur ahnte. Arsakes würde nicht lange brauchen, um ebenfalls dahinterzukommen, und Charlie war in höchster Gefahr. Sie mochte vielleicht schon die Gabe haben, zu heilen, aber für Arsakes war sie kein Gegner.

»Schade um Goranov«, meinte Arsakes, als er auf das blickte, was an Asche von dem Vampir übrig geblieben war. »Aber immerhin wissen wir jetzt, wozu sie schon fähig ist. Höchst interessant.«

Malefica starrte ebenfalls auf die Überreste ihres Gefährten. In ihren Augen loderte Hass. »Und Veilbrook, Herr?« Ihre Stimme klang gepresst.

»Den überlasse mir«, erwiderte Arsakes. »Er könnte stärker sein, als ich bisher dachte.« Er wandte sich Malefica zu, die ihre Augen nicht von Goranovs Überresten abwenden konnte. Sie hatte den Tod ihres Gefährten gefühlt, hatte seine Angst gespürt, den Schmerz, und war doch zu weit weg gewesen, um ihm zu helfen. »Du hast deine Befehle. Führe sie aus. Wir treffen uns dann in drei Tagen bei Veilbrooks Haus.«

»Wie Ihr es sagt, Gebieter.«

Arsakes verließ die Halle, und Malefica sank auf die Knie. Sie ließ die Asche durch ihre Finger laufen. »Das wirst du büßen, Hexe. Komme nur erst in Arsakes Gewalt, dann finde ich einen Weg, dir dein Leben zur Hölle zu machen.«

Sechzehntes Kapitel

Als Cyrill aus der Mietskutsche sprang und an die Haustür des *Chez Haga* hämmerte, verschwanden die Mädchen wie auf Befehl in die entferntesten Räume, und Hagazussa zog sich mit Migräne in ihr Zimmer zurück.

Angelo öffnete ihm. Er musterte kurz die unheilvolle Miene des Besuchers, dann sagte er: »In ihrem Zimmer. Oberster Stock, die Tür links hinten.«

Cyrill ging ohne ein weiteres Wort an ihm vorbei und lief die Treppe hoch Er war wütend. Auf sich selbst, weil er es nicht schaffte, ein so junges Ding unter Kontrolle zu halten, und noch viel mehr auf Charlotta. Nicht nur, dass seine kleine Hexe entgegen seinem Verbot aus dem Haus entwischt war, hatte sie sich zusätzlich in Gefahr gebracht, indem sie ihrem nutzlosen Bruder bis zu dieser Krypta folgte und beinahe Goranov oder – noch weitaus schlimmer – Arsakes in die Hände gefallen wäre. Darüber hinaus hatte sie ihn die ganze Zeit über belogen und ihn in dem Glauben lassen, eine schlichte Succuba zu sein. Und nicht zuletzt – dieser Vorwurf wog am schwersten – hatte sie ihm in den vergangenen Stunden eine solche Heidenangst um sie eingejagt, dass ihm zeitweise vor Sorge um sie übel geworden war.

Er machte sich nicht erst die Mühe, anzuklopfen, sondern stieß die Tür einfach auf. Zuerst dachte er, das

Zimmer wäre leer, aber dann sah er sie. Sie hockte mit angezogenen Knien neben ihrem Bett auf dem Boden und hatte ihr Gesicht in ihren Armen verborgen.

Die Tür flog mit einem Knall hinter ihm zu. »So, Miss Charlotta Baker. Und jetzt zu uns beiden. Was ist dir ...« Er unterbrach sich, weil sie aufsah. Gerötete, geschwollene Augen, eine leuchtend rote Nase, zuckende Lippen. Sie war jedenfalls keine von den Frauen, die selbst noch hübsch aussahen, wenn sie weinten. Umso härter traf ihn ihr verheultes Gesicht, und sein immerhin gerechtfertigter Zorn fiel in nichts zusammen. Er atmete einige Male tief durch, dann ging er zu ihr hin und setzte sich auf das Bett. »Hier.« Er unterdrückte den Drang, sie in die Arme zu nehmen und zu trösten, und hielt ihr ein Taschentuch hin, wobei er versuchte, seiner Stimme einen kalten Beiklang zu geben, um wenigstens den Anschein von Überlegenheit zu wahren.

Sie nahm das Tuch und putzte sich die Nase. »Was willst du hier?«

»Ist das nicht klar? Ich hole dich ab. Hast du etwa gedacht, ich würde dich hierlassen? In diesem Haus?«

»Ich gehe nicht mit. Ich habe gesehen, was du mit dieser jungen Frau gemacht hast. Du hast sie schwer verwundet.« Sie wandte sich ab und verbarg ihr Gesicht.

»Und ich habe gesehen, was *du* mit ihr gemacht hast«, fuhr er sie an. »Ich bin bestimmt nicht der Einzige, der bemerkt hat, über welche Fähigkeiten du verfügst. Du bist in größerer Gefahr, als du dir überhaupt vorstellen kannst!

»Aber ich komme nicht mit! Ich habe dir schon einmal gesagt, dass ich nicht deine Gefangene bin. Ich kann tun und lassen, was ich will! Und dich geht das nichts an.«

»Charlotta.« Seine Stimme klang nicht drohend, wenn auch dieser gewisse Unterton darin erkennbar war, der erahnen ließ, dass seine Geduld an ihrer Grenze angelangt war. »Wenn du mich noch länger reizt und nicht sofort aus deiner Ecke kommst und wie eine vernünftige Frau mitgehst, dann …«

Die Tür wurde aufgerissen. Hagazussa stand darin. »Das geht nicht, Veilbrook! Ich kann nicht zulassen, dass Sie Charlie gegen ihren Willen mitnehmen!« Sie stand hoch aufgerichtet und mit blitzenden Augen da. Zum ersten Mal seit langer Zeit erinnerte sie sich wieder an die gefährliche, temperamentvolle Hexe, die sie einmal gewesen war. Angelo, der hinter ihr auftauchte, schien das ebenso zu empfinden, denn er warf ihr einen bewundernden Blick zu. Ihre nächsten Worte zerstörten den Eindruck allerdings wieder: »Außerdem ist Mutter hierher unterwegs!«

Angelo prustete los, und Haga warf ihm einen vernichtenden Blick zu.

»Agatha war schon bei mir und sie hat mich gebeten, auf Charlotta aufzupassen«, entgegnete Cyrill gereizt. »Ich nehme an, sie wartet in meinem Haus auf ihre Enkelin. Im Übrigen«, fügte er an Charlie gewandt hinzu, »habe nicht ich diese Frau so zugerichtet, sondern dein sauberer Bruder. Er und sein Freund Merlot. Merlot hatte mit Goranov gekämpft, wurde verletzt und brauchte Blut. Daraufhin fiel er gemeinsam mit Theo über das arme Mädchen her. Ich musste sie mit Gewalt vertreiben.«

Sie sah ihn ernst an. Ihre rot verweinten Augen taten ihm in der Seele weh. »Wo ist Theo jetzt? Geht es ihm gut? Ist er in Sicherheit?«

»Ja, davon habe ich mich noch überzeugt. Sie sind bei Freunden untergekommen. Die Vampirgemeinde, zu der sie gehören, beschützt sie.«

»Was wollte dieser Goranov von ihm?«

»Goranov?« Haga war bei dem Namen erblasst. »Dieses Geschöpf war hinter Theo her?«

»Nein, eher hinter Charlotta«, erwiderte Cyrill wütend. »Er ist verschwunden, ich weiß nicht, was dann aus ihm geworden ist.«

Angelo blickte von einem zum anderen, schwieg jedoch.

Cyrill erhob sich. »Jetzt komm bitte, Charlotta. Es wird Zeit.«

Sie zögerte kurz, dann stand sie endlich auf, sehr langsam und müde. Er hätte ihr aufgeholfen, aber in diesem Fall hätte er sie unweigerlich in die Arme genommen, sie getröstet, geküsst, bis dieser verwirrte, unglückliche Ausdruck aus ihren Augen verschwände.

Seine Kutsche wartete unten. Charlotta mied seinen Blick, als er hinter ihr einstieg und sich ihr gegenüber niederließ.

»Es tut mir leid«, sagte sie gedämpft.

Cyrill warf ihr einen zweifelnden Blick zu. »Was?«

»Dass ich dir zugetraut habe, diese Frau so zu verletzen. Ich hatte Theo nicht gesehen.« Sie begann plötzlich wieder zu weinen. »Ist es meine Schuld? Habe ich zu wenig auf ihn aufgepasst?«

»Um Himmels willen, Charlotta!«, rief Cyrill aus. »Du bist vermutlich die Einzige, die keinerlei Schuld trifft. An rein gar nichts.« Seine Stimme wurde weich. »Bitte hör auf, dich damit zu quälen. Ich hätte meinen Mund halten sollen. Es wäre besser gewesen, du hättest mich in Verdacht gehabt anstelle deines Bruders.«

Sie schüttelte wild den Kopf. »Nein, mir ist es so lieber.«

Er sah sie prüfend an. »Weshalb bist du aus meinem Haus davongelaufen?«

»Das sagte ich dir doch. Ich wollte Theo treffen. Ich musste herausfinden, was wirklich mit meinem Vater geschehen war.« Sie hob den Kopf und ihr ernsthafter Blick traf ihn bis ins Herz. »Cyrill, was immer ich für dich empfinde – und das ist fast mehr als ich ertrage –, ich kann nicht mit einem Mann leben, der zugibt, meinen Vater getötet zu haben.«

Der Schmerz kam ohne Vorwarnung. Es war, als hätte Charlotta ihm diesen Dolch, den ihr Bruder ihr gegeben hatte, tatsächlich ins Herz gestoßen. »Das wird auch nicht mehr der Fall sein«, erwiderte er müde, als er seine Stimme wieder unter Kontrolle hatte. »Ich gebe dir mein Wort, dass ich dich nicht mehr anrühren werde.« Er wandte sich ab und sah zum Fenster hinaus. *Es ist schlimm genug, dass es geschehen ist*, dachte er. Er hatte dieses Gefühl – tiefe, fast verzweifelte Liebe – vor Charlotta nur einmal in seinem Leben zugelassen. Und teuer dafür bezahlt. Seine Frau und seine Kinder waren grausam zu Tode gequält worden und er war seelisch mit ihnen gestorben. Danach war er vorsichtiger geworden. Bis er Charlotta getroffen hatte.

»Weshalb willst du dann, dass ich bei dir wohne?«, fragte Charlie verwirrt.

»Agatha zuliebe. Ich habe es ihr versprochen. Du bist in Gefahr. Und dann noch aus einem anderen Grund. Aber der geht dich nichts an.« Weil er sie liebte und niemals zulassen würde, dass sie Arsakes in die Hände fiel. Er würde sie beschützen, solange sie seinen Schutz brauchte, und Arsakes vernichten. Er hätte ihr jetzt viel sagen können, was ihren Vater, Horatio di Marantes, betraf, aber er schwieg. Es war besser so.

Mehrere Meilen lang war es still zwischen ihnen, dann fragte Charlotta: »Was meintest du damit, dass du ihn indirekt getötet hättest?«

Cyrill war beim Klang ihrer Stimme aus seinen düsteren Gedanken aufgeschreckt. Er sah sie nicht an, als er antwortete. »Dass ich es hätte verhindern können und müssen.«

Sie schlang die Arme um sich und atmete tief durch. »Dann stimmt es also nicht, was dieser Mulligan Theo erzählt hat.«

»Du solltest nicht weiter forschen. Nicht einmal darüber nachdenken. Alles, was zählt, ist, dass du lebst, es dir gut geht und du in Sicherheit bist, Charlie.« Es war das erste Mal, dass er sie mit diesem Namen ansprach. Agatha hatte sie so genannt und es hatte sich ihm eingeprägt. Es klang zärtlicher als das kühlere Charlotta, und es war die einzige Liebkosung, die er sich von nun an erlauben würde. Um sie auf andere Gedanken zu bringen, sagte er: »Es war sehr beeindruckend, wie du diese Frau geheilt hast.« Mehr als beeindruckend. Er hatte so etwas noch nie gesehen. Nicht einmal er selbst wäre dazu in der Lage. Wesen wie er und Arsakes konnten ihre

Kräfte nur zur Vernichtung einsetzen, nicht um zu helfen und zu heilen.

»Er ist verbrannt«, sagte sie plötzlich in die nachfolgende Stille hinein. Sie sprach so leise, dass er sie kaum verstand.

»Von wem sprichst du?«, fragte Cyrill erstaunt.

»Von diesem ... Goranov. Ich war dort, weil ich Theo suchte. Dann sah ich dich. Sah, wie du aus dieser Krypta kamst. Und da hat er mich erwischt.«

Cyrill war blass geworden. Seine Kiefermuskeln spannten sich an, sie konnte förmlich seine Zähne knirschen hören. »Ich hätte ihn gleich umbringen sollen.«

»Er schwor, euch zu töten, und dann wollte er von mir Blut trinken, um gestärkt zu werden. Er sagte auch etwas über seinen Gebieter. Einen gewissen ...«, sie überlegte, »Arsa...«

»Arsakes«, half ihr Cyrill mit tonloser Stimme aus.

»Ja. Kennst du ihn?«

»Leider. Aber erzähle weiter.«

»Goranov drängte mich an die Wand. Und dann befahl er mir, die Hände zu heben. Als ich das tat, konnte ich das Tageslicht spüren. Den Schein der untergehenden Sonne, der durch ein kleines Fenster fiel. Und dann berührte der letzte Sonnenstrahl meine Hand. Ich war so zornig und wollte ihn vernichten. Und dann war alles voll Feuer ....« Sie schloss die Augen. In Gedanken erlebte Charlie diesen Moment wieder. Die Wärme auf ihrer Haut, das Gefühl der Macht, das ihr die Sonne verlieh.

Cyrill tat einige schwere Atemzüge. Sie musste nicht weitersprechen. Er konnte sich nun vorstellen, was geschehen war, auch wenn er niemals damit gerechnet hätte. Sie war noch weit begabter, und ihre Magie reifer, als Agatha vermutete.

Sie klang unsicher, scheu, so, als könnte sie selbst nicht glauben, was passiert war. »Ich bin hinausgelaufen und fand diese verletzte Frau, dieses blutige Tuch um ihr zerrissenes Handgelenk. Ich war so erschrocken, wollte ihr helfen, und mit einem Mal ... meine Finger schimmerten, als wären sie in Licht gehüllt. Als ich sie berührte, heilten die Wunden ... Ich wusste, dass es einmal kommt, aber ich hatte keine Vorstellung davon, wie es sich anfühlt. Es ist sehr beängstigend, wie leicht ... wie leicht ich damit töten kann.«

Er wandte den Kopf ab, damit sie nicht sehen konnte, was in ihm vorging. Er hätte sie gerne in die Arme genommen, sie getröstet und ihr versichert, dass alles in Ordnung war. Neben ihm saß eine lebendig gewordene Sage. Und ihn trennten Welten von ihr. Sie war zu gut für ihn, viel zu schade. Sie war Horatios Tochter, an dessen Tod er mitschuldig war. Megana hatte recht gehabt: Charlies Licht und seine Liebe zu ihr würden ihn innerlich zerstören. Agatha wollte, dass er ihr über diese Zeit hinweghalf, sie dabei unterstützte, ihre Kräfte kennen und beherrschen zu lernen. Er würde verflucht viel damit zu tun haben, seine Liebe zu ihr zu unterdrücken und ihr nicht mehr zu sein als ein Freund. Aber er war es ihr und vor allem ihrem Vater schuldig.

»Cyrill?«

Er wandte sich nur widerwillig um, aber ihr Anblick schnürte ihm die Kehle zu. Sie saß zusammengekauert da, hatte die Arme um sich geschlungen, wie um sich zu wärmen, und ihre sonst so hellen grauen Augen waren dunkel wie tiefe Seen. »Wenn es dir nichts ausmacht, würdest du mich dann bitte in die Arme nehmen? Ich habe Angst ... vor mir selbst.«

»Charlie ...« Im nächsten Moment war sie in seinen Armen und er zog sie eng an sich und flüsterte ihr leise, beruhigende Worte zu, bis sich ihr Zittern gelegt hatte. Er schloss die Augen und legte seine Wange auf ihren Kopf. Er ahnte, was in ihr vorging. Als er damals seine Kräfte zum ersten Mal erkannt, sie benützt hatte, war ihm so ähnlich zumute gewesen. Allerdings hatte er ein ganzes Heer hingeschlachtet, während Charlie nur einen einzelnen Vampir aus Notwehr getötet hatte. Er hatte damals jemanden gefunden, der ihm geholfen hatte, zu verstehen und mit seinen unfassbaren Kräften fertig zu werden, sie zu beherrschen, und nicht wie Arsakes in die Dunkelheit zu sinken.

Dieser Mann hatte Horatio di Marantes geheißen.

Als sie heimkamen, war Agatha tatsächlich noch da. Sie erschrak, als sie Charlie sah und eilte auf sie zu. Cyrill bemerkte gerührt und amüsiert zugleich, wie besorgt die sonst so überlegene alte Hexe sich um ihre Enkelin bemühte. Sie legte den Arm um Charlie, zog sie sanft von ihm weg und brachte sie hinauf auf ihr Zimmer, wobei sie Laute von sich gab, die Cyrill verdächtig an das beruhigende Glucksen einer Mutterhenne erinnerten. Er sah den beiden nach, bis sie oben an der Treppe verschwunden waren, und ging dann mit müden Schritten in den Salon, um sich ein großes Glas Portwein einzuschenken.

Er hatte noch nicht einmal die Hälfte davon ausgetrunken, als Agatha wieder zurückkam. Cyrill drückte ihr ebenfalls ein Glas in die Hand und wartete ab. Sie hatte die Stirn in tiefe Falten gelegt und starrte blicklos vor sich hin. Als sie hochsah, erkannte er die Verwirrung und die Sorge in ihrem Blick.

»Was war? Was hat sie so erschüttert? Ich habe nichts aus ihr herausgebracht. Hängt es mit Theo zusammen?«

»Sicherlich auch, aber nicht in erster Linie. Wirklich zu schaffen macht ihr, dass sie Goranov getötet hat.«

Agatha hob die Augenbrauen. »Getötet? Wie?«

»Mit Licht.«

Ihre Augen wurden weit. Sie schwieg lange, dann sagte sie mit einem scharfen Blick auf Cyrill: »Das ist viel zu früh. Es muss an dir liegen.«

»An mir?« Cyrill lachte bitter auf. »Danke, mir reicht es, noch mehr Schuld kann ich mir nicht aufbürden.«

Sie senkte den Kopf. »Sie hat mich nach Horatio gefragt, und weshalb ich ihr niemals gesagt hätte, dass er in Bedlam starb.«

»Sie weiß es von Theo. Und dieser hat es wiederum von seinem Freund Merlot. Er hat sich alles angesehen, sogar die Akten über die Kranken, und hat mit dem Wärter gesprochen, der damals schon dort arbeitete.«

Agatha schüttelte den Kopf, als wolle sie nicht wahrhaben, was Cyrill sagte. »Wie konnte er nur?

Wie konnte irgendjemand es wagen, an diesen alten Wunden zu rühren? Weshalb hat man die Toten nicht ruhen lassen?«

»Vielleicht weil die Wahrheit wichtiger ist?« Cyrills Blick war eindringlich, als er Agatha fixierte. Sie starrte ihn minutenlang an, dann wandte sie sich ab.

»Weshalb hast du es Charlie nicht erzählt?«

Er hob leicht die Schultern. »Weil es nicht meine Sache ist, darüber zu reden, und ich ohnehin indirekt am Tod meines ältesten und besten Freundes schuldig bin. Ich hätte es verhindern können und müssen.« Er wandte sich ab und starrte ins Kaminfeuer. »Es ändert auch nicht viel zwischen uns. Es geschah aus Dummheit, dass ich sie hierher brachte, weil ich keine Ahnung hatte, wer sie wirklich ist. Aber nun, da ich weiß, dass sie Horatios Tochter ist, werde ich alles tun, um sie zu schützen. Auch vor mir.« Die letzten Worte sprach er leise und wie zu sich selbst.

Endlich erhob sich Agatha. »Ich gehe hinauf zu Charlie. Ich werde ihr alles sagen; du hast recht, gewisse Dinge sollten geklärt werden. Vor allem sollte sie wissen, dass du nichts mit Horatios Tod zu tun hattest.«

»Das wäre nicht die Wahrheit«, sagte Cyrill leise.

»Das ist Unsinn.« Sie straffte sich. »Sie wird dich danach brauchen, Cyrill. Den Trost, den sie in deinen Armen findet, kann ich ihr nicht geben. Außerdem wird sie es vielleicht nicht verstehen, wenn ich ihr sage ...«

»Ich werde nicht zu ihr gehen.« Cyrill Stimme klang ruhig, aber Agatha hörte die Endgültigkeit heraus. »Ich werde sie beschützen, Arsakes töten, wenn es nicht anders geht, aber danach werde ich England verlassen. Ich habe schon zu viel Unheil in ihrem Leben angerichtet.«

»Da«, sagte Agatha leise, »bist du leider nicht allein. Aber du bist derjenige, der es wiedergutmachen kann.«

Das Mädchen, das Cyrill für Charlie als Zofe engagiert hatte, brachte zwei große Krüge mit heißem Wasser, damit Charlie sich von Kopf bis Fuß abschrubben und sich sogar das Haar waschen konnte. Und selbst dann hatte sie noch nicht das Gefühl, wirklich sauber zu sein, ihrer Haut schien immer noch der Geruch von Goranovs brennendem Körper anzuhaften. Sie zog sich das Nachthemd über, wickelte ihr nasses Haar in ein Tuch und schlüpfte unter die Bettdecke. Obwohl es Sommer und im Zimmer relativ warm war, fror sie. Aber die Kälte kam von innen, vor Entsetzen über das, was sie getan hatte.

Sie sah immer noch die blutunterlaufenen Augen des Vampirs vor sich. Sah das zerfetzte Handgelenk der Frau und fühlte noch einmal den Schmerz und die bittere Enttäuschung, als sie dachte, Cyrill wäre es gewesen.

Als sich die Tür öffnete, konnte sie nur mit Mühe ihre Enttäuschung darüber verbergen, dass ihre Großmutter eintrat und nicht Cyrill. Sie hätte ihn jetzt so sehr gebraucht.

Agatha ging zum Kamin, und gleich darauf flackerte ein helles Feuer. Charlie starrte in die Flammen und lauschte dem Knistern der brennenden Holzscheite. Die leise Berührung ihrer Großmutter ließ sie den Kopf zu ihr drehen. Agatha saß neben ihr auf dem Bett, beugte sich vor und streichelte ihr über das Haar, als wäre Charlie nicht älter als zehn.

»Meine Kleine. Es tut mir so leid.«

»Du kannst ja nichts dafür, dass ich jemanden getötet habe«, erwiderte Charlie mit einem misslungenen Lächeln.

»Davon spreche ich nicht«, sagte Agatha tonlos. »Ich rede von deinem Vater, von Horatio. Ihr hättet nie davon erfahren dürfen. Es war so ... schrecklich. So unfassbar. Selbst heute noch. Oh Charlie.« Das zeitlose und doch so alte Gesicht war von Trauer verzerrt. »Jetzt muss ich alles erzählen. Ich wünschte so sehr, dieser Tag wäre niemals gekommen.«

Charlie setzte sich halb auf. Das Zittern verstärkte sich und sie zog sich die Decke bis unters Kinn.

»Deine Mutter ist nicht bei einem Unfall gestorben, wie ich euch immer erzählt habe«, sagte Agatha schwer. »Sie wurde ermordet. Was mit deinem Vater passiert ist, weiß ich nicht. Als ich kam, saß er neben ihr auf dem Boden und starrte vor sich hin. Er war wie leblos, hat kaum geatmet. Ich habe alle Räume nach euch abgesucht, nach Theo und dir, und fand euch dann bei den Nachbarn. Ihr lagt im Stall und schlieft friedlich.« Sie schluckte schwer und Tränen traten in ihre Augen. »Ich brachte euch in Sicherheit, dann kehrte ich zu eurem Vater zurück, aber es gab nichts, was ich für ihn tun konnte. Er wurde von den Behörden nach Bedlam geschickt.«

Charlie war fassungslos. »Mutter war ermordet worden, und du hast Vater einfach ins Irrenhaus gesteckt?! Ich habe gehört, dass es Leute gibt, die hingehen, um diese Menschen anzusehen wie wilde Tiere im Käfig. Sie stoßen mit Stangen nach ihnen!«

»Ich konnte nichts anderes tun. Ich hatte keine Wahl.« Agathas Augen waren dunkel vor Schmerz. Sie senkte den Blick kurz auf ihre im Schoß verkrampften Hände, sah jedoch wieder auf und Charlie starr in die Augen, als sie weitersprach. So, als wolle sie ihr vermitteln, dass sie jetzt mit nichts mehr zurückhielt, sondern ihr die ganze Wahrheit sagte.

»Sie waren so mächtig. Ich hätte nichts gegen sie ausrichten können, also habe ich Theo und dich in Sicherheit gebracht. Wir waren ständig unterwegs, stets auf der Flucht vor ihnen.« Sie griff nach Charlies Hand. »Mein Liebling, was hätte ich denn tun sollen? Dein Vater wusste ja nicht einmal, wo er war. Ich weiß nicht, ob sein Zustand von dem Angriff kam oder ob es der Schmerz über den Verlust deiner Mutter war. Und solange seine Verwirrung anhielt, bedeutete er keine Gefahr für sie, sie ließen ihn in Ruhe. Wäre ich gekommen, um ihn zu besuchen oder mitzunehmen, hätten sie unsere Spur gefunden und auch euch getötet.« Das war die wahrscheinlichste Erklärung, die sie selbst dafür hatte, dass *sie* Horatio nicht mehr angegriffen hatten. Lebend war er ihnen nützlicher gewesen. Er war wie ein Lockvogel, der Agatha früher oder später heranlocken sollte.

»*Sie ...?*«

»Die Wesen, die euch töten wollten.«

»Weshalb sollten sie das überhaupt wollen? Weshalb dieser Hass auf eine harmlose Hexe, ihren Mann und deren Kinder?«

Agatha atmete tief durch. »Dein Vater war kein Mensch, Charlie.«

»So war er einer von uns?« Charlie war innerlich so müde, dass diese Nachricht sie kaum überraschte.

Die alte Frau schüttelte langsam den Kopf. »Er war ein Dämon, der in der Gestalt eines Menschen mit deiner Mutter lebte und euch gezeugt hat.«

Charlie brauchte Minuten, bis sie begriff. »Dann habe ich Dämonenblut in mir?« Das erklärte vieles, und es machte ihr noch mehr Angst. In ihren unvollständigen Erinnerungen war ihr Vater immer ein ruhiger, freundlicher Mann gewesen, der seine Kinder geliebt und viel Geduld für sie aufgebracht hatte, besonders für seine lebhafte Tochter. Aber das änderte nichts an seiner Herkunft und seinem Wesen. Dämonen waren unbeherrschbarer als andere Geschöpfe, sogar als Vampire. Und viele von ihnen, jene, die alt waren wie das Leben, verfügten über unvorstellbar mächtige Kräfte. War ihr Vater so ein Geschöpf gewesen? Und wie viel hatte Charlie von ihm geerbt?

Agatha machte eine vage Bewegung mit den Schultern. »Vielleicht ist es das, was dich zu etwas Besonderem macht. Du hast trotz deiner Jugend Kräfte, über die eine normale Hexe niemals verfügen würde. Du bräuchtest all unsere Hexenkunst gar nicht. Und dabei wächst deine Magie noch.«

Ihre Großmutter nahm ihre Hand zwischen ihre beiden und hielt sie tröstend und warm fest. Charlie starrte vor sich hin. Ihre Augen folgten dem floralen Muster des Bettvorhangs, während sie nachdachte, Bilder aus ihrer Erinnerung zusammensetzte, die jetzt deutlicher und verständlicher wurden.

»Was hatte Cyrill damit zu tun? Es heißt, er wäre der Letzte, der Vater lebend gesehen hätte.«

»Das war er nicht. Ach, Charlie.«

Sie hatte ihre Großmutter nur einmal so leise und sanft sprechen hören. Das war an dem Tag gewesen, als sie eines Morgens zusammen mit ihrem kleinen Bruder in einem fremden Bett aufgewacht war, und erfahren hatte, dass ihre Eltern nicht mehr zurückkommen würden. Von diesem Tag an waren sie gereist, viele Monate hindurch, vielleicht sogar länger als ein Jahr, bis sie sich in Wales niedergelassen hatten. Jetzt wusste Charlie, dass sie vor den Wesen geflohen waren, die ihre Mutter getötet und ihren Vater in den Wahnsinn getrieben hatten.

Sie zuckte zusammen, als ihre Großmutter weitersprach. »Cyrill hat deinen Vater mehrmals besucht, um nach ihm zu sehen, und ...«

»Cyrill kannte ihn gut?«, unterbrach Charlie sie.

»Ja, sie waren sehr alte Freunde. Dein Vater war so etwas wie ein ... Mentor für Cyrill«, sagte Agatha sanft, als sie Charlies überraschten Blick bemerkte. »Aber das soll er dir erzählen. Ich weiß nur, er hätte niemals etwas getan, das deinem Vater geschadet hätte. Wäre Cyrill hier gewesen, als *sie* euch angriffen, wäre deine Mutter nicht gestorben.«

»*Sie* sind ebenfalls Dämonen?« Und Cyrill? Was war er? Wenn ihr Vater sein Mentor gewesen war, war es dann nicht wahrscheinlich, dass auch Cyrill ein Dämon war?

»Nicht nur ... es ... ist schwierig. Cyrill könnte dir das besser erklären. Es hängt auch damit zusammen, dass er sich schuldig fühlt. Aber glaube mir eines, Kind, er hätte sein Leben gegeben, um das deines Vaters zu retten. Cyrill kam jedenfalls an dem Abend nach Bedlam, als dein Vater wieder zu sich fand. Sie verabredeten, dass Cyrill am nächsten Tag kommen wolle, um ihn abzuholen. Cyrill informierte mich darüber, und ich ging heimlich hin, um vorher noch mit Horatio zu sprechen. Es gab so viele Fragen, die noch offen waren.«

Sie verstummte, und Charlie wünschte sich, sie würde auch weiterhin schweigen. Die Welt um sie herum schien sich auf das Gesicht ihrer Großmutter zu verengen. Sie hatte keine Vorstellung, was passiert war, aber ein dumpfes Gefühl sagte ihr, dass sie es auch gar nicht mehr wissen wollte.

»Charlie, die Letzte, die ihn lebend gesehen hat, war ich. Er war tatsächlich wieder bei sich.« Es schien Agatha unglaubliche Kraft zu kosten, zu sprechen. »Ich ... habe Horatio getötet.«

»Weshalb?« Charlies Stimme war nur ein Hauch. Die Kälte begann in Charlies innerstem Wesen und drang von dort nach außen. Sie ließ zuerst ihr Herz erkalten, dann ihren Magen. Ihre Kehle. Ihre Arme, ihre Finger, bis alles eiskalt und taub war.

Ihre Großmutter brauchte einige Zeit, um zu antworten. Sie schien ihre Worte tief aus ihrem Inneren zu holen, wie etwas, das man hatte vergessen wollen. »Er war wieder völlig zu sich gekommen. Er war so verzweifelt, so zornig über den Tod deiner Mutter, keinen Vernunftgründen mehr zugänglich. Er war dabei, seine menschliche Form abzulegen.« Agatha schloss die Augen. »Er wollte Rache, und die dämonische Seite seines Seins trat mit jedem Moment deutlicher hervor. Das Haus erbebte, als er die Kräfte der Finsternis entfesselte, um sie den Mördern deiner Mutter nachzujagen. Etwas, das ihm in den vielen, langen Jahren, die ich ihn gekannt hatte, niemals eingefallen wäre. Er wollte Rache und auch euch beschützen, vor allem dich. Ich versuchte, ihn davon abzuhalten, er wollte jedoch nicht hören. Er war nicht mehr zurechnungsfähig, so blind vor Hass.«

Charlie schluckte. So ähnlich hatte sie sich gefühlt, als sie diesen Vampir getötet hatte, und sie wollte gar nicht darüber nachdenken, was sie empfunden hätte, wäre Theo tot neben ihr gelegen ... oder ... gar Cyrill.

Sie zuckte zusammen, als ihre Großmutter sagte: »Ich musste ... etwas tun. Ihn aufhalten. Er vertraute mir, und ich traf ihn völlig unvorbereitet.« Agatha legte die Hand über die Augen. Sie schwieg lange, bis sie sagte: »In dem Tumult, den er verursacht hatte, konnte ich das Haus wieder ungesehen verlassen. Ich kehrte zu euch zurück und bat Cyrill, mir zu helfen. Ich erzählte ihm erst jetzt die Wahrheit, und sprach von der Gefahr, in der ihr schwebtet. Er schwor mir, die Mörder zu vernichten, damit ihr – und besonders du – in Frieden leben konntet.« Sie hob ihre feuchten Augen zu Charlie. »Cyrill ist ein guter Mann, aber er kann äußerst gefährlich werden. Wie sehr, haben die Mörder eurer Eltern erkennen müssen. Der Gedanke, er hätte sich jemals den dunklen Mächten zuwenden können, ist durchaus dazu angetan, mir eisige Schauer über den Rücken rinnen zu lassen. Dass er es nicht getan hat, ist – so behauptet Cyrill – deinem Vater zu verdanken.«

Charlie schwieg und mied ihren Blick. Sie rührte

sich auch nicht, als ihre Großmutter sie umarmte und auf beide Wangen küsste. Sie konnte nicht, sie war wie erstarrt. Agatha saß noch eine Weile bei ihr als hoffe sie auf ein Wort, eine Reaktion, aber dann begriff sie wohl, dass Charlie allein sein wollte.

Charlie war erleichtert, als sie endlich ging, und doch ertrug sie das Alleinsein kaum. Aber nicht die Erzählung ihrer Großmutter hatte ihr solche Bestürzung eingejagt, sondern das, was in ihr selbst lag. Wenn sie die Augen schloss, sah sie Goranov vor sich. Sie konnte seine brennende Haut riechen. Was hatte sie nur getan? Wozu war sie imstande? Würde sie eines Tages enden wie ihr Vater?

Sie erinnerte sich an ihren Zorn, der sich zur Weißglut gesteigert hatte, als der Vampir sie bedrohte. Sie hatte an nichts mehr denken können, nur daran, dass sie ihn vernichten wollte. Wie viel tiefer musste ihr Vater gehasst haben. Und wie leicht konnte es sein, dass sie eines Tages die Beherrschung verlor, in ihrem blinden Zorn nach dem Licht griff und alles um sich herum verbrannte! Was war, wenn ihre Großmutter eines Tages *sie* töten musste, um zu verhindern, dass sie unvorstellbares Unheil anrichtete? Die Angst überfiel sie wie ein wildes Tier. Sie verkroch sich in ihrem Kissen, zog die Decke eng um sich und zitterte dennoch.

Es war schon weit nach Mitternacht, als sie – vor Furcht und Kälte fast starr – aus dem Bett kroch und sich, in die Decke gehüllt, vor den Kamin hockte. So knapp dass bei jedem anderen schon das Haar Feuer gefangen hätte.

Sie wusste, dass Cyrill nicht weit von ihr war, und

sehnte sich so sehr nach seinem Schutz, seinen sicheren Armen, seiner ruhigen Stimme. Noch vor vierundzwanzig Stunden wäre sie zu ihm gelaufen, um sich von ihm trösten und beruhigen zu lassen, aber nun wagte sie es nicht, ihn aufzusuchen. Sie erinnerte sich an seine plötzliche Zurückhaltung, an seine Abwehr. Er wollte sie nie wieder berühren? Weshalb nicht? Aus Abscheu vor ihr und dem, was sie getan hatte? Vor dem, was zu tun sie imstande war?

Sie hatte ihm gesagt, dass sie nicht mit einem Mann leben könne, der ihren Vater getötet hätte. Sie hatte ihn damit zutiefst gekränkt. Was war ihr nur eingefallen, so zu ihm zu sprechen? Wer war sie denn, ausgerechnet sie, die Tochter eines Dämons, der beinahe halb London vernichtet hätte! Eine Hexe, die nur einen kleinen Lichtstrahl gebraucht hatte, um im Zorn einen Vampir in Flammen aufgehen zu lassen! Sie war imstande, die ganze Welt zu verbrennen und dann allein übrig zu bleiben. Sie verrannte sich so sehr in diesen Gedanken, dass sie beinahe hysterisch wurde. Schüttelfrost packte sie trotz der Hitze der Flammen. Ihre Zähne klapperten aufeinander. Sie war so allein. Die Einsamkeit presste ihr die Luft aus den Lungen, sie konnte kaum noch atmen. Sie krümmte sich in trockenem Schluchzen zusammen.

Und dann, als sie dachte, es nicht mehr aushalten zu können, war mit einem Mal alles ganz still. Sie war nicht mehr allein. Jemand war bei ihr. Sie hörte eine vertraute, dunkle Stimme, die beruhigend auf sie einsprach. Dann wurde sie hochgehoben, an einen warmen Körper gedrückt wie ein kleines Kind. Und so fühlte sie sich auch, als sie sich an Cyrill klammerte.

Sie schluchzte, aber dieses Mal vor Erleichterung. »Es tut mir so leid, was ich gesagt habe. Ich wollte dich nicht kränken, ich war nur ...«

»Ich weiß, es ist gut.« Er trug sie ins Bett, zog die Decke über sie und legte sich neben sie.

»Ich wollte das nicht. Und ich will niemanden töten, niemanden etwas tun.«

»Das wirst du auch nicht. Hab keine Angst.« Er nahm sie in die Arme. Er war völlig angekleidet, als wäre er noch gar nicht im Bett gewesen. Charlie schmiegte sich, fast bewusstlos vor Erleichterung, weil er da war, eng an ihn. Sie fühlte seine Lippen auf ihrer Stirn, auf ihrem Haar, seine sanfte Berührung. Wärme umgab sie, Liebe, Geborgenheit. Und endlich schlief sie ein.

Siebzehntes Kapitel

Als Hagazussa den von Kerzen erhellten Raum betrat, schlangen sich plötzlich Angelos Arme von hinten um sie. Seine Lippen glitten von ihrer Wange abwärts, über ihren Hals, wieder zurück, und schnappten nach ihrem Ohrläppchen. Haga ließ sich in seine Umarmung sinken und legte ihren Kopf zurück, bis er auf Angelos Schulter ruhte. Er trug wie sie nur einen Morgenmantel, und sie fühlte durch den Stoff hindurch die Hitze seiner Haut. Seine Zunge spielte mit dieser empfindsamen Stelle unter ihrem Ohr, dort, wo der Puls fühlbar und unter der weißen Haut sogar sichtbar war. Ein Zittern ging durch ihren Körper. Ihr Liebhaber hatte sie mit dem Versprechen auf höchste Lust in den Keller gelockt, und zwar in jenen Raum, der härteren Liebesspielen vorbehalten war.

An der Wand gegenüber befanden sich Fesseln. Ketten hingen von der Decke herab. Haga hatte hier so manche interessante Stunde mit einem geneigten Kunden verbracht, der es liebte, sich ihr und ihren Bestrafungen zu unterwerfen. Auch Angelo war oft in den Ketten gehangen, hatte vor Lust und zugleich Schmerz geschrien, sich gewunden und nach mehr und noch härteren Spielen gebettelt. Er war ein so wunderbarer Geliebter, der sich ihr immer völlig unterworfen hatte.

Eine Weile genoss sie seine Liebkosungen, seine

Lippen, seine Hände, die über ihren Körper glitten und ihre Leidenschaft entfachten. Seine Hände lösten den Seidenmantel, schoben ihn von ihren Schultern, bis er zu Boden fiel, dann umfasste er von unten ihre Brüste und hob sie hoch, während seine Daumen hart über die Spitzen rieben. Er war energischer als sonst. Als er sie hierher gebeten hatte, hatte sie gedacht, dass er sich ihr unterwerfen würde, aber heute schien er sie besitzen zu wollen. Davon zeugten auch die Ketten, die von der Decke hingen. Statt metallener Ringe, die sich sonst um Angelos Hand- oder Fußgelenke schlossen, waren weiche Bänder durch das jeweils letzte Kettenglied gezogen.

Haga sah mit einem versonnenen Ausdruck hinüber. »Wirst du zimperlich, Angelo? Hast du Angst vor den Fesseln?«

»Nein, meine Geliebte«, seine Stimme war zu einem heiseren Flüstern herabgesunken »die sind dieses Mal für dich.«

Abermals lief ein Schauer über Hagas Körper. So hatte sie also recht vermutet. Derartiges hatte sie schon lange nicht mehr mit sich machen lassen. Nicht mehr seit ... sie schob den Gedanken fort. Sie wollte nicht mehr an Gharmond denken.

Sie atmete schneller und ließ keinen Blick von den Ketten, den weichen Fesseln, den Peitschen an der Wand, während sie sich enger an Angelo schmiegte. Der zweite Dämon, an den sie ihr Herz verloren hatte. Auch wenn sie dieses Mal vorsichtiger war und es ihm niemals gezeigt oder gesagt hatte.

Angelos Zunge fuhr tief in ihr Ohr. Das erregte Flattern in ihrem Inneren verstärkte sich. Seine Hand glitt an ihrer Vorderseite hinab, über ihren Bauch, ihre Beine, und fand sie feucht und heiß. Sein Finger suchte ihre empfindliche Perle, umrundete sie und brachte sie dazu, sich zu winden. »Es wird ein schönes Spiel«, flüsterte er in ihr Ohr, sein Atem kühlte die Feuchtigkeit, die seine Zunge hinterlassen hatte, und eine zarte Gänsehaut überzog Hagas Körper, ihre Brustspitzen stellten sich härter auf. »Ich werde dich fesseln und dann mit dir machen, was ich will. Peitschen. Lieben. Quälen. Dich so lange erregen, bis du um Gnade wimmerst.«

Haga starrte immer noch auf die Fesseln. Gharmond war der einzige Mann gewesen, dem sie jemals erlaubt hatte, sie zu binden. Sie hatte ihm vertraut, gewusst, dass er zwar ein harter Herr war, aber niemals weiter ging als sie es wollte oder ertrug. Konnte sie Angelo auf dieselbe Art vertrauen? Sie schob seinen verspielten Finger von ihrer Scham und wandte sich in seinen Armen um.

Seine azurblauen Augen waren eindringlich. Sie tauchte auf der Suche nach einer Antwort tief hinein, forschte in seiner Miene, versuchte, sein Herz und seine Gedanken zu lesen. Sein Blick war getrübt vor Verlangen, aber sie las keine Falschheit oder Lüge darin.

Sie löste sich aus seinen Armen und wich zurück. Dann schritt sie anmutig zu den Ketten und hob die Arme in die Höhe der Fesseln.

Angelo war mit zwei Schritten bei ihr. Seine Lippen spielten mit ihren, während er zuerst ihre linke, dann ihre rechte Hand mit den Bändern umschlang und sie fixierte. Danach trat er an die Wand und zog an dem

Seil, das die Ketten und zugleich Hagas Arme höher zerrte. Jetzt war sie ganz gestreckt. Er spannte die Ketten noch ein wenig mehr an, bis Haga gerade noch am Boden Halt fand. Er trat dicht hinter sie und fuhr mit der Hand über ihren Rücken. Das Zittern ihrer Glieder verstärkte sich, und er spürte, wie die Erregung, das Verlangen nach diesem schlanken und doch so voll und weiblich geformten Körper, in ihm glühte. Er legte die Arme um sie, presste sie eng an seinen Körper und ließ sie seine schwellende Erektion spüren. Ein leises Stöhnen entrang sich ihr.

Er brachte seine Lippen an ihr Ohr. »Ich habe mir sagen lassen, dass du so etwas gelegentlich ganz gerne magst ... besonders, wenn es ein Dämon ist, der dich dabei *verwöhnt*.« Er merkte, wie Hagas Körper sich versteifte. Hatte sie soeben noch seinen Armen nachgegeben, ihren Rücken und ihr Gesäß an ihn geschmiegt, so versuchte sie nun, sich freizumachen. Er konnte die aufsteigende, heiße Wut in ihr förmlich riechen. Er hatte gewusst, dass diese Anspielung sie zornig machen würde. Er hatte es absichtlich getan, um sie herauszufordern, um zu sehen, inwieweit dieser Mann noch ihr Denken beherrschte.

Sie riss den Kopf herum. »Wie kannst du es wagen?«

»Ist es ein Wagnis?« Er holte sie wieder eng an sich heran, obwohl sie sich gegen seinen Griff wand. »Du bist gefesselt. Was willst du tun? Mir Zaubersprüche entgegenschleudern?« Er rieb seine Lippen über ihre nackte, weiche Schulter und atmete tief den Duft ihrer Haut ein. Dann glitt er an ihr hinab. Obwohl sie sich wehrte, fesselte er ihr linkes Fußgelenk an einen

Eisenring am Boden. Dann das rechte, bis ihre Beine weit gespreizt waren. Sie hing jetzt ein wenig in den Ketten. Angelo ging um sie herum, betrachtete sie, weidete sich an dem glühenden Zorn in ihren Augen, an ihrem heftigen Atem. Ein schneller Schritt brachte ihn dicht vor sie. Sie machte den Mund auf, um ihn zu beschimpfen, aber er verschloss ihn mit seinem eigenen, fesselte ihren Körper mit seinen Armen. Sein Glied wuchs unter dem Mantel, er öffnete ihn mit einer schnellen Handbewegung, warf ihn ab und schob seinen schwellenden Stab zwischen Hagas Beine. Mit leichten Bewegungen seiner Hüften rieb er sich an ihr, fühlte ihre Feuchtigkeit und ihr Zusammenzucken, wann immer er ihre Klitoris stimulierte.

Als er von ihr abließ, waren sie beide hochgradig erregt. Hagas Blick war von brennendem Verlangen erfüllt. Er lächelte, während er zur Wand ging, an der die Gerten hingen. Er setzte die Gerte an ihrem Körper an und ging dann langsam um sie herum, während die Spitze eine erregende Bahn über ihre Haut zog, einmal höher, einmal tiefer, über ihren Schenkel, ihre Beine, ihren Bauch, ihre Hüfte, ihren Rücken. Ein kurzer, schneller Schlag auf ihren köstlichen Hintern, sie zuckte vor Überraschung und nicht vor Schmerz zusammen. Er wollte ihr nicht wehtun. Bei allen Dämonen dieser Welt, das hätte er niemals über sich gebracht. Er wollte sie nur erregen, ihre Leidenschaft anheizen, bis sie diesen verfluchten anderen vergaß, mit dem sie ihn anfangs – und wohl auch jetzt noch – verglichen hatte. Zorn stieg in ihm hoch, wenn er daran dachte, dass der andere sie gepeitscht hatte, sie hatte bluten lassen.

Ihr Zittern verstärkte sich, als Haga die Gerte spürte. Erinnerungen stiegen hoch, und doch war es anders. Der kurze, fast sanfte Schlag hatte sie erschreckt und zugleich erregt. Sie wusste selbst nicht, ob sie wollte, dass Angelo sie tatsächlich schlug, aber sie ahnte, dass sie alles genießen würde, was er ihr zu bieten bereit war. Als er sich vor sie hinstellte, die Gertenspitze über ihre Brüste, ihren Bauch, ihren Hals, wandern ließ, legte sie leicht den Kopf zurück und schloss halb die Augen, ohne den Blick von ihm zu wenden. Wie schön er war. Sie hatte wirklich schöne Männer nie gemocht, sondern eher etwas für solche mit herberen Zügen übrig gehabt. Aber Angelo hatte eine Art von männlicher Schönheit, wie sie in dieser Vollkommenheit nur einem Dämon eigen war. Die Muskeln, die sanft unter der Haut spielten, die langen Beine, seine Arme, das ebenmäßige Gesicht, von seinem blonden, bis über die Schultern fallenden Haar umrahmt. Sie genoss jeden Millimeter seines Anblicks, bis hinab zu seiner steifen Männlichkeit, die sich aus dem dunkelblonden, gekrausten Haar erhob. Die Spitze wuchs bereits aus der schützenden Haut, die Eichel dehnte sich ihr entgegen. Sie glaubte schon, den Geschmack des kleinen Tröpfchens zu fühlen, das im Schein der Kerzen an der Öffnung glitzerte. Wie er sie wohl nehmen würde? Wie weit er das Spiel wohl trieb?

Er lächelte, als er ihren Blick sah. Dann warf er die Gerte fort und griff nach seinem Glied und begann es langsam zu reiben.

Haga riss die Augen auf. »Lass dir nicht einfallen, das ohne mich zu tun!«

Angelos Lächeln verstärkte sich. »Dann sag mir, was du willst.«

»Dich. Ich will dich.« Ihre Stimme sank zu einem Flüstern herab. »Ich will dich in mir fühlen.«

Er trat so dicht an sie heran, dass sich die Spitze seines Penis in ihren Bauch bohrte, und legte seine Lippen an ihren Mund. »Sag *bitte*, Hagazussa.«

»Bitte«, hauchte sie an seinen Lippen.

Er glitt an ihr hinab, kniete sich vor sie, und seine Zunge schob sich zwischen ihre Beine und fand ihre empfindsame Klitoris. Haga keuchte auf. Er sah zu ihr hoch. »Das kannst du besser.«

»Angelo, wenn ich wieder loskomme, dann ...«

Sein Lachen, so dicht auf ihrer Scham, die Vibration seiner Stimme quälte sie, sie wand sich, verlor den Halt und hing, kurzfristig in den Fesseln, während Angelos Lippen eine glühende Spur von ihrer Scham über ihren Schenkel und weiter hinab zogen. Bis er unten angekommen war. Der Hauch eines Kusses auf ihrem Rist, dann löste er ihren Schuh. Haga stand auf den Zehenspitzen. Dasselbe auch bei dem zweiten Bein. Sie hing über ihm in den Fesseln und sah schwer atmend auf ihn hinab. Seine Lippen fanden ihre Scham, küssten sie, seine Zunge ließ Haga vor Lust wimmern, aber immer, wenn sie kurz vor einem Orgasmus war, hielt er inne.

Dann, als sie knapp davor war, Flüche auszustoßen, löste er ihre Fußfesseln, richtete sich auf und hob ihre Beine, um sie um seine Hüften zu schlingen. Er schloss sekundenlang die Augen, als er seinen Penis in ihre pochende Enge führte, und Haga warf erleichtert den Kopf zurück. Dann war er in ihr. Seine Hände hielten ihren Hintern, stützten sie, sodass sie nicht in den Fesseln hing. Hagas Blick suchte seinen. Er war so ernst, wie sie ihn noch nie gesehen hatte.

»Sag es mir«, flüsterte er.

»Was?« Sie sah ihn halb begehrlich, halb erstaunt an. Sein Glied zuckte jedes Mal, wenn ihre Vagina sich zusammenzog und ihn presste.

»Sag mir, dass du mich liebst.«

»Und wenn nicht?«, flüsterte sie zurück.

»Dann ziehe ich mich jetzt zurück und du bleibst hier hängen, bis dich die Mädchen morgen früh finden und losbinden.«

Hagas Blick tauchte in seinen. Ein seltsames Gefühl stieg in ihr hoch. Es war wie ein stummes Lachen, ein Glück, das ihr den Atem raubte, ihre Kehle eng werden ließ und beinahe Tränen in die Augen trieb. Sie holte tief Atem, dann sagte sie: »Angelo, ich werde dich töten, wenn du mich jetzt nicht nimmst.«

Über sein Gesicht zuckte für den Bruchteil einer Sekunde bittere Enttäuschung. Seine Augen wurden so ernst, dass Haga sich auf die Lippen biss. Schon wollte sie ihre Worte zurücknehmen, da begann er, sich in ihr zu bewegen, schob sie auf seinem harten Glied auf und ab, schneller, heftiger, und dann, einen unfassbaren Moment lang, explodierte die Welt um Haga. Sie sah sein vor Lust verzerrtes Gesicht – schön wie noch nie – sah, wie er den Kopf mit dem langen Haar zurückwarf, schrie auf, als der Höhepunkt sie erfasste, sein Glied in ihr zuckte und ihr Inneres ihn presste und nicht mehr loslassen wollte.

Als sie beide wieder zu Atem gekommen waren, löste Angelo seinen festen Griff um ihr Gesäß, zog sich aus ihr zurück und ließ sie sanft zu Boden. Anstatt sie jedoch loszubinden, küsste er sie leidenschaftlich und streichelte mit fiebrigem Verlangen über ihren Körper, als könnte er nicht genug von ihr bekommen. Endlich zog er sie an sich und legte seine Wange an ihre.

»Was ich jetzt tue, meine geliebte Hagazussa, wirst du mir übel nehmen.«

Haga drehte den Kopf, um ihn ansehen zu können. Er seufzte, ließ sie los und ging zu der Schnur, die die Ketten hielt. Dann ließ er sie ein wenig herab, sodass Hagas Arme nicht mehr hochgezerrt waren und sie bequemer stehen konnte. Schließlich hob er ihren Morgenmantel auf und legte ihn ihr um die Schultern, bevor er seinen ebenfalls anzog.

Dann wandte er sich zum Gehen.

Haga starrte ihm nach. »Wo gehst du hin?«

»Es geht nicht anders. Ich kann nicht zulassen, dass du dich vielleicht einmischst.«

Er ging zur Tür, öffnete sie und blieb unvermittelt stehen. Eine Frau stand davor. Hagas Augen wurden groß. Es war Malefica, die Vampirin, die sich als Untergebene eines dunklen Herrn in den letzten Monaten in der Gemeinschaft einen reichlich schlechten Ruf erworben hatte.

»Was tust du hier?«, fragte Angelo ungehalten. »Es war vereinbart, dass wir uns oben treffen, um von dort zu Veilbrooks Haus zu fahren.«

Die Vampirin beachtete ihn nicht, sie glitt an ihm vorbei in den Raum. »Welch reizender Anblick. Hagazussa, die arrogante Hexe, hilflos und gefesselt.«

Sie schnupperte. »Und erregt.« Sie drehte sich zu Angelo um. »Das war klug von dir, sie zu ermüden. Hexen wie sie verlieren nach dem Koitus für längere Zeit ihre Kräfte. Sie wird uns also keinen Widerstand entgegensetzen.«

»Angelo! Was hat das zu bedeuten?!« Haga zerrte an den Fesseln.

Angelos Konzentration war vollkommen auf Malefica gerichtet. »Sie kann uns nichts anhaben. Lass sie in Ruhe.«

»Oh nein, so schnell nicht.« Sie wollte nach Haga fassen, aber Angelos Hand packte ihren Arm und zerrte sie weg.

»Es war ausgemacht, dass wir uns vor dem Haus treffen«, sagte er scharf. »Wir haben keine Zeit für deine Spiele. Wir müssen los! Oder willst du Arsakes Zorn auf uns laden?«

»Und ich habe es eben anders beschlossen.« Malefica starrte ihn böse an. »Ich brauche dich nicht, Angelo, ich habe viele andere, die mir und meinem Herrn dienen.« Sie riss sich los. »Und jetzt, meine hübsche Hagazussa, zu uns beiden!«

»Du bist mit den Jahren nicht gerade schöner geworden«, stellte Haga trocken fest. Angelos Blick glitt von einer zur anderen. Der Unterschied zwischen den beiden Frauen konnte tatsächlich nicht größer sein. Haga, aufrecht, mit einer vollen, weiblichen Gestalt, einer Haut wie Porzellan, und daneben die leicht geduckt dastehende, tierische Malefica.

»Dafür«, sagte Malefica bösartig, »wirst du sehr langsam und schmerzvoll sterben.«

»Davon, sie zu töten, war nie die Rede«, fuhr Angelo dazwischen. »Ihr wolltet Horatios Tochter. Und die kann ich euch beschaffen.«

»Ich werde dieses Weib hier nicht leben lassen. Charlotta, diese jämmerliche kleine Succuba, bekommt Arsakes auf jeden Fall.«

»Diese jämmerliche kleine Succuba ist zufällig meine Nichte! Und ich will niemandem und am allerwenigsten einem dreckigen Vampirabschaum wie dir raten, unsere Familie zu unterschätzen!« Hagas klare Stimme war trotz der harten Worte melodisch und volltönend.

Malefica hob die Hände. Ihre Finger waren zu Krallen gebogen. Angelo trat einen Schritt vor und machte sich zum Sprung bereit.

Ein Geräusch an der Tür ließ sie innehalten. »Frederick!« Haga klang erleichtert, als sie an Malefica vorbei und zur Tür sah. Sowohl Angelo als auch Malefica wirbelten herum.

Frederick stand in der Tür. Sein Blick glitt über die Anwesenden und ein spöttisches Lächeln spielte um seine Lippen. »Sieh an. Welch nettes Zusammentreffen.«

»Was ist, Frederick?« Malefica hatte nun nichts Menschliches mehr an sich, sie schlich halb gebückt durch den Raum, ihre Bewegungen waren die einer Katze »Hast du Angst, mich anzugreifen?«

Haga zerrte an den Bändern, die ihre Arme hochhielten. »Mach mich los, Frederick, dann kann ich dir gegen die beiden helfen.« Ihr Blick suchte gegen ihren Willen Angelo, der in seltsam gespannter Haltung dabeistand und jede Bewegung von Malefica und Frederick beobachtete. Seine Kiefermuskeln traten hervor, so fest waren seine Zähne zusammengebissen. Hagas Kehle war wie zusammengeschnürt. Der Schmerz über Angelos Verrat war fast unerträglich. Er würde es zutiefst bereuen, sie derart hintergangen zu haben. Fast hätte er ihr ein Geständnis ihrer Liebe entlockt. Allein dafür würde er tausendfach büßen, und wenn es das Letzte war, was sie tat.

»Kannst du dich erinnern, als wir vor einiger Zeit einmal darüber gesprochen haben, wer stärker wäre – Hexen oder Dämonen?«, fragte Frederick, der Angelo ebenfalls fixierte. Er lächelte kalt. »Dabei war die Antwort so einfach: Wir.«

»Niemals«, sage Angelo leise. Er ließ keinen Blick von Frederick, der etwas in der Hand hielt, und glitt langsam von Haga weg, sodass Frederick ihm folgen musste.

»Du mieser, kleiner Spion«, zischte Frederick. »Hast du jetzt Angst? Du hast die längste Zeit hinter uns hergeschnüffelt! Hast ein doppeltes Spiel getrieben.« Eine ruckartige, blitzschnelle Bewegung seiner Hand, und dann flog ein Dolch auf Angelo zu. Angelo duckte sich, wurde jedoch im selben Moment von Malefica angegriffen. Die außergewöhnlich lange Schneide fuhr glühend heiß über seinen Arm, dann prallte der Dolch hinter Angelo an die Wand. Der Dämon stieß Malefica zurück und griff an seinen Arm. Es war nicht mehr als ein kleiner Schnitt, aber die Wunde brannte und das hervortretende Blut zischte, als wäre Säure darauf gekommen. Angelo taumelte, stürzte und schlug mit dem Kopf an der Wand auf.

Malefica wollte sich auf Frederick stürzen, aber der

hob die Hand. »Mach dich nicht lächerlich. Haga hatte recht, du bist nur Abschaum für den Herrn. Er benutzt dich, sonst nichts.« Er trat ein und an Malefica vorbei zu dem Seil, das die Ketten hielt, und zerrte so heftig daran, dass Haga in die Höhe gerissen wurde. Sie baumelte atemlos daran. »Bist du verrückt geworden? Mach mich sofort los!«

Er ging um sie herum, um sie zu betrachten. »Hat dich dein Geliebter in eine Falle gelockt, Haga? Mit lustvollen Spielen geködert?« Sein Gesicht war vor Hass verzerrt. »Du hättest dich mir zuwenden sollen, solange du noch Zeit dazu hattest, anstatt mit diesem verräterischen kleinen Dämon zu spielen. Aber du warst ja so vernarrt! Hast nie einen anderen als ihn gesehen! Jetzt zahle den Preis dafür.«

Hagas Körper wurde still. »Wer noch außer dir und Angelo?«, fragte sie mit einer seltsam flachen Stimme. »Alle? Stehen alle auf der anderen Seite?«

Maleficas Stimme war wie ein Raunen, das von allen Seiten zu kommen schien. »Sieh an, also auch Frederick. Der treue, gute Frederick steht auf der Seite unseres Herrn.« Sie lachte schrill, beinahe hysterisch. »Du hast verloren, Haga.«

»Fahr zur Hölle und nimm diesen Hexer gleich mit!«, fauchte Haga. Tränen des Zorns glitzerten in ihren Augen.

Aus Maleficas Brust stieg ein Grollen. Mit zwei Schritten war sie bei dem Dolch, mit dem Frederick zuvor Angelo angegriffen hatte. Sie wollte sich auf Haga stürzen, aber da wurde sie von einem kräftigen Griff an der Kehle gepackt und zurückgezerrt. Angelo war hochgeschnellt und hatte sie zu fassen bekommen. Der Dolch traf ihn abermals, als sie zustach, schnitt tief in sein Fleisch, er fluchte, als der Arm taub wurde. Dieser verdammte menschliche Körper! Das hatte er Frederick zu verdanken. Der Teufel mochte wissen, woher er dieses Mittel hatte, mit dem man Dämonen wie ihn an ihre menschliche Form binden konnte, sonst hätte er sich jetzt verwandeln können. Das Gift tobte wie Säure in ihm, machte ihn schwach, aber noch lange nicht hilflos.

Er drückte mit beiden Händen zu. Malefica keuchte, würgte, schnappte nach Luft. Der Dolch fiel aus ihrer Hand. Es war ein Glück, dass man ein Wesen wie sie würgen konnte. Ein Vampir, dessen Herz nicht mehr schlug, brauchte doch noch die Magie der Luft zum Atmen. Ein Mensch hätte dennoch wenig ausgerichtet, aber obwohl Fredericks teuflisches Mittel Angelo an seinen Körper band und seine Kräfte auf ein Minimum reduzierte, steckte immer noch ein Dämon in ihm. Seine Hände pressten fester, drückten ihr die Luft ab, sie zappelte hilflos unter seinem Griff, ihre Krallen schlugen durch die Luft, ohne ihn jedoch zu treffen. Da erwischte ihn Fredericks Tritt, der ihn zur anderen Ecke des Raumes schleuderte. Er ließ Malefica jedoch nicht los, zog sie mit sich, und warf sich beim Aufprall noch auf sie. Er musste sie töten, bevor er sich mit dem anderen befasste. Er hatte nicht genügend Kraft für beide zugleich, und Haga hing immer noch in den Fesseln. Er verfluchte inzwischen sein verdammtes Spiel. Weshalb war er nicht früher gegangen, hatte sich noch aufgehalten, statt Malefica daran zu hindern, das Haus zu betreten!

Ein stechender Schmerz, der ihm den Atem nahm. Die Dolchklinge durchstieß von hinten seinen Körper, trat an der Brust, knapp unterhalb des Herzens wieder heraus. Als Angelo nach vorne fiel, stieß er die Klinge gleichzeitig in die Vampirin. Angelo kämpfte gegen die Dunkelheit vor seinen Augen. Er konzentrierte sein ganzes Bewusstsein auf Malefica. Zuerst sie. Dann Frederick.

Hagas zorniger Aufschrei durchfuhr ihn wie ein Schmerz. Er zog die Knie an, stemmte sich gegen Malefica, um ihr das Genick zu brechen, und blinzelte halb blind zu Hagazussa hinüber. Frederick hatte Malefica ihrem Schicksal überlassen und sich Haga zugewandt. Angelo sah, wie er die Hand abermals hob und sie ins Gesicht schlug.

Eine letzte Kraftanstrengung, ein Geräusch von brechenden Knochen, dann schleuderte er den Kopf schon von sich, während Maleficas Körper noch zuckte. Kein Mensch hätte sie auf diese Art töten können, aber die Magie eines Dämons, so schwach sie im Moment auch war, hatte ausgereicht. Der Dolch steckte noch in seinem Rücken. Er wusste selbst nicht, wie er ihn aus seinem Körper zerrte, wie er es schaffte, sich hochzukämpfen und sich Frederick entgegenzuwerfen. Er musste ihn vernichten, andernfalls war Haga ihm hilflos ausgeliefert.

Fredericks Tritt traf ihn, bevor er ihn noch erreicht hatte. Angelo taumelte zurück, der Dolch fiel scheppernd neben ihm auf den Boden. Die Dunkelheit um ihn herum verdichtete sich. Er rollte sich herum, kam auf die Knie, schüttelte den Kopf, um wieder wach zu werden, und bäumte sich auf, als Frederick ihn mit dem Fuß gegen die Brust trat. Genau auf die Wunde, die er ihm mit dem Dolch zugefügt hatte. »Verdammter Dämonensohn!«, fauchte der Hexer ihn an. »Nimm das! Hast du gedacht, du könntest uns hereinlegen? Verfluchter Spion!« Ein weiterer Tritt folgte.

»Spion? Für wen?«, schrie Haga. Sie baumelte an den Ketten und wand sich wie eine Schlange, um mit den Fingern an die Bänder zu kommen, die ihre Hände fesselten.

»Für mich«, tönte eine kühle Stimme von der Tür her.

Angelo ließ sich zurücksinken und schloss halb vor Erleichterung, halb vor Schmerzen die Augen, als eine Frau in einem riesigen Mantel und Hut eintrat. Ihr mit goldenen Einlegearbeiten verzierter Stock glänzte im Schein der Kerzen.

Frederick stürzte los, hob die Arme, als wolle er sich auf sie werfen, aber Megana, die sich nun Agatha Baker nannte, war schneller. Ihr Stock zuckte hoch, ein Strahl aus Licht und Feuer fuhr hervor, und Frederick prallte zurück und fiel zu Boden. Er blieb reglos liegen. Der beißende, süßliche Geruch nach verbranntem Fleisch breitete sich im Raum aus.

Agatha beachtete ihn nicht weiter, sondern wandte sich ihrer Tochter zu, die so heftig an den Ketten riss, dass von der Decke der Verputz herunterrieselte.

Abermals kam der Stock zum Einsatz. Ein kurzes Aufflammen, dann lösten sich die Fesseln und Haga fiel zu Boden. Sie sprang wieder hoch und stürzte zu Angelo hin, der reglos mit dem Gesicht nach unten am Boden lag. Sein nackter Körper war über und über mit Blut bedeckt, ihre Hände glitten fieberhaft darüber. War das alles sein Blut? Oder stammte es auch von der Vampirin, deren abgerissener Schädel nun fünf Meter von ihrem Körper entfernt lag? Sie drehte ihn vorsichtig auf den Rücken.

»Mein Liebster ...«, ihre Stimme klang tränenerstickt. »Mein Angelo.«

Ein unendlich trauriges Lächeln umspielte seine Lippen. Seine Lider flatterten und sein umflorter Blick traf sie. Seine schwache Hand berührte sanft ihre Wange, bevor sie wieder kraftlos zu Boden fiel.

»Meine Geliebte.« Seine Stimme war so leise, dass sie ihn kaum verstehen konnte. »Du hättest mir doch sagen sollen, dass du mich liebst. Wie sehr habe ich mich danach gesehnt.«

»Aber ich liebe dich doch!«, schluchzte Haga auf.

»Leb wohl, Geliebte«, hauchte er mit ersterbendem Atem, seine Lider schlossen sich. »Und sei bedankt für diese edle Lüge.«

»Das ist keine Lüge! Ich liebe dich mehr, als ich sagen kann! Verzeih mir! Bleib bei mir! Bitte!« Tränen fielen auf sein Gesicht, als sie sich über ihn beugte, sein Gesicht mit Küssen bedeckte. Ihr langes Haar lag über seiner Brust. »Bitte stirb nicht.« Sie sah flehend zu ihrer Mutter auf, die neben ihr stand und die Szene mit hochgezogenen Augenbrauen betrachtete. »So tu doch etwas!«, rief sie verzweifelt. »Tu etwas! Ich ertrage es nicht, wenn er stirbt! Ich liebe ihn doch so sehr!«

»Angelo!«, sagte Agatha konsterniert. »Sage nicht, dieser kleine Messerstich wäre nicht schon längst geheilt!«

Zuerst kam keine Reaktion, dann öffnete Angelo ein Auge. Er atmete langsam aus und ein. »Hm. Das wäre möglich. Aber es ist trotzdem verdammt schmerzhaft. Als würde man mich bei lebendigem Leib rösten.« Er stützte sich auf einen Ellbogen auf und bedachte Hagas Mutter mit einem vorwurfsvollen Blick. »Kleiner Messerstich? Ich möchte Sie sehen, wenn Ihnen jemand einen ellenlangen Dolch in den Körper rammt. Dieser Bastard hatte die Klinge vergiftet, ich konnte mich nicht einmal verwandeln.«

Agatha machte eine ausholende Handbewegung, die seinen dahingestreckten Körper erfasste. »Und weshalb erschreckst du uns so?«

Er grinste schwach, während er mit dem Kopf auf Haga deutete. »Kriegslist. Und sie hat hervorragend gewirkt.«

Hagas grüne Augen waren groß und ungläubig, als sie sein Lächeln, seine leuchtenden Augen sah. Ihre Hände glitten über seinen Körper, die Haut unter dem Blut war glatt, unversehrt.

»Du ... du ...«

Der Griff, mit dem er ihr Haar packte, war erstaunlich fest für jemanden, der soeben noch mit dem Tode gerungen hatte. Hagas wütende Worte, ihre Vorhaltungen wurden von einem warmen Lippenpaar erstickt, seine Arme zogen sie auf ihn, hielten sie, pressten sie eng an ihn. Immer noch tropften Tränen aus ihren Augen auf sein Gesicht. Aber dieses Mal weinte die Hexe Hagazussa vor Erleichterung.

Agatha Baker lächelte, als sie die beiden ansah, aber als sie den Raum verließ, war ihr Gesicht ernst. Malefica und Frederick, der aus Eifersucht ein falsches

Spiel getrieben hatte, waren tot. Aber der gefährlichste Gegner war noch sehr lebendig, und sein Ziel war ihre Enkelin.

Achtzehntes Kapitel

Die vergangenen Tage waren für beide nicht leicht gewesen. Cyrill litt, weil er Charlies Nähe kaum ertrug, und Charlie war zutiefst unglücklich, weil Cyrill sich so abweisend verhielt und sich hinter kühler Höflichkeit verschanzte.

Seine Nähe, sein Schutz hatten sie über diese schreckliche Nacht gerettet. Er hatte sie aus ihrer Verzweiflung und Einsamkeit geholt und einer hysterischen jungen Hexe, die Angst vor sich selbst hatte, wieder Sicherheit und Vertrauen gegeben. Er hatte sie die ganze Nacht im Arm gehalten, war da gewesen, wann immer sie aufgewacht war. Er hatte beruhigend auf sie eingesprochen, ihr wieder und wieder versichert, dass es keinen Grund gab, sich zu fürchten. Sie war so dankbar gewesen, dass er hier war, so viel stärker als sie, und dass sie sich in seiner Gegenwart gehen lassen durfte. Theo gegenüber hatte sie immer die große, sichere Schwester spielen müssen. Ihre Großmutter hatte ihr zwar Schutz geboten und auch Liebe, aber nicht die Nähe, diese Zärtlichkeit, die sie bei Cyrill gefunden hatte.

Und dann, am Morgen, war alles vorbei gewesen. Sie hatte versucht, sich mit Cyrill auszusprechen, zu verstehen, weshalb er plötzlich so zurückhaltend war. Er hatte höflich geantwortet, ohne auch nur eine Spur entgegenkommender zu werden, und hatte sich mehr und mehr zurückgezogen.

Als sie ihn an diesem Nachmittag in der Bibliothek fand, und er sich bei ihrem Anblick abrupt umdrehte, um die Bücherreihen zu studieren, hielt sie es nicht mehr aus. Sie lief einfach zu ihm hin, schlang die Arme um ihn und schmiegte sich an seinen Rücken, gewillt, ihn nicht eher loszulassen, ehe er ihr nicht klipp und klar erklärte, weshalb er sich ihr gegenüber so verändert hatte.

Er versuchte sich zu befreien. »Lass los, Charlie.«

»Das kann ich nicht.« Sie presste ihr Gesicht zwischen seine Schulterblätter und fühlte sein tiefes Seufzen.

»Charlotta, lass los. Ich habe gesagt, dass ich dich nicht mehr berühren werde. Ich habe zwar in der Nacht, als Agatha dir alles erzählte, eine Ausnahme gemacht, aber mehr wird nicht passieren. Und jetzt sei vernünftig.«

»Du bist immer noch wütend und gekränkt, und ich wollte so sehr, du könntest mir verzeihen«, sagte sie in seinen Rücken hinein. »Ich war unglücklich und so verwirrt. Was wusste ich denn schon? Und du hattest gesagt ...«

»Ich weiß, was ich gesagt habe«, erwiderte Cyrill barsch. »Und es stimmt. Wäre ich dort gewesen, hätte ich das alles verhindern können. Ich hätte verhindert, dass er die Dämonen ruft, und dass Agatha nichts anderes übrig blieb, als ihn zu töten.«

»Aber ...«

Er riss ihre Arme herunter und fuhr herum, sodass er sich endgültig aus ihrer Umarmung löste. »Verstehst du nicht? Ich habe völlig versagt!« Und das in so vieler Hinsicht. »Ich kannte Horatio, seit ich kaum zwanzig, bestenfalls dreißig Jahre älter war als du. Er hat so viel für mich getan. Er hat mich aus der Hölle geführt, mir den Weg gewiesen. Ich weiß nicht, was sonst aus mir geworden wäre – vielleicht ein Blut trinkendes Ungeheuer, das inzwischen schon zwei Drittel der Menschheit getötet hätte. Ich hätte auf seine Kinder achten sollen. Und was habe ich getan? Zugelassen, dass dein Bruder zum Vampir wird und du selbst laufend in Gefahr kommst. Sogar in einem Bordell gelebt hast! Statt dich heimzubringen und auf dich aufzupassen, habe ich dich auch noch erpresst und *gemietet*!«

Er fuhr sich über das Gesicht. Er durfte nicht einmal daran denken, was er diesem Mädchen sonst noch angetan hatte. Er hatte sie *gestraft*, sie teilweise sogar gezwungen, ihm zu Willen zu sein! Und das vom ersten Moment, vom ersten Kuss an, auch wenn sie sich an diesen nicht erinnerte.

»Und du hast mich geküsst«, erwiderte Charlie mit einem schüchternen Lächeln. »Damals schon, vor dem Haus, als du mich aus den Slums heimbegleitet hast.«

Cyrill räusperte sich. Er wandte sich ab.

»Magst du mich denn gar nicht mehr?«

Es brauchte verdammt viel Kraft, sich nach ihr umzudrehen und ihr trauriges Gesicht ansehen zu müssen. Es drehte ihm das Herz im Leib herum. Aber er musste jetzt hart bleiben, und sie würde darüber hinwegkommen, sowie alles vorüber war. Auf jeden Fall sehr viel schneller als er.

»Natürlich mag ich dich«, versuchte er, ihr ruhig zu erklären. »Aber meine Zuneigung hat sich geändert. Sie ist ... ähem ... väterlicher geworden.« Er rang sich ein Lächeln ab und hoffte, dass es nicht zu verzweifelt ausfiel. Es war höchste Zeit, dass sie den Raum verließ. Er begehrte sie so sehr, dass ihre Nähe wehtat.

»Väterlicher?« Jetzt sah sie nicht mehr traurig, sondern zutiefst schockiert aus.

»Ja.« Er räusperte sich. »Du lebst nur deshalb bei mir, weil deine Großmutter und ich vereinbart haben, dass ich mich in Zukunft als eine Art ... Vormund um dich kümmere. Du wirst mit deinen wachsenden Fähigkeiten eine schwierige Zeit durchmachen, Charlie.« Er ließ sich ihren Kosenamen auf der Zunge zergehen. Wie gut tat es, sie wenigstens zärtlich so nennen zu dürfen. »Dabei werde ich dir wie ein Mentor zur Seite stehen.«

Charlies Miene war von entsetzt zu ausdruckslos gewechselt. Sie begriff mit einem Mal, was wirklich los war. Und die Erkenntnis bestürzte sie und ließ zugleich ihr Herz schneller und freudiger schlagen. Der Druck, der seit zwei Tagen auf ihrer Brust lag, der ihr die Kehle zugeschnürt hatte, löste sich. Ihr Mentor. Vormund. Darauf lief also alles hinaus! Das hatte Großmutter also gemeint, als sie gesagt hatte, Cyrill wäre in gewissen Dingen ein wenig *ehrpusslig*. Charlie hatte über diesen Ausdruck in Zusammenhang mit Cyrill gelacht, aber nun verstand sie.

Schließlich nickte sie. »Ja, nun sehe ich völlig klar. Ich weiß jetzt, was ich zu tun habe.« Charlie war niemals jemand gewesen, der vor Problemen zurückschreckte, das hätte schon Großmutter nicht zugelassen, da Feigheit und Zaudern einer Hexe unwürdig waren. Sie drehte auf der Stelle um und marschierte hinaus. Bevor sie die Tür schloss, sah sie noch Cyrills verblüfftes Gesicht. Sie hatte tatsächlich begriffen, aber sie war nicht gewillt aufzugeben. Er hatte alles dafür getan, sie in sich verliebt zu machen; ob mit Absicht oder nur so nebenbei, blieb dahingestellt. Tatsache war, dass Charlotta di Marantes Cyrill Veilbrook jetzt liebte und er nun eben die Konsequenzen tragen musste.

Oben, in ihrem Zimmer, holte Charlie eine kleine, unter ihrer Wäsche verborgene Flasche hervor. Sie öffnete sie, schnupperte daran und hielt sie gegen das Licht, um die glasklare Flüssigkeit darin zu studieren. Ihre Großmutter hatte ihr dieses Fläschchen vor ihrer Abreise nach London in die Hand gedrückt.

»Cyrill hat leider zu viele moralische Hemmungen«, hatte Agatha Baker gesagt. »Das hier wird ihm darüber hinweghelfen und ihm zeigen, wo sein Glück wirklich liegt.«

»Was ist drinnen?« Als Charlie das Fläschchen misstrauisch beäugt hatte, hatte ihre Großmutter gelächelt. »Nur Kräuter. Keine Froschaugen, keine Fledermaushoden, Schlangeneier oder was immer. Wirklich nur Kräuter, in bestimmten Nächten des Jahres gepflückt und liebevoll mit Zaubersprüchen gerührt und gekocht. Du musst nur vorsichtig sein, damit er nicht bemerkt, wenn du es benützt. Du kannst es auf zweierlei Arten verwenden: entweder du schüttest drei Tropfen – aber wirklich nur *drei*, Charlotta! – in seinen Wein, oder du trinkst es selbst. Aber nur einen winzigen Schluck, nicht mehr!«

Charlie hatte sie erstaunt angesehen. »Es wirkt auch indirekt?«

»Durch einen Kuss oder eine sehr intime Berührung.«

»Und wie lange wirkt es?«

»Nur wenige Minuten, aber das genügt, um dir seine völlige Aufmerksamkeit zu schenken und ihn zu *überreden*.« Ihre Großmutter hatte gelächelt, und Charlie hatte das Fläschchen fest mit den Fingern umschlossen.

Es war nicht ganz fair, aber wie sonst konnte sie Cyrill dazu bringen, sie wieder in seine Arme zu nehmen? Sie studierte abermals die Flüssigkeit. Einige Minuten hielt die Wirkung also nur an. Das hieß, sie musste es trinken und Cyrill fast unmittelbar danach dazu bringen, sie zu küssen. Sie lauschte dem tiefen Ton der Standuhr in der Halle nach. Schon knapp vor Dinner-Zeit. Sie musste sich noch umziehen.

Sie versteckte das Fläschchen vorläufig hinter ihrem Kopfkissen, damit ihre Zofe es nicht sah, und öffnete die Schranktüren.

Dieses Mal wählte sie ihr Kleid besonders sorgfältig. Ihre Zofe, die Charlies eher schlichtere Erscheinung gewohnt war, und sich damit abgefunden hatte, riss die Augen auf, als sie sah worin, Miss Charlotta sich an diesem Abend zu hüllen gedachte. Sie zerrte mit einer Begeisterung, die Charlie nicht ganz nachvollziehen konnte, das leidige Korsett fest, half ihr das hauchdünne Seidenunterhemd, danach die Unterröcke, die Krinoline und schließlich das Kleid überzuziehen und steckte ihr eifrig das Haar zu einer Frisur hoch, für die Charlie nicht einmal den Bruchteil an Geduld aufgebracht hätte. Am Ende ließ sie noch eine lange, neckische Strähne über ihre Schulter und auf ihre Brust fallen.

Charlie besah sich, nachdem das Werk vollendet war, nochmals kritisch im Spiegel. Sie war selbst ganz überrascht über die Frau, die ihr entgegenblickte. Sogar ihre hochelegante Tante Haga, die ihr immer wieder geraten hatte, sich doch ein wenig modischer – ein ganz kleines bisschen zumindest! – zu kleiden, wäre zufrieden.

Als ihre Zofe gegangen war, rückte Charlie noch schnell das Dekolleté zurecht. Es war schon recht tief, fast war Charlie versucht, es ein bisschen höher zu ziehen, aber dann, mit einem grimmigen Ausdruck, zerrte sie es im Gegenteil noch hinunter. Weshalb auch nicht? Der Stoff verbarg lediglich, was Cyrill schon längst und ausgiebig mit Augen und Händen genossen hatte.

Die Standuhr in der Halle schlug acht Mal. Es war Zeit hinunterzugehen. Charlie holte die Flasche hervor, entkorkte sie und nahm einen kleinen Schluck. Dann überlegte sie. Wenn es nur kurz wirkte, war es wohl besser, doch mehr davon zu nehmen. Sie konnte schließlich nicht gleich zur Tür hereinstürmen, sich auf Cyrill werfen und ihn abküssen. Sie musste ihn zuerst ein wenig verführen. Und so zurückhaltend, wie er sich ihr gegenüber zeigte, war das sicher kein leichtes Unterfangen. Er durfte ja keinen Verdacht schöpfen.

Sie nahm noch einen Schluck. Dann, sehr entschlossen, noch einen dritten. Nach dem vierten war das Fläschchen leer, und Charlie straffte ihre Schultern, hob den Kopf und schritt zur Tat.

Als Cyrill beschlossen hatte, Charlie zu beschützen, hatte er schon eine gewisse Ahnung gehabt, dass es nicht ganz einfach sein könnte, mit ihr unter einem Dach zu leben, aber er hatte nicht gewusst, dass es die Hölle sein würde. Er hatte überlegt, nach Arsakes zu suchen, um ihm das Handwerk zu legen, war dann jedoch davon abgekommen. Es war zu riskant, Charlotta auch nur eine Minute aus den Augen zu lassen. Arsakes würde seine Abwesenheit zu nutzen wissen und sich ihrer bemächtigen. Was wiederum hieß, dass er in ihrer Nähe bleiben musste. Der dunkle Herr würde bald die Geduld verlieren und selbst kommen. Und dann würde er ihn töten. Er musste nur klaren Kopf bewahren und ständig auf der Hut sein.

Er wartete neben seinem Platz an der gedeckten Tafel, als Charlie bei der Tür hereinkam. Er hasste jetzt sogar die gemeinsamen Abendessen, zumal sein Appetit gering bis gar nicht vorhanden war und er jeden Bissen hineinwürgen musste. Vor allem, sobald Charlie in seiner Nähe auftauchte und alle körperlichen Bedürfnisse bis auf jenes, das ursprünglich rein der Fortpflanzung diente, ausgeschaltet wurden. Dafür machte sich dieses zu Cyrills Leidwesen umso kräftiger bemerkbar. Wie alt war er eigentlich? Sollte man nicht annehmen, dass sich Begehren, Lust, Verlangen im Laufe der Jahrhunderte abkühlten? Aber das war wohl der Fluch der Unsterblichkeit, dass gewisse körperliche – und in Charlies Fall auch seelische – Bedürfnisse nicht nachließen.

»Guten Abend.« Sie lächelte.

Cyrill schoss ihr einen abweisenden Blick zu. Allein ihre Stimme war schon anziehend, von ihrem Lächeln ganz zu schweigen. Sein Blick glitt über sie, und er erstarrte. Was zum Teufel fiel ihr ein, so herumzulaufen? Mit einem roten Brokatkleid, das ihn geradezu teuflisch an Hagazussas Liebessalon erinnerte, mit geschnürter Taille und mit einem Dekolleté, das nicht nur offenherzig, sondern schon obszön war! Es musste eines der Kleider sein, die er ihr hatte machen lassen, als er sie noch für eine von Hagas Nichten gehalten hatte. Er stöhnte innerlich auf.

Sie hatte ihr Haar hochgesteckt. Einige gelockte Strähnen fielen auf die Schulter hinab, berührten das weiße Dekolleté und führten den Blick unweigerlich tiefer zu diesen vollen Hügeln und der warmen Spalte, die er am liebsten mit Fingern und Zunge erforscht hätte.

Er setzte eine strenge Miene auf. »Ich glaube, ich habe dir meine Wünsche deutlich genug klargemacht, Charlotta. Oder sollte ich darin ebenfalls versagt haben?«

Ihr Blick war unschuldig. »Was meinst du?«

»Ich hatte doch versucht, dir klarzumachen, dass es mir ein Anliegen ist, eine gesittete junge Frau aus dir zu machen. Du gehst also sofort hinauf und ziehst dieses Kleid aus.«

Ihre Lider flatterten. »Kommst du dann nach?«

Er merkte, wie sein Gesicht warm wurde. Nicht nur das Gesicht, sondern noch etwas anderes. Sehr warm sogar und deutlich fühlbar. »Lass diese losen Bemerkungen und tu, was ich dir sage.«

Sie schüttelte den Kopf. »Ich gehe nicht hinauf. Nicht, bevor du endlich mit mir gesprochen hast.« Sie trat auf ihn zu. Viel zu nahe. Viel zu dicht. Und er konnte nicht zurückweichen, ohne sich eine Blöße zu geben. Ihr feiner Duft stieg ihm in die Nase, verführerischer als jedes Parfüm. Seine Kehle wurde eng.

»Ich dachte«, sagte sie leise, »wenn ich dieses Kleid anziehe, könnte ich dich dazu bringen, mich anzusehen und anzuhören.« Sie sah ihn so eindringlich an, dass er vermeinte, ihren Blick bis auf den Grund seiner Seele zu fühlen. Es war ein Glück, dass sie dazu nicht in der Lage war. Was sie gesehen hätte, würde ihr nicht gefallen, vieles davon würde sie sogar erschrecken und abstoßen.

»Na schön.« Er verschränkte die Arme vor der Brust. »Ich höre dir zu.«

Sie sah zur Tür. »Es kann jeden Moment jemand hereinkommen. Ich möchte bei unserem Gespräch nicht gestört werden.«

Es war das Beste, er brachte es gleich hinter sich. Sie würde ja doch keine Ruhe geben. »Dann komm mit.« Er führte sie ins Arbeitszimmer und ließ sich dann in einen der beiden Lehnsessel vor dem kalten Kamin nieder. Das war ein Fehler, denn sie hockte sich neben sein Knie auf den Boden, die eine Hand auf der Sessellehne, die andere auf seinem Oberschenkel, und sah ihn eindringlich an.

»Hasst du mich, Cyrill?«

Er schluckte. Im Moment hasste er nur, dass er sie

so sehr begehrte, dass sein Gehirn weich und etwas anderes im Gegenteil sehr hart wurde, wenn sie ihm so nahe kam. »Ich habe dir doch erklärt, dass sich meine Gefühle für dich geän…«

»Küss mich, Cyrill. Bitte.« Ihr Blick war so eindringlich, dass er nach Luft rang. Er lehnte sich so weit wie möglich zurück, weg von ihr.

»Ist denn gar nichts mehr davon da, Cyrill? Nichts mehr von dieser Zuneigung? Kein bisschen? Gefalle ich dir nicht mehr?«

Er hätte sie fortstoßen müssen, aufspringen, flüchten, aber er konnte nicht. Im Gegenteil, er ließ sogar zu, dass sie seine Hand ergriff. »Du bist eine hübsche junge Frau«, sagte er widerwillig. »Aber …«

»Ich würde alles tun, damit du mich wieder liebst und begehrst, Cyrill«, sagte sie leise. »Du hast damals, als ich dich bat, Theo zu retten, mein Blut gewollt. Ich weiß nicht, ob du es wirklich trinkst, aber wenn doch, dann würde ich es dir gerne geben, falls dies etwas zwischen uns änderte.« Sie schob ihr Haar zu Seite und hielt ihm ihren schlanken Hals hin.

Cyrill starrte fassungslos auf die zarte Haut, das leise Pochen ihres Pulses. So weich war diese Haut. So warm. Wie oft hatte er seine Lippen darüberwandern lassen. Über ihren Hals, ihre Brüste, ihre Arme, ihren Leib, ihre Scham. Alles an ihr hatte er begehrt, geliebt, gekostet, geküsst. »Hör auf damit.« Seine Stimme war heiser.

Sie sah ihn ernst an. »Ich liebe dich, Cyrill. Ich will es dir beweisen. Und wie könnte ich das besser tun, indem ich mich dir so völlig anbiete?«

Er ballte die Hand zur Faust. »Du hast ja keine Ahnung, worauf du dich einlassen würdest. Glaubst du wirklich, ich ließe zu, dass du mit mir lebst?«

»Aber ich lebe ja jetzt auch mit dir!«

»In meinem Haus«, fuhr er sie an, »aber nicht *mit* mir!«

»Und genau das sollten wir ändern.«

Ehe er es richtig begriff, saß sie auf seinen Knien. Und ihm verdammten Schwächling fehlte die Kraft, sie wegzuschieben. »Küss mich Cyrill. Küss mich, liebe mich, nimm mich. Lass mich bei dir bleiben. Du fehlst mir so sehr, wenn ich einschlafe und allein wieder aufwache.«

»Charlie …« Er wusste selbst, wie gequält er klang. In der aufsteigenden Hitze, dem Wunsch, sie zu besitzen, in der Leidenschaft, die er für sie empfand, versuchte er, das Bild ihrer Eltern vor seinen Augen zu beschwören.

»Was soll ich tun?«, flüsterte sie an seiner Haut. »Ich bin zu allem bereit. Zu allem, was du willst.«

Sein Blut schoss gleichzeitig in seinen Kopf und seine Lenden – als wäre an beiden Orten nicht ohnehin schon zu viel davon gewesen. Im Kopf machte es ihn schwindlig, verhinderte, dass er noch einen vernünftigen Gedanken fassen konnte, und im Schritt … Darüber wagte er gar nicht mehr nachzudenken. Besser gar nicht überlegen, was sich dort tat.

Cyrills Augen waren schwarz und tief. Charlie versank darin. Ein Kuss nur, und Großmutters Mittel würde seine Wirkung entfalten. Gleich war es so weit …

Es ging so schnell, dass Charlie der Atem wegblieb. Der Ausdruck in Cyrills Augen wechselte in Gedankenschnelle von Begehren zu einem von Zorn und Hass, und im nächsten Augenblick wurde Charlie auch schon von seinen Knien gestoßen. Ehe sie begriff, was überhaupt geschehen war, lag sie auf dem Boden und Cyrill stand zwischen ihr und der Tür. Sie sah zu ihm hoch, fast benommen vor Schreck und Kränkung, aber er beachtete sie nicht, sondern hatte sich der Tür zugewandt.

Zwischen seinen Beinen hindurch sah sie einen Mann stehen, bei dessen Anblick sie das Gefühl hatte, die Luft würde aus ihren Lungen gepresst werden. Noch nie hatte sie ein Wesen getroffen, das solche Bösartigkeit ausstrahlte. Cyrills Arm hielt sie zurück, als sie aufsprang und zwei Schritte vorwärts machte. »Bleib, wo du bist, Charlie.«

Das Lachen des Fremden klang metallisch. »Wie ungezogen von mir, ausgerechnet jetzt zu stören. Vielleicht hätte ich ja anklopfen sollen?«

Cyrill sah den Besucher kalt an. »Welch eine unerwartete Ehre.« Seine Stimme klang sarkastisch.

»Vielleicht auch eine freudige? Wir haben uns in den letzten Jahrhunderten viel zu selten gesehen.« Er lächelte zu Charlie hinüber, die halb von Cyrill verdeckt war, der sie mit seinem Arm hinter sich geschoben hatte. »Willst du mich unserer Freundin nicht vorstellen, Cyrill?«

»Das ist Arsakes, Charlie«, sagte Cyrill ruhig. »Jener dunkle Herr, der seit einiger Zeit die Vampirgemeinde zu beherrschen versucht.«

»Und Goranovs Gebieter, den deine kleine Lichthexe getötet hat«, ergänzte Arsakes mit dieser kalten, harten Stimme, die auch dann nicht weicher wurde, als er ein Lächeln hineinlegte. »Ich muss sagen, ich war sehr beeindruckt. Aber ich bin mehr als Goranovs Herr: Ich bin auch Cyrills Bruder. Oh, ich sehe, er hat dir nie von mir erzählt!« Er schüttelte in gespielter Trauer den Kopf. »Verleugnet er doch tatsächlich seinen eigenen Bruder? Du hattest keine Ahnung, nicht wahr?«, sprach Arsakes weiter, als er Charlies Erstaunen bemerkte. »Auch nicht, was ihn betrifft. Hat er dir nie gesagt, was er ist? Dass er die Menschen reihenweise geschlachtet hat, um von ihrem Blut zu leben?«

»Ich weiß alles über Cyrill, was ich wissen muss«, erwiderte Charlie. Sie legte ihre Hand auf Cyrills Rücken, wie um ihm damit zu zeigen, dass es ihr gleichgültig war, was dieser Mann behauptete. War er wirklich sein Bruder? Wie wenig sie doch von ihm wusste. Sie musterte den Eindringling. Es war eine gewisse Ähnlichkeit vorhanden. Das dunkle Haar, die fast schwarzen Augen, die hohen Backenknochen. Aber damit endete jede Ähnlichkeit auch schon. Bosheit und Grausamkeit hatten tiefe Kerben in Arsakes' Gesicht gegraben, und in seinen Augen lag eine Gefühllosigkeit, die sie frösteln ließ.

»Auch dass er aus einer königlichen Familie stammt?«, fragte Arsakes. »Aber zu schwach war, um zu kämpfen? Wir wurden angegriffen, unser Heer war vernichtete, und auch ihn hielt ich für tot, bis ich dann hörte, dass unsere Feinde von einem Dämon verfolgt wurden.«

Charlie reckte angriffslustig das Kinn vor. »Teilen Sie Ihre Jugenderinnerungen mit jemand anderem. Mich interessieren sie nicht.«

Arsakes' metallenes Lachen tat ihr in den Ohren weh. Sie fasste schutzsuchend nach Cyrills Arm. Er legte seine Hand über ihre und drückte sie beruhigend. Sie lächelte, um dem Besucher zu zeigen, dass sie weder Angst vor ihm hatte noch an Cyrill zweifelte, zu Cyrill empor, aber dessen Augen waren fest auf Arsakes geheftet.

»Ich folgte Cyrill also und fand ihn. Sah ihn Blut trinken und stark werden. Da erinnerte ich mich an die alten Legenden über unsere Familie. Also probierte ich es ebenfalls: Ich trank Blut.«

Charlie konnte fühlen, wie Cyrill sich anspannte. Arsakes lachte leise. »Dabei hättest du viel mächtiger sein können als ich, Cyrill, weil dein Blut rein ist, du stammst von beiden Seiten von der königlichen Linie ab; ich dagegen bin nur der Sohn einer Konkubine. Und jetzt hast du deine Chance, zu herrschen, vertan.«

Cyrill ging nicht darauf ein. »Was willst du?«

Arsakes deutete mit dem Kopf auf Charlie. »Sie. Das war dir doch immer schon klar. Diese Lichthexe wird mir unendliche Kraft geben. Ich wollte sie damals schon, aber sie wurde zu sehr beschützt. Sogar du hast dich eingemischt und meine Helfer getötet, obwohl ich hätte schwören können, dass dich und ihre Großmutter Megana nur Feindschaft verband. Damals misslang es, aber das war im Grunde gleichgültig, sie konnte mir nicht für immer entgehen.« Die kalte Stimme, die Überzeugung darin, ließ Charlie innerlich zusammenzucken. »Im Gegensatz zu dir werde ich nicht auf das verzichten, was mir in die Wiege gelegt wurde.«

Er schlenderte langsam näher, während er Charlie fixierte. »Mach dir keine Sorgen, Bruder. Sie wird es gut bei mir haben, auch wenn ich sie für einige Jahre einsperren muss. Kein Feuer, kein Licht, keine Sonne, damit sie nicht in Versuchung kommt, es gegen mich zu verwenden. Aber dann, wenn wir uns einig sind, darf sie wieder hinaus. Sie ist noch zu jung, ihre Fähigkeiten sind noch nicht voll entwickelt, aber sie ist jetzt schon eine sehr reizvolle Frau. Und zu hübschen Frauen bin ich immer freundlich.«

»Und wenn ich das nicht akzeptiere?« Cyrills Stimme klang ruhig, fast gleichgültig.

Arsakes sah ihn amüsiert an. »Du willst dich mir doch nicht in den Weg stellen? Das wäre ein Fehler. Du bist schwach. Fast wie ein Mensch.«

»Bist du sicher, dass du dich nicht täuschst?« Cyrill machte einen kleinen Schritt auf Arsakes zu, sodass Charlies Hand sich löste.

Arsakes' harte Züge wurden mit einem Mal ernst. »Es tut mir leid, Bruder, aber ich muss dich töten. Jetzt bist du keine Gefahr, aber du könntest auf die Idee kommen, Blut zu trinken, und dann wirst du stark.« Er hob leicht seine Arme, aus seinen Fingerspitzen zuckten kleine Flammen der Magie.

»Charlie, dreh dich um.« Cyrill sagte es leise und sehr müde.

»Nein!« Charlie war mit einem Satz vor ihm und stellte sich mit ausgebreiteten Armen vor ihn hin, Arsakes dabei mit einem lodernden Blick messend. »Wenn er dich tötet, muss er vorher mich umbringen! Und das wird ihm nicht so leichtfallen!«

»Du machst dich lächerlich«, sagte Arsakes mit barscher Ungeduld. »Du bist mir lebend mehr wert. Mit dir kann ich das Feuer beherrschen. Geh zur Seite oder komm zu mir herüber.«

»Ich werde dich verbrennen!«, fauchte Charlie.

»Er ist nicht Goranov, Charlie«, sagte Cyrill. »Ihn könntest du nicht einmal verbrennen, wenn du neben ihm im vollen Sonnenschein stündest. Und jetzt geh hinter mich und dreh dich um. Ich will nicht, dass du mitansiehst, was jetzt geschieht.«

»Nein!«

»Charlie! Verdammt noch mal! Gehorche!«

Charlie wirbelte herum, flog an seine Brust und schlang die Arme um ihn. »Er muss uns gemeinsam töten.« Sie schloss die Augen und presste sich eng an ihn. Auch gut. Ihre Hexenkünste hätten Arsakes ohnehin nicht einmal für Sekunden aufgehalten. So starb sie eben, während sie in Cyrills Armen lag. Das war besser, als ohne ihn zu leben. Und weitaus besser als den Rest ihrer Tage in Arsakes' Gewalt zu verbringen, immer vom Wunsch nach Rache beherrscht, der sie eines Tages dazu bringen würde, so zu handeln wie ihr Vater.

Cyrill stöhnte unterdrückt auf, als sie sich an ihn schmiegte. Verflixte kleine Hexe. Er fasste in ihr Haar und bog ihren Kopf zurück, damit sie ihn ansehen musste, dann senkte er seine Lippen auf ihre Stirn. Sie wurde in seinen Armen schlaff. Er fing sie auf, trug sie zu dem Lehnstuhl und legte sie sachte hinein. Es war besser so. Sie sollte nichts sehen, sondern schlafen. Und wenn sie aufwachte, war alles vorbei.

»Es gibt vieles, das uns unterscheidet, Arsakes«, sagte er leise, während er auf Charlie blickte, die entspannt im Sessel ruhte und gleichmäßig atmete. »Einer der größten Unterschiede zwischen dir und mir ist jedoch, dass ich niemals Macht wollte.« Er hob den Kopf und sah Arsakes ernst an. Seine schwarzen Augen waren glanzlos vor Trauer. »Vielleicht war es ein Fehler und ich bin vor meiner Verantwortung davongelaufen, weil ich nicht gegen meinen Bruder kämpfen wollte. Aber noch ist es nicht zu spät.«

In Arsakes' Augen glitzerte etwas wie Verachtung und zugleich Mitleid. »Du bist ein Narr, Kyros. Warst es schon als Kind.«

»Kyros?« Cyrill machte eine müde Handbewegung. »Diesen Namen habe ich schon lange nicht mehr gehört. Ich habe ihn abgelegt, als ich mich veränderte. Als ich Charlottas Vater traf und von ihm lernte, meine Blutlust zu bezähmen und die Dunkelheit, die sie begleitete. Andernfalls wäre ich so geworden wie du.«

»Wie ich?« Arsakes lachte verächtlich auf. »Du warst nie wie ich. Du warst schwach.«

»Das stimmt, ich war nie wie du«, gab Cyrill zu. »Mein Blut und meine Abstammung sind tatsächlich rein.« Er richtete sich auf und ging langsam auf Arsakes zu, in dessen Blick Unsicherheit aufblitzte. Er blieb dicht vor ihm stehen. »Ich brauchte kein Blut mehr, um Macht zu haben, Arsakes. Die Verwandlung war vollständig, als ich damals meinen ersten Opfern aus Verzweiflung die Kehle durchbiss und ihr Blut trank. Vollständig und nicht mehr rückgängig zu machen. Du kannst mich nicht töten. Du nicht und auch sonst niemand. Nicht einmal Charlotta, selbst wenn sie schon über ihre vollen Kräfte verfügte.« Cyrills Gesicht war kalt und hart, reglos bis auf das Glühen in seinen Augen.

Es zuckte in Arsakes' Gesicht. Langsam veränderte sich sein Ausdruck, als das Begreifen in sein Bewusstsein drang. Zuerst war es Ungläubigkeit, dann Erstaunen und schließlich Angst. Er hob die Hände, aber nicht, um anzugreifen, sondern zur Abwehr. Dann, mit einem Mal, warf er sich herum und stürzte aus dem Raum. Cyrill folgte ihm. Er ging langsam. Sein Bruder konnte ihm nicht mehr entkommen.

Charlie kam zu sich, als eine machtvolle Kraft das Haus erschütterte. Jemand stieß einen markerschütternden Schrei aus. Es war eine Männerstimme. Charlie atmete tief durch, um die Benommenheit abzuschütteln, und sprang hoch. Ihr Kopf schmerzte, aber sie achtete nicht darauf. Das Zimmer war leer, und sie stürmte hinaus. Der Schrei war von draußen gekommen. Auch in der Halle war nichts von den beiden Männern zu sehen, nur Masterson und Samuel kamen gerannt. Charlie achtete nicht auf sie.

Die Tür zum Park stand offen. Sie lief darauf zu. Draußen war es dunkel, Wolken hatten sich vor den sichelförmigen Mond geschoben. Sie drehte um, war auch schon bei einem der Kerzenleuchter, die auf einem Tisch in der Halle standen, und packte ihn. Wenn Arsakes Cyrill etwas angetan hatte, dann würde er am eigenen Leib erfahren, wie es war, sich mit einer Lichthexe anzulegen. Die Angst um Cyrill presste ihr die Kehle zu, als sie die Halle durchquerte und in den Park hineinlief. Sie starrte in die Dunkelheit, lauschte. Ihr Herz klopfte so stark in ihren Ohren, dass sie nichts anderes hörte.

Dann vernahm sie das Röcheln. Es war so laut, dass es in der atemlosen Stille dröhnte. Sie lief darauf zu und erkannte mitten auf dem Rasen einen dunklen Schatten, der auf dem Boden lag. Ein zweiter Schatten beugte sich über ihn. In diesem Moment gaben die Wolken den Mond frei und das schwache Licht fiel auf einen Mann, der sich langsam aufrichtete.

Das musste Arsakes sein, und derjenige, der am Boden lag, war Cyrill! Er hatte ihn verschleppt und getötet, vielleicht sogar ausgesaugt!

Ohne lange nachzudenken, stürzte Charlie auf die beiden zu. Die Kerzen waren nicht wie das Licht der Sonne, aber es musste reichen. Sie schleuderte den Kerzenhalter auf den Mann und sprang gleichzeitig mit, die Kerzen loderten auf, als sie die Flammen berührte.

Zwei Hände griffen ihr aus der Dunkelheit entgegen, packten sie durch die Flammen hindurch um die Taille und wirbelten sie herum. Der Kerzenhalter fiel ins feuchte Gras und die Kerzen, bis auf eine, erloschen. Die Hände ließen sie nicht los. Sie tobte, fluchte, kratzte, bis sie eng an eine Brust gezogen wurde.

Ein vertrauter Geruch umgab sie, vertraute Arme umschlossen sie. Charlie brauchte noch einen Atemzug, bis sie begriff, dann wurde sie in Cyrills Armen ruhig. Sie zitterte, als er sie fest umschlang, sie hielt. Seine Hand streichelte warm über ihren Rücken. »Es ist vorbei, Charlie. Alles ist gut.«

Er drückte sie noch einmal an sich, dann ließ er sie los und bückte sich nach dem Kerzenleuchter. Es dauerte nur wenige Augenblicke, bis alle Kerzen wieder brannten.

Charlies Blick erfasste Cyrill. War er verletzt? Nein, er war völlig unversehrt, nur eine dicke Strähne seines schwarzen Haares hing ihm in die Stirn. Seine Augen hatten allen Glanz verloren, und um seinen Mund lag ein bitterer Zug. Er sah sie nicht an, sondern blickte zu Boden.

Langsam und wie benommen senkte sie ebenfalls den Blick. Hier lag jemand. Ein Mensch. Charlie erschauerte bei dem Anblick. Das, was hier lag, hatte keine Ähnlichkeit mehr mit Cyrills Bruder, sondern erinnerte sie viel mehr an eine der vertrockneten Mumien, die sie in Großmutters Büchern gesehen hatte. Die Augenhöhlen waren leer, eine pergamentartige Haut spannte sich über die Gesichtsknochen, die Wangen waren eingefallen, die vertrockneten Lippen hatten sich wie zu einem Grinsen zurückgezogen, sodass man die Zähne sehen konnte.

»Was ... ist geschehen?«

Sie taumelte, und Cyrill legte fast unbewusst den Arm um sie. Er sah ernst auf das hinab, was einmal sein machthungriger Bruder gewesen war. »Ich habe ihn getötet.«

»Aber ... wie ...«

»Nicht jetzt, Charlie. Geh hinein. Ich komme dann nach.«

Charlie verstand, dass er jetzt allein sein musste. Sie verstand es und zugleich schmerzte es sie. Sie wusste nicht, was geschehen war, und vielleicht würde sie es auch nie erfahren, aber das war nicht wichtig. Wichtiger war, dass Cyrill lebte. Er küsste sie auf die Stirn, dann schob er sie von sich.

Sie wandte sich um und ging langsam zum Haus zurück. Masterson und die anderen standen in der Halle und blickten ihr besorgt entgegen. Sie nickte leicht, als sie die fragenden Blicke sah. »Es ist alles in Ordnung.«

Charlie ging in die Bibliothek, um auf Cyrill zu warten. Sie zitterte, ihr war kalt. Sie schichtete Holzscheite in den Kamin und entfachte ein Feuer. Es schien ihr eine Ewigkeit zu dauern, bis Cyrill kam. Als er dann endlich eintrat, fiel sie ihm um den Hals.

Cyrill zog sie eng an sich, um sie zu spüren, um sich an ihrer Nähe und ihrer Zuneigung zu wärmen. Sekundenlang rang er mit sich selbst, mit seiner Beherrschung, dann küsste er sie. Sein Mund presste sich auf ihren, er spürte ihren Atem, ihre Lippen, die Feuchte ihrer Zunge, die sich gegen seine drängte. Er küsste sie, als wolle er alles vergessen. Die Angst um sie, den Schmerz um seinen Bruder und das, was er selbst war.

Einen Moment später taumelte er. Er ließ sie los und tastete, auf der Suche nach Halt um sich. Alles verschwamm vor seinen Augen.

Charlie griff angstvoll nach ihm, um ihn zu stützen. »Was ist? Cyrill!«

Er presste seine Handflächen gegen seinen Kopf. Es musste eine Art von Magie sein. Da war etwas, das ihm den Atem nahm. Er bekam kaum Luft, es war, als würde er brennen, und er konnte kaum noch an etwas anderes denken als an …

»Oh nein!« Charlie schlug die Hände vor den Mund. »Das Elixier!«

Cyrills flackernder Blick erfasste sie. »Was für eines?!« Er schrie sie fast an. Er machte einen Schritt auf sie zu. Es war, als würde er dagegen ankämpfen und doch von unsichtbaren Fäden zu ihr gezogen werden.

In Charlies Augen traten Tränen. »Nur ein Liebestrank. Weil du doch so zurückhaltend warst. Ich wollte dich wieder für mich gewinnen!«

Cyrill schloss für Sekunden die Augen. »Ein Liebestrank. Genau das, was ich noch gebraucht habe. Du wahnsinnige kleine Hexe, was ...« Er atmete tief durch und wandte sich ab. »Was immer du tust«, sagte er scharf, »bleib mir aus den Augen.«

»Cyrill ...«

»Und«, zischte er, ohne sie anzusehen, »sag kein weiteres Wort mehr.«

»N...«

»KEIN WORT! Ich will dich nicht einmal atmen hören!«

Charlie nickte gehorsam. Sie sah ihm voller Schuldgefühle nach, als er zur Tür taumelte. Sie hatte Agathas Trank völlig vergessen. Obwohl es seltsam war, dass dieses Mittel überhaupt noch wirkte. Nur wenige Minuten hatte Großmutter gesagt, und nun war es gut eine Stunde, wenn nicht mehr her, dass sie die Flasche ausgetrunken hatte.

»Es waren aber nur Kräuter darin«, versuchte sie, sich zu rechtfertigen. »G... ganz ohne Fledermaushoden. Ohne Froschaugen.«

»Was?« Er drehte sich um, sah sie an und taumelte abermals. Seine Hose wölbte sich im Schritt und er fasste stöhnend hin. Für eine lange Minute starrte er Charlie an, den Türgriff in der Hand, unfähig, aus der Tür zu gehen und sie zurückzulassen. Sein Gesicht war gerötet, er atmete schwer. Sein flackender Blick bohrte sich in ihren. Sie hatte das Gefühl, von brennenden Pfeilen getroffen zu werden. Er wischte sich über die Stirn, lockerte den Hemdkragen und Charlie sah, wie er nach Luft schnappte. Die Ausbuchtung an seiner Hose wurde immer markanter.

»Es wirkt nicht lange, nur wenige Minuten«, versuchte sie, ihn zu besänftigen.

»Wenige Minuten von wann an?«, knirschte er mit den Zähnen.

Sie hob hilflos die Schultern.

Er ließ den Türknauf los und machte zwei Schritte auf sie zu. »Das ist jetzt sehr unpassend, Charlotta«, knurrte er. »Verflucht unpassend, aber ich fürchte, ich kann mich nicht länger beherrschen, sonst zerplatze ich oder verliere den Verstand!«

Sie riss die Augen auf. »Jetzt?«

»Ich finde es auch nicht angemessen, aber ich kann mich nicht mehr zurückhalten.« Schweißperlen liefen an seinen Schläfen hinunter. Er kam mit langen, entschlossenen Schritten auf sie zu. Sie wich zurück.

Die Tür öffnete sich. »Mylord …?«

Cyrill drehte sich nicht einmal um. »Raus! Und schließe die Tür hinter dir!«

Masterson war verschwunden, ehe er noch ausgesprochen hatte. Und dann hatte Cyrill Charlie erreicht. Sie ächzte unwillkürlich, als seine Arme sich um sie schlangen, sie an ihn rissen und ihr die Luft zum Atmen nahmen. Gleichzeitig zog er sie hoch, fester in seine Umarmung, presste hart seine Lippen auf ihre. Es wurde ein endloser, schmerzhafter Kuss, bei dem er sie so fest hielt, dass sie nicht den Kopf bewegen, sich nicht rühren konnte, sondern nur zulassen, dass seine Lippen ihre auf wenig sanfte Art teilten, sich seine Zunge tief in ihren Mund schob, Besitz von ihr nahm. Noch heftiger als damals in Tante Hagas Salon, als er sie sich unterwerfen wollte.

Seine linke Hand war in ihrem Haar vergraben, die rechte lag auf ihrem Nacken. Nicht einmal einen Millimeter hätte Charlie jetzt noch ausweichen können. Seine Lippen rieben an ihren, sein Kiefer bewegte sich, als seine Zunge tiefer stieß, ein heiseres Stöhnen drang aus seiner Kehle, fast schon ein Grollen.

Als er sie endlich losließ, war es nur, um sie hochzuzerren und mit dem Rücken gegen die Bücherwand zu stoßen. Charlie schnappte nach Luft, blinzelte, aber da waren schon wieder seine Lippen, die ihr jeden Gedanken, jede Auflehnung wegküssten. Sie musste sich sagen, dass sie selbst schuld daran war. Schließlich hatte sie es ja so gewollt. Wenn sie auch nicht gerade *damit* gerechnet hatte. Seine Hände waren bereits unter ihrem Rock, rissen das Band auf, das ihre Spitzenunterhose hielt, und zerrten sie herab. Charlie war sicher, dass nur noch Fetzen davon übrig blieben. Und dann lagen seine Hände auf ihrem bloßen Hintern. Seine langen Finger hatten ihre Gefäßbacken erfasst, gruben sich in die Spalte, massierten, suchten, während er sie abermals heftig küsste. Charlie stöhnte auf, als er sie enger an sich zog.

»Öffne meine Hose.« Er ließ gerade nur so lange von ihren Lippen ab, um diese drei Worte hervorzustoßen.

Charlies Finger suchten zitternd nach dem Verschluss. Sie zerrte daran, während Cyrills Zunge nach ihrer angelte, sie umrundete, sich dagegendrängte, seine Zähne sich auf ihre Lippen pressten. Endlich hatte sie es geschafft. Sein übermäßig geschwollenes und hartes Glied sprang befreit heraus und reckte sich ihr entgegen. Sie schloss die Augen, gab sich Cyrills Kuss und langen, suchenden Fingern hin und umschlang seinen Schaft mit beiden Händen.

Ein weiteres Grollen drang aus Cyrills Kehle. Charlie verschloss ihre Gedanken, vor dem, was geschehen war, und davor, ob jemand plötzlich ins Zimmer kommen konnte. Es war, als würde das Elixier auch in ihr wirken und sie war in diesem Moment zu allem bereit, was Cyrill mit ihr tun wollte. Sie wollte ihn so sehr, begehrte ihn, wünschte, ihn tief in sich zu spüren, wieder dieses Gefühl von Vollkommenheit zu genießen, das nur die Vereinigung mit ihm ihr schenken konnte.

Seine Hände lagen wie damit verwachsen auf ihrem Hinterteil. Mit einer raschen Bewegung hatte er Charlie hochgezogen, und ihre Beine waren in der Luft, bis er sie um seine Hüften schlang. Charlie wusste später nicht mehr zu sagen, wie sein Glied den Weg in sie gefunden hatte. Hatte sie ihn geführt, war es Cyrill gewesen? Es war, als hätte man im selben Moment, in dem sie sein Eindringen fühlte, Feuer auf sie geschüttet. Ihre Haut, ihr ganzer Körper brannte, als seine Leidenschaft ihre Magie erweckte. Rötliche Flammen stiegen vor ihren Augen auf, sie bäumte sich auf, riss sich von Cyrills Lippen los, wurde jedoch gleich wieder eingefangen.

Seine Hände bewegten sie auf seinem Schaft, auf seinen Hüften auf und ab, in immer schnellerem Rhythmus, immer heftiger, während sie dabei bei jedem Stoß gegen die Bücher hinter ihr prallte. Sie spürte ihn bis tief in ihrem Körper, ihr Inneres zuckte, sie wand sich in seinen Händen und Armen, krallte sich mit den Fingern an seine Anzugjacke. Jetzt veränderten sich die Flammen. Sie wurden heller, leuchtender, Rot wechselte zu Weiß, Sterne funkelten vor Charlies Augen, Sternschnuppen explodierten im Raum, ihr Haar brannte, Funken stoben von ihren Haarspitzen davon.

Charlie schrie und weinte zugleich in dem Augenblick, als ihr Körper mit dem Raum eins wurde, mit dem Licht verschmolz und sie ins Cyrills Armen zusammensank.

Er hielt sie schwer atmend an sich gepresst. Ihre Finger waren in seine Jackenaufschläge verkrallt. Ihre Beine umklammerten seine Hüften. Sie hatte gar nicht bemerkt, dass er sich irgendwann mit ihr umgedreht hatte und auf der Suche nach Halt mit dem Rücken an der Wand lehnte. Sie umschlang ihn mit beiden Armen, hielt sich fest und versuchte, zu Atem zu kommen.

Und genauso fand sie Großmutter Baker.

Charlie quietschte vor Schreck auf, als die kultivierte Stimme sie aus ihrem Nachglühen aufschreckte, und verbarg ihr Gesicht an Cyrills Schulter.

»Welch seltsame Szenerie. Und ich dachte schon, die Situation, in der ich meine Tochter vorgefunden habe, könnte nicht mehr übertroffen werden.«

Cyrill ließ Charlies Kleid so über ihren Hintern fallen, dass sie, solange ihre Beine um ihn geschlungen waren, beide angemessen bedeckt waren. Er sah an Charlies Kopf vorbei auf Agatha, sichtlich um einen höflichen Ausdruck und eine gleichmütige Stimme bemüht. »Und was war mit Haga?«

Agatha drehte sich dezent um, um den beiden Zeit zu lassen. »Sie hing nackt an Ketten von der Decke, während Frederick sich mit Angelo vergnügte.«

»Frederick?« Charlie klang gehetzt. Agatha hörte das Rascheln von Kleidern.

»Er ist aus Eifersucht zu Arsakes übergelaufen. Weil Haga nur Augen für Angelo hatte.«

»Und dieser wiederum hat für dich spioniert«, ergänzte Cyrill trocken.

»Ich dachte mir, dass du es herausfindest.« Agatha drehte sich wieder um, nachdem Cyrill Charlie abgesetzt und hastig seine Kleidung gerichtet hatte. Charlie schob ihre zerrissene Hose unauffällig mit dem Fuß unter den Lehnstuhl.

Agatha achtete nicht darauf. Ihr Gesicht war sehr ernst und besorgt, als sie Cyrill ansah. »Ich habe Arsakes im Park gefunden. Was hast du mit ihm gemacht, mein Freund?«

»Ihm seine Lebenskraft entzogen.« Seine Stimme klang so erschöpft, dass Charlie die Hand hob und sie an seine Wange legte. In ihren Augen glitzerten Tränen. Er drehte den Kopf und küsste sie auf die Handfläche.

Ihre Großmutter atmete tief und schwer durch. »Es tut mir leid, Cyrill. Aber es war wohl nicht zu verhindern.«

»Nein. Aber ich hätte es viel früher tun sollen. Er hatte recht, ich war schwach. Ich habe zu lange gezögert.«

»Güte äußert sich manchmal auf diese Art«, erwiderte Agatha leise. »Und ich bin dankbar dafür, dass du diese Schwäche hast, auch wenn du mir jetzt widersprechen willst.« Sie lächelte leicht, als sie sein resigniertes Kopfschütteln sah, dann glitt ihr Blick von ihm zu Charlie, die ihren Kopf an seine Schulter gelegt hatte. Etwas wie Erheiterung glitzerte in ihren Augen. »Das Mittel?«, fragte sie.

»Sage nicht«, grollte Cyrill, »es ist von dir.«

Sie zuckte mit den Schultern. »Gutmütigkeit ist eben nicht deine einzige Schwäche, Cyrill. Ich musste dem entgegenwirken.«.

Agatha hielt sich nicht lange auf. Und Cyrill war ihr dankbar dafür, denn dieses vermaledeite Mittel hatte noch lange nicht an Wirkung verloren.

»Du hast jetzt«, sagte er heiser zu Charlie, nachdem sie endlich allein waren, »zwei Möglichkeiten: Entweder du flüchtest so schnell und so weit wie möglich, und versteckst dich bei deiner Großmutter – auch wenn ich nicht glaube, dass sie imstande wäre, mich aufzuhalten, oder du stehst mir zur Verfügung. Aber ich warne dich, so wie sich das anfühlt, kann das eine sehr, sehr lange Zeit sein.«

Charlie starrte ihn mit großen Augen an. »Wirkt das Mittel denn immer noch?«

»So könnte man sagen«, presste Cyrill zwischen den Zähnen hervor.

Sie sah erstaunt auf die wachsende Ausbuchung in seiner Hose. »Aber ... ich dachte, es hielte nur einige Minuten an. Ich habe sogar extra mehr ge...«

»Charlotta!«

Sie drehte auf der Stelle um und rannte aus dem Zimmer, durch die Halle und weiter. Cyrill hörte ihr unverschämtes Kichern noch, als sie schon die Treppe hinauflief. Er atmete tief durch und dann sprang er ihr, immer mehrere Stufen auf einmal nehmend, nach. Kurz darauf schlug die Tür hinter ihm zu, dass das Haus erbebte.

Man hörte Charlies Aufschrei.

»Ist es jetzt besser?«, fragte Charlie drei Stunden später erschöpft. Ihr ganzer Körper schmerzte. Sie war zweifellos wund. Auf ihren Brüsten, ihren Schenkeln, ihren Armen, ihrem Hals und bestimmt auch auf ihrem Rücken und ihrem Hintern waren die Abdrücke von Cyrills Fingern zu sehen und teilweise sogar von seinen Zähnen. Sie war zutiefst ermattet, aber zugleich auch so befriedigt wie noch nie zuvor. Sie musste Großmutter unbedingt warnen. Dieses Mittel weckte die Hölle und alle Teufel in einem Mann.

Cyrill lachte spöttisch auf. »Es ist zumindest so, dass ich mich nicht gleich wieder auf dich stürze, wenn ich nur deine Stimme höre.« Er saß mit dem Rücken zu ihr am Bettrand, hatte den Kopf in die Hände gestützt und vermied jeden Blick auf sie. Sie hätte ihn gerne berührt, aber sie hatte Angst, dass dies wieder mehr auslöste, als sie im Moment ertragen konnte. Zuerst ein, zwei Stunden schlafen, sich ein bisschen erholen. Dann vielleicht ein heißes Bad. Und danach konnte man weitersehen.

»Du bist doch nicht böse auf mich, oder?«

Ein unterdrückter Fluch antwortete ihr. »Als würde meine Leidenschaft für dich von so einem verdammten Trank abhängen! Als hätte ich nicht ohnehin schon mehr als ausreichend davon!«, seine Stimme hob sich, er wollte sich zu ihr umdrehen, erstarrte jedoch mitten in der Bewegung und wandte sich ruckartig wieder ab. »Als wäre es nicht schon schlimm genug gewesen, mich von dir fernzuhalten, heckst du auch noch so etwas Teuflisches aus!«

»Ist es dir wirklich schwergefallen, mich zu übersehen?« Charlie lächelte. »Das ist gut. Das geschieht dir recht.«

»Sei vorsichtig, sonst könnte es passieren, dass ich mich umdrehe, und dann ...«

»Ich wusste nicht, wie stark es wirkt«, verteidigte sich Charlie.

»Das war wie Öl in die Flammen zu gießen«, grollte er.

Charlie unterdrückte ein Kichern.

»Sei still.«

»Es hält angeblich nicht sehr lange an.«

»Das hoffe ich. Ich habe keine Lust, für Tage oder gar Wochen in deiner Gegenwart dauererregt zu sein. Nicht, dass es nicht ohnehin schon ...« Er unterbrach den Satz mit einem weiteren Fluch. »Wenn du das noch ein einziges Mal machst und irgendetwas nimmst oder mir gar einflößt, was du und deine Sippe zusammengebraut habt, lernst du mich kennen.«

»Das bisschen Magie …«, wollte Charlie beschwichtigen.

»Das ist keine Magie, sondern die mieseste Art von Hexerei und Giftmischerei, die mir jemals untergekommen ist. Dafür sind solche wie du vor gar nicht allzu langer Zeit auf dem Scheiterhaufen gelandet!«

»Wäre schwierig, jemanden wie mich zu verbrennen«, murmelte Charlie. »Außerdem sind oft Frauen verbrannt worden, die es angeblich mit dem Teufel getrieben haben. Was aber«, fügte sie nach kurzem Nachdenken hinzu, »in diesem Fall gar nicht so abwegig wäre. Das war nicht gerade normal-menschlich, was du da …«

»Charlotta!«

»Und wenn ich es mir recht überlege, glaube ich, dass du weit verführerischer und versierter in diesen Dingen bist als selbst Beelzebub«, fügte sie schelmisch hinzu.

Sie zuckte zusammen, als Cyrill zu ihr herumschnellte.

»Du hast es nicht anders gewollt.« Sein brennender Blick traf sie, erhitzte sie, machte sie schwach, willenlos, begierig nach ihm. Vorbei war jeder Gedanke an Ruhe und an Schlaf. Als er sie mit einer raschen Bewegung erfasste, stöhnte sie auf.

»Gnade.«

»Keine Gnade für die Hexe«, Cyrill lächelte grausam, bevor er ihre Beine hochhob und gespreizt auf seine Schultern legte. Sein steifes Glied verharrte für einige Herzschläge an ihrem Eingang, dann stieß er zu. Charlie keuchte auf vor erregendem Schmerz und Lust, schloss die Augen und bog sich ihm und seinen

Händen entgegen, als er sich in ihr bewegte. Zuerst hart, aber dann, nach einigen Stößen, weitaus sanfter als in den letzten Stunden. Er schob ihre Beine von seinen Schultern, sodass sie bequemer lag, und rutschte über sie, bis seine Ellbogen neben ihrem Körper aufgestützt waren.

»So, und jetzt erzähle mir doch einmal, wie es so ist, unter dem Teufel zu liegen«, flüsterte er heiser an ihrer Kehle. »Ganz genau. Und lass kein Detail aus.«

Das Mittel brauchte fast zwei Tage, bis die Wirkung völlig verbraucht war. Allerdings war Cyrill bereits nach zwölf Stunden so weit, Charlie längere Zeit schlafen zu lassen und auch selbst erschöpft, an ihren Rücken gepresst, einzuschlafen. Nach vierundzwanzig Stunden war er in der Lage, sie anzusehen und sie zu berühren, ohne gleich über sie herzufallen. Und achtundvierzig Stunden später überlegte Charlie bereits laut, ob sie nicht noch Nachschub holen sollte. Allerdings war Cyrill bis dahin schon wieder so weit hergestellt, dass er darüber lachen konnte.

Es war, als hätte Arsakes' Tod, diese heftigen, leidenschaftlichen Stunden, sie noch enger zueinander geführt. Selbst wenn Cyrill sie nur in den Armen hielt, um sie mit harmloseren Zärtlichkeiten zu verwöhnen, wusste Charlie, dass sie von nun an durch ein Band verbunden waren, das nichts mehr trennen konnte. Arsakes' Enthüllungen über Cyrills früheres Leben hatten sie weder erschreckt noch schockiert. Ihr war nicht wichtig, was er gewesen war oder getan hatte, für sie galt nur, was er jetzt war. Selbst wenn sie nie erfahren würde, was in den langen Jahren wirklich geschehen war, was er gesehen, erlebt, wen er getroffen hatte, und welche Frauen in seinen Armen gelegen hatten.

Sie hätte niemals gefragt, aber Cyrill selbst war es, der dieses Thema anschnitt. Als sie eines Nachts aufwachte, bemerkte sie, dass er wach dalag und in die Dunkelheit starrte. Sie griff zärtlich hinüber und legte ihre Hand auf seine Brust, ließ ihre Fingerspitzen mit dem gekrausten Haar spielen. »Woran denkst du?«

»An deinen Bruder.«

»An Theo?« Charlie setzte sich ein wenig auf und sah ihn überrascht an. Theo war mit Merlot fortgegangen, nach Paris. Sie war traurig darüber und zugleich hatte sie das Gefühl, eine große Verantwortung los zu sein.

»Ich bin nicht so wie er«, erwiderte er leise. Er nahm ihre Hand, legte sie an seine Wange und schloss sekundenlang die Augen. »Kein Untoter. Ich bin niemals gestorben.«

Charlie dachte eine Weile darüber nach. »War es bei dir auch Liebe?«

»Wie?« Er sah sie erstaunt an.

»Ich meine, bist du aus Liebe zu dem geworden, was du bist? So wie Theo?«

Cyrill lachte kurz und kalt auf. »Liebe? Nein, Charlie, es war Hass. Verzweifelter, brennender Hass, der mich dazu gebracht hat, Blut zu trinken.«

Charlie setzte sich auf, zog die Knie an den Körper und betrachtete Cyrill sinnend. Sie saß gerade weit genug von ihm entfernt, um ihn nicht zu berühren, und Cyrill widerstand dem Drang, sie näher zu ziehen. Er wollte sie fühlen, ihren Körper und ihre Seele, wenn er ihr alles erzählte. Und er wollte darüber reden. Er hatte erst einmal in seinem Leben davon gesprochen. Zu Horatio, der ihm dann geholfen hatte, sich selbst wiederzufinden und neu zu beginnen.

»Es geschah zu einer Zeit, in der verschiedene kleinasiatische Fürsten einander bekriegten.«

Charlies Augen wurden groß. »Damals hast du schon gelebt? Da müsstest du ja alt sein wie Methusalem.«

Es zuckte amüsiert um seine Mundwinkel. »Nicht ganz. Abgesehen davon ist Methusalem eine Sagengestalt und ich bin real.« Er betrachtete sie, ein Lächeln auf den Lippen, aber es erreichte nicht seine Augen.

»Du stammst also tatsächlich aus dem alten Perserreich.« Es irritierte Cyrill, dass Charlies Stimme fast ehrfürchtig klang. »Ich dachte immer schon, dass du etwas von einem dieser alten persischen Feldherrn hättest.«

Cyrills lachte spöttisch auf. »Ein Feldherr? Mehr hat sich wohl noch niemand in mir getäuscht. Ich war alles andere als ein Feldherr. Ich war …«, er zögerte, »ein lebensunfähiger Tropf. Arsakes hatte recht, mich zu verachten.«

»Du?« Charlie wäre gerne ganz an ihn herangekrochen, um sich an ihn zu schmiegen, aber sie wagt es nicht. Sie tastete jedoch vorsichtig und fast ein wenig scheu zu ihm hinüber. Kaum hatte sie ihn berührt, griff er auch schon nach ihrer Hand und zog sie an seine Lippen.

»Willst du wirklich wissen, was und wer ich war und bin?«, fragte er nach einer langen Pause, in der er sich mit ihrer Hand beschäftigt, sie geküsst, gestreichelt und endlich auf seine Brust gelegt hatte, um sie dort festzuhalten.

»Nur, wenn du es erzählen willst.«

»Ich möchte es dir erzählen, aber ich will dich nicht verlieren.« Seine Stimme klang ruhig, fast resigniert.

Charlie bewegte leicht ihre Hand auf seiner Brust. »Mich verlieren? Was fällt dir ein? Du hast ja selbst gesehen, wie entschlossen ich dir nachgelaufen bin. Außerdem – was kann schon schlimmer sein als ein Dämonenvater, der von der eigenen Großmutter getötet wurde, weil er Höllenwesen beschwören wollte. Und was ist erschreckender als ein Bruder, der sich von seinem Liebhaber hat beißen lassen, um für ewig das Blut von Menschen zu trinken.«

»Es gibt Schlimmeres. Denke an Arsakes.« Cyrills Stimme klang müde. Er schwieg so lange, dass Charlie schon dachte, er würde nicht mehr weitersprechen wollen. Da sagte er: »Ich war kein Krieger. Ich war ein Gelehrter, ein Dichter. Ich studierte die alten Schriften und wollte lernen. Mein Vater dagegen war ein großer Feldherr und mein Halbbruder Arsakes ebenfalls. Ich aber verzichtete auf alle Ehren, ich wollte nur für meine Studien leben. Und ich hatte Glück. Es herrschte lange Zeit Frieden in unserem Land. Ich fand eine schöne, edle Frau, die mich liebte und die mir Söhne schenkte. Ich dachte damals, ich wäre den Göttern gleich. Und tatsächlich hatte unsere Familie immer behauptet, direkt von den Göttern abzustammen. Unser Anspruch, das Land zu beherrschen, beruhte darauf. Aber«, sprach er weiter, »es gab andere Menschen, die selbst herrschen wollten, denen unser Land zu reich war, zu glücklich.

Sie drangen in unser Reich ein. Mein Vater und mein Bruder kämpften, auch ich wollte in die Schlacht ziehen, wenn auch nur halbherzig. Aber ich war kein Krieger, meine Frau flehte mich an, daheimzubleiben, und ich ließ mich überreden.«

Charlie hörte, dass sein Atem schwerer ging, als bereite ihm das Sprechen Schmerzen. Sie wollte zu ihm rutschen, aber er hielt sie auf. »Nein. Tu es nicht. Ich würde es nicht ertragen, wenn du alles weißt und dich dann zurückziehst.«

Das wird niemals der Fall sein, dachte Charlie.

»Unser Heer wurde geschlagen und die Feinde drangen bis in die Hauptstadt ein. Sie töteten die Männer und nahmen die Frauen und Kinder – zumindest jene Söhne, die noch nicht zu alt waren und noch nicht kämpfen konnten – als Sklaven. Mein Vater hatte mich gelehrt, wie man Waffen führte, aber ich hatte nie geübt, ich konnte besser Schriftrollen halten und Pinsel führen als das Schwert. Als sie unser Haus stürmten, unterlag ich fast sofort.«

Er machte eine Pause, deren Schwere auf Charlie lastete. Sie ahnte, was jetzt kam. »Sie haben deine Frau und deine Söhne verschleppt und dich schwer verletzt.«

»Nein.« Seine Stimme war kaum hörbar, aber so viel Schmerz lag darin, dass Charlie sich innerlich krümmte. Wie viele hundert Jahre waren vergangen, und wie weh tat es ihm immer noch. »Meinen jüngsten Sohn, den Säugling, erschlugen sie sofort. Und uns andere nahmen sie gefangen und führten uns fort. Ich war so gedemütigt, dass ich am liebsten gestorben wäre. Ich hatte versagt, hatte sie nicht beschützen können. An allem, was danach passierte, war ich selbst schuld. Und daran werde ich für immer tragen.«

»Was hättest du gegen all die Soldaten ausrichten können?«

»Hätte ich gekämpft wie ein Mann und nicht wie ein Weib, wäre ich im Kampf gefallen. Dann hätten sie meine Familie vielleicht ebenfalls getötet oder sie in die Sklaverei entführt. So jedoch brachten sie uns in das Lager des Gegners. Und dort begannen sie, uns zu quälen.«

Cyrills Stimme wurde immer tonloser, immer leiser, aber er sprach weiter. Charlie fiel auf, dass sich sein Tonfall geändert hatte. Er hatte einen Akzent, eine Sprachmelodie, die ihr bisher nie an ihm aufgefallen war. Fast, als würde sein Geist ihn in diese Zeit zurückversetzen.

»Sie ließen mich zusehen, wie sie meine Frau und meine beiden Söhne marterten. Was ich sah und hörte, werde ich niemals aus meiner Erinnerung tilgen können. Selbst heute, nach so vielen Jahren, verfolgt es mich bis in meine Träume. Sie starben vor meinen Augen. Sie spielten mit mir, weil sie in mir einen Schwächling erkannten.«

»Ich wollte«, sagte Charlie, »ich wäre dort gewesen. Ich hätte sie alle verbrannt.«

Cyrills leises Lachen war voller Schmerz. »Oh ja, das hätte ich sehen mögen.« Und er würde jetzt alles tun, um das zu verhindern. Niemals sollte Charlie von einer Schuld belastet sein, die seiner auch nur ähnlich war.

Charlie wollte weinen. Wie sollte sie, eine sechsundzwanzigjährige Hexe nun mit Worten, einigen Nächten und Küssen diesen alten Schmerz heilen? Und doch war es genau das, was sie sich so brennend wünschte, dass es ihr den Atem nahm.

»Einer der Wächter machte einen Fehler. Er wollte mich auf eigene Faust quälen. Es machte ihm Spaß, es verlieh ihm Macht. Eine armselige Macht einem halb toten Gefangenen gegenüber. Aber als er sich über mich beugte, bäumte ich mich mit letzter Kraft auf. Meine Hände waren gefesselt, aber ich konnte seinen Hals mit meinen Zähnen fassen. Ich biss mich in ihm fest. Ich ließ nicht los. Ich grub, als er gurgelnd über mir zusammenbrach, meine Zähne noch tiefer in seine Kehle. Das Blut hinderte ihn daran, zu schreien.«

Charlies Hand zitterte in seiner und er strich liebevoll darüber. Beruhigend. Unendlich zärtlich. Charlie biss sich auf die Lippen. Vor ihren Augen erschien Cyrill, gefesselt, gequält, dem Tode nahe. Und dann sah sie den Mann, der sich über ihn beugte, und sah, wie der Gefangene vor Zorn und Verzweiflung zubiss. Sich in einem anderen Menschen verbiss. Sie schauderte, fühlte Cyrills Schmerz, seinen Hass, seine Verzweiflung, seine Hoffnungslosigkeit.

»Er verblutete über mir liegend, und sein Blut gab mir unerwartete Kräfte. Ich konnte meine Fesseln lösen. Als die anderen kamen, war ich schon frei und tötete auch sie. Es war erstaunlich«, fuhr er fort, »wie viel Kraft das Blut mir gab. Ich erinnerte mich an alte Legenden von Blut trinkenden Wesen, an Herastos Göttergesänge, Weissagungen, die unsere Familie betrafen. Es stimmte, ich wurde mit jedem Feind, den ich mordete, stärker, entschlossener und tödlicher. Ich entwickelte Kräfte, die mir bisher unmenschlich erschienen waren. Und dann ...«

»Und dann?«, fragte Charlie leise, als er nicht weitersprach.

»Und dann tötete ich alle, die meine Frau und meine Söhne gefoltert hatten. Und dann immer weiter, bis keiner der Soldaten des Feindes mehr lebte. Nur den Anführer hob ich mir bis zum Schluss auf. Er war schon auf der Flucht. Aber ich war ihm auf der Spur. Ich fand ihn ... und ich ließ mir Zeit mit ihm ...«

Cyrill atmete zitternd ein. Er hatte Charlies Hand immer fester an sich gedrückt, aber er wusste selbst nicht, ob es im Zuge der Erzählung und seiner Gefühle war, oder die Furcht, sie könne sich von ihm zurückziehen.

»Als meine Rache vollendet war, und ich diese Gegend verließ, blieb eine Sage zurück. Jene Sage, dass die Bluttrinker wieder zurückgekehrt waren. Die Menschen hatten Angst. Ich ging sehr weit fort und versuchte, wieder ein normales Leben zu führen. Es war dein Vater, der mich endgültig aus der Dunkelheit geholt hat. Zuerst war es schwierig, weil ich dachte, ich bräuchte Blut, aber dann, als ich eine Weile davon gelassen hatte, erlosch auch das Verlangen und ich merkte, dass meine Kräfte dennoch nicht schwächer wurden.«

»Hast du jemals Kinder ...«

»Nein!« Die Frage traf Cyrill wie ein Dolch. »Ich hatte Kinder! Kinder, die ich im Arm gehalten habe, die ich in den Schlaf geschaukelt habe, an deren Wiege ich gesessen habe. Meinst du ich würde ...!«

»Nein«, wurde er von Charlie unterbrochen. »Verzeih mir bitte.« Sie schwieg wieder, und Cyrill versuchte, ihre Gefühle zu erfassen. Oder wenigstens zu ahnen, was in ihr vorging. Sie hatte ihm ihre Hand nicht entzogen, auch wenn sie völlig ruhig, fast leblos in seiner lag. Graute ihr vor ihm? Würde sie sich von ihm abwenden? Sie hatte seinen Zorn mitgefühlt, seinen Schmerz, aber würde sie ihm verzeihen, was er getan hatte?

Er hätte sie gerne an sich gezogen, sie gehalten, sie gebeten, bei ihm zu bleiben, zu vergessen, was er ihr erzählt hatte. Charlotta war eine starke Frau, sie würde nicht so leicht aufgeben. Vielleicht würde sie ihm aus Mitleid etwas vormachen, sich innerlich jedoch von ihm zurückziehen. Und ihn eines Tages, wenn ihr die Kraft fehlte, ihn zu ertragen, verlassen. Damit würde sich Meganas düstere Prophezeiung letzten Endes doch erfüllen, denn wenn Charlie ihn verließ, konnte sie ihn endgültig zu Fall bringen. Er würde es nicht ertragen. Nicht nach all den Jahren der Einsamkeit.

Er hatte die Augen geschlossen, um ihren Gesichtsausdruck nicht sehen zu müssen, aber nun überwand er sich, drehte den Kopf und sah sie an.

Was er erblickte, ließ ihn für einige Herzschläge darauf vergessen, zu atmen. Sie hatte die Augen geschlossen, ihre Wangen waren nass von Tränen. Aber das war es nicht, was seine Hand zittern ließ, als er hinübergriff und nach einer Strähne ihres Haares fasste. Es war nicht dunkel, sondern weißblond, es glitzerte und umgab ihr Gesicht und ihre Schultern wie ein Heiligenschein. Über ihrer Haut lag ein zarter Schimmer, der den Raum um sie beide herum erhellte, als wäre eine schwache Sonne aufgegangen und läge neben ihm im Bett.

»Charlotta?« Er war sich bewusst, dass seine Stimme atemlos klang, ungläubig, sogar ein wenig ehrfürchtig. »Charlie?«

Sie öffnete die Augen und Cyrill hatte das Gefühl, in strahlende Sterne zu blicken.

»Du leuchtest.« Seine Stimme versagte beinahe vor dem unbeschreiblich zärtlichen Ausdruck in ihren Augen.

»Das«, sagte sie leise und mit einem Lächeln, »kommt wohl daher, dass ich dich so sehr liebe.«

Ende

Johanna Lindsey

Warmherzig, witzig, sexy

»Eine Lindsey zu lesen, versüßt den Tag.« *Romantic Times*

978-3-453-77257-1

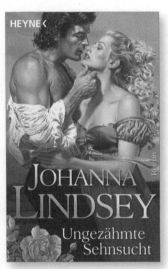

978-3-453-49109-0

Leseproben unter: **www.heyne.de**

HEYNE ‹

Lisa Kleypas

»Sexy und umwerfend romantisch!« *Booklist*

»Eine Kleypas zu lesen, ist ein Traum!« *Romantic Times*

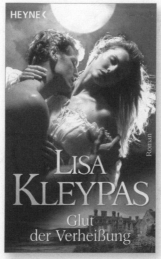

978-3-453-77259-5

Leseprobe unter: **www.heyne.de**

HEYNE

Megan MacFadden

Entdecken Sie das Geheimnis des Highlanders

Wild, leidenschaftlich, romantisch

978-3-453-49111-3

Leseprobe unter: **www.heyne.de**